Gilbert Keith Chesterton

Best of Father Brown
Die besten Pater Brown Geschichten

W0274241

Gilbert Keith Chesterton

Best of Father Brown

Die besten Pater Brown Geschichten

Ausgewählt und aus dem Englischen
neu übersetzt von Isabelle Fuchs

Anaconda

Im Jahre 1911 erschienen bei *Curtis Publishing Company* mit *The Innocence of Father Brown* die ersten zwölf Geschichten, in deren Mittelpunkt der detektivisch begabte katholische Priester stand. Es folgten *The Wisdom of Father Brown* (1913, *McClure Publications*), *The Incredulity of Father Brown* (1923, *Dodd, Mead & Company*), *The Secret of Father Brown* (1927, Copyright by G. K. Chesterton) und *The Scandal of Father Brown* (1935, Copyright by G. K. Chesterton). Alle Erzählungen waren zuvor in Zeitschriften wie *Storyteller*, *Cassell's Magazine* und *Pall Mall Magazine* veröffentlicht worden. Der englische Text dieser Ausgabe folgt der Edition *The Penguin Complete Father Brown*, Penguin Books 1981.

Die Deutsche Nationalbibliothek verzeichnet diese Publikation in der Deutschen Nationalbibliografie; detaillierte bibliografische Daten sind im Internet unter http://dnb.d-nb.de abrufbar.

© 2008 Anaconda Verlag GmbH, Köln
Alle Rechte vorbehalten.
Lektorat: Kim Landgraf, Köln
Umschlagmotiv: François Brunery (1849–1926), »A Delicate Balance«, Private Collection, Photo © Bonhams, London / bridgemanart.com
Umschlaggestaltung: www.katjaholst.de
Satz und Layout: GEM mbH, Ratingen
Printed in Czech Republic 2008
ISBN 978-3-86647-234-1
info@anaconda-verlag.de

Content

Inhalt

The Blue Cross

Between the silver ribbon of morning and the green glittering ribbon of sea, the boat touched Harwich and let loose a swarm of folk like flies, among whom the man we must follow was by no means conspicuous—nor wished to be. There was nothing notable about him, except a slight contrast between the holiday gaiety of his clothes and the official gravity of his face. His clothes included a slight, pale grey jacket, a white waistcoat, and a silver straw hat with a grey-blue ribbon. His lean face was dark by contrast, and ended in a curt black beard that looked Spanish and suggested an Elizabethan ruff. He was smoking a cigarette with the seriousness of an idler. There was nothing about him to indicate the fact that the grey jacket covered a loaded revolver, that the white waistcoat covered a police card, or that the straw hat covered one of the most powerful intellects in Europe. For this was Valentin himself, the head of the Paris police and the most famous investigator of the world; and he was coming from Brussels to London to make the greatest arrest of the century.

Flambeau was in England. The police of three countries had tracked the great criminal at last from Ghent to Brussels, from Brussels to the Hook of Holland; and it was conjectured that he would take some advantage of the unfamiliarity and confusion of the Eucharistic Congress, then taking place in London. Probably he would travel as some minor clerk or secretary connected with it; but, of course, Valentin could not be certain; nobody could be certain about Flambeau.

Das blaue Kreuz

Zwischen dem Silberstreif des Morgens und dem grün glitzernden Band des Meeres legte der Dampfer in Harwich an und entließ wie Fliegen einen Menschenschwarm, unter dem der Mann, dem wir folgen müssen, keineswegs auffiel – was er auch gar nicht wünschte. Bis auf einen leichten Widerspruch zwischen seiner legeren Ferienkleidung und seiner würdevollen Amtsmiene hatte er nichts Bemerkenswertes an sich. Seine Kleidung bestand aus einem leichten hellgrauen Jackett, einer weißen Weste und einem silbernen Strohhut mit graublauem Band. Dagegen wirkte sein hageres Gesicht dunkel und endete in einem schwarzen Spitzbart, der spanisch aussah und zu einer elisabethanischen Halskrause gepasst hätte. Mit der Ernsthaftigkeit eines Müßiggängers rauchte er eine Zigarette. Nichts an ihm deutete darauf hin, dass unter dem grauen Jackett ein geladener Revolver, in der weißen Weste eine Polizeimarke und unter dem Strohhut einer der genialsten Köpfe Europas verborgen waren. Denn dies war Valentin höchstpersönlich, der Chef der Pariser Polizei und der berühmteste Detektiv der Welt. Er kam gerade von Brüssel nach London, um die bedeutendste Verhaftung des Jahrhunderts vorzunehmen.

Flambeau befand sich in England. Der Polizei dreier Länder war es schließlich gelungen, die Spur des berüchtigten Verbrechers von Gent nach Brüssel und von Brüssel nach Hoek van Holland zu verfolgen; und man vermutete, dass er sich den Fremdenandrang und das Durcheinander des Eucharistischen Kongresses, der gerade in London stattfand, irgendwie zunutze machen würde. Wahrscheinlich würde er, getarnt als irgendein unbedeutender Geistlicher oder Kongresssekretär, unterwegs sein, doch natürlich konnte sich Valentin nicht sicher sein. Kein Mensch konnte sich bei Flambeau sicher sein.

It is many years now since this colossus of crime suddenly ceased keeping the world in a turmoil; and when he ceased, as they said after the death of Roland, there was a great quiet upon the earth. But in his best days (I mean, of course, his worst) Flambeau was a figure as statuesque and international as the Kaiser. Almost every morning the daily paper announced that he had escaped the consequences of one extraordinary crime by committing another. He was a Gascon of gigantic stature and bodily daring; and the wildest tales were told of his outbursts of athletic humour; how he turned the *juge d'instruction* upside down and stood him on his head, "to clear his mind"; how he ran down the Rue de Rivoli with a policeman under each arm. It is due to him to say that his fantastic physical strength was generally employed in such bloodless though undignified scenes; his real crimes were chiefly those of ingenious and wholesale robbery. But each of his thefts was almost a new sin, and would make a story by itself. It was he who ran the great Tyrolean Dairy Company in London, with no dairies, no cows, no carts, no milk, but with some thousand subscribers. These he served by the simple operation of moving the little milk-cans outside people's doors to the doors of his own customers. It was he who had kept up an unaccountable and close correspondence with a young lady whose whole letter-bag was intercepted, by the extraordinary trick of photographing his messages infinitesimally small upon the slides of a microscope. A sweeping simplicity, however, marked many of his experiments. It is said he once repainted all the numbers in a street in the dead of night merely to divert one traveller into a trap. It is

Es ist jetzt viele Jahre her, dass dieser Gigant des Verbrechens unvermittelt aufhörte, die Welt in Aufruhr zu versetzen, und als er aufhörte – ganz wie es nach dem Tod Rolands hieß –, herrschte große Stille auf Erden. Aber in seinen besten Tagen (ich meine natürlich in seinen schlimmsten) war Flambeau so eine international bekannte und monumentale Figur wie Kaiser Wilhelm II. Nahezu jeden Morgen verkündeten die Tageszeitungen, dass er sich den Folgen eines außergewöhnlichen Verbrechens entzogen hatte, indem er ein neues beging. Er war ein Gascogner von hünenhafter Gestalt und herausragender körperlicher Kühnheit. Über die Ausbrüche seines athletischen Temperaments erzählte man sich die wildesten Geschichten: etwa wie er den Untersuchungsrichter gepackt, herumgedreht und auf den Kopf gestellt hatte, »um ihm zu klarem Verstand zu verhelfen«, oder wie er, unter jedem Arm einen Polizisten, die Rue de Rivoli entlanggerannt war. Fairerweise muss man sagen, dass er seine sagenhaften physischen Kräfte normalerweise bei unblutigen, wenn auch unrühmlichen Begebenheiten dieser Art einsetzte; seine wahren Verbrechen bestanden vornehmlich in raffinierten Raubzügen großen Stils. Jeder einzelne seiner Diebstähle aber war fast wie eine neue Sünde und lieferte Stoff für eine eigene Geschichte. Er war es, der die große Tiroler Molkerei-Gesellschaft in London betrieb – ohne Molkereien, ohne Kühe, ohne Wagen, ohne Milch, jedoch mit etwa tausend Kunden. Diese belieferte er, indem er ganz einfach die kleinen Milchkannen vor den Türen der anderen vor die Türen seiner eigenen Kunden beförderte. Er war es, der auf unerklärliche Weise einen regen Briefwechsel mit einer jungen Dame unterhielt, deren gesamte Post abgefangen wurde, indem er sich der außergewöhnlichen List bediente, seine Botschaften unendlich klein auf die Objektträger eines Mikroskops zu fotografieren. Viele seiner Unternehmungen jedoch waren von überwältigender Schlichtheit. Einmal soll er mitten in der Nacht sämtliche Hausnummern einer Straße übermalt haben, nur um einen bestimmten

quite certain that he invented a portable pillar-box, which he put up at corners in quiet suburbs on the chance of strangers dropping postal orders into it. Lastly he was known to be a startling acrobat; despite his huge figure, he could leap like a grasshopper and melt into the tree-tops like a monkey. Hence the great Valentin, when he set out to find Flambeau, was perfectly well aware that his adventures would not end when he had found him.

But how was he to find him? On this the great Valentin's ideas were still in process of settlement.

There was one thing which Flambeau, with all his dexterity of disguise, could not cover, and that was his singular height. If Valentin's quick eye had caught a tall apple-woman, a tall grenadier, or even a tolerably tall duchess, he might have arrested them on the spot. But all along his train there was nobody that could be a disguised Flambeau, any more than a cat could be a disguised giraffe. About the people on the boat he had already satisfied himself; and the people picked up at Harwich or on the journey limited themselves with certainty to six. There was a short railway official travelling up to the terminus, three fairly short market-gardeners picked up two stations afterwards, one very short widow lady going up from a small Essex town, and a very short Roman Catholic priest going up from a small Essex village. When it came to the last case, Valentin gave it up and almost laughed. The little priest was so much the essence of those Eastern flats: he had a face as round and dull as a Norfolk dumpling; he had eyes as empty as the North Sea; he had several brown-paper parcels which he was quite incapable of collecting. The

Reisenden in eine Falle zu locken. Es gilt als sicher, dass er der Erfinder eines tragbaren Briefkastens ist, den er in ruhigen Vororten an verschiedenen Straßenecken aufstellte, hoffend, dass Ortsfremde Postanweisungen hineinwerfen würden. Zu guter Letzt war er als verblüffend guter Akrobat bekannt; trotz seiner riesigen Gestalt konnte er wie ein Grashüpfer springen und wie ein Affe mit den Baumwipfeln verschmelzen. Daher war sich der große Valentin, als er sich auf die Suche nach Flambeau begab, vollkommen bewusst, dass seine Abenteuer noch längst nicht zu Ende wären, wenn er ihn gefunden hätte.

Aber wie sollte er ihn finden? Darüber hatte sich der große Valentin noch nicht abschließend Gedanken gemacht.

Es gab eine Sache, die Flambeau trotz aller Verkleidungskunst nicht verbergen konnte, und das war seine außergewöhnliche Körpergröße. Hätten Valentins scharfe Augen eine große Apfelverkäuferin, einen großen Grenadier oder auch nur eine leidlich hochgewachsene Herzogin erspäht, er hätte sie wahrscheinlich auf der Stelle verhaftet. Doch während seiner gesamten Fahrt lief ihm niemand über den Weg, der ein verkappter Flambeau hätte sein können, genauso wenig wie eine Katze eine verkleidete Giraffe sein konnte. Über die Leute auf dem Dampfer hatte er sich bereits Gewissheit verschafft; und die Anzahl der Menschen, die in Harwich oder später zugestiegen waren, beschränkte sich, soviel stand fest, auf sechs. Da gab es einen kleinen Bahnbeamten, der bis zur Endstation fuhr, drei ziemlich kleine Gemüsehändler, die zwei Stationen später hinzukamen, eine sehr kleine Witwe, die in einer kleinen Stadt in Essex, und einen ebenfalls sehr kleinen römisch-katholischen Priester, der in einem kleinen Dorf in Essex zustieg. Bei letzterem gab Valentin auf und musste fast lachen. Der kleine Priester war geradezu der Inbegriff des Einfaltspinsels aus dem Osten: sein Gesicht war so rund und nichtssagend wie ein Mehlkloß aus Norfolk, und seine Augen waren so öd und leer wie die Nordsee. Er trug mehrere in braunes Papier gewickelte Päckchen

Eucharistic Congress had doubtless sucked out of their local stagnation many such creatures, blind and helpless, like moles disinterred. Valentin was a sceptic in the severe style of France, and could have no love for priests. But he could have pity for them, and this one might have provoked pity in anybody. He had a large, shabby umbrella, which constantly fell on the floor. He did not seem to know which was the right end of his return ticket. He explained with a moon-calf simplicity to everybody in the carriage that he had to be careful, because he had something made of real silver "with blue stones" in one of his brown-paper parcels. His quaint blending of Essex flatness with saintly simplicity continuously amused the Frenchman till the priest arrived (somehow) at Stratford with all his parcels, and came back for his umbrella. When he did the last, Valentin even had the good nature to warn him not to take care of the silver by telling everybody about it. But to whomever he talked, Valentin kept his eye open for someone else; he looked out steadily for anyone, rich or poor, male or female, who was well up to six feet; for Flambeau was four inches above it.

He alighted at Liverpool Street, however, quite conscientiously secure that he had not missed the criminal so far. He then went to Scotland Yard to regularize his position and arrange for help in case of need; he then lit another cigarette and went for a long stroll in the streets of London. As he was walking in the streets and squares beyond Victoria, he paused suddenly and stood. It was a quaint, quiet square, very typical of London, full of an accidental stillness. The tall, flat houses round looked at once prosperous and uninhabited; the square of shrubbery in the centre looked as

bei sich, die er vergeblich beieinanderzuhalten versuchte. Zweifellos hatte der Eucharistische Kongress viele solcher Geschöpfe, blind und hilflos wie plötzlich ans Tageslicht gezerrte Maulwürfe, aus ihrer ländlichen Trägheit hervorgelockt. Valentin war ein Skeptiker im strengen französischen Stil und schätzte Priester daher nicht sonderlich. Aber er konnte Mitleid für sie aufbringen, und dieser hier hätte bei jedem Menschen Mitleid hervorgerufen. Er hatte einen großen, schäbigen Regenschirm bei sich, der ihm ständig zu Boden fiel. Er schien nicht zu wissen, welches das richtige Ende seiner Rückfahrkarte war. Mit der Einfalt eines Mondkalbs erklärte er jedermann im Abteil, dass er auf der Hut sein müsse, weil sich in einem seiner braunen Pakete ein Gegenstand aus echtem Silber »mit blauen Steinen« befinde. Seine bizarre Mischung aus Essexer Weltfremdheit und frommer Schlichtheit amüsierte den Franzosen die ganze Zeit über, bis der Priester mitsamt all seinen Päckchen irgendwie in Stratford anlangte und wegen seines Schirms noch einmal zurückkam. Bei dieser Gelegenheit hatte Valentin sogar die Güte, ihn zu warnen, er solle das Silber nicht hüten, indem er jedem davon erzähle. Doch mit wem er auch sprach, Valentin blieb wachsam; unablässig hielt er Ausschau nach jemandem, reich oder arm, männlich oder weiblich, der gut sechs Fuß groß war, denn Flambeau maß noch einmal vier Zoll mehr.

Als er an der Liverpool Street ausstieg, war er absolut sicher, dass ihm der Verbrecher bis jetzt nicht entgangen war. Er ging zunächst zu Scotland Yard, um seine Befugnisse zu klären und im Bedarfsfall Hilfe anfordern zu können. Dann zündete er sich eine weitere Zigarette an und begab sich auf einen langen Spaziergang durch die Straßen Londons. Als er die Straßen und Plätze jenseits von Victoria Station durchstreifte, hielt er plötzlich inne und blieb stehen. Es war ein malerischer, friedlicher und für London sehr typischer Platz, über dem eine absichtslose Stille lag. Die hohen, flachen Wohnhäuser ringsum sahen wohlhabend und gleichzeitig unbewohnt aus; der mit Büschen bewachsende Platz in der Mitte

deserted as a green Pacific islet. One of the four sides was much higher than the rest, like a dais; and the line of this side was broken by one of London's admirable accidents—a restaurant that looked as if it had strayed from Soho. It was an unreasonably attractive object, with dwarf plants in pots and long, striped blinds of lemon yellow and white. It stood specially high above the street, and in the usual patchwork way of London, a flight of steps from the street ran up to meet the front door almost as a fire-escape might run up to a first-floor window. Valentin stood and smoked in front of the yellow-white blinds and considered them long.

The most incredible thing about miracles is that they happen. A few clouds in heaven do come together into the staring shape of one human eye. A tree does stand up in the landscape of a doubtful journey in the exact and elaborate shape of a note of interrogation. I have seen both these things myself within the last few days. Nelson does die in the instant of victory; and a man named Williams does quite accidentally murder a man named Williamson; it sounds like a sort of infanticide. In short, there is in life an element of elfin coincidence which people reckoning on the prosaic may perpetually miss. As it has been well expressed in the paradox of Poe, wisdom should reckon on the unforeseen.

Aristide Valentin was unfathomably French; and the French intelligence is intelligence specially and solely. He was not "a thinking machine"; for that is a brainless phrase of modem fatalism and materialism. A machine only *is* a machine because it cannot think. But he was a thinking man, and a plain man at the same time. All his wonderful successes, that looked like conjuring, had been gained by plodding logic, by clear and common-

wirkte so menschenleer wie ein grünes Inselchen im Pazifik. Eine der vier Seiten ragte wie eine Estrade über die anderen empor, und die Harmonie dieser Häuserzeile wurde in unverwechselbarer Londoner Manier von einem Restaurant durchbrochen, das aussah, als hätte es sich von Soho hierher verirrt. Es war ein ungemein ansprechendes Gebilde, mit zwergwüchsigen Topfpflanzen und langen, zitronengelb und weiß gestreiften Markisen. Es lag außergewöhnlich hoch über der Straße, und gemäß dem üblichen Flickwerk der Londoner Bauweise führte direkt von der Straße eine Treppe zur Eingangstür, fast wie eine Feuerleiter zu einem Fenster im ersten Stock. Valentin stand rauchend vor den gelb-weißen Markisen und betrachtete sie lange nachdenklich.

Das Unglaublichste an Wundern ist die Tatsache, dass sie geschehen. Ein paar Wolken am Himmel können sich in die Form eines starrenden menschlichen Auges verwandeln. Auf einer Reise ins Ungewisse sieht man plötzlich mitten in der Landschaft einen Baum aufragen, der die exakte, vollendete Gestalt eines Fragezeichens hat. Ich selbst habe in den letzten Tagen beides gesehen. Nelson stirbt im Augenblick des Sieges; und ein Mann namens Williams ermordet rein zufällig einen Mann namens Williamson; es klingt wie ein Kindsmord. Kurz, es gibt im Leben ein Element des märchenhaften Zufalls, das Menschen, die lediglich mit dem Prosaischen rechnen, möglicherweise ständig übersehen. Wie es im Paradox von Poe so treffend formuliert wird: Weisheit ist, das Unerwartete zu erwarten.

Aristide Valentin war durch und durch Franzose; und die französische Intelligenz ist besonders und einzigartig. Er war keine »Denkmaschine«, denn dies ist eine geistlose Wortschöpfung des modernen Fatalismus und Materialismus. Eine Maschine *ist* ja nur eine Maschine, weil sie nicht denken kann. Aber er war ein denkender Mensch, und ein einfacher Mensch dazu. All seine wunderbaren Erfolge, die aussahen wie Zauberei, hatte er durch zähe Logik, durch klares, schnörkelloses französisches Denken errungen.

place French thought. The French electrify the world not by starting any paradox, they electrify it by carrying out a truism. They carry a truism so far—as in the French Revolution. But exactly because Valentin understood reason, he understood the limits of reason. Only a man who knows nothing of motors talks of motoring without petrol; only a man who knows nothing of reason talks of reasoning without strong, undisputed first principles. Here he had no strong first principles. Flambeau had been missed at Harwich; and if he was in London at all, he might be anything from a tall tramp on Wimbledon Common to a tall toastmaster at the Hôtel Métropole. In such a naked state of nescience, Valentin had a view and a method of his own.

In such cases he reckoned on the unforeseen. In such cases, when he could not follow the train of the reasonable, he coldly and carefully followed the train of the unreasonable. Instead of going to the right places—banks, police-stations, rendezvous—he systematically went to the wrong places; knocked at every empty house, turned down every *cul de sac*, went up every lane blocked with rubbish, went round every crescent that led him uselessly out of the way. He defended this crazy course quite logically. He said that if one had a clue this was the worst way; but if one had no clue at all it was the best, because there was just the chance that any oddity that caught the eye of the pursuer might be the same that had caught the eye of the pursued. Somewhere a man must begin, and it had better be just where another man might stop. Something about that flight of steps up to the shop, something about the quietude and quaintness of the restaurant, roused all the detective's rare romantic fancy and made him resolve

Die Franzosen begeistern die Welt nicht durch das Aufstellen einer paradoxen Theorie, sie begeistern sie, indem sie ins Werk setzen, was jeder weiß. Das kann, was jeder weiß, sehr umfassend sein – wie bei der Französischen Revolution. Aber gerade weil Valentin wusste, was Vernunft ist, kannte er ihre Grenzen. Nur jemand, der nichts von Motoren versteht, spricht vom Autofahren ohne Treibstoff; nur jemand, der nichts von Vernunft versteht, spricht von vernünftigen Schlüssen ohne handfeste, unwiderlegbare Beweise. In diesem Fall hatte er keine handfesten Beweise. Flambeau war in Harwich entwischt; und falls er überhaupt in London war, konnte er sich als alles verkleidet haben: vom hochgewachsenen Landstreicher im Park von Wimbledon bis zum baumlangen Bankettmeister im Hotel Metropol. In solch einem Zustand gänzlicher Unwissenheit hatte Valentin seine eigene Sicht- und Vorgehensweise.

In diesen Fällen erwartete er das Unerwartete. In diesen Fällen, in denen er nicht der Spur des Vernünftigen folgen konnte, folgte er kühl und bedacht der Spur des Unvernünftigen. Anstatt die wahrscheinlichen Orte aufzusuchen – Banken, Polizeistationen, beliebte Treffpunkte –, begab er sich gezielt an die unwahrscheinlichen Orte; er klopfte an jedes leerstehende Haus, lief jede Sackgasse hinunter, jede abfallverstopfte Gasse hinauf, umrundete jeden Straßenbogen, der ihn unnütz vom Weg abbrachte. Er rechtfertigte diese verrückte Methode recht logisch. Er sagte, wenn man irgendeinen Anhaltspunkt habe, sei es der schlechteste Weg, wenn man jedoch überhaupt keinen Anhaltspunkt habe, sei es der beste, denn immerhin bestand so die Chance, dass irgendetwas Merkwürdiges, das dem Verfolger auffiel, auch dem Verfolgten aufgefallen war. Irgendwo musste man schließlich anfangen, und vielleicht am besten gerade dort, wo ein anderer aufhören würde. Irgendetwas an der Treppenflucht, die zum Ladenlokal führte, irgendetwas an der Stille und dem malerischen Aussehen des Restaurants erregte die gesamte, wenn auch nicht gerade üppige romantische Phantasie des Detektivs und veranlasste ihn, aufs Geratewohl einen Versuch zu

to strike at random. He went up the steps, and sitting down by the window, asked for a cup of black coffee.

It was half-way through the morning, and he had not breakfasted; the slight litter of other breakfasts stood about on the table to remind him of his hunger; and adding a poached egg to his order, he proceeded musingly to shake some white sugar into his coffee, thinking all the time about Flambeau. He remembered how Flambeau had escaped, once by a pair of nail scissors, and once by a house on fire; once by having to pay for an unstamped letter, and once by getting people to look through a telescope at a comet that might destroy the world. He thought his detective brain as good as the criminal's, which was true. But he fully realized the disadvantage. "The criminal is the creative artist; the detective only the critic," he said with a sour smile, and lifted his coffee cup to his lips slowly, and put it down very quickly. He had put salt in it.

He looked at the vessel from which the silvery powder had come; it was certainly a sugar-basin; as unmistakably meant for sugar as a champagne-bottle for champagne. He wondered why they should keep salt in it. He looked to see if there were any more orthodox vessels. Yes, there were two salt-cellars quite full. Perhaps there was some speciality in the condiment in the salt-cellars. He tasted it; it was sugar. Then he looked round at the restaurant with a refreshed air of interest, to see if there were any other traces of that singular artistic taste which puts the sugar in the salt-cellars and the salt in the sugar-basin. Except for an odd splash of some dark fluid on one of the white-papered walls, the whole place appeared neat, cheerful and ordinary. He rang the bell for the waiter.

machen. Er stieg die Treppe hinauf, nahm am Fenster Platz und bestellte eine Tasse schwarzen Kaffee.

Es war bereits später Vormittag, und er hatte noch nicht gefrühstückt. Auf dem Tisch standen unauffällige Spuren vorangegangener Frühstücke und brachten ihm seinen Hunger ins Bewusstsein. Er bestellte zusätzlich ein pochiertes Ei und streuselte gedankenverloren ein wenig weißen Zucker in seinen Kaffee; dabei kreisten seine Gedanken ständig um Flambeau. Er dachte daran, wie Flambeau bisher entkommen war, einmal mit Hilfe einer Nagelschere, einmal wegen eines brennenden Hauses; einmal, weil er für einen unfrankierten Brief bezahlen musste, und einmal, weil er die Leute durch ein Teleskop einen Kometen betrachten ließ, der vielleicht die Welt zerstören würde. Er hielt sein detektivisches Gehirn für ebenso gut wie das des Verbrechers, was der Wahrheit entsprach. Aber der Nachteil war ihm deutlich bewusst. »Der Kriminelle ist der kreative Künstler, der Detektiv nur der Kritiker«, murmelte er mit einem bitteren Lächeln und führte seine Kaffeetasse langsam an die Lippen, stellte sie aber ganz rasch wieder zurück. Er hatte Salz hineingegeben.

Er betrachtete das Gefäß, aus dem der silbrige Puder stammte; es war zweifellos eine Zuckerdose und so eindeutig für Zucker bestimmt wie eine Champagnerflasche für Champagner. Er fragte sich, warum man wohl Salz darin aufbewahrte. Er sah sich um, ob es auch Gefäße der üblichen Sorte gab. Ja, da standen zwei gut gefüllte Salzstreuer. Vielleicht hatte auch der Inhalt der Salzstreuer eine besondere Würze. Er kostete; es war Zucker. Mit lebhaftem Interesse sah er sich abermals im Restaurant um, ob es weitere Anzeichen für die ausgefallene künstlerische Neigung gäbe, Zucker in Salzstreuer und Salz in Zuckerdosen zu füllen. Bis auf einen eigentümlichen Spritzer, den irgendeine dunkle Flüssigkeit an einer der weißtapezierten Wände hinterlassen hatte, wirkte der gesamte Raum sauber, freundlich und gewöhnlich. Er läutete nach dem Kellner.

When that official hurried up, fuzzy-haired and somewhat blear-eyed at that early hour, the detective (who was not without an appreciation of the simpler forms of humour) asked him to taste the sugar and see if it was up to the high reputation of the hotel. The result was that the waiter yawned suddenly and woke up.

"Do you play this delicate joke on your customers every morning?" inquired Valentin. "Docs changing the salt and sugar never pall on you as a jest?"

The waiter, when this irony grew clearer, stammeringly assured him that the establishment had certainly no such intention; it must be a most curious mistake. He picked up the sugar-basin and looked at it; he picked up the salt-cellar and looked at that, his face growing more and more bewildered. At last he abruptly excused himself, and hurrying away, returned in a few seconds with the proprietor. The proprietor also examined the sugar-basin and then the salt-cellar; the proprietor also looked bewildered.

Suddenly the waiter seemed to grow inarticulate with a rush of words.

"I zink," he stuttered eagerly, "I zink it is those two clergymen."

"What two clergymen?"

"The two clergymen," said the waiter, "that threw soup at the wall."

"Threw soup at the wall?" repeated Valentin, feeling sure this must be some Italian metaphor.

"Yes, yes," said the attendant excitedly, and pointing at the dark splash on the white paper; "threw it over there on the wall."

Als jener dienstbare Geist herbeieilte, mit wirrem Haar und zu dieser frühen Stunde etwas triefäugig, bat ihn der Detektiv (der für schlichtere Formen des Humors durchaus etwas übrig hatte), den Zucker zu kosten und ihm zu sagen, ob dessen Qualität dem guten Ruf des Hotels entspräche. Das Ergebnis war, dass der Kellner gähnte und mit einem Schlag erwachte.

»Pflegen Sie Ihren Gästen jeden Morgen diesen reizenden Streich zu spielen?«, fragte Valentin. »Wird Ihnen der Scherz, Salz und Zucker zu vertauschen, niemals langweilig?«

Sobald ihm die Ironie aufgegangen war, versicherte ihm der Kellner stammelnd, dass nichts dergleichen in der Absicht des Etablissements liege, es müsse sich um ein höchst merkwürdiges Versehen handeln. Er griff nach der Zuckerdose und besah sie; er griff nach dem Salzstreuer und besah diesen, wobei sein Gesichtsausdruck immer verwirrter wurde. Schließlich entschuldigte er sich unvermittelt, eilte davon und kehrte einige Sekunden später mit dem Besitzer zurück. Auch der Besitzer untersuchte die Zuckerdose und dann den Salzstreuer; auch der Besitzer sah verwirrt aus.

Plötzlich stieß der Kellner einen Schwall unartikulierter Worte hervor.

»Ich glaub'«, sagte er heftig stotternd, »ich glaub' es sind diese zwei Priester.«

»Was für zwei Priester?«

»Die zwei Priester«, sagte der Kellner, »die die Suppe an die Wand geschmissen haben.«

»Suppe an die Wand geschmissen?«, wiederholte Valentin, überzeugt, dass es sich um irgendeine italienische Redewendung handeln müsse.

»Ja, ja«, erwiderte der Kellner aufgeregt und deutete auf den dunklen Fleck auf der weißen Tapete; »da drüben an die Wand habn se sie geschmissen.«

Valentin looked his query at the proprietor, who came to his rescue with fuller reports.

"Yes, sir," he said, "it's quite true, though I don't suppose it has anything to do with the sugar and salt. Two clergymen came in and drank soup here very early, as soon as the shutters were taken down. They were both very quiet, respectable people; one of them paid the bill and went out; the other, who seemed a slower coach altogether, was some minutes longer getting his things together. But he went at last. Only, the instant before he stepped into the street he deliberately picked up his cup, which he had only half emptied, and threw the soup slap on the wall. I was in the back room myself, and so was the waiter; so I could only rush out in time to find the wall splashed and the shop empty. It didn't do any particular damage, but it was confounded cheek; and I tried to catch the men in the street. They were too far off though; I only noticed they went round the corner into Carstairs Street."

The detective was on his feet, hat settled and stick in hand. He had already decided that in the universal darkness of his mind he could only follow the first odd finger that pointed; and this finger was odd enough. Paying his bill and clashing the glass doors behind him, he was soon swinging round into the other street.

It was fortunate that even in such fevered moments his eye was cool and quick. Something in a shop-front went by him like a mere flash; yet he went back to look at it. The shop was a popular greengrocer and fruiterer's, an array of goods set out in the open air and plainly ticketed with their names and prices. In the two most prominent compartments were two

Valentin sah den Besitzer fragend an, der ihm mit ausführlicheren Berichten zu Hilfe kam.

»Ja, Sir«, sagte er, »es stimmt schon, obwohl ich nicht glaube, dass es etwas mit dem Zucker und dem Salz zu tun hat. Zwei Geistliche kamen heute sehr früh, sobald die Läden entfernt worden waren, herein und tranken Suppe. Es waren sehr ruhige, anständige Leute; einer bezahlte die Rechnung und ging hinaus; der andere, der insgesamt etwas langsamer war, brauchte ein paar Minuten länger, um seine Siebensachen zusammenpacken. Aber schließlich ging auch er. Kurz bevor er auf die Straße hinaustrat jedoch, nahm er mit Absicht seine Tasse, die er nur zur Hälfte geleert hatte, und warf die Suppe – schwups – gegen die Wand. Ich war im Hinterzimmer, genau wie der Kellner; also stürzte ich gleich herbei, fand aber nur noch den Fleck an der Wand und das Lokal leer. Nicht, dass es besonderen Schaden angerichtet hätte, aber es war eine verdammte Frechheit, und ich versuchte, die Männer auf der Straße einzuholen. Aber sie waren schon zu weit weg; ich sah nur noch, wie sie in der Carstairs Street verschwanden.«

Schon war der Detektiv auf den Beinen, den Hut auf dem Kopf, den Stock in der Hand. Er hatte bereits entschieden, dass er bei der umfassenden Dunkelheit, die in seinem Gehirn herrschte, nur dem erstbesten seltsamen Fingerzeig folgen konnte, und dieser Fingerzeig war seltsam genug. Er bezahlte seine Rechnung, schlug die Glastüren klirrend hinter sich zu und bog kurz darauf um die nächste Ecke.

Glücklicherweise blieb sein Blick selbst in derart erregenden Momenten kühl und flink. Irgendetwas zog vor einem Ladenfenster wie ein Blitz an seinen Augen vorüber, dennoch ging er zurück, um es zu überprüfen. Es war ein gewöhnlicher Obst- und Gemüseladen, der einen Teil seiner Waren im Freien ausstellte und ganz schlicht mit Preis und Name ausgezeichnet hatte. In den zwei auffälligsten Fächern befanden sich Orangen und

heaps, of oranges and of nuts respectively. On the heap of nuts lay a scrap of cardboard, on which was written in bold, blue chalk, "Best tangerine oranges, two a penny." On the oranges was the equally clear and exact description, "Finest Brazil nuts, 4d. a lb." M. Valentin looked at these two placards and fancied he had met this highly subtle form of humour before, and that somewhat recently. He drew the attention of the red-faced fruiterer, who was looking rather sullenly up and down the street, to this inaccuracy in his advertisements. The fruiterer said nothing, but sharply put each card into its proper place. The detective, leaning elegantly on his walking-cane, continued to scrutinize the shop. At last he said: "Pray excuse my apparent irrelevance, my good sir, but I should like to ask you a question in experimental psychology and the association of ideas."

The red-faced shopman regarded him with an eye of menace; but he continued gaily, swinging his cane. "Why," he pursued, "why are two tickets wrongly placed in a greengrocer's shop like a shovel hat that has come to London for a holiday? Or, in case I do not make myself clear, what is the mystical association which connects the idea of nuts marked as oranges with the idea of two clergymen, one tall and the other short?"

The eyes of the tradesman stood out of his head like a snail's; he really seemed for an instant likely to fling himself upon the stranger. At last he stammered

Nüsse, die zu Bergen aufgetürmt waren. Auf dem Berg mit Nüssen lag ein Stück Pappe, auf dem mit blauer Kreide deutlich sichtbar geschrieben stand: »Beste Orangen aus Tanger, zwei Stück einen Penny«. Auf den Orangen lag ein Schild mit ähnlich unmissverständlicher und genauer Beschreibung: »Feinste Nüsse aus Brasilien, vier Pence das Pfund«. Monsieur Valentin starrte auf die beiden Pappschilder und hatte das Gefühl, als sei ihm diese höchst feinsinnige Art von Humor schon einmal begegnet, und zwar vor nicht allzu langer Zeit. Er lenkte die Aufmerksamkeit des rotgesichtigen Obsthändlers, der ziemlich mürrisch die Straße auf und ab blickte, auf die Ungenauigkeit in seiner Reklame. Der Obsthändler erwiderte nichts, steckte jedoch mit einer heftigen Bewegung jedes Schild an seine richtige Stelle. Elegant auf seinen Spazierstock gestützt, fuhr der Detektiv fort, den Laden prüfend zu betrachten. Schließlich sagte er: »Bitte entschuldigen Sie meinen scheinbar abwegigen Einfall, guter Mann, aber ich würde Ihnen gerne eine Frage in Sachen experimenteller Psychologie und Gedankenassoziation stellen.«

Der rotgesichtige Händler sah ihn mit drohendem Blick an; doch seinen Spazierstock schwingend, fuhr Valentin munter fort. »Was«, fragte er, »haben zwei in einem Obstladen falsch aufgestellte Schilder mit einem breitkrempigen Hut*, der in London Urlaub macht, gemeinsam? Oder, für den Fall, dass ich mich nicht klar genug ausdrücke, worin besteht die geheimnisvolle Gedankenverbindung zwischen Nüssen, die man als Orangen bezeichnet, und zwei Geistlichen, von denen der eine groß und der andere klein ist?«

Die Augen des Händlers traten aus seinem Kopf hervor wie bei einer Schnecke, und einen Moment lang sah es tatsächlich so aus, als würde er sich auf den Fremden stürzen. Schließlich stieß er

* Engl. »shovel hat« bezeichnet den Hut der englischen Geistlichen. Anm. d. Ü.

angrily: "I don't know what you 'ave to do with it, but if you're one of their friends, you can tell 'em from me that I'll knock their silly 'eads off, parsons or no parsons, if they upset my apples again."

"Indeed?" asked the detective, with great sympathy. "Did they upset your apples?"

"One of 'em did," said the heated shopman; "rolled 'em all over the street. I'd 'ave caught the fool but for havin' to pick 'em up."

"Which way did these parsons go?" asked Valentin.

"Up that second road on the left-hand side, and then across the square," said the other promptly.

"Thanks," said Valentin, and vanished like a fairy. On the other side of the second square he found a policeman, and said: "This is urgent, constable; have you seen two clergymen in shovel hats?"

The policeman began to chuckle heavily. "I 'ave, sir; and if you arst me, one of 'em was drunk. He stood in the middle of the road that bewildered that—"

"Which way did they go?" snapped Valentin.

"They took one of them yellow buses over there," answered the man; "them that go to Hampstead."

Valentin produced his official card and said very rapidly: "Call up two of your men to come with me in pursuit," and crossed the road with such contagious energy that the ponderous policeman was moved to almost agile obedience. In a minute and a half the French detective was joined on the opposite pavement by an inspector and a man in plain clothes.

"Well, sir," began the former, with smiling importance, "and what may—?"

zornig hervor: »Ich weiß nich, was Sie das angeht, aber wenn das Ihre Freunde sind, dann können Se denen ausrichten, dass ich denen ihre dummen Köpfe abreiße, wenn sie noch Mal meine Äpfel durcheinanderwerfen, Pfaffen hin oder her.«

»Wirklich?«, fragte der Detektiv mitfühlend. »Haben die Ihre Äpfel durcheinandergebracht?«

»Ja, einer von denen«, erwiderte der erboste Obsthändler. »Hat se über die ganze Straße verstreut. Hätt' den Trottel ja erwischt, wenn ich die Äpfel nich hätt' aufheben müssen.«

»In welche Richtung sind diese Pfaffen gegangen?«, fragte Valentin.

»Dort die zweite Straße links und dann quer über den Platz«, versetzte der andere prompt.

»Danke«, sagte Valentin und verschwand wie durch Zauberhand. Jenseits des zweiten Platzes traf er auf einen Polizisten und sprach ihn an: »Dies ist eine dringende Sache, Konstabler. Haben Sie zwei Geistliche mit breitkrempigen Hüten gesehen?«

Der Polizist begann heftig zu kichern. »Hab' ich, Sir; und wenn'se mich fragn, dann war der eine betrunken. Er stand so verwirrt mitten auf der Straße, dass ...«

»In welche Richtung sind sie gegangen?«, schnauzte Valentin.

»Sie nahmen einen von den gelben Bussen da drüben«, antwortete der Mann, »die nach Hampstead gehen.«

Valentin zog seinen Dienstmarke hervor und sagte hastig: »Rufen Sie zwei Ihrer Männer; sie sollen mich bei der Verfolgung unterstützen.« Dann überquerte er die Straße mit einer so ansteckenden Energie, dass der schwerfällige Polizist seinen Befehl geradezu wieselflink ausführte. Anderthalb Minuten später stießen auf dem gegenüberliegenden Gehsteig ein Inspektor und ein Beamter in Zivilkleidung zu dem französischen Detektiv.

»Nun, Sir«, setzte der Inspektor mit selbstgefälligem Lächeln an, »um was eigentlich ...?«

Valentin pointed suddenly with his cane. "I'll tell you on the top of that omnibus," he said, and was darting and dodging across the tangle of the traffic. When all three sank panting on the top seats of the yellow vehicle, the inspector said: "We could go four times as quick in a taxi."

"Quite true," replied their leader placidly, "if we only had an idea of where we were going."

"Well, where *are* you going?" asked the other, staring.

Valentin smoked frowningly for a few seconds; then, removing his cigarette, he said: "If you *know* what a man's doing, get in front of him; but if you want to guess what he's doing, keep behind him. Stray when he strays; stop when he stops; travel as slowly as he. Then you may see what he saw and may act as he acted. All we can do is to keep our eyes skinned for a queer thing."

"What sort of a queer thing do you mean?" asked the inspector.

"Any sort of queer thing," answered Valentin, and relapsed into obstinate silence.

The yellow omnibus crawled up the northern roads for what seemed like hours on end; the great detective would not explain further, and perhaps his assistants felt a silent and growing doubt of his errand. Perhaps, also, they felt a silent and growing desire for lunch, for the hours crept long past the normal luncheon hour, and the long roads of the North London suburbs seemed to shoot out into length after length like an infernal telescope. It was one of those journeys on which a man perpetually feels that now at last he must have come to the end of the universe, and then

Valentin unterbrach ihn mit einer deutlichen Geste seines Stocks. »Das werde ich Ihnen oben auf dem Bus da erklären«, stieß er hervor, sprang los und bahnte sich einen Weg durch das Verkehrsgewirr. Als alle drei keuchend im Oberdeck des gelben Gefährts auf die Sitze sanken, bemerkte der Inspektor: »Mit einem Taxi wären wir viermal so schnell.«

»Wohl wahr«, entgegnete ihr Anführer gelassen, »wenn wir nur die leiseste Ahnung hätten, wohin wir fahren.«

»Und, wohin *wollen* Sie?«, fragte der andere und starrte ihn an.

Valentin zog ein paar Sekunden lang stirnrunzelnd an seiner Zigarette, dann nahm er sie aus dem Mund und antwortete: »Wenn Sie *wissen*, was ein Mann vorhat, überholen Sie ihn; wenn Sie aber herausfinden wollen, was er vorhat, bleiben Sie hinter ihm. Schlendern Sie, wenn er schlendert, bleiben Sie stehen, wenn er stehen bleibt; bewegen Sie sich genauso langsam fort wie er. Dann sehen Sie vielleicht, was auch er sah; dann können Sie vielleicht auch so handeln wie er. Alles, was wir tun können, ist, unsere Augen nach einer verdächtigen Sache offen zu halten.«

»Was für eine Art von verdächtiger Sache meinen Sie?«, wollte der Inspektor wissen.

»Jede Art von verdächtiger Sache«, erwiderte Valentin und verfiel erneut in hartnäckiges Schweigen.

Der gelbe Omnibus quälte sich scheinbar endlose Stunden durch die Straßen nach Norden; der große Detektiv ließ sich zu keiner weiteren Erklärung herab, und möglicherweise verspürten seine Assistenten einen leisen und wachsenden Zweifel an seinem Vorhaben. Möglicherweise verspürten sie auch ein leises und wachsendes Verlangen nach einem Mittagessen, denn die Stunden verstrichen und die normale Mittagessenszeit war längst vorüber. Und die langen Straßen der Vororte des Londoner Nordens schienen sich aus einer Länge in die nächste zu schieben – wie ein höllisches Teleskop. Es war eine jener Fahrten, bei der man ständig das Gefühl hat, man wäre nun wirklich am Ende der Welt ange-

finds he has only come to the beginning of Tufnell Park. London died away in draggled taverns and dreary scrubs, and then was unaccountably born again in blazing high streets and blatant hotels. It was like passing through thirteen separate vulgar cities all just touching each other. But though the winter twilight was already threatening the road ahead of them, the Parisian detective still sat silent and watchful, eyeing the frontage of the streets that slid by on either side. By the time they had left Camden Town behind, the policemen were nearly asleep; at least, they gave something like a jump as Valentin leapt erect, struck a hand on each man's shoulder, and shouted to the driver to stop.

They tumbled down the steps into the road without realizing why they had been dislodged; when they looked round for enlightenment they found Valentin triumphantly pointing his finger towards a window on the left side of the road. It was a large window, forming part of the long façade of a gilt and palatial public-house; it was the part reserved for respectable dining, and labelled "Restaurant." This window, like all the rest along the frontage of the hotel, was of frosted and figured glass, but in the middle of it was a big, black smash, like a star in the ice.

"Our cue at last," cried Valentin, waving his stick; "the place with the broken window."

"What window? What cue?" asked his principal assistant. "Why, what proof is there that this has anything to do with them?"

Valentin almost broke his bamboo stick with rage.

"Proof!" he cried. "Good God! the man is looking for proof! Why, of course, the chances are twenty to

kommen, nur um dann festzustellen, dass man sich gerade erst am Anfang von Tufnell Park befindet. London verlor sich in verdreckten Kneipen und trostlosem Buschwerk, um dann auf rätselhafte Weise in hell erleuchteten Hauptstraßen und protzigen Hotels erneut zu erstehen. Es war, als würde man durch dreizehn einzelne, hässliche Städte fahren, die alle ineinander übergingen. Doch obwohl die Winterdämmerung die vor ihnen liegende Straße bereits verdunkelte, verharrte der Pariser Detektiv immer noch schweigend und wachsam auf seinem Sitz und ließ kein Auge von den Straßenfronten, die links und rechts vorüberglitten. Als sie Camden Town hinter sich gelassen hatten, waren die Polizisten fast eingeschlafen; jedenfalls fuhren beide erschreckt hoch, als Valentin aufsprang, den Männern mit der Hand auf die Schulter klopfte und dem Fahrer zurief, er solle anhalten.

Sie stolperten die Treppe hinunter auf die Straße, ohne zu begreifen, warum man sie ausquartiert hatte; und als sie erklärungssuchend um sich blickten, sahen sie, wie Valentin triumphierend mit dem Finger auf ein Fenster auf der linken Straßenseite zeigte. Es handelte sich um ein großes Fenster, das Teil der ausufernden Fassade eines luxuriösen, palastartigen Gasthauses war; dahinter lag jener Bereich, der für vornehmes Dinieren reserviert war, und das Fenster trug die Aufschrift »Restaurant«. Wie alle übrigen Fenster der Hotelfassade bestand auch dieses aus verziertem Mattglas; doch in der Mitte hatte es einen großen schwarzen Sprung, wie ein Stern im Eis.

»Endlich eine Spur«, rief Valentin, und schwang seinen Stock; »der Ort mit dem zerbrochenen Fenster.«

»Welches Fenster? Welche Spur?«, fragte sein erster Assistent. »Wo, bitte, ist der Beweis, dass dies hier irgendetwas mit den beiden zu tun hat?«

Valentin zerbrach vor Wut fast seinen Bambusstock.

»Beweis!«, schrie er. »Du lieber Himmel! Der Mann sucht nach Beweisen! Nun, natürlich stehen die Chancen zwanzig zu eins, dass

one that it has *nothing* to do with them. But what else can we do? Don't you see we must either follow one wild possibility or else go home to bed?" He banged his way into the restaurant, followed by his companions, and they were soon seated at a late luncheon at a little table, and looking at the star of smashed glass from the inside. Not that it was very informative to them even then.

"Got your window broken, I see," said Valentin to the waiter, as he paid his bill.

"Yes, sir," answered the attendant, bending busily over the change, to which Valentin silently added an enormous tip. The waiter straightened himself with mild but unmistakable animation.

"Ah, yes, sir," he said. "Very odd thing, that, sir."

"Indeed? Tell us about it," said the detective with careless curiosity.

"Well, two gents in black came in," said the waiter; "two of those foreign parsons that are running about. They had a cheap and quiet little lunch, and one of them paid for it and went out. The other was just going out to join him when I looked at my change again and found he'd paid me more than three rimes too much. 'Here,' I says to the chap who was nearly out of the door, 'you've paid too much.' 'Oh,' he says, very cool, 'have we?' 'Yes,' I says, and picks up the bill to show him. Well, that was a knock-out."

"What do you mean?" asked his interlocutor.

"Well, I'd have sworn on seven Bibles that I'd put 4s. on that bill. But now I saw I'd put 14s., as plain as paint."

"Well?" cried Valentin, moving slowly, but with burning eyes, "and then?"

es *nichts* mit den beiden zu tun hat. Aber was bleibt uns anderes übrig? Begreifen Sie denn nicht, dass wir entweder die letzte wahnwitzige Möglichkeit verfolgen oder nach Hause gehen und uns ins Bett legen müssen?« Gefolgt von seinen Begleitern stürmte er türenknallend ins Restaurant, und schon bald nahmen sie an einem kleinen Tisch ein spätes Mittagessen zu sich und sahen sich dabei den Stern aus gesprungenem Glas von innen an. Nicht, dass sie das aus dieser Perspektive wesentlich weiter gebracht hätte.

»Man hat Ihnen die Fensterscheibe zerschmissen, wie ich sehe«, bemerkte Valentin zum Kellner, als er die Rechnung beglich.

»Ja, Sir«, entgegnete der Kellner und beugte sich geschäftig über das Kleingeld, das Valentin stillschweigend um ein enormes Trinkgeld erhöhte. Der Ober richtete sich mit sanfter, aber unverkennbarer Lebhaftigkeit auf.

»Ach ja, Sir«, wiederholte er. »Sehr seltsame Sache, das, Sir.«

»Tatsächlich? Erzählen Sie doch mal«, sagte der Detektiv mit beiläufiger Neugier.

»Also, da kamen zwei schwarz gekleidete Herrschaften herein«, erklärte der Kellner; »zwei von diesen ausländischen Geistlichen, die zurzeit hier herumrennen. Sie nahmen ein preiswertes und bescheidenes Mittagessen zu sich, einer von ihnen bezahlte und ging hinaus. Der andere wollte sich ihm gerade anschließen, als ich noch einmal mein Wechselgeld überprüfte und feststellte, dass er mir mehr als das Dreifache bezahlt hatte. ›Hallo‹, sag' ich zu dem Burschen, der schon fast aus der Tür war, ›Sie haben zu viel bezahlt.‹ ›Oh‹, sagt er kalt, ›ist das wahr?‹ ›Ja‹, sag' ich und nehm' die Rechnung, um es ihm zu zeigen. Na, das war vielleicht ein Schlag.«

»Was meinen Sie?«, forschte sein Gesprächspartner.

»Na, ich hätte auf sieben Bibeln geschworen, dass ich vier Schilling auf die Rechnung gesetzt hab'. Aber jetzt sah ich, dass ich klar und deutlich vierzehn Schilling draufgeschrieben habe.«

»Ja, und weiter?«, rief Valentin und rutschte mit gespanntem Blick unmerklich auf seinem Stuhl hin und her.

"The parson at the door he says, all serene, 'Sorry to confuse your accounts, but it'll pay for the window.' 'What window?' I says. 'The one I'm going to break,' he says, and smashed that blessed pane with his umbrella."

All the inquirers made an exclamation; and the inspector said under his breath: "Are we after escaped lunatics?" The waiter went on with some relish for the ridiculous story:

"I was so knocked silly for a second, I couldn't do anything. The man marched out of the place and joined his friend just round the corner. Then they went so quick up Bullock Street that I couldn't catch them, though I ran round the bars to do it."

"Bullock Street," said the detective, and shot up that thoroughfare as quickly as the strange couple he pursued.

Their journey now took them through bare brick ways like tunnels; streets with few lights and even with few windows; streets that seemed built out of the blank backs of everything and everywhere. Dusk was deepening, and it was not easy even for the London policemen to guess in what exact direction they were treading. The inspector, however, was pretty certain that they would eventually strike some part of Hampstead Heath. Abruptly one bulging and gas-lit window broke the blue twilight like a bull's-eye lantern; and Valentin stopped an instant before a little garish sweet-stuff shop. After an instant's hesitation he went in; he stood amid the gaudy colours of the confectionery with entire gravity and bought thirteen chocolate cigars with a certain care. He was clearly preparing an opening; but he did not need one.

»Da sagt der Pfarrer an der Tür, er, ganz seelenruhig, ›Bedaure, wenn ich Ihre Abrechnung durcheinanderbringe, aber fürs Fenster wird's wohl reichen.‹ ›Was für ein Fenster?‹, frage ich. ›Für das Fenster, das ich jetzt kaputtschlage‹, antwortet er und zertrümmert die verflixte Scheibe mit seinem Schirm.«

Alle Ermittler gaben alle einen Ausruf des Erstaunens von sich; und der Inspektor flüsterte: »Sind wir hinter entflohenen Verrückten her?« Der Kellner fuhr mit sichtlichem Gefallen an der absurden Geschichte fort:

»Eine Sekunde lang war ich so verdutzt, dass ich gar nichts tun konnte. Der Kerl marschierte aus dem Raum und folgte seinem Freund um die nächste Ecke. Dann liefen sie die Bullock Street so rasch hinunter, dass ich sie nicht mehr einholen konnte, obwohl ich extra durch den Schankraum gerannt bin.«

»Bullock Street«, wiederholte der Detektiv und schoss eben diese Straße ebenso schnell hinauf wie das seltsame Paar, das er verfolgte.

Ihr Weg führte sie jetzt an kahlen, tunnelartigen Backsteinmauern vorbei; durch Straßen, wo es kaum Licht und noch weniger Fenster gab; durch Straßen, die aus den kahlen Rückwänden eines Irgendwie und Irgendwo erbaut zu sein schienen. Es dämmerte immer stärker, und selbst für die Londoner Polizisten war es schwer, genau zu sagen, in welche Richtung sie sich bewegten. Der Inspektor war sich jedoch ziemlich sicher, dass sie am Ende in einem Teil von Hampstead Heath landen würden. Plötzlich durchbrach der Schein eines gewölbten, vom Gaslicht erhellten Fensters wie ein Blendlicht die blaue Dämmerung, und Valentin blieb einen Augenblick vor dem kleinen, schrillen Süßwarenladen stehen. Er zögerte kurz und ging dann hinein; mit vollkommen ernstem Gesichtsausdruck stand er inmitten des farbenprächtigen Naschwerks und erwarb mit einiger Sorgfalt dreizehn Schokoladenzigarren. Offensichtlich war er um einen Gesprächsanfang bemüht, aber das war nicht nötig.

An angular, elderly young woman in the shop had regarded his elegant appearance with a merely automatic inquiry; but when she saw the door behind him blocked with the blue uniform of the inspector, her eyes seemed to wake up.

"Oh," she said, "if you've come about that parcel, I've sent it off already."

"Parcel!" repeated Valentin; and it was his turn to look inquiring.

"I mean the parcel the gentleman left—the clergyman gentleman."

"For goodness' sake," said Valentin, leaning forward with his first real confession of eagerness, "for Heaven's sake tell us what happened exactly."

"Well," said the woman, a little doubtfully, "the clergymen came in about half an hour ago and bought some peppermints and talked a bit, and then went off towards the Heath. But a second after, one of them runs back into the shop and says, 'Have I left a parcel?' Well, I looked everywhere and couldn't see one; so he says, 'Never mind; but if it should turn up, please post it to this address,' and he left me the address and a shilling for my trouble. And sure enough, though I thought I'd looked everywhere, I found he'd left a brown-paper parcel, so I posted it to the place he said. I can't remember the address now; it was somewhere in Westminster. But as the thing seemed so important, I thought perhaps the police had come about it."

"So they have," said Valentin shortly. "Is Hampstead Heath near here?"

"Straight on for fifteen minutes," said the woman, "and you'll come right out on the open." Valentin

Eine knochige, ältere Jungfer im Laden hatte seine elegante Erscheinung nur mit einem mechanischen, fragenden Blick wahrgenommen; doch als sie sah, dass die Ladentür hinter Valentin durch die blaue Uniform des Inspektors versperrt wurde, schien ihr Blick lebhafter zu werden.

»Oh«, sagte sie, »falls Sie wegen des Päckchens gekommen sind, das habe ich bereits weggeschickt.«

»Päckchen?«, wiederholte Valentin; und nun war es an ihm, fragend zu blicken.

»Ich meine das Päckchen, das der Herr hier vergessen hat – der geistliche Herr.«

»Um Himmels willen«, rief Valentin, lehnte sich vor und zeigte zum ersten Mal seinen wahren Eifer, »um Himmels willen, erzählen Sie uns genau, was passiert ist.«

»Nun«, meinte die Frau ein wenig unsicher, »die zwei Pfarrer kamen vor etwa einer halben Stunde herein, kauften ein paar Pfefferminzbonbons, plauderten ein wenig und gingen dann in Richtung Park davon. Eine Sekunde später kommt einer der ihnen zurück in den Laden gerannt und sagt: ›Habe ich hier ein Päckchen vergessen?‹ Na, ich hab' überall nachgesehen, konnte aber keins entdecken; also sagt er: ›Macht nichts. Aber wenn es auftauchen sollte, schicken Sie es bitte an diese Adresse‹, und er gab mir die Adresse und einen Schilling für die Mühe. Und tatsächlich, obwohl ich dachte, ich hätte überall nachgesehen, fand ich ein Päckchen in braunem Packpapier und hab' es an den Ort geschickt, den er genannt hatte. Ich kann mich nicht mehr an die Adresse erinnern, es war irgendwo in Westminster. Aber weil sich die Sache so wichtig anhörte, dachte ich, die Polizei wäre vielleicht deswegen gekommen.«

»Ist sie auch«, entgegnete Valentin schroff. »Ist Hampstead Heath hier in der Nähe?«

»Eine Viertelstunde geradeaus«, erwiderte die Frau, »und sie kommen direkt hinaus ins Freie.« Valentin sprang aus dem Laden

sprang out of the shop and began to run. The other detectives followed him at a reluctant trot.

The street they threaded was so narrow and shut in by shadows that when they came out unexpectedly into the void common and vast sky they were startled to find the evening still so light and clear. A perfect dome of peacock-green sank into gold amid the blackening trees and the dark violet distances. The glowing green tint was just deep enough to pick out in points of crystal one or two stars. All that was left of the daylight lay in a golden glitter across the edge of Hampstead and that popular hollow which is called the Vale of Health. The holiday makers who roam this region had not wholly dispersed: a few couples sat shapelessly on benches; and here and there a distant girl still shrieked in one of the swings. The glory of heaven deepened and darkened around the sublime vulgarity of man; and standing on the slope and looking across the valley, Valentin beheld the thing which he sought.

Among the black and breaking groups in that distance was one especially black which did not break—a group of two figures clerically clad. Though they seemed as small as insects, Valentin could see that one of them was much smaller than the other. Though the other had a student's stoop and an inconspicuous manner, he could see that the man was well over six feet high. He shut his teeth and went forward, whirling his stick impatiently. By the time he had substantially diminished the distance and magnified the two black figures as in a vast microscope, he had perceived something else; something which startled him, and yet which he had somehow expected. Whoever was the

und begann zu laufen. Die beiden Polizisten trabten widerwillig hinter ihm her.

Die Straße, die sie durcheilten, war so eng und schattig, dass sie, als sie unvermittelt auf die kahle Ebene unter dem weiten Himmel hinaustraten, überrascht feststellten, wie hell und klar der Abend noch war. Eine vollendete Kuppel von Pfauengrün verwandelte sich zwischen dem zunehmenden Schwarz der Bäume und dem dunklen Veilchenblau der Ferne in Gold. Die glühende grüne Färbung war gerade tief genug, um ein, zwei Sterne wie Kristallsplitter aufblitzen zu lassen. Der letzte Rest Tageslicht lag wie ein goldener Schimmer über den Ausläufern des Parks von Hampstead und jener beliebten Senke, die man das Tal des Heils nennt. Die Ausflügler, die diese Gegend durchstreifen, hatten sich noch nicht gänzlich zerstreut: auf ein paar Bänken saßen schemenhaft einige Paare; hier und da war noch entferntes Mädchengekreisch von einer der Schaukeln zu vernehmen. Die himmlische Herrlichkeit vertiefte sich und ließ die unendliche Gewöhnlichkeit des Menschen im Dunkeln versinken. Valentin stand am Rande der Böschung und während sein Blick über das Tal schweifte, entdeckte er, wonach er gesucht hatte.

Unter den schwarzen Grüppchen von Menschen, die sich in der Ferne zerstreuten, war eine, die besonders schwarz aussah und sich nicht zerstreute – ein Zweiergrüppchen im Priestergewand. Sie erschienen kaum größer als Insekten, und doch konnte Valentin sehen, dass der eine viel kleiner war als der andere. Und obwohl dieser andere wie ein Student in gebeugter Haltung dastand und ganz unscheinbar wirkte, konnte Valentin sehen, dass der Mann über sechs Fuß maß. Er biss die Zähne zusammen und marschierte los, dabei wirbelte er ungeduldig mit seinem Stock. Nachdem er den Abstand deutlich verringert und die beiden schwarzen Gestalten vergrößert hatte wie unter einem riesigen Mikroskop, entdeckte er noch etwas anderes; etwas, das ihn erschreckte, das er jedoch irgendwie erwartet hatte. Wer auch immer

tall priest, there could be no doubt about the identity of the short one. It was his friend of the Harwich train, the stumpy little *curé* of Essex whom he had warned about his brown-paper parcels.

Now, so far as this went, everything fitted in finally and rationally enough. Valentin had learned by his inquiries that morning that a Father Brown from Essex was bringing up a silver cross with sapphires, a relic of considerable value, to show some of the foreign priests at the congress. This undoubtedly was the "silver with blue stones"; and Father Brown undoubtedly was the little greenhorn in the train. Now mere was nothing wonderful about the fact that what Valentin had found out Flambeau had also found out; Flambeau found out everything. Also there was nothing wonderful in the fact that when Flambeau heard of a sapphire cross he should try to steal it; that was the most natural thing in all natural history. And most certainly there was nothing wonderful about the fact that Flambeau should have it all his own way with such a silly sheep as the man with the umbrella and the parcels. He was the sort of man whom anybody could lead on a string to the North Pole; it was not surprising that an actor like Flambeau, dressed as another priest, could lead him to Hampstead Heath. So far the crime seemed clear enough; and while the detective pitied the priest for his helplessness, he almost despised Flambeau for condescending to so gullible a victim. But when Valentin thought of all that had happened in between, of all that had led him to his triumph, he racked his brains for the smallest rhyme or reason in it. What had the stealing of a blue-and-silver cross from a priest from Essex to do with chucking soup at wallpaper? What had it to do with calling nuts oranges, or with

der große Priester war, über die Identität des kleinen konnte es keinen Zweifel geben. Es war sein Freund aus dem Zug von Harwich, der stämmige kleine *curé* aus Essex, den er wegen seiner braunen Päckchen gewarnt hatte.

Nun, soweit fügte sich alles schlüssig und logisch ineinander. Bei seinen Nachforschungen am Morgen hatte Valentin erfahren, dass ein gewisser Pater Brown aus Essex ein mit Saphiren besetztes silbernes Kreuz, eine Reliquie von beträchtlichem Wert, bei sich trug, um sie einigen ausländischen Geistlichen auf dem Kongress zu zeigen. Dies war zweifellos jener »Silbergegenstand mit blauen Steinen«; und der kleine Grünschnabel aus dem Zug war zweifellos Pater Brown. Nun lag nichts Verwunderliches in der Tatsache, dass Flambeau das Gleiche herausgefunden hatte wie Valentin; Flambeau fand alles heraus. Es lag auch nichts Verwunderliches in der Tatsache, dass Flambeau, sobald er von einem Saphirkreuz hörte, versuchen würde, es zu stehlen; das war nichts weniger als die natürlichste Sache der Welt. Und es erst recht lag nichts Verwunderliches in der Tatsache, dass Flambeau ein derart gutgläubiges Schaf wie den Mann mit dem Schirm und den Päckchen nach Herzenslust an der Nase herumführen würde. Er war einer von denen, den jeder beliebige Mensch an einem Bindfaden zum Nordpol schleppen konnte; kein Wunder also, dass ein Schauspieler wie Flambeau, als Priester verkleidet, ihn in nach Hampstead Heath schleppen konnte. Soweit schien das Verbrechen klar; und während der Detektiv den Priester ob seiner Hilflosigkeit bemitleidete, empfand er für Flambeau geradezu Verachtung, weil sich dieser ein derart einfältiges Opfer auserkoren hatte. Aber als Valentin alles, was in der Zwischenzeit geschehen war, alles, was ihn zu seinem Triumph geführt hatte, in Gedanken Revue passieren ließ, zermarterte er sich umsonst das Gehirn: er konnte nicht den geringsten Sinn und Zweck darin entdecken. Was hatte ein blau-silbernes Kreuz, das einem Priester aus Essex gestohlen worden war, mit Suppe an der Tapete zu tun? Was hatte der Diebstahl mit der Verwechslung von Nüssen und Orangen

paying for windows first and breaking them afterwards? He had come to the end of his chase; yet somehow he had missed the middle of it. When he failed (which was seldom), he had usually grasped the clue, but nevertheless missed the criminal. Here he had grasped the criminal, but still he could not grasp the clue.

The two figures that they followed were crawling like black flies across the huge green contour of a hill. They were evidently sunk in conversation, and perhaps did not notice where they were going; but they were certainly going to the wilder and more silent heights of the Heath. As their pursuers gained on them, the latter had to use the undignified attitudes of the deer-stalker, to crouch behind clumps of trees and even to crawl prostrate in deep grass. By these ungainly ingenuities the hunters even came close enough to the quarry to hear the murmur of the discussion, but no word could be distinguished except the word "reason" recurring frequently in a high and almost childish voice. Once, over an abrupt dip of land and a dense tangle of thickets, the detectives actually lost the two figures they were following. They did not find the trail again for an agonizing ten minutes, and men it led round the brow of a great dome of hill overlooking an amphitheatre of rich and desolate sunset scenery. Under a tree in this commanding yet neglected spot was ah old ramshackle wooden seat. On this seat sat the two priests still in serious speech together. The gorgeous green and gold still clung to the darkening horizon; but the dome above was turning slowly from peacock-green to peacock-blue, and the stars detached themselves more and more like solid jewels. Mutely motioning to his followers, Valentin contrived to creep up behind the big

oder gar damit zu tun, dass jemand im Voraus für Fensterscheiben bezahlt, die er danach zertrümmert? Er hatte das Ende seiner Jagd erreicht; aber irgendwie war ihm der Kern der Sache entgangen. Wenn er versagte (was selten geschah), hatte er gewöhnlich das Rätsel geknackt und den Verbrecher verpasst. Hier hatte er den Verbrecher gefangen, aber das Rätsel verpasst.

Die beiden Gestalten, die sie verfolgten, krochen wie schwarze Fliegen über den mächtigen, grünen Hang eines Hügels. Sie waren offenkundig in ein Gespräch vertieft und merkten vielleicht gar nicht, wohin sie gingen; jedenfalls bewegten sie sich auf die wilderen, einsameren Höhen der Heide zu. Als ihre Verfolger näherkamen, mussten sich diese in die unwürdige Haltung eines Jägers auf der Pirsch begeben, sich hinter Baumgruppen ducken und sogar bäuchlings durch tiefes Gras kriechen. Mithilfe dieser wenig eleganten Turnübungen kamen die Jäger ihrer Beute sogar nahe genug, um die leise Unterhaltung belauschen zu können, doch bis auf das Wort »Vernunft«, das von einer hohen und nahezu kindlichen Stimme mehrfach geäußert wurde, konnte man nichts verstehen. Einmal verloren die Polizisten aufgrund einer jäh abfallenden, mit dichtem Gestrüpp überwucherten Bodensenke die beiden Gestalten, die sie verfolgten, tatsächlich aus den Augen. Erst nach qualvollen zehn Minuten fanden sie ihre Spur wieder, die am oberen Rand eines riesigen, kuppelartigen Hügels entlangführte, der einem Amphitheater gleich den Blick auf eine großartige, schwermütige Sonnenuntergangslandschaft freigab. An diesem ehrfurchtgebietenden, wenn auch verlassenen Ort befand sich unter einem Baum eine alte wackelige Bank. Auf dieser Bank saßen die beiden Priester, weiterhin in ein ernsthaftes Gespräch vertieft. Noch hielt sich das prächtige Grün und Gold am dunkler werdenden Horizont, doch die Kuppel darüber verfärbte sich langsam von Pfauengrün zu Pfauenblau, und wie echte Juwelen traten die Sterne zunehmend deutlich hervor. Valentin gab seinen Begleitern ein stummes Zeichen, kroch hinter den großen, weit verzweigten

branching tree, and, standing there in deathly silence, heard the words of the strange priests for the first time.

After he had listened for a minute and a half, he was gripped by a devilish doubt. Perhaps he had dragged the two English policemen to the wastes of a nocturnal heath on an errand no saner than seeking figs on thistles. For the two priests were talking exactly like priests, piously, with learning and leisure, about the most aerial enigmas of theology. The little Essex priest spoke the more simply, with his round face turned to the strengthening stars; the other talked with his head bowed, as if he were not even worthy to look at them. But no more innocently clerical conversation could have been heard in any white Italian cloister or black Spanish cathedral.

The first he heard was the tail of one of Father Brown's sentences, which ended: "... what they really meant in the Middle Ages by the heavens being incorruptible."

The taller priest nodded his bowed head and said:

"Ah, yes, these modern infidels appeal to their reason; but who can look at those millions of worlds and not feel that there may well be wonderful universes above us where reason is utterly unreasonable?"

"No," said the other priest; "reason is always reasonable, even in the last limbo, in the lost borderland of things. I know that people charge the Church with lowering reason, but it is just the other way. Alone on earth, the Church makes reason really supreme. Alone on earth, the Church affirms that God Himself is bound by reason."

The other priest raised his austere face to the spangled sky and said:

"Yet who knows if in that infinite universe—?"

Baum und vernahm, als er dort eisig schweigend stand, zum ersten Mal die Worte der seltsamen Priester.

Nachdem er anderthalb Minuten gelauscht hatte, erfasste ihn ein teuflischer Zweifel. Womöglich hatte er die beiden englischen Polizeibeamten zu einem Vorhaben in die nächtliche Heide gelockt, das ähnlich aussichtsreich war, wie Feigen an Disteln zu suchen. Denn die beiden Priester sprachen haargenau wie Priester, fromm, gelehrt und bedacht, über die unergründlichsten Rätsel der Theologie. Der kleine Priester aus Essex drückte sich besonders klar aus und wandte sein rundes Gesicht den immer heller werdenden Sternen zu; der andere hingegen sprach mit gesenktem Kopf, als sei er es nicht einmal wert, sie anzublicken. In keinem der weißen italienischen Kloster, in keiner der schwarzen spanischen Kathedralen jedoch ist je ein unschuldigeres klerikales Gespräch zu hören gewesen.

Das erste, was Valentin vernahm, war das Ende eines Satzes von Pater Brown: »... was man im Mittelalter tatsächlich unter der Unbestechlichkeit des Himmels verstand.«

Der größere Priester nickte mit gesenktem Kopf und sagte:

»Ach ja, diese modernen Ungläubigen berufen sich auf die Vernunft; aber wer kann schon jene Millionen von Welten betrachten, ohne das Gefühl zu haben, dass es über uns weitere wundervolle Welten geben mag, in denen die Vernunft gänzlich unvernünftig ist?«

»Nein«, erwiderte der andere Priester. »Vernunft ist immer vernünftig, selbst in der allerletzten Vorhölle, im verlorenen Grenzland der Dinge. Ich weiß, dass viele Leute der Kirche vorwerfen, sie schränke die Vernunft ein; aber es ist genau umgekehrt. Einzig und allein die Kirche räumt der Vernunft den höchsten Rang ein. Einzig und allein die Kirche bestätigt, dass selbst Gott an die Vernunft gebunden ist.«

Der andere Priester wandte sein ernstes Gesicht dem gestirnten Himmel zu und entgegnete:

»Doch wer weiß, ob es in jenem unendlichen Universum ...?«

"Only infinite physically," said the little priest, turning sharply in his seat, "not infinite in the sense of escaping from the laws of truth."

Valentin behind his tree was tearing his finger-nails with silent fury. He seemed almost to hear the sniggers of the English detectives whom he had brought so far on a fantastic guess only to listen to the metaphysical gossip of two mild old parsons. In his impatience he lost the equally elaborate answer of the tall cleric, and when he listened again it was again Father Brown who was speaking:

"Reason and justice grip the remotest and the loneliest star. Look at those stars. Don't they look as if they were single diamonds and sapphires? Well, you can imagine any mad botany or geology you please. Think of forests of adamant with leaves of brilliants. Think the moon is a blue moon, a single elephantine sapphire. But don't fancy that all that frantic astronomy would make the smallest difference to the reason and justice of conduct. On plains of opal, under cliffs cut out of pearl, you would still find a notice-board, 'Thou shalt not steal.'"

Valentin was just in the act of rising from his rigid and crouching attitude and creeping away as softly as might be, felled by the one great folly of his life. But something in the very silence of the tall priest made him stop until the latter spoke. When at last he did speak, he said simply, his head bowed and his hands on his knees:

"Well, I still think that other worlds may perhaps rise higher than our reason. The mystery of heaven is unfathomable, and I for one can only bow my head."

»Nur physisch unendlich«, unterbrach ihn der kleine Priester und wandte sich ihm mit einer heftigen Bewegung zu, »nicht unendlich in dem Sinn, dass es sich den Gesetzen der Wahrheit entzöge.«

In stummer Wut zerrte Valentin hinter seinem Baum an seinen Fingernägeln. Er hörte förmlich das Gekicher der englischen Polizeibeamten, die er auf eine aberwitzige Vermutung hin so weit geschleppt hatte, nur um dem metaphorischen Geschwätz von zwei harmlosen alten Geistlichen zu lauschen. Er war so ungehalten, dass ihm die ebenso sorgfältig entwickelte Antwort des großen Geistlichen entging, und als er wieder zuhörte, war es erneut Pater Brown, der sprach:

»Vernunft und Gerechtigkeit erreichen auch den entferntesten und einsamsten Stern. Betrachten Sie diese Sterne. Sehen Sie nicht aus, als wäre jeder einzelne ein Diamant oder Saphir? Nun gut, denken Sie sich meinetwegen jegliche Botanik oder Geologie so verquer, wie Sie wollen. Denken Sie zum Beispiel an Diamantenwälder mit Blättern aus Brillanten. Stellen Sie sich den Mond als blauen Mond vor, als einen einzigen, riesenhaften Saphir. Aber glauben Sie ja nicht, dass diese ganze verrückte Astronomie auch nur das Geringste an der Vernunft und der Gerechtigkeit menschlichen Handelns ändern würde. Noch unter Perlenklippen und auf Ebenen aus Opal würden Sie eine Tafel finden, auf der steht ›Du sollst nicht stehlen‹.«

Valentin war gerade im Begriff, sich aus seiner starren, krummen Haltung zu erheben und so leise wie möglich davonzukriechen, am Boden zerstört durch die eine große Torheit seines Lebens, als ihn das tiefe Schweigen des großen Priesters plötzlich veranlasste, innezuhalten, bis dieser wieder sprach. Als er es schließlich tat, sagte er mit gesenktem Kopf und Händen auf den Knien ganz schlicht:

»Nun, ich glaube dennoch, dass andere Welten womöglich unsere Vernunft übersteigen. Das Geheimnis des Himmels ist unergründlich, und ich für mein Teil kann mich davor nur verneigen.«

Then, with brow yet bent and without changing by the faintest shade his attitude or voice, he added:

"Just hand over that sapphire cross of yours, will you? We're all alone here, and I could pull you to pieces like a straw doll."

The utterly unaltered voice and attitude added a strange violence to that shocking change of speech. But the guarder of the relic only seemed to turn his head by the smallest section of the compass. He seemed still to have a somewhat foolish face turned to the stars. Perhaps he had not understood. Or, perhaps, he had understood and sat rigid with terror.

"Yes," said the tall priest, in the same low voice and in the same still posture, "yes, I am Flambeau."

Then, after a pause, he said:

"Come, will you give me that cross?"

"No," said the other, and the monosyllable had an odd sound.

Flambeau suddenly flung off all his pontifical pretensions. The great robber leaned back in his seat and laughed low but long.

"No," he cried; "you won't give it me, you proud prelate. You won't give it me, you little celibate simpleton. Shall I tell you why you won't give it me? Because I've got it already in my own breast-pocket."

The small man from Essex turned what seemed to be a dazed face in the dusk, and said, with the timid eagerness of "The Private Secretary":

"Are—are you sure?"

Flambeau yelled with delight.

"Really, you're as good as a three-act farce," he cried. "Yes, you turnip, I am quite sure. I had the sense to make a duplicate of the right parcel, and now, my

Dann fügte er mit immer noch gesenkter Stirn und ohne seine Haltung oder Stimme auch nur im mindesten zu verändern hinzu:

»Und jetzt reichen Sie mir endlich dieses Saphirkreuz herüber. Wir sind hier ganz allein, und ich könnte Sie wie eine Strohpuppe in Stücke reißen.«

Die völlig unveränderte Stimme und Haltung verlieh dem abrupten Wechsel des Gesprächs etwas eigenartig Gewalttätiges. Doch der Hüter der Reliquie schien lediglich seinen Kopf um einen Gradesbruchteil zu drehen, und es sah aus, als wäre sein etwas dümmliches Gesicht noch immer den Sternen zugewandt. Vielleicht hatte er nicht richtig verstanden. Oder er hatte verstanden und saß starr vor Schrecken da.

»Ja«, sagte der große Priester mit der gleichen leisen Stimme und in der gleichen reglosen Haltung, »ja, ich bin Flambeau.«

Dann fügte er nach einer Pause hinzu:

»Nun geben Sie mir schon das Kreuz.«

»Nein«, erwiderte der andere, und die Silbe hatte einen merkwürdigen Klang.

Plötzlich ließ Flambeau seine priesterliche Maske vollständig fallen. Der große Räuber lehnte sich zurück und lachte leise lang in sich hinein.

»Nein«, rief er; »Du wirst es mir nicht geben, du stolzer Prälat. Du wirst es mir nicht geben, du kleiner keuscher Einfaltspinsel. Soll ich dir sagen, warum du es mir nicht geben wirst? Weil es längst in meiner Brusttasche steckt.«

Der kleine Mann aus Essex wandte sein scheinbar verdutztes Gesicht im Dämmerlicht Flambeau zu und brachte mit dem schüchternen Eifer eines Privatsekretärs hervor:

»Sind ... sind Sie sicher?«

Flambeau kreischte vor Vergnügen.

»Also wirklich, du bist so amüsant wie eine Komödie in drei Akten«, rief er. »Ja, du Dummkopf, ich bin ganz sicher. Ich war so schlau, ein Duplikat des richtigen Päckchens zu machen, und

friend, you've got the duplicate, and I've got the jewels. An old dodge, Father Brown—a very old dodge."

"Yes," said Father Brown, and passed his hand through his hair with the same strange vagueness of manner. "Yes, I've heard of it before."

The colossus of crime leaned over to the little rustic priest with a sort of sudden interest.

"*You* have heard of it?" he asked. "Where have *you* heard of it?"

"Well, I mustn't tell you his name, of course," said the little man simply. "He was a penitent, you know. He had lived prosperously for about twenty years entirely on duplicate brown-paper parcels. And so, you see, when I began to suspect you, I thought of this poor chap's way of doing it at once."

"Began to suspect me?" repeated the outlaw with increased intensity. "Did you really have the gumption to suspect me just because I brought you up to this bare part of the heath?"

"No, no," said Brown with an air of apology. "You see, I suspected you when we first met. It's that little bulge up the sleeve where you people have the spiked bracelet."

"How in Tartarus," cried Flambeau, "did you ever hear of the spiked bracelet?"

"Oh, one's little flock, you know!" said Father Brown, arching his eyebrows rather blankly. "When I was a curate in Hartlepool, there were three of them with spiked bracelets. So, as I suspected you from the first, don't you see, I made sure that the cross should go safe, anyhow. I'm afraid I watched you, you know. So at last I saw you change the parcels. Then, don't you see, I changed them back again. And then I left the right one behind."

nun mein Freund, hast du das Duplikat und ich die Juwelen. Ein alter Trick, Pater Brown – ein ganz alter Trick.«

»Ja«, sagte Pater Brown und fuhr sich mit einer ähnlichen, eigentümlich unsicheren Manier durchs Haar. »Ja, davon habe ich schon gehört.«

Der Gigant des Verbrechens beugte sich mit plötzlich erwachtem Interesse zu dem kleinen Priester vom Land hinüber.

»*Du* hast davon gehört?«, forschte er. »Wo hast *du* denn davon gehört?«

»Nun, ich darf natürlich keine Namen nennen«, erwiderte der kleine Mann schlicht. »Es war ein Beichtender, wissen Sie. Zwanzig Jahre lang hat er erfolgreich ausschließlich von vertauschten braunen Päckchen gelebt. Als ich also anfing, Sie zu verdächtigen, musste ich sofort daran denken, wie es der arme Kerl früher gemacht hat, verstehen Sie?«

»Als du anfingst, mich zu verdächtigen?«, wiederholte der Verbrecher mit wachsender Spannung. »Hattest du wirklich soviel Grips, mich nur deshalb zu verdächtigen, weil ich dich in diesen abgelegenen Teil der Heide geschleppt habe?«

»Nein, nein«, sagte Pater Brown in entschuldigendem Ton. »Wissen Sie, Sie kamen mir bereits verdächtig vor, als ich Sie zum ersten Mal sah. Es ist diese kleine Ausbuchtung oben am Ärmel, wo Leute wie Sie den Stachelreif tragen.«

»Wie, beim Tartarus«, rief Flambeau, »hast du jemals von dem Stachelreif erfahren?«

»Ach, die eigenen Schäfchen, wissen Sie!«, entgegnete Pater Brown und zog unauffällig die Augenbrauen hoch. »Als ich in Hartlepool Seelsorger war, kamen drei von ihrer Sorte mit Stachelreif. Da ich Sie von Anfang an verdächtigte, sorgte ich dafür, dass das Kreuz in Sicherheit war, verstehen Sie? Ich fürchte, ich habe Sie beobachtet, wissen Sie. Also habe ich gesehen, wie Sie die Päckchen vertauschten, und habe sie zurückgetauscht, verstehen Sie? Und dann habe ich das richtige zurückgelassen.«

"Left it behind?" repeated Flambeau, and for the first time there was another note in his voice beside his triumph.

"Well, it was like this," said the little priest, speaking in the same unaffected way. "I went back to that sweet-shop and asked if I'd left a parcel, and gave them a particular address if it turned up. Well, I knew I hadn't; but when I went away again I did. So, instead of running after me with that valuable parcel, they have sent it flying to a friend of mine in Westminster." Then he added rather sadly: "I learnt that, too, from a poor fellow in Hartlepool. He used to do it with handbags he stole at railway stations, but he's in a monastery now. Oh, one gets to know, you know," he added, rubbing his head again with the same sort of desperate apology. "We can't help being priests. People come and tell us these things."

Flambeau tore a brown-paper parcel out of his inner pocket and rent it in pieces. There was nothing but paper and sticks of lead inside it. He sprang to his feet with a gigantic gesture, and cried:

"I don't believe you. I don't believe a bumpkin like you could manage all that. I believe you've still got the stuff on you, and if you don't give it up—why, we're all alone, and I'll take it by force!"

"No," said Father Brown simply, and stood up also; "you won't take it by force. First, because I really haven't still got it. And, second, because we are not alone."

Flambeau stopped in his stride forward.

"Behind that tree," said Father Brown, pointing, "are two strong policemen and the greatest detective alive. How did they come here, do you ask? Why, I brought

»Zurückgelassen?«, wiederholte Flambeau, und zum ersten Mal schwang in seiner Stimme ein anderer Ton als Triumph mit.

»Nun, es war so«, hob der kleine Priester im gleichen ungerührten Tonfall an wie zuvor. »Ich ging in den Süßwarenladen zurück und fragte, ob ich ein Päckchen vergessen hätte, und für den Fall, dass es auftauchen sollte, gab ich eine bestimmte Adresse an. Tja, ich wusste, dass ich kein Päckchen vergessen hatte, aber als ich wieder ging, tat ich es. Anstatt mir also mit dem wertvollen Päckchen hinterherzulaufen, hat die Frau im Laden es per Eilpost an einen Freund von mir in Westminster geschickt.« Dann fügte er ein wenig betrübt hinzu: »Auch das habe ich von einem armen Kerl in Hartlepool gelernt. Der pflegte mit Handtaschen so zu verfahren, die er in Bahnhöfen stahl; heute lebt er in einem Kloster. Ach ja, man erfährt so manches, wissen Sie«, setzte er hinzu und fuhr sich erneut mit einer entschuldigenden Geste durchs Haar. »Das lässt sich nicht vermeiden, wenn man Priester ist. Die Leute kommen und erzählen uns solche Sachen.«

Flambeau zog ein braunes Päckchen aus seiner Innentasche und riss es in Stücke. Es enthielt lediglich Papier und Bleistücke. Mit einem wilden Satz war er auf den Beinen und schrie:

»Ich glaube dir nicht. Ich glaube nicht, dass ein Schwachkopf wie du zu all dem in der Lage ist. Ich glaube, du hast das Zeug immer noch bei dir, und wenn du es nicht sofort hergibst, dann … wir sind hier ganz allein … dann nehm' ich es mir mit Gewalt!«

»Nein«, erwiderte Pater Brown schlicht und stand ebenfalls auf, »Sie werden es mir nicht mit Gewalt nehmen. Erstens, weil ich es wirklich nicht mehr habe. Und zweitens, weil wir nicht allein sind.«

Flambeau blieb wie angewurzelt stehen.

»Hinter diesem Baum«, sagte Pater Brown und deutete mit seinem Finger darauf, »befinden sich zwei kräftige Polizisten und der beste Detektiv der Welt. Sie fragen sich, wie sie hierher kommen?

them, of course! How did I do it? Why, I'll tell you if you like! Lord bless you, we have to know twenty such things when we work among the criminal classes! Well, I wasn't sure you were a thief, and it would never do to make a scandal against one of our own clergy. So I just tested you to see if anything would make you show yourself. A man generally makes a small scene if he finds salt in his coffee; if he doesn't, he has some reason for keeping quiet. I changed the salt and sugar, and *you* kept quiet A man generally objects if his bill is three times too big. If he pays it, he has some motive for passing unnoticed. I altered your bill, and *you* paid it."

The world seemed waiting for Flambeau to leap like a tiger. But he was held back as by a spell; he was stunned with the utmost curiosity.

"Well," went on Father Brown, with lumbering lucidity, "as you wouldn't leave any tracks for the police, of course somebody had to. At every place we went to, I took care to do something that would get us talked about for the rest of the day. I didn't do much harm—a splashed wall, spilt apples, a broken window; but I saved the cross, as the cross will always be saved. It is at Westminster by now. I rather wonder you didn't stop it with the Donkey's Whistle."

"With the what?" asked Flambeau.

"I'm glad you've never heard of it," said the priest, making a face. "It's a foul thing. I'm sure you're too good a man for a Whistler. I couldn't have countered it even with the Spots myself; I'm not strong enough in the legs."

"What on earth are you talking about?" asked the other.

Nun, natürlich habe ich sie hergebracht. Wie ich das gemacht habe? Das werde ich Ihnen gern erklären, wenn Sie wollen! Meine Güte, man muss Dutzende solcher Tricks kennen, wenn man beruflich mit Verbrechern zu tun hat! Nun, ich war ja nicht sicher, ob Sie ein Dieb waren, und es wäre völlig unmöglich gewesen, ein Mitglied des eigenen Klerus in Verruf zu bringen. Also stellte ich Sie auf die Probe, um herauszufinden, ob Sie sich irgendwie verraten würden. In der Regel veranstaltet jemand eine kleine Szene, wenn in seinem Kaffee Salz ist; tut er es nicht, hat er einen guten Grund, ruhig zu bleiben. Ich vertauschte Salz und Zucker, und *Sie* verloren kein Wort. In der Regel beschwert sich jemand, wenn seine Rechnung um ein Dreifaches zu hoch ist. Bezahlt er sie trotzdem, will er um keinen Preis auffallen. Ich änderte Ihre Rechnung, und *Sie* bezahlten sie.«

Die Welt schien darauf zu warten, dass Flambeau wie ein Tiger losstürzte. Doch er war wie vom Zauber gebannt; eine ungeheure Neugier betäubte ihn.

»Nun ja«, fuhr Pater Brown mit umständlicher Deutlichkeit fort, »da Sie der Polizei keine Spuren hinterlassen würden, musste es ja jemand anderes tun. Also sorgte ich an jedem Ort, an den wir kamen, für irgendetwas, das für den Rest des Tages Gesprächsstoff liefern würde. Ich richtete kaum Schaden an – eine befleckte Wand, verstreute Äpfel, eine zerbrochene Fensterscheibe –, aber ich rettete das Kreuz, denn das Kreuz wird immer gerettet werden. Es ist inzwischen in Westminster. Ich frage mich wirklich, warum Sie es nicht mit der Eselspfeife aufgehalten haben.«

»Mit der was?«, fragte Flambeau.

»Es freut mich, dass Sie noch nie davon gehört haben«, sagte der Priester und verzog das Gesicht. »Eine üble Sache. Ich bin sicher, Sie sind ein zu guter Mensch, um ein Pfeifer zu sein. Gegen die Eselspfeife hätte ich mich nicht einmal mit dem Drehsprung wehren können, meine Beine sind nicht kräftig genug.«

»Wovon in aller Welt redest du?«, fragte Flambeau.

"Well, I did think you'd know the Spots," said Father Brown, agreeably surprised. "Oh, you can't have gone so very wrong yet!"

"How in blazes do you know all these horrors?" cried Flambeau.

The shadow of a smile crossed the round, simple face of his clerical opponent.

"Oh, by being a celibate simpleton, I suppose," he said. "Has it never struck you that a man who does next to nothing but hear men's real sins is not likely to be wholly unaware of human evil? But, as a matter of fact, another part of my trade, too, made me sure you weren't a priest."

"What?" asked the thief, almost gaping.

"You attacked reason," said Father Brown. "It's bad theology."

And even as he turned away to collect his property, the three policemen came out from under the twilight trees. Flambeau was an artist and a sportsman. He stepped back and swept Valentin a great bow.

"Do not bow to me, *mon ami*," said Valentin, with silver clearness. "Let us both bow to our master."

And they both stood an instant uncovered, while the little Essex priest blinked about for his umbrella.

»Ach, ich dachte, Sie kennen den Drehsprung«, versetzte Pater Brown angenehm überrascht. »Oh, Sie können noch nicht allzu tief gesunken sein!«

»Woher, zum Teufel, kennst du all diese Abscheulichkeiten?«, rief Flambeau.

Der Anflug eines Lächelns huschte über das runde, einfältige Gesicht seines klerikalen Widerparts.

»Oh, vermutlich, weil ich ein keuscher Einfaltspinsel bin«, entgegnete der Priester. »Ist Ihnen nie der Gedanke gekommen, dass ein Mann, der fast nichts anderes tut, als sich die wahren Sünden der Menschen anzuhören, das Böse im Menschen wahrscheinlich ganz gut kennt? Übrigens, um die Wahrheit zu sagen, hat mich noch eine andere Seite meines Berufs davon überzeugt, dass Sie kein Priester sind.«

»Und welche?«, fragte der Dieb mit fast starrem Blick.

»Sie haben die Vernunft in Frage gestellt«, erwiderte Pater Brown. »Das tut kein Theologe.«

Und als er sich eben umwandte, um seine Sachen zusammenzusuchen, traten die drei Polizisten aus dem Dunkel der Bäume. Flambeau war ein Künstler und Sportsmann. Er trat zurück und machte vor Valentin eine tiefe Verbeugung.

»Verneigen Sie sich nicht vor mir, *mon ami*«, sagte Valentin mit silberheller Klarheit. »Verneigen wir uns beide vor unserem Meister.«

Und einen Moment lang standen beide barhäuptig da, während der kleine Priester aus Essex blinzelnd nach seinem Schirm sah.

The Queer Feet

If you meet a member of that select club, "The Twelve True Fishermen," entering the Vernon Hotel for the annual club dinner, you will observe, as he takes off his overcoat, that his evening coat is green and not black. If (supposing that you have the star-defying audacity to address such a being) you ask him why, he will probably answer that he does it to avoid being mistaken for a waiter. You will then retire crushed. But you will leave behind you a mystery as yet unsolved and a tale worth telling.

If (to pursue the same vein of improbable conjecture) you were to meet a mild, hard-working little priest, named Father Brown, and were to ask him what he thought was the most singular luck of his life, he would probably reply that upon the whole his best stroke was at the Vernon Hotel, where he had averted a crime and, perhaps, saved a soul, merely by listening to a few footsteps in a passage. He is perhaps a little proud of this wild and wonderful guess of his, and it is possible that he might refer to it. But since it is immeasurably unlikely that you will ever rise high enough in the social world to find "The Twelve True Fishermen," or that you will ever sink low enough among slums and criminals to find Father Brown, I fear you will never hear the story at all unless you hear it from me.

The Vernon Hotel, at which The Twelve True Fishermen held their annual dinners, was an institution such as can only exist in an oligarchical society which has almost gone mad on good manners. It was that topsy-

Die verdächtigen Schritte

Sollten Sie zufällig auf ein Mitglied des erlesenen Clubs »Die zwölf wahren Fischer« treffen, das anlässlich des jährlichen Clubdinners gerade das Hotel Vernon betritt, werden Sie, wenn er den Mantel ablegt, feststellen, dass er einen grünen und keinen schwarzen Abendanzug trägt. Sollten Sie ihn nach dem Grund fragen (vorausgesetzt, Sie besitzen die unerhörte Kühnheit, ein solches Wesen anzusprechen), wird er Ihnen wahrscheinlich antworten, dass er es tut, um nicht mit einem Kellner verwechselt zu werden. Zerknirscht werden Sie sich zurückziehen. Zugleich aber zieht ein bisher ungelüftetes Geheimnis und eine Geschichte, die es wert ist, erzählt zu werden, an Ihnen vorüber.

Sollten Sie zufällig (um den Faden unwahrscheinlicher Vermutungen weiterzuspinnen) auf einen freundlichen, hart arbeitenden kleinen Priester namens Pater Brown treffen und ihn fragen, was seines Erachtens der außergewöhnlichste Glücksfall in seinem Leben gewesen sei, wird er vermutlich antworten, dass ihm alles in allem sein größter Coup im Hotel Vernon gelungen sei, wo er ein Verbrechen vereitelt und vielleicht eine Seele gerettet habe, und zwar lediglich durch das Lauschen auf ein paar Schritte in einem Korridor. Vielleicht ist er ein klein wenig stolz auf seine kühne und erstaunliche Mutmaßung, und es ist gut möglich, dass er darauf zu sprechen kommt. Da es andererseits höchst unwahrscheinlich ist, dass Sie gesellschaftlich jemals hoch genug aufsteigen werden, um die »Zwölf wahren Fischer« zu treffen, oder je tief genug in den Elends- und Verbrechervierteln versinken, um auf Pater Brown zu stoßen, befürchte ich, dass Sie von dieser Geschichte nur erfahren, wenn ich Sie Ihnen erzähle.

Das Hotel Vernon, in dem die »Zwölf wahren Fischer« einmal im Jahr ein Festessen abhielten, war eine Institution, wie es sie nur in einer oligarchischen Gesellschaft geben kann, die auf gute Manieren geradezu versessen ist. Es war das typische Er-

turvy product—an "exclusive" commercial enterprise. That is, it was a thing which paid, not by attracting people, but actually by turning people away. In the heart of a plutocracy tradesmen become cunning enough to be more fastidious than their customers. They positively create difficulties so that their wealthy and weary clients may spend money and diplomacy in overcoming them. If there were a fashionable hotel in London which no man could enter who was under six foot, society would meekly make up parties of six-foot men to dine in it. If there were an expensive restaurant which by a mere caprice of its proprietor was only open on Thursday afternoon, it would be crowded on Thursday afternoon. The Vernon Hotel stood, as if by accident, in the corner of a square in Belgravia. It was a small hotel; and a very inconvenient one. But its very inconveniences were considered as walls protecting a particular class. One inconvenience, in particular, was held to be of vital importance: the fact that practically only twenty-four people could dine in the place at once. The only big dinner table was the celebrated terrace table, which stood open to the air on a sort of veranda overlooking one of the most exquisite old gardens in London. Thus it happened that even the twenty-four seats at this table could only be enjoyed in warm weather; and this making the enjoyment yet more difficult made it yet more desired. The existing owner of the hotel was a Jew named Lever; and he made nearly a million out of it, by making it difficult to get into. Of course he combined with this limitation in the scope of his enterprise the most careful polish in its performance. The wines and cooking were really as good as any in Europe, and the demeanour of the attendants exactly mirrored the fixed

zeugnis einer verkehrten Welt – ein »exklusives«, kommerzielles Unternehmen. Das bedeutet, es war ein Etablissement, das sich rechnete, nicht weil es Leute anzog, sondern weil es sie abwies. Im Herzen jeder Plutokratie sind Geschäftsleute gerissen genug, um noch wählerischer zu sein als ihre Kunden. Sie bauen absichtlich Hürden, damit ihre reichen, gelangweilten Kunden Geld und Diplomatie aufbringen müssen, um diese zu überwinden. Wenn es in London ein elegantes Hotel gäbe, das jedem den Zutritt verwehrt, der unter sechs Fuß ist, dann würde sich die feine Gesellschaft widerspruchslos in Gruppen von sechs Fuß großen Leuten zusammenfinden, um dort zu speisen. Wenn es ein teures Restaurant gäbe, das aufgrund einer bloßen Laune seines Besitzers nur am Donnerstagnachmittag geöffnet hätte, wäre es am Donnerstagnachmittag überfüllt. Wie durch Zufall befand sich das Hotel Vernon am Rande eines Platzes in Belgravia. Es war ein kleines Hotel und obendrein sehr umständlich. Doch eben diese Umständlichkeit wurde als Schutzwall betrachtet, der einer bestimmten Klasse Deckung bot. Von entscheidender Bedeutung war vor allem der Umstand, dass eigentlich nie mehr als vierundzwanzig Personen auf einmal dort speisen konnten. Der einzige große Esstisch war der vielgerühmte Terrassentisch, der auf einer Art Veranda im Freien stand und Aussicht auf einen der gepflegtesten alten Gärten Londons gewährte. Auf diese Weise konnte man sich der vierundzwanzig Plätze an diesem Tisch nur bei warmem Wetter erfreuen; da dies das Vergnügen noch erschwerte, erschien es umso begehrenswerter. Der derzeitige Besitzer des Hotels war ein Jude namens Lever, und er hatte fast eine Million daran verdient, indem er den Einlass erschwerte. Selbstverständlich verband er den beschränkten räumlichen Rahmen seines Unternehmens mit sorgfältigstem Schliff bei der Leistung. Die Weine und Speisen suchten in Europa ihresgleichen, und das Benehmen des Personals spiegelte exakt das formelle Gebaren der englischen Oberschicht wider. Der Besitzer

mood of the English upper class. The proprietor knew all his waiters like the fingers on his hand; there were only fifteen of them all told. It was much easier to become a Member of Parliament than to become a waiter in that hotel. Each waiter was trained in terrible silence and smoothness, as if he were a gentleman's servant. And, indeed, there was generally at least one waiter to every gentleman who dined.

The club of The Twelve True Fishermen would not have consented to dine anywhere but in such a place, for it insisted on a luxurious privacy; and would have been quite upset by the mere thought that any other club was even dining in the same building. On the occasion of their annual dinner the Fishermen were in the habit of exposing all their treasures, as if they were in a private house, especially the celebrated set of fish knives and forks which were, as it were, the insignia of the society, each being exquisitely wrought in silver in the form of a fish, and each loaded at the hilt with one large pearl. These were always laid out for the fish course, and the fish course was always the most magnificent in that magnificent repast. The society had a vast number of ceremonies and observances, but it had no history and no object; that was where it was so very aristocratic. You did not have to be anything in order to be one of the Twelve Fishers; unless you were already a certain sort of person, you never even heard of them. It had been in existence twelve years. Its president was Mr. Audley. Its vice-president was the Duke of Chester.

If I have in any degree conveyed the atmosphere of this appalling hotel, the reader may feel a natural wonder as to how I came to know anything about it, and may even speculate as to how so ordinary a person as

kannte all seine Kellner wie die Finger an seiner Hand, es gab insgesamt nur fünfzehn. Es war wesentlich einfacher, ein Mitglied des Parlaments zu werden als Kellner in diesem Hotel. Jeder Einzelne von ihnen war in beängstigender Lautlosigkeit und Gewandtheit perfekt geschult, als wäre er der Butler eines Gentleman. Und in der Tat stand gewöhnlich jedem Gentleman, der dort speiste, mindestens ein Kellner zur Verfügung.

Der Club der »Zwölf wahren Fischer« hätte niemals eingewilligt, an einem anderen Ort zu speisen, denn eine luxuriöse Privatsphäre war für seine Mitglieder unabdingbar, und der bloße Gedanke, dass irgendein anderer Club zur gleichen Zeit in demselben Gebäude dinieren könnte, hätte für helle Aufregung gesorgt. Anlässlich ihres alljährlichen Festmahls pflegten die Fischer ihre gesamten Schätze zur Schau zu stellen, als wären sie in einem Privathaus, vor allem das berühmte Gedeck von Fischmessern und Fischgabeln, das, wie sollte es anders sein, das Wahrzeichen des Clubs war, jedes einzelne Stück eine erlesene Silberschmiedearbeit in Form eines Fisches und jedes am Griff mit einer großen Perle verziert. Dieses Besteck wurde stets für den Fischgang aufgelegt, und der Fischgang war stets der opulenteste bei diesem opulenten Mahl. Der Club verfügte über eine stattliche Anzahl von Zeremonien und Ritualen, aber über keinerlei Geschichte oder Zweck; gerade darin war er so außerordentlich aristokratisch. Man musste überhaupt nicht das und das sein, um den »Zwölf Fischern« anzugehören; wenn man nicht sowieso schon der und der war, hatte man ohnehin noch nie etwas von ihm gehört. Der Club bestand seit nunmehr zwölf Jahren. Sein Präsident war Mr. Audley. Sein Vizepräsident war der Herzog von Chester.

Sollte es mir auch nur annähernd gelungen sein, einen Eindruck von der Atmosphäre dieses reizenden Hotels zu vermitteln, so mag es der Leser als wahres Wunder empfinden, dass ich überhaupt etwas darüber weiß. Er mag auch darüber spekulieren, wie es kam,

my friend Father Brown came to find himself in that golden gallery. As far as that is concerned, my story is simple, or even vulgar. There is in the world a very aged rioter and demagogue who breaks into the most refined retreats with the dreadful information that all men are brothers, and wherever this leveller went on his pale horse it was Father Brown's trade to follow. One of the waiters, an Italian, had been struck down with a paralytic stroke that afternoon; and his Jewish employer, marvelling mildly at such superstitions, had consented to send for the nearest Popish priest. With what the waiter confessed to Father Brown we are not concerned, for the excellent reason that the cleric kept it to himself; but apparently it involved him in writing out a note or statement for the conveying of some message or the righting of some wrong. Father Brown, therefore, with a meek impudence which he would have shown equally in Buckingham Palace, asked to be provided with a room and writing materials. Mr. Lever was torn in two. He was a kind man, and had also that bad imitation of kindness, the dislike of any difficulty or scene. At the same time the presence of one unusual stranger in his hotel that evening was like a speck of dirt on something just cleaned. There was never any borderland or ante-room in the Vernon Hotel, no people waiting in the hall, no customers coming in on chance. There were fifteen waiters. There were twelve guests. It would be as startling to find a new guest in the hotel that night as to find a new brother taking breakfast or tea in one's own family. Moreover, the priest's appearance was second-rate and his clothes muddy; a mere glimpse of him afar off might precipitate a crisis in the club. Mr. Lever at last hit on a plan to cover, since he

dass sich ein derart gewöhnlicher Mensch wie mein Freund Pater Brown in diesen heiligen Hallen aufhielt. Was das anbelangt, so ist meine Geschichte einfach, ja geradezu alltäglich. Es gibt auf der Welt einen sehr betagten Aufrührer und Demagogen, der mit der fürchterlichen Botschaft, dass alle Menschen Brüder seien, in die vornehmsten Anwesen einbricht, und ganz gleich wohin sein fahles Pferd diesen Gleichmacher trug, Pater Brown pflegte sich an seine Fersen zu heften. Einer der Kellner, ein Italiener, hatte am Nachmittag einen Schlaganfall erlitten. Sein jüdischer Arbeitgeber, obgleich er sich über solchen Aberglauben ein wenig wunderte, hatte eingewilligt, den nächsten katholischen Priester kommen zu lassen. Was der Kellner Pater Brown beichtete, geht uns nichts an, aus dem einfachen Grund, dass es der Geistliche für sich behielt; aber offensichtlich veranlasste es ihn, ein paar Zeilen oder eine Erklärung niederzuschreiben, sei es, um eine Botschaft zu übermitteln, sei es, um ein Unrecht wieder gutzumachen. Aus diesem Grund bat Pater Brown mit der sanften Keckheit, die er auch im Buckingham Palast an den Tag gelegt hätte, um einen Raum und Schreibutensilien. Mr. Lever war hin- und hergerissen. Er war ein höflicher Mensch und hatte darüber hinaus jenen unangenehmen Abklatsch von Höflichkeit an sich, die Abneigung gegen jegliche Form von Schwierigkeit oder Szene. Gleichzeitig wirkte die Anwesenheit eines ungewöhnlichen Fremden in seinem Hotel an diesem Abend wie ein Schmutzfleck auf einem frisch gestärkten Hemd. Im Hotel Vernon hatte es niemals irgendein Grenzland oder ein Vorzimmer gegeben, niemals Leute, die in der Halle warteten, niemals Gäste, die zufällig hereinschauten. Es gab fünfzehn Kellner. Es gab zwölf Gäste. An diesem Abend einen weiteren Gast im Hotel anzutreffen, wäre ähnlich befremdlich gewesen, wie beim Frühstück oder Tee im eigenen Familienkreis auf einen neuen Bruder zu treffen. Außerdem ließ die Erscheinung des Priesters schwer zu wünschen übrig, und seine Kleidung war verschmutzt; selbst von weitem konnte ein flüchtiger Anblick unter den Clubmitgliedern eine

might not obliterate, the disgrace. When you enter (as you never will) the Vernon Hotel, you pass down a short passage decorated with a few dingy but important pictures, and come to the main vestibule and lounge which opens on your right into passages leading to the public rooms, and on your left to a similar passage pointing to the kitchens and offices of the hotel. Immediately on your left hand is the corner of a glass office, which abuts upon the lounge–a house within a house, so to speak, like the old hotel bar which probably once occupied its place.

In this office sat the representative of the proprietor (nobody in this place ever appeared in person if he could help it), and just beyond the office, on the way to the servants' quarters, was the gentlemen's cloak-room, the last boundary of the gentlemen's domain. But between the office and the cloak-room was a small private room without other outlet, sometimes used by the proprietor for delicate and important matters, such as lending a duke a thousand pounds or declining to lend him sixpence. It is a mark of the magnificent tolerance of Mr. Lever that he permitted this holy place to be for about half an hour profaned by a mere priest, scribbling away on a piece of paper. The story which Father Brown was writing down was very likely a much better story than this one, only it will never be known. I can merely state that it was very nearly as long, and that the last two or three paragraphs of it were the least exciting and absorbing.

For it was by the time he had reached these that the priest began a little to allow his thoughts to wander and his animal senses, which were commonly keen, to awaken. The time of darkness and dinner was drawing

Krise auslösen. Schließlich hatte Mr. Lever einen Einfall, wie er den Schandfleck zwar nicht verschwinden lassen, doch zumindest verbergen konnte. Wenn man das Hotel Vernon betritt (was Ihnen sicher nie passieren wird), gelangt man durch einen kurzen Korridor, in dem ein paar düstere, aber bedeutende Gemälde hängen, in die Hauptvorhalle, von der zur Rechten mehrere Gänge zu den Gasträumen abgehen und zur Linken ein ähnlicher Flur, der zu den Küchen und zum Büro des Hotels führt. Gleich links befindet sich die Ecke eines Glasgehäuses, das in die Halle hineinragt – ein Haus im Haus sozusagen, wie die alte Hotelbar, die wahrscheinlich einst an dieser Stelle stand.

In diesem Glasbüro saß der Stellvertreter des Besitzers (niemand erschien in diesem Haus jemals persönlich, wenn er es irgend vermeiden konnte), und genau dahinter, auf dem Weg zu den Räumen des Personals, befand sich die Herrengarderobe, die letzte Bastion des Gastbereiches. Zwischen dem Büro und der Garderobe befand sich ein kleines Privatzimmer ohne zusätzlichen Ausgang, das vom Besitzer hin und wieder für heikle und wichtige Angelegenheiten genutzt wurde, etwa um einem Herzog tausend Pfund zu leihen oder um sich zu weigern, ihm auch nur ein Sixpencestück zu geben. Es spricht für die außerordentliche Großzügigkeit von Mr. Lever, dass er diesen heiligen Ort für etwa eine halbe Stunde von einem einfachen Priester entweihen ließ, der ein paar Notizen auf ein Stück Papier kritzelte. Die Geschichte, die Pater Brown niederschrieb, war vermutlich eine wesentlich bessere als diese hier, nur leider wird sie nie veröffentlicht werden. Ich kann lediglich anmerken, dass sie fast genauso lang war und dass die letzten zwei, drei Abschnitte kaum noch interessant und fesselnd waren.

Denn als er soweit gekommen war, erlaubte sich der Priester allmählich, seine Gedanken ein wenig abschweifen und seine gewöhnlich sehr feinen kreatürlichen Sinne erwachen zu lassen. Die Zeit der Dämmerung und des Abendessens rückte heran; sein

on; his own forgotten little room was without a light, and perhaps the gathering gloom, as occasionally happens, sharpened the sense of sound. As Father Brown wrote the last and least essential part of his document, he caught himself writing to the rhythm of a recurrent noise outside, just as one sometimes thinks to the tune of a railway train. When he became conscious of the thing he found what it was: only the ordinary patter of feet passing the door, which in an hotel was no very unlikely matter. Nevertheless, he stared at the darkened ceiling, and listened to the sound. After he had listened for a few seconds dreamily, he got to his feet and listened intently, with his head a little on one side. Then he sat down again and buried his brow in his hands, now not merely listening, but listening and thinking also.

The footsteps outside at any given moment were such as one might hear in any hotel; and yet, taken as a whole, there was something very strange about them. There were no other footsteps. It was always a very silent house, for the few familiar guests went at once to their own apartments, and the well-trained waiters were told to be almost invisible until they were wanted. One could not conceive any place where there was less reason to apprehend anything irregular. But these footsteps were so odd that one could not decide to call them regular or irregular. Father Brown followed them with his finger on the edge of the table, like a man trying to learn a tune on the piano.

First, there came a long rush of rapid little steps, such as a light man might make in winning a walking race. At a certain point they stopped and changed to a sort of slow-swinging stamp, numbering not a quarter of

eigener, vergessener kleiner Raum hatte kein Licht, und womöglich schärfte die zunehmende Düsternis, wie es zuweilen vorkommt, sein Gehör. Als Pater Brown den letzten und unwesentlichsten Teil seiner Aufzeichnung zu Papier brachte, ertappte er sich dabei, dass er im Rhythmus eines wiederkehrenden Geräuschs von draußen schrieb, so wie man manchmal im Einklang mit dem Geratter eines Zuges nachdenkt. Sobald er sich dessen bewusst wurde, erkannte er, was es war: das ganz normale Getrappel von Füßen, die an der Zimmertür vorübergingen, was in einem Hotel nichts Ungewöhnliches war. Trotzdem starrte er zur dunkelnden Zimmerdecke empor und lauschte. Nachdem er einige Sekunden verträumt gehorcht hatte, sprang er auf und horchte genauer, den Kopf leicht zur Seite geneigt. Dann setzte er sich wieder hin und vergrub die Stirn in seinen Händen, denn jetzt war es nicht mehr nur Lauschen, sondern gleichzeitig Lauschen und Denken.

Die Schritte vor der Tür klangen in jedem Augenblick so, wie sie in jedem beliebigen Hotel zu hören waren; dennoch hatten sie insgesamt etwas sehr Seltsames an sich. Andere Schritte gab es keine. In diesem Hotel war es immer sehr still, denn die wenigen Stammgäste begaben sich sofort auf ihre Zimmer, und die gut geschulten Kellner waren angewiesen, praktisch unsichtbar zu sein, bis man nach ihnen verlangte. Kaum ein Ort ist vorstellbar, an dem es weniger Anlass gab, etwas Unregelmäßiges zu befürchten. Diese Schritte aber waren so eigentümlich, dass man sich nicht entscheiden konnte, sie regelmäßig oder unregelmäßig zu nennen. Pater Brown folgte ihnen mit dem Finger auf der Tischkante wie jemand, der versucht, eine Melodie auf dem Klavier zu spielen.

Zuerst kam eine lange Reihe kleiner, schneller Schritte, wie sie ein leichtfüßiger Mann machen würde, um ein Geher-Rennen zu gewinnen. An einem bestimmten Punkt hörten sie auf und verwandelten sich in eine Art langsames schwungvolles Stampfen, das

the steps, but occupying about the same time. The moment the last echoing stamp had died away would come again the run or ripple of light, hurrying feet, and then again the thud of the heavier walking. It was certainly the same pair of boots, partly because (as has been said) there were no other boots about, and partly because they had a small but unmistakable creak in them. Father Brown had the kind of head that cannot help asking questions; and on this apparently trivial question his head almost split. He had seen men run in order to jump. He had seen men run in order to slide. But why on earth should a man run in order to walk? Or, again, why should he walk in order to run? Yet no other description would cover the antics of this invisible pair of legs. The man was either walking very fast down one half of the corridor in order to walk very slow down the other half; or he was walking very slow at one end to have the rapture of walking fast at the other. Neither suggestion seemed to make much sense. His brain was growing darker and darker, like his room.

Yet, as he began to think steadily, the very blackness of his cell seemed to make his thoughts more vivid; he began to see as in a kind of vision the fantastic feet capering along the corridor in unnatural or symbolic attitudes. Was it a heathen religious dance? Or some entirely new kind of scientific exercise? Father Brown began to ask himself with more exactness what the steps suggested. Taking the slow step first; it certainly was not the step of the proprietor. Men of his type walk with a rapid waddle, or they sit still. It could not be any servant or messenger waiting for directions. It did not sound like it. The poorer orders (in an oli-

kaum ein Viertel der schnellen Schritte ausmachte, aber etwa genauso lange dauerte. In dem Augenblick, wo das letzte hallende Stampfen verklungen war, ertönte erneut das Getrippel leichter, dahineilender Füße, dann wieder das Dröhnen der schwereren Schritte. Es handelte sich eindeutig um das gleiche Paar Stiefel, zum einen, weil (wie bereits erwähnt) sonst keine Schritte zu vernehmen waren, zum anderen, weil sie leise, aber unverkennbar knarrten. Pater Brown besaß jene Art von Verstand, die gar nicht anders konnte, als Fragen zu stellen; und bei dieser scheinbar banalen Frage barst ihm schier der Schädel. Er hatte Männer Anlauf nehmen sehen, um zu springen. Er hatte Männer Anlauf nehmen sehen, um zu schlittern. Aber warum in aller Welt sollte jemand rennen, um zu gehen? Oder anders herum, warum sollte er gehen, um zu rennen? Dennoch gab es keine passendere Beschreibung für die Eskapaden dieses unsichtbaren Beinpaars. Entweder durchquerte der Mann die eine Hälfte des Korridors sehr rasch, nur um die zweite im Schneckentempo zurückzulegen; oder er ging am einen Ende sehr langsam, nur am anderen Ende den Rausch der Geschwindigkeit zu genießen. Keine Vermutung schien einen Sinn zu ergeben. Das Gehirn des Priesters umwölkte sich zunehmend, wurde dunkler wie sein Zimmer.

Als er jedoch konzentriert nachzudenken begann, schien gerade die Dunkelheit der Zelle seine Gedanken zu beflügeln; einer Vision gleich sah er die phantastischen Füße auf unnatürliche oder symbolische Weise den Korridor entlanghüpfen. Handelte es sich um einen rituellen heidnischen Tanz? Oder um eine völlig neuartige wissenschaftliche Übung? Pater Brown fragte sich mit wachsender Sorgfalt, was die Schritte zu bedeuten hätten. Zunächst der langsame Schritt; das war keinesfalls der Schritt des Besitzers. Männer dieses Schlages bewegen sich entweder im raschen Watschelgang fort, oder sie sitzen still. Es konnte auch kein Diener oder Bote sein, der auf Anweisungen wartete. Es klang anders. Angehörige der unteren Schichten – zumindest in einer Oligarchie –

garchy) sometimes lurch about when they are slightly drunk, but generally, and especially in such gorgeous scenes, they stand or sit in constrained attitudes. No; that heavy yet springy step, with a kind of careless emphasis, not specially noisy, yet not caring what noise it made, belonged to only one of the animals of this earth. It was a gentleman of western Europe, and probably one who had never worked for his living.

Just as he came to this solid certainty, the step changed to the quicker one, and ran past the door as feverishly as a rat. The listener remarked that though this step was much swifter it was also much more noiseless, almost as if the man were walking on tiptoe. Yet it was not associated in his mind with secrecy, but with something else–something that he could not remember. He was maddened by one of those half-memories that make a man feel half-witted. Surely he had heard that strange, swift walking somewhere. Suddenly he sprang to his feet with a new idea in his head, and walked to the door. His room had no direct outlet on the passage, but led on one side into the glass office, and on the other into the cloak-room beyond. He tried the door into the office, and found it locked. Then he looked at the window, now a square pane full of purple cloud cleft by livid sunset, and for an instant he smelt evil as a dog smells rats.

The rational part of him (whether the wiser or not) regained its supremacy. He remembered that the proprietor had told him that he should lock the door, and would come later to release him. He told himself that twenty things he had not thought of might explain the eccentric sounds outside; he reminded himself that

neigen zwar zum Torkeln, wenn sie leicht betrunken sind, aber in der Regel, und vor allem in solch illustrer Umgebung, stehen oder sitzen sie in verkrampfter Haltung da. Nein, dieser schwere und dennoch federnde Schritt in seinem betont nachlässigen Auftreten, nicht sonderlich laut, aber auch gleichgültig gegenüber dem Lärm, den er verursachte, konnte nur einer einzigen Spezies auf Erden angehören. Es war ein westeuropäischer Gentleman, und vermutlich einer, der niemals seinen Lebensunterhalt verdient hatte.

In dem Moment, in dem Pater Brown zu dieser festen Überzeugung gelangt war, wechselten die Schritte in die raschere Gangart und hasteten wie eine aufgescheuchte Ratte an der Tür vorüber. Der Lauscher bemerkte, dass diese Schritte zwar viel schneller, aber auch viel leiser waren, beinahe so, als ob der Mann auf Zehenspitzen ginge. Er verband dieses Geräusch in seinen Gedanken jedoch nicht mit Heimlichkeit, sondern mit etwas anderem – mit etwas, das ihm nicht einfallen wollte. Er wurde von einer jener bruchstückhaften Erinnerungen gequält, die einen Mann in den Wahnsinn treiben können. Er war sich ganz sicher, diesen seltsamen, schnellen Gang irgendwo schon einmal gehört zu haben. Plötzlich kam ihm ein neuer Gedanke, er sprang auf und ging zur Tür. Es gab keine direkte Verbindung zwischen seinem Zimmer und dem Flur, man gelangte von dort nur auf der einen Seite ins Glasbüro und auf der anderen in die Garderobe dahinter. Er versuchte, die Tür zum Büro zu öffnen, und fand sie verschlossen. Dann sah er zum Fenster, jetzt ein Viereck angefüllt mit purpurnen Wolken, zerteilt von einem bleichen Sonnenuntergang, und einen Moment lang witterte er Unheil, so wie ein Hund Ratten wittert.

Der vernünftige Teil seines Wesens (ob es auch der klügere war, sei dahingestellt) gewann die Oberhand. Er erinnerte sich, dass der Besitzer ihm mitgeteilt hatte, er würde die Tür verschließen und ihn später wieder herauslassen. Er sagte sich, dass die ungewöhnlichen Geräusche draußen Dutzende von Ursachen haben konnten, an die er nicht gedacht hatte; er ermahnte sich, dass es gerade noch hell ge-

there was just enough light left to finish his own proper work. Bringing his paper to the window so as to catch the last stormy evening light, he resolutely plunged once more into the almost completed record. He had written for about twenty minutes, bending closer and closer to his paper in the lessening light; then suddenly he sat upright. He had heard the strange feet once more.

This time they had a third oddity. Previously the unknown man had walked, with levity indeed and lightning quickness, but he had walked. This time he ran. One could hear the swift, soft, bounding steps coming along the corridor, like the pads of a fleeing and leaping panther. Whoever was coming was a very strong, active man, in still yet tearing excitement. Yet, when the sound had swept up to the office like a sort of whispering whirlwind, it suddenly changed again to the old slow, swaggering stamp.

Father Brown flung down his paper, and, knowing the office door to be locked, went at once into the cloak-room on the other side. The attendant of this place was temporarily absent, probably because the only guests were at dinner, and his office was a sinecure. After groping through a grey forest of overcoats, he found that the dim cloak-room opened on the lighted corridor in the form of a sort of counter or half-door, like most of the counters across which we have all handed umbrellas and received tickets. There was a light immediately above the semi-circular arch of this opening. It threw little illumination on Father Brown himself, who seemed a mere dark outline against the dim sunset window behind him. But it threw an almost theatrical light on the man who stood outside the cloakroom in the corridor.

nug war, um seine eigentliche Arbeit zu Ende zu bringen. Er trug seine Schreibsachen ans Fenster, um das letzte stürmische Abendlicht zu nutzen, und stürzte sich erneut entschlossen auf den nahezu vollständigen Bericht. Er hatte etwa zwanzig Minuten geschrieben und sich dabei im spärlicher werdenden Licht immer tiefer über das Papier gebeugt, als er sich plötzlich kerzengerade aufrichtete. Er hatte abermals die seltsamen Schritte vernommen.

Dieses Mal gab es eine dritte Merkwürdigkeit. Bisher war der Unbekannte gegangen, zwar durchaus leichtfüßig und blitzschnell, aber er war gegangen. Dieses Mal rannte er. Man hörte die flinken, elastischen, hüpfenden Schritte den Korridor entlangkommen wie die Pfoten eines fliehenden und springenden Panthers. Wer immer da ging, es war ein sehr kräftiger, dynamischer Mann in stummer, doch heftiger Erregung. Aber dennoch, sobald die Schritte wie ein flüsternder Wirbelwind das Büro erreicht hatten, verwandelten sie sich plötzlich wieder in das altbekannte langsame, stolzierende Stampfen.

Pater Brown warf seine Aufzeichnungen auf den Tisch, und da er die Bürotür verschlossen wusste, begab er sich ohne Umschweife in die Garderobe auf der anderen Seite. Der zuständige Bedienstete war gerade abwesend, vielleicht weil die einzigen Gäste beim Abendessen saßen und er auf seinem Posten ohnehin zum Nichtstun verurteilt war. Nachdem sich Pater Brown durch einen grauen Wust an Mänteln gewühlt hatte, entdeckte er, dass die dunkle Garderobe durch eine Art Schalter oder Halbtür mit dem beleuchteten Korridor verbunden war, ganz wie die meisten Schalter, über die wir alle schon unseren Schirm gereicht und eine Marke dafür erhalten haben. Unmittelbar über dem halbkreisförmigen Bogen dieser Öffnung befand sich eine Lampe. Sie warf nur ein schwaches Licht auf Pater Brown, der sich gegen das düstere Sonnenuntergangsfenster dahinter wie eine dunkle Silhouette ausnahm, beleuchtete hingegen den Mann, der vor der Garderobe im Korridor stand, geradezu theatralisch.

He was an elegant man in very plain evening-dress; tall, but with an air of not taking up much room; one felt that he could have slid along like a shadow where many smaller men would have been obvious and obstructive. His face, now flung back in the lamplight, was swarthy and vivacious, the face of a foreigner. His figure was good, his manners good-humoured and confident; a critic could only say that his black coat was a shade below his figure and manners, and even bulged and bagged in an odd way. The moment he caught sight of Brown's black silhouette against the sunset, he tossed down a scrap of paper with a number and called out with amiable authority: "I want my hat and coat, please; I find I have to go away at once."

Father Brown took the paper without a word, and obediently went to look for the coat; it was not the first menial work he had done in his life. He brought it and laid it on the counter; meanwhile, the strange gentleman who had been feeling in his waistcoat pocket, said, laughing: "I haven't got any silver; you can keep this." And he threw down half a sovereign, and caught up his coat.

Father Brown's figure remained quite dark and still; but in that instant he had lost his head. His head was always most valuable when he had lost it. In such moments he put two and two together and made four million. Often the Catholic Church (which is wedded to common sense) did not approve of it. Often he did not approve of it himself. But it was a real inspiration—important at rare crises—when whosoever shall lose his head the same shall save it.

Es war ein eleganter Herr im schlichten Abendanzug; hochgewachsen, doch mit dem Auftreten eines Menschen, der nicht viel Raum nimmt; man hatte den Eindruck, er könne überall dort wie ein Schatten vorübergleiten, wo viele kleinere Männer auffallen und im Weg stehen würden. Sein vom Licht der Lampe erhelltes Gesicht war dunkelhäutig und lebhaft, das Gesicht eines Ausländers. Er war von regelmäßigem Wuchs, sein Auftreten zeugte von Gutmütigkeit und Selbstvertrauen; das Einzige, was man ihm bemängeln konnte, war sein schwarzer Frack, der nicht ganz seiner Figur und seinem Benehmen entsprach und sich sogar merkwürdig beulte und bauschte. Sobald er Pater Browns schwarze Silhouette vor dem Sonnenuntergang erblickte, warf er ein Stück Papier mit einer Nummer darauf vor ihn hin und rief mit freundlichem Nachdruck: »Meinen Hut und Mantel, bitte. Ich muss leider sofort gehen.«

Pater Brown nahm den Papierfetzen wortlos entgegen und begab sich gehorsam auf die Suche nach dem Mantel; es war nicht die erste niedere Arbeit, die er in seinem Leben verrichtete. Er brachte den Mantel und legte ihn auf den Schalter; unterdessen bemerkte der seltsame Gentleman, der seine Westentaschen abgetastet hatte, lachend: »Ich habe gerade kein Silber bei mir; nehmen Sie dies.« Er warf ihm einen halben Souvereign* hin und griff nach seinem Mantel.

Pater Browns Gestalt verharrte still im Dunkeln, den Kopf aber hatte er in diesem Augenblick verloren. Sein Kopf war stets dann äußerst wertvoll, wenn er ihn verloren hatte. In solchen Augenblicken zählte er zwei und zwei zusammen und kam auf vier Millionen. Die katholische Kirche (die mit dem gesunden Menschenverstand verheiratet ist) schätzte dies häufig nicht besonders. Er schätzte es häufig auch selbst nicht besonders. Und doch war es eine echte Eingebung – wichtig in außergewöhnlichen Krisensituationen –, wenn einer, der seinen Kopf verliert, selbigen dadurch auch rettet.

* Eine englische Goldmünze. Anm. d. Ü.

"I think, sir," he said civilly, "that you have some silver in your pocket."

The tall gentleman stared. "Hang it," he cried. "If I give you gold, why should you complain?"

"Because silver is sometimes more valuable than gold," said the priest mildly; "that is, in large quantities."

The stranger looked at him curiously. Then he looked still more curiously up the passage towards the main entrance. Then he looked back at Brown again, and then he looked very carefully at the window beyond Brown's head, still coloured with the afterglow of the storm. Then he seemed to make up his mind. He put one hand on the counter, vaulted over as easily as an acrobat and towered above the priest, putting one tremendous hand upon his collar.

"Stand still," he said, in a hacking whisper. "I don't want to threaten you, but—"

"I do want to threaten you," said Father Brown, in a voice like a rolling drum. "I want to threaten you with the worm that dieth not, and the fire that is not quenched."

"You're a rum sort of cloak-room clerk," said the other.

"I am a priest, Monsieur Flambeau," said Brown, "and I am ready to hear your confession."

The other stood gasping for a few moments, and then staggered back into a chair.

The first two courses of the dinner of The Twelve True Fishermen had proceeded with placid success. I do not possess a copy of the menu; and if I did it would not convey anything to anybody. It was written in a sort of

Er sagte höflich: »Sir, ich glaube, dass Sie durchaus ein bisschen Silber in den Taschen haben.«

Der große Gentleman starrte ihn an. »Zum Henker«, rief er. »Ich gebe Ihnen Gold, worüber beschweren Sie sich noch?«

»Weil Silber manchmal wertvoller ist als Gold«, erwiderte der Priester freundlich; »jedenfalls in großen Mengen.«

Der Fremde sah in neugierig an. Dann sah er mit noch größerer Neugier den Flur hinunter in Richtung des Haupteingangs. Dann sah er noch einmal Pater Brown an und betrachtete eingehend das Fenster über dem Kopf des Priesters, durch das noch immer die Abendröte nach dem Sturm zu erkennen war. Er schien einen Entschluss gefasst zu haben. Er legte eine Hand auf den Schalter, schwang sich mühelos wie ein Akrobat darüber, baute sich vor dem Priester auf und packte ihn mit einer riesigen Hand am Kragen.

»Ganz ruhig«, stieß er flüsternd hervor. »Ich will Ihnen nicht drohen, aber ...«

»Aber ich will Ihnen drohen«, unterbrach ihn Pater Brown mit einer Stimme, die wie Donner grollte. »Ich will Ihnen drohen mit dem Wurm, der nicht stirbt, und dem Feuer, das nicht verlöscht.«*

»Sie sind ja ein komischer Garderobier«, meinte der andere.

»Ich bin ein Priester, Monsieur Flambeau«, sagte Pater Brown. »Und ich bin bereit, Ihre Beichte zu hören.«

Sein Gegenüber schnappte kurz nach Luft, dann ließ er sich taumelnd in einen Stuhl fallen.

Die ersten beiden Gänge des Festmahls der »Zwölf wahren Fischer« waren beschaulich und erfolgreich vonstattengegangen. Ich besitze keine Abschrift der Speisekarte; aber selbst wenn ich es täte, gäbe sie keinerlei Aufschluss. Sie war in jenem überkandidelten Franzö-

* Vgl. Mk 9,44–48. Anm. d. Ü.

super-French employed by cooks, but quite unintelligible to Frenchmen. There was a tradition in the club that the *hors d'œuvres* should be various and manifold to the point of madness. They were taken seriously because they were avowedly useless extras, like the whole dinner and the whole club. There was also a tradition that the soup course should be light and unpretending—a sort of simple and austere vigil for the feast of fish that was to come. The talk was that strange, slight talk which governs the British Empire, which governs it in secret, and yet would scarcely enlighten an ordinary Englishman even if he could overhear it. Cabinet Ministers on both sides were alluded to by their Christian names with a sort of bored benignity. The Radical Chancellor of the Exchequer, whom the whole Tory party was supposed to be cursing for his extortions, was praised for his minor poetry, or his saddle in the hunting-field. The Tory leader, whom all Liberals were supposed to hate as a tyrant, was discussed and, on the whole, praised—as a Liberal. It seemed somehow that politicians were very important. And yet, anything seemed important about them except their politics. Mr. Audley, the chairman, was an amiable, elderly man who still wore Gladstone collars; he was a kind of symbol of all that phantasmal and yet fixed society. He had never done anything—not even anything wrong. He was not fast; he was not even particularly rich. He was simply in the thing; and there was an end of it. No party could ignore him, and if he had wished to be in the Cabinet he certainly would have been put there. The Duke of Chester, the vice-president, was a young

sisch verfasst, wie Köche es gerne verwenden, das für Franzosen jedoch völlig unverständlich ist. Entsprechend der Clubtradition mussten die *Hors d'œuvres* so abwechslungsreich und mannigfaltig sein, dass es an Aberwitz grenzte. Sie wurden mit andächtigem Ernst verspeist, weil sie offen gestanden völlig überflüssig waren, wie eben das ganze Mahl und der Club überhaupt. Außerdem war es Tradition, dass die Suppe leicht und anspruchslos zu sein hatte – eine Art karge, nüchterne Mahnwache vor der bevorstehenden Fischorgie. Die Unterhaltung entsprach jenem merkwürdigen, seichten Gerede, welches das britische Weltreich beherrscht, es im Geheimen beherrscht, und aus dem ein gewöhnlicher Engländer doch kaum klug würde, wenn er es belauschen könnte. Kabinettminister beider politischer Lager wurden mit einem gewissen gelangweilten Wohlwollen kurzerhand beim Vornamen genannt. Der radikale Schatzkanzler, den die gesamte Tory-Partei aufgrund seines räuberischen Wuchers angeblich verfluchte, wurde für seine belanglose Dichtkunst oder für seine Reitkunst bei der Jagd gepriesen. Man sprach ausführlich über den Vorsitzenden der Torys, den alle Liberalen angeblich als Tyrannen verabscheuten, und pries ihn im Großen und Ganzen – als Liberalen. Irgendwie hatte es den Anschein, als wären Politiker sehr wichtig. Und doch schien alles Mögliche an ihnen wichtig, nur nicht ihre Politik. Der Vorsitzende des Clubs, Mr. Audley, war ein liebenswürdiger älterer Herr, der immer noch Gladstone-Kragen* trug; er war eine Art Sinnbild für die gesamte geisterhafte und dennoch etablierte Gesellschaft. Er hatte niemals etwas getan – nicht einmal etwas Falsches. Er war nicht tüchtig; er war nicht einmal sonderlich vermögend. Er gehörte ganz einfach dazu, und damit war die Sache erledigt. An ihm kam keine Partei vorbei; und hätte er jemals den Wunsch verspürt, in das Kabinett einzutreten, wäre er gewiss hineingehievt worden. Der Her-

* Hoher Hemdkragen, benannt nach dem berühmten britischen Premier William Gladstone (1809–1898). Anm. d. Ü.

and rising politician. That is to say, he was a pleasant youth, with flat, fair hair and a freckled face, with moderate intelligence and enormous estates. In public his appearances were always successful and his principle was simple enough. When he thought of a joke he made it, and was called brilliant. When he could not think of a joke he said that this was no time for trifling, and was called able. In private, in a club of his own class, he was simply quite pleasantly frank and silly, like a schoolboy. Mr. Audley, never having been in politics, treated them a little more seriously. Sometimes he even embarrassed the company by phrases suggesting that there was some difference between a Liberal and a Conservative. He, himself, was a Conservative, even in private life. He had a roll of grey hair over the back of his collar like certain old-fashioned statesmen, and seen from behind he looked like the man the empire wants. Seen from the front he looked like a mild, self-indulgent bachelor, with rooms in the Albany—which he was.

As has been remarked, there were twenty-four seats at the terrace table, and only twelve members of the club. Thus they could occupy the terrace in the most luxurious style of all, being ranged along the inner side of the table, with no one opposite, commanding an uninterrupted view of the garden, the colours of which were still vivid, though evening was closing in somewhat luridly for the time of year. The chairman sat in the centre of the line, and the vice-president at the right-hand end of it. When the twelve guests first trooped into their seats it was the custom (for some unknown reason) for all the fifteen waiters to stand lining the wall like troops presenting arms to the king, while the fat proprietor stood and bowed to the club

zog von Chester, der Vizepräsident, war ein junger aufstrebender Politiker. Das heißt, er war ein angenehmer junger Mann mit dünnem, blondem Haar und Sommersprossen, von mäßigem Verstand und enorm begütert. Seine Auftritte in der Öffentlichkeit waren stets erfolgreich, und seine Methode war denkbar einfach. Fiel ihm ein Witz ein, gab er ihn zum Besten und galt als brillant. Fiel ihm kein Witz ein, behauptete er, dies sei nicht die Zeit für Bagatellen, und galt als fähig. Privat, in einem Club unter seinesgleichen, war er einfach auf ziemlich angenehme Weise freimütig und frech wie ein Schuljunge. Mr. Audley, der nie in der Politik gewesen war, ging mit den Clubmitgliedern etwas ernsthafter um. Hin und wieder brachte er sie sogar in Verlegenheit, indem er behauptete, zwischen einem Liberalen und einem Konservativen bestünde tatsächlich ein Unterschied. Er selbst war ein Konservativer, sogar in seinem Privatleben. Sein graues Haar wellte sich rückwärts über den Kragen wie bei gewissen altmodischen Staatsmännern, und von hinten sah er aus wie ein Mann, den sich das Empire wünscht. Von vorne sah er aus wie ein harmloser Junggeselle, der sich gerne etwas gönnt und in Albany wohnt – und genau das war er.

Wie bereits bemerkt, hatte der Terrassentisch vierundzwanzig Plätze, aber der Club nur zwölf Mitglieder. Daher konnten sie die Terrasse auf höchst verschwenderische Weise nutzen; alle saßen aufgereiht an der Innenseite des Tisches, ohne Gegenüber, und genossen einen ungehinderten Blick auf den Garten, dessen Farben noch intensiv leuchteten, obwohl der Abend für diese Jahreszeit in etwas unheimlichem Licht hereinbrach. Der Präsident saß in der Mitte, der Vizepräsident am rechten Ende des Tisches. Wenn die zwölf Gäste zu ihren Plätzen aufmarschierten, war es (aus unerfindlichen Gründen) Brauch, dass sich alle fünfzehn Kellner in einer Reihe an der Wand aufreihten wie eine Truppe, die vor dem König das Gewehr präsentiert, während sich der beleibte Besitzer mit freudiger Überraschung vor ihnen verneigte, als ob er nie zuvor von ihnen gehört hätte. Noch vor dem ersten

with radiant surprise, as if he had never heard of them before. But before the first chink of knife and fork this army of retainers had vanished, only the one or two required to collect and distribute the plates darting about in deathly silence. Mr. Lever, the proprietor, of course had disappeared in convulsions of courtesy long before. It would be exaggerative, indeed irreverent, to say that he ever positively appeared again. But when the important course, the fish course, was being brought on, there was—how shall I put it?—a vivid shadow, a projection of his personality, which told that he was hovering near. The sacred fish course consisted (to the eyes of the vulgar) in a sort of monstrous pudding, about the size and shape of a wedding cake, in which some considerable number of interesting fishes had finally lost the shapes which God had given to them. The Twelve True Fishermen took up their celebrated fish knives and fish forks, and approached it as gravely as if every inch of the pudding cost as much as the silver fork it was eaten with. So it did, for all I know. This course was dealt with in eager and devouring silence; and it was only when his plate was nearly empty that the young duke made the ritual remark: "They can't do this anywhere but here."

"Nowhere," said Mr. Audley, in a deep bass voice, turning to the speaker and nodding his venerable head a number of times. "Nowhere, assuredly, except here. It was represented to me that at the Café Anglais—"

Here he was interrupted and even agitated for a moment by the removal of his plate, but he recaptured the valuable thread of his thoughts. "It was represented to me that the same could be done at the Café Anglais.

Klirren des Bestecks war dieses Heer an Bediensteten jedoch verschwunden, lediglich die ein, zwei Kellner, die für das Auf- und Abdecken der Teller zuständig waren, huschten vollkommen lautlos hin und her. Mr. Lever, der Besitzer, hatte sich natürlich längst unter krampfartigen Höflichkeitsbezeugungen zurückgezogen. Es wäre übertrieben, ja geradezu respektlos zu behaupten, dass er jemals wieder leibhaftig erschienen wäre. Als jedoch der wichtigste Gang, der Fischgang, aufgetragen wurde, machte sich – wie soll ich es ausdrücken? – ein lebhafter Schatten bemerkbar, ein Aufleuchten seiner Persönlichkeit, das erahnen ließ, dass er sich in der Nähe aufhielt. Der geheiligte Fischgang bestand (zumindest für den gewöhnlichen Betrachter) aus einer Art riesenhaftem Pudding, der in Größe und Form einer Hochzeitstorte ähnelte, in der eine beträchtliche Anzahl von interessanten Fischen nunmehr endgültig jene Gestalt eingebüßt hatte, die ihnen Gott verliehen hatte. Die »Zwölf wahren Fischer« ergriffen ihre berühmten Fischmesser und Fischgabeln und machten sich mit derart feierlichem Ernst an das Verzehren des Puddings, als sei jeder Zoll davon so wertvoll wie die silberne Gabel, mit der er verspeist wurde. Was, soviel ich weiß, auch zutraf. Man widmete sich diesem Gang mit hingebungsvollem und gefräßigem Schweigen; und erst als er seinen Teller fast schon geleert hatte, äußerte der junge Herzog die feierliche Bemerkung: »Das können sie nirgends so gut wie hier.«

»Nirgends«, wiederholte Mr. Audley mit einer tiefen Bassstimme, wandte sich an den Herzog und nickte mehrmals mit seinem ehrwürdigen Haupt. »Nirgends, ohne Zweifel, nur hier. Man hat mir erzählt, dass man im Café Anglais …«

An dieser Stelle wurde er durch das Abtragen seines Tellers unterbrochen, ja beinahe aufgescheucht, doch es gelang ihm, den kostbaren Faden seiner Gedanken wieder aufzunehmen. »Man hat mir erzählt, dass man dasselbe auch im Café Anglais so zube-

Nothing like it, sir," he said, shaking his head ruthlessly, like a hanging judge. "Nothing like it."

"Overrated place," said a certain Colonel Pound, speaking (by the look of him) for the first time for some months.

"Oh, I don't know," said the Duke of Chester, who was an optimist, "it's jolly good for some things. You can't beat it at—"

A waiter came swiftly along the room, and then stopped dead. His stoppage was as silent as his tread; but all those vague and kindly gentlemen were so used to the utter smoothness of the unseen machinery which surrounded and supported their lives, that a waiter doing anything unexpected was a start and a jar. They felt as you and I would feel if the inanimate world disobeyed–if a chair ran away from us.

The waiter stood staring a few seconds, while there deepened on every face at table a strange shame which is wholly the product of our time. It is the combination of modern humanitarianism with the horrible modern abyss between the souls of the rich and poor. A genuine historic aristocrat would have thrown things at the waiter, beginning with empty bottles, and very probably ending with money. A genuine democrat would have asked him, with a comrade-like clearness of speech, what the devil he was doing. But these modern plutocrats could not bear a poor man near to them, either as a slave or as a friend. That something had gone wrong with the servants was merely a dull, hot embarrassment. They did not want to be brutal, and they dreaded the need to be benevolent. They

reiten könne. Kein Vergleich, Sir«, sagte er und schüttelte dabei unbarmherzig den Kopf wie ein Richter, der ein Todesurteil fällt. »Kein Vergleich.«

»Überschätztes Lokal«, bemerkte ein gewisser Oberst Pound, der (zumindest seinem Aussehen nach) seit Monaten zum ersten Mal wieder sprach.

»Ach, ich weiß nicht«, sagte der Herzog von Chester, der Optimist war, »ein paar Dinge dort sind unheimlich gut. Unschlagbar sind zum Beispiel ...«

Ein Kellner durchquerte mit raschen Schritten den Raum und blieb dann wie angewurzelt stehen. Sein Innehalten war ebenso lautlos wie sein Gang; doch all jene geistesabwesenden, freundlichen Herren waren derart gewöhnt an den vollkommen reibungslosen Ablauf der unsichtbaren Maschinerie, die ihr Leben umgab und in Gang hielt, dass ein Kellner, der etwas Unerwartetes tat, ein Beben und Erschüttern bedeutete. Sie fühlten sich wie du oder ich, wenn auf einmal die leblose Welt den Gehorsam verweigerte – wie wenn ein Stuhl vor uns davonlaufen würde.

Der Kellner stand ein paar Sekunden lang mit starrem Blick da, während sich auf allen Gesichtern am Tisch ein merkwürdiger Ausdruck von Scham verbreitete, der eine ganz typische Erscheinung unserer Zeit ist. Es handelt sich um die Kombination aus moderner humanitärer Gesinnung und der grausamen Kluft, die heute zwischen den Seelen der Reichen und Armen besteht. Ein echter alter Aristokrat hätte mit irgendwelchen Dingen nach dem Kellner geworfen, zunächst mit leeren Flaschen und zum Schluss sehr wahrscheinlich mit Geld. Ein echter Demokrat hätte ihn in kameradschaftlichem Tonfall ganz offen gefragt, was zum Teufel er da mache. Diese modernen Plutokraten aber konnten einen armen Menschen in ihrer Nähe einfach nicht ertragen, weder als Sklaven noch als Freund. Die Tatsache, dass bei den Kellnern irgendetwas schief gegangen war, löste lediglich eine lästige, tiefe Verlegenheit aus. Sie wollten nicht unmenschlich sein und

wanted the thing, whatever it was, to be over. It was over. The waiter, after standing for some seconds rigid, like a cataleptic, turned round and ran madly out of the room.

When he reappeared in the room, or rather in the doorway, it was in company with another waiter, with whom he whispered and gesticulated with southern fierceness. Then the first waiter went away, leaving the second waiter, and reappeared with a third waiter. By the time a fourth waiter had joined this hurried synod, Mr. Audley felt it necessary to break the silence in the interests of Tact. He used a very loud cough, instead of the presidential hammer, and said: "Splendid work young Moocher's doing in Burmah. Now, no other nation in the world could have—"

A fifth waiter had sped towards him like an arrow, and was whispering in his ear: "So sorry. Important! Might the proprietor speak to you?"

The chairman turned in disorder, and with a dazed stare saw Mr. Lever coming towards them with his lumbering quickness. The gait of the good proprietor was indeed his usual gait, but his face was by no means usual. Generally it was a genial copper-brown; now it was a sickly yellow.

"You will pardon me, Mr. Audley," he said, with asthmatic breathlessness. "I have great apprehensions. Your fish-plates, they are cleared away with the knife and fork on them!"

"Well, I hope so," said the chairman, with some warmth.

"You see him?" panted the excited hotel keeper; "you see the waiter who took them away? You know him?"

schreckten gleichzeitig davor zurück, gütig sein zu müssen. Sie wollten, dass die Sache, was immer es sei, ein Ende hatte. Sie hatte ein Ende. Nachdem der Kellner einige Sekunden lang steif wie vom Starrkrampf befallen dagestanden hatte, machte er auf dem Absatz kehrt und stürzte wie ein Wahnsinniger aus dem Raum.

Als er wieder im Saal oder vielmehr im Türrahmen erschien, war er in Begleitung eines anderen Kellners, mit dem er tuschelte und in südländischer Manier wild gestikulierte. Dann verschwand der erste Kellner, ließ den zweiten zurück und tauchte mit einem dritten wieder auf. In der Zwischenzeit hatte sich ein vierter Kellner dieser rasch einberufenen Synode angeschlossen, und Mr. Audley hielt es aus Gründen des Taktes für angebracht, das Schweigen zu brechen. Anstatt vom Präsidentenhammer machte er von einem sehr lauten Husten Gebrauch und sagte: »Hervorragende Arbeit, die der junge Moocher da in Burma leistet. Keine andere Nation der Welt wäre in der Lage …«

Ein fünfter Kellner war wie ein Pfeil auf ihn zugeschossen und raunte ihm ins Ohr: »Bedaure sehr. Wichtig! Könnte der Besitzer mit Ihnen sprechen?«

Der Vorsitzende drehte sich irritiert um und verfolgte mit benommenem Blick, wie Mr. Lever in schwerfälliger Lebhaftigkeit auf sie zukam. Die Gangart des guten Mannes war in der Tat seine übliche, ganz und gar unüblich aber war seine Gesichtsfarbe. Sie war normalerweise von einem warmen Kupferbraun; jetzt war sie ungesund gelb.

»Sie werden mir verzeihen, Mr. Audley«, stieß er mit asthmatischem Keuchen hervor. »Ich hege die schlimmsten Befürchtungen. Ihre Fischteller, sie wurden samt Messer und Gabel abgeräumt!«

»Na, das will ich hoffen«, erwiderte der Vorsitzende mit einiger Wärme.

»Sie haben ihn gesehen?«, keuchte der erregte Hotelbesitzer. »Sie haben den Kellner gesehen, der sie abgeräumt hat? Sie kennen ihn?«

"Know the waiter?" answered Mr. Audley indignantly. "Certainly not!"

Mr. Lever opened his hands with a gesture of agony. "I never send him," he said. "I know not when or why he come. I send my waiter to take away the plates, and he find them already away."

Mr. Audley still looked rather too bewildered to be really the man the empire wants; none of the company could say anything except the man of wood—Colonel Pound—who seemed galvanized into an unnatural life. He rose rigidly from his chair, leaving all the rest sitting, screwed his eyeglass into his eye, and spoke in a raucous undertone as if he had half-forgotten how to speak. "Do you mean," he said, "that somebody has stolen our silver fish service?"

The proprietor repeated the open-handed gesture with even greater helplessness; and in a flash all the men at the table were on their feet.

"Are all your waiters here?" demanded the colonel, in his low, harsh accent.

"Yes; they're all here. I noticed it myself," cried the young duke, pushing his boyish face into the inmost ring. "Always count 'em as I come in; they look so queer standing up against the wall."

"But surely one cannot exactly remember," began Mr. Audley, with heavy hesitation.

"I remember exactly, I tell you," cried the duke excitedly. "There never have been more than fifteen waiters at this place, and there were no more than fifteen to-night, I'll swear; no more and no less."

The proprietor turned upon him, quaking in a kind of palsy of surprise. "You say—you say," he stammered, "that you see all my fifteen waiters?"

»Den Kellner kennen?«, antwortete Mr. Audley entrüstet. »Selbstverständlich nicht!«

Mr. Lever rang qualvoll die Hände. »Ich habe ihn nicht geschickt«, erklärte er. »Ich weiß nicht, wann oder warum er gekommen ist. Ich schicke meinen Kellner, um die Teller abzuräumen, und er stellt fest, dass sie schon abgeräumt sind.«

Mr. Audley sah nach wie vor viel zu verblüfft aus, um wirklich der Mann zu sein, den das Empire braucht; keiner in der Runde war in der Lage, etwas zu sagen, außer dem Mann aus Holz – Oberst Pound –, der wie elektrisiert zu außergewöhnlicher Lebendigkeit erwacht war. Er erhob sich steif von seinem Stuhl, während alle anderen sitzen blieben, schraubte sich sein Monokel ins Auge und sprach mit so rauer Stimme, als ob er das Sprechen fast verlernt hätte. »Wollen Sie damit andeuten«, krächzte er, »dass jemand unser silbernes Fischbesteck gestohlen hat?«

Der Besitzer rang erneut die Hände, diesmal mit noch größerer Hilflosigkeit, und im Handumdrehen waren alle Männer am Tisch auf den Beinen.

»Sind Ihre Kellner vollzählig hier?«, verlangte der Oberst in leisem, scharfen Ton zu wissen.

»Ja, sie sind alle hier. Ich habe es selbst gesehen«, rief der junge Herzog und drängte sein Knabengesicht in die Mitte der Runde. »Ich zähl' sie immer, wenn sie hereinkommen; sie sehen so sonderbar aus, wie sie da an der Wand stehen.«

»Aber Sie können sich natürlich nicht ganz genau erinnern«, versetzte Mr. Audley nach einigem Zögern.

»Und ob ich mich ganz genau erinnern kann!«, entgegnete der Herzog erregt. »Es waren nie mehr als fünfzehn Kellner hier, und auch heute Abend waren es nicht mehr als fünfzehn, das schwöre ich. Keiner mehr und keiner weniger.«

Zitternd und als wäre er vor Überraschung wie gelähmt, wandte sich der Besitzer an ihn: »Wollen Sie … wollen Sie damit sagen, dass Sie alle meine fünfzehn Kellner gesehen?«, stammelte er.

"As usual," assented the duke. "What is the matter with that?"

"Nothing," said Lever, with a deepening accent, "only you did not. For one of zem is dead upstairs."

There was a shocking stillness for an instant in that room. It may be (so supernatural is the word death) that each of those idle men looked for a second at his soul, and saw it as a small dried pea. One of them—the duke, I think—even said with the idiotic kindness of wealth: "Is there anything we can do?"

"He has had a priest," said the Jew, not untouched.

Then, as to the clang of doom, they awoke to their own position. For a few weird seconds they had really felt as if the fifteenth waiter might be the ghost of the dead man upstairs. They had been dumb under that oppression, for ghosts were to them an embarrassment, like beggars. But the remembrance of the silver broke the spell of the miraculous; broke it abruptly and with a brutal reaction. The colonel flung over his chair and strode to the door. "If there was a fifteenth man here, friends," he said, "that fifteenth fellow was a thief. Down at once to the front and back doors and secure everything; then we'll talk. The twenty-four pearls are worth recovering."

Mr. Audley seemed at first to hesitate about whether it was gentlemanly to be in such a hurry about anything; but, seeing the duke dash down the stairs with youthful energy, he followed with a more mature motion.

At the same instant a sixth waiter ran into the room, and declared that he had found the pile of fish plates on a sideboard, with no trace of the silver.

»Wie gewöhnlich«, bekräftigte der Herzog. »Was hat es damit auf sich?«

»Nichts«, erwiderte Mr. Lever mit stärker werdendem Akzent, »nur, dass das nicht meglich ist. Weil einer oben tot in Zimmer liegt.«

Einen Augenblick lang senkte sich beängstigende Stille über den Raum. Möglicherweise (so metaphysisch ist das Wort Tod) blickte jeder dieser Müßiggänger kurz in seine Seele und erkannte sie als winzige, vertrocknete Erbse. Einer von ihnen, ich glaube, es war der Herzog, fragte sogar mit der idiotischen Liebenswürdigkeit der Reichen: »Können wir irgendetwas für ihn tun?«

»Ein Priester war bei ihm«, entgegnete der Jude nicht ohne Rührung.

Dann plötzlich, wie beim Paukenschlag des Jüngsten Gerichts, wurden sie sich ihrer eigenen Lage wieder bewusst. Ein paar unheimliche Sekunden lang hatten sie tatsächlich das Gefühl gehabt, der fünfzehnte Kellner sei vielleicht der Geist des Toten gewesen, der oben lag. Dieses bedrückende Gefühl hatte sie verstummen lassen, denn Geister brachten sie, genau wie Bettler, in Verlegenheit. Doch der Gedanke an das Silber brach den Bann des Übernatürlichen, und zwar abrupt und mit einem heftigen Schlag. Der Oberst stieß seinen Stuhl zurück und schritt eilig auf die Tür zu. »Wenn es hier einen fünfzehnten Kellner gab, Freunde«, sagte er, »dann war dieser fünfzehnte Kerl ein Dieb. Sofort an die Vorder- und Hintereingänge und alles abriegeln, dann können wir weiterreden. Die vierundzwanzig Perlen sind es wert, sie zurückzuerobern.«

Mr. Audley schien zunächst unschlüssig, ob es sich für einen Gentleman geziemte, überhaupt aus irgendeinem Anlass eine derartige Eile an den Tag zu legen, als er den Herzog jedoch mit jugendlichem Schwung die Treppe hinabstürzen sah, folgte er in würdevollerem Tempo.

Im selben Augenblick kam ein sechster Kellner hereingerannt und erklärte, er habe den Stapel mit den Fischtellern auf einer Anrichte gefunden, aber keine Spur von dem Silber.

The crowd of diners and attendants that tumbled helter-skelter down the passages divided into two groups. Most of the Fishermen followed the proprietor to the front room to demand news of any exit. Colonel Pound, with the Chairman, the vice-president, and one or two others, darted down the corridor leading to the servants' quarters, as the more likely line of escape. As they did so they passed the dim alcove or cavern of the cloak-room, and saw a short, black-coated figure, presumably an attendant, standing a little way back in the shadow of it.

"Hallo there!" called out the duke. "Have you seen anyone pass?"

The short figure did not answer the question directly, but merely said: "Perhaps I have got what you are looking for, gentlemen."

They paused, wavering and wondering, while he quietly went to the back of the cloak-room, and came back with both hands full of shining silver, which he laid out on the counter as calmly as a salesman. It took the form of a dozen quaintly shaped forks and knives.

"You–you—" began the colonel, quite thrown off his balance at last. Then he peered into the dim little room and saw two things: first, that the short, black-clad man was dressed like a clergyman; and, second, that the window of the room behind him was burst, as if someone had passed violently through.

"Valuable things to deposit in a cloak-room, aren't they?" remarked the clergyman, with cheerful composure.

"Did–did you steal those things?" stammered Mr. Audley, with staring eyes.

"If I did," said the cleric pleasantly, "at least I am bringing them back again."

Die Schar der Gäste und Bediensteten, die Hals über Kopf die Gänge hinabstürzte, teilte sich in zwei Gruppen auf. Die meisten Fischer folgten dem Besitzer in den Vorderraum, um jeden Ausgang einzeln zu überprüfen. Oberst Pound, der Vorsitzende, der Vizepräsident und ein paar andere eilten den Korridor hinunter, der zu den Räumen der Bediensteten führte, da dies der wahrscheinlichere Fluchtweg war. Dabei kamen sie auch an der dunklen Nische oder Höhle der Garderobe vorbei und erblickten dort eine kleine, schwarz gewandete Gestalt, vermutlich einen Diener, der etwas tiefer im Schatten der Garderobe stand.

»Heda!«, rief der Herzog. »Haben Sie jemanden vorbeikommen sehen?«

Die untersetzte Gestalt beantwortete die Frage nicht direkt, sondern sagte nur: »Vielleicht hab ich das, wonach Sie suchen, Gentlemen.«

Verwundert und unschlüssig blieben sie stehen, während er ruhig in den hinteren Teil der Garderobe ging und mit zwei Hand voll glänzendem Silber, das er mit dem Gleichmut eines Verkäufers vor ihnen auf dem Tisch ausbreitete, wieder zurückkam. Es erwies sich als ein Dutzend außergewöhnlich geformter Gabeln und Messer.

»Sie ... Sie ...«, stotterte der Oberst, der nun doch ziemlich aus der Fassung geraten war. Dann spähte er in den düsteren, kleinen Raum und erkannte zwei Dinge: erstens, dass der kleine, schwarz gewandete Mann die Soutane eines Priesters trug; und zweitens, dass das Fenster des dahinterliegenden Raums zerbrochen war, als wäre jemand gewaltsam hindurchgestiegen.

»Ziemlich wertvoll, um so etwas in einer Garderobe aufzubewahren, finden Sie nicht?«, bemerkte der Priester mit heiterer Gelassenheit.

»Ha... Ha... Haben Sie etwa die Sachen gestohlen?«, stotterte Mr. Audley und starrte ihn an.

»Selbst wenn ich es getan hätte«, erwiderte der Priester freundlich, »dann bringe ich sie wenigstens wieder zurück.«

"But you didn't," said Colonel Pound, still staring at the broken window.

"To make a clean breast of it, I didn't," said the other, with some humour. And he seated himself quite gravely on a stool.

"But you know who did," said the colonel.

"I don't know his real name," said the priest placidly; "but I know something of his fighting weight, and a great deal about his spiritual difficulties. I formed the physical estimate when he was trying to throttle me, and the moral estimate when he repented."

"Oh, I say—repented!" cried young Chester, with a sort of crow of laughter.

Father Brown got to his feet, putting his hands behind him. "Odd, isn't it," he said, "that a thief and a vagabond should repent, when so many who are rich and secure remain hard and frivolous, and without fruit for God or man? But there, if you will excuse me, you trespass a little upon my province. If you doubt the penitence as a practical fact, there are your knives and forks. You are The Twelve True Fishers, and there are all your silver fish. But He has made me a fisher of men."

"Did you catch this man?" asked the colonel, frowning.

Father Brown looked him full in his frowning face. "Yes," he said, "I caught him, with an unseen hook and an invisible line which is long enough to let him wander to the ends of the world, and still to bring him back with a twitch upon the thread."

There was a long silence. All the other men present drifted away to carry the recovered silver to their comrades, or to consult the proprietor about the queer

»Aber Sie haben sie nicht gestohlen«, sagte Oberst Pound und starrte immer noch auf das zerbrochene Fenster.

»Ehrlich gesagt, nein«, erwiderte der andere recht vergnügt und ließ sich würdevoll auf einem Schemel nieder.

»Aber Sie wissen, wer es war«, forschte der Oberst weiter.

»Ich kenne seinen richtigen Namen nicht«, sagte der Priester gelassen, »aber ich weiß einiges von seiner Kampfkraft und eine ganze Menge über seine seelischen Schwächen. Ich konnte mir ein Bild von seinen körperlichen Fähigkeiten machen, als er mich erwürgen wollte, sowie ein Bild von seiner Moral, als er die Tat bereute.«

»Ach wirklich – bereute!«, rief der junge Chester unter krähendem Gelächter.

Pater Brown erhob sich und legte die Hände auf den Rücken. »Seltsam, nicht wahr«, sagte er, »dass ein Dieb und Vagabund bereut, wo doch so viele Reiche und Wohlpositionierte hart und leichtsinnig bleiben und ohne Nutzen für Gott und die Menschheit sind. Hier aber, ich bitte um Verzeihung, überschreiten Sie ein wenig die Grenzen meiner Domäne. Sollten Sie die materielle Echtheit dieser Reue bezweifeln: dort sind Ihre Messer und Gabeln. Sie sind die ›Zwölf wahren Fischer‹, und dort sind Ihre Silberfische. Gott aber hat mich zu einem Menschenfischer gemacht.«

»Haben Sie den Kerl erwischt?«, fragte der Oberst stirnrunzelnd.

Pater Brown blickte ihm gerade ins Gesicht. »Ja«, erwiderte er, »ich habe ihn erwischt, mit einem verborgenen Haken und einer unsichtbaren Schnur, die lang genug ist, um ihn bis ans Ende der Welt wandern zu lassen, und die ihn dennoch mit einem Fadenruck zurückholt.«

Es blieb lange Zeit still. Alle Anwesenden schwirrten aus, um entweder ihren Gefährten das wiedergefundene Silber zu bringen oder den Besitzer über die seltsamen Umstände der Angelegen-

condition of affairs. But the grim-faced colonel still sat sideways on the counter, swinging his long, lank legs and biting his dark moustache.

At last he said quietly to the priest: "He must have been a clever fellow, but I think I know a cleverer."

"He was a clever fellow," answered the other, "but I am not quite sure of what other you mean."

"I mean you," said the colonel, with a short laugh. "I don't want to get the fellow jailed; make yourself easy about that. But I'd give a good many silver forks to know exactly how you fell into this affair, and how you got the stuff out of him. I reckon you're the most up-to-date devil of the present company."

Father Brown seemed rather to like the saturnine candour of the soldier. "Well," he said, smiling, "I mustn't tell you anything of the man's identity, or his own story, of course; but there's no particular reason why I shouldn't tell you of the mere outside facts which I found out for myself."

He hopped over the barrier with unexpected activity, and sat beside Colonel Pound, kicking his short legs like a little boy on a gate. He began to tell the story as easily as if he were telling it to an old friend by a Christmas fire.

"You see, colonel," he said, "I was shut up in that small room there doing some writing, when I heard a pair of feet in this passage doing a dance that was as queer as the dance of death. First came quick, funny little steps, like a man walking on tiptoe for a wager; then came slow, careless, creaking steps, as of a big man walking about with a cigar. But they were both made by the same feet, I swear, and they came in rota-

heit zu befragen. Nur der grimmige Oberst saß noch immer seitwärts auf dem Garderobentisch, baumelte mit den langen, dürren Beinen und kaute an seinem dunklen Schnurrbart.

Schließlich sagte er ruhig zu dem Priester: »Muss ein schlauer Bursche gewesen sein, aber ich glaube, ich kenne einen, der noch schlauer ist.«

»Er war ein schlauer Bursche«, entgegnete der Priester, »aber ich verstehe nicht ganz, welchen anderen Sie meinen.«

»Ich meine Sie«, versetzte der Oberst und lachte kurz auf. »Mir kommt es nicht darauf an, dass der Kerl ins Gefängnis wandert, seien Sie unbesorgt. Aber ich gäbe eine nicht unbeträchtliche Menge an Silbergabeln, um ganz genau zu erfahren, wie Sie in die Sache hineingeraten sind und wie Sie ihm das Zeug wieder abgeluchst haben. Ich schätze, Sie sind der gerissenste Spitzbube von uns allen.«

Pater Brown schien die barsche Offenheit des alten Soldaten zu mögen. »Nun«, sagte er lächelnd, »über die Identität oder Lebensgeschichte des Mannes erfahren Sie von mir natürlich kein Wort; doch sehe ich keinen besonderen Grund, warum ich Ihnen von den offenkundigen Tatsachen, die ich selbst herausgefunden habe, nicht erzählen sollte.«

Mit unerwarteter Behändigkeit hüpfte er über die Schranke, setzte sich neben Oberst Pound und baumelte mit seinen kurzen Beinen wie ein kleiner Junge auf einem Gartentor. Er begann seine Geschichte so unbefangen zu erzählen, als säße er mit einem alten Freund vor einem Kaminfeuer.

»Wissen Sie, Oberst«, sagte er, »ich war in dieser kleinen Kammer dort eingeschlossen und erledigte eine Schreibarbeit, als ich ein Paar Füße auf diesem Korridor einen Tanz vollführen hörte, der so merkwürdig war wie der Totentanz selbst. Zuerst hörte ich schnelle, lustige, kleine Schritte, als liefe jemand auf Zehenspitzen um die Wette; dann waren es langsame, sorglose, knarrende Schritte, wie die eines beleibten Mannes, der Zigarre rauchend umherspaziert. Beide Geräusche aber stammten von ein und der-

tion; first the run and then the walk, and then the run again. I wondered at first idly, and then wildly why a man should act these two parts at once. One walk I knew; it was just like yours, colonel. It was the walk of a well-fed gentleman waiting for something, who strolls about rather because he is physically alert than because he is mentally impatient. I knew that I knew the other walk, too, but I could not remember what it was. What wild creature had I met on my travels that tore along on tiptoe in that extraordinary style? Then I heard a clink of plates somewhere; and the answer stood up as plain as St. Peter's. It was the walk of a waiter—that walk with the body slanted forward, the eyes looking down, the ball of the toe spurning away the ground, the coat tails and napkin flying. Then I thought for a minute and a half more. And I believe I saw the manner of the crime, as clearly as if I were going to commit it."

Colonel Pound looked at him keenly, but the speaker's mild grey eyes were fixed upon the ceiling with almost empty wistfulness.

"A crime," he said slowly, "is like any other work of art. Don't look surprised; crimes are by no means the only works of art that come from an infernal workshop. But every work of art, divine or diabolic, has one indispensable mark—I mean, that the centre of it is simple, however much the fulfilment may be complicated. Thus, in *Hamlet,* let us say, the grotesqueness of the grave-digger, the flowers of the mad girl, the fantastic finery of Osric, the pallor of the ghost and the grin of the skull are all oddities in a sort of tangled wreath round one plain tragic figure of a man in black.

selben Person, das schwöre ich, und sie wechselten einander ab; erst das Laufen, dann das Gehen, dann wieder das Laufen. Ich dachte mir anfangs wenig dabei, dann stellte ich wilde Vermutungen an, warum ein einziger Mann gleichzeitig diese zwei Rollen spielte. Die eine Gangart kannte ich, sie war genau wie Ihre, Oberst. Es war der Gang eines wohlgenährten Gentleman, der auf etwas wartet, der umherschlendert, nicht weil ihn geistige Ungeduld treibt, sondern weil er von körperlicher Munterkeit ist. Ich wusste, dass ich auch den anderen Gang kannte, mir fiel nur nicht ein, was es war. Welchem unzivilisierten Geschöpf war ich auf meinen Reisen begegnet, das auf so außergewöhnliche Weise auf Zehenspitzen dahinjagte? Dann hörte ich irgendwo das Klirren von Tellern; und plötzlich stand mir die Antwort so deutlich vor Augen wie der Petersdom. Es war der Gang eines Kellners – den Oberkörper nach vorn gebeugt, den Blick gesenkt, mit den Zehen den Boden hinter sich wegdrückend, mit fliegenden Rockschößen und wehender Serviette. Dann überlegte ich weitere anderthalb Minuten. Und ich glaube, ich durchschaute das Verbrechen in all seinen Einzelheiten so klar, als beginge ich es selbst.«

Oberst Pound sah ihn durchdringend an, doch die milden grauen Augen des Erzählers waren mit nahezu ausdrucksloser Nachdenklichkeit zur Decke gerichtet.

»Ein Verbrechen«, sagte der Priester langsam, »ist wie jedes andere Kunstwerk. Sehen Sie mich nicht so erstaunt an, Verbrechen sind keineswegs die einzigen Kunstwerke, die in einer teuflischen Werkstatt entstehen. Aber jedes Kunstwerk, sei es göttlich oder teuflisch, hat ein unverwechselbares Kennzeichen – das heißt, es hat einen einfachen Kern, wie schwierig die Ausführung auch sein mag. Nehmen wir *Hamlet* zum Beispiel: die Absurdität des Totengräbers, die Blumen der wahnsinnigen Ophelia, Osriks phantastischer Schmuck, die Blässe des Geistes, das Grinsen des Totenschädels; all diese Absonderlichkeiten sind wie ein Drahtgewirr um die einfache, tragische Gestalt eines Mannes in Schwarz geflochten. Nun,

Well, this also," he said, getting slowly down from his seat with a smile, "this also is the plain tragedy of a man in black. Yes," he went on, seeing the colonel look up in some wonder, "the whole of this tale turns on a black coat. In this, as in *Hamlet*, there are the rococo excrescences—yourselves, let us say. There is the dead waiter, who was there when he could not be there. There is the invisible hand that swept your table clear of silver and melted into air. But every clever crime is founded ultimately on some one quite simple fact—some fact that is not itself mysterious. The mystification comes in covering it up, in leading men's thoughts away from it. This large and subtle and (in the ordinary course) most profitable crime, was built on the plain fact that a gentleman's evening dress is the same as a waiter's. All the rest was acting, and thundering good acting, too."

"Still," said the colonel, getting up and frowning at his boots. "I am not sure that I understand."

"Colonel," said Father Brown, "I tell you that this archangel of impudence who stole your forks walked up and down this passage twenty times in the blaze of all the lamps, in the glare of all the eyes. He did not go and hide in dim corners where suspicion might have searched for him. He kept constantly on the move in the lighted corridors, and everywhere that he went he seemed to be there by right. Don't ask me what he was like; you have seen him yourself six or seven times to-night. You were waiting with all the other grand people in the reception room at the end of the passage there, with the terrace just beyond. Whenever he came among you gentlemen, he came in the lightning style of a waiter, with bent head, flapping napkin and flying feet. He shot

auch dies«, sagte er lächelnd, indem er sich langsam vom Garderobentisch gleiten ließ, »auch dies ist die einfache Tragödie eines Mannes in Schwarz. Ja«, fuhr er fort, als er den Oberst verwundert aufblicken sah, »die ganze Geschichte dreht sich um einen schwarzen Rock. Auch hier gibt es, wie im *Hamlet*, überflüssige Schnörkel – Sie selbst zum Beispiel. Wir haben einen toten Kellner, der anwesend war, wo er gar nicht anwesend sein konnte. Wir haben eine unsichtbare Hand, die das Silber von Ihrem Tisch nahm und sich dann in Luft auflöste. Aber jedes geschickt ausgeführte Verbrechen beruht letztlich auf irgendeiner ganz simplen Tatsache; einer Tatsache, die nichts Geheimnisvolles an sich hat. Das Geheimnisvolle entsteht, wenn man die Tatsache verschleiert, wenn man die Gedanken der Menschen auf etwas anderes lenkt. Dieses große, raffiniert eingefädelte und (bei günstigem Verlauf) höchst einträgliche Verbrechen gründete auf der schlichten Tatsache, dass der Frack eines Gentleman dem eines Kellners gleicht. Alles übrige war Schauspielerei, und eine bemerkenswert gute dazu.«

Der Oberst stand auf und betrachtete stirnrunzelnd seine Schuhe. »Ich fürchte, ich verstehe noch immer nicht ganz.«

»Oberst«, erklärte Pater Brown, »ich sage Ihnen, dieser Erzengel an Frechheit, der Ihre Gabeln gestohlen hat, ging zwanzigmal im Strahl all dieser Lampen und vor aller Augen diesen Korridor auf und ab. Er ging nicht hin und verbarg sich in dunklen Ecken, wo man einen Verdächtigen am ehesten vermuten würde. Er spazierte ständig in beleuchteten Gängen herum, und überall, wohin er ging, schien er dies mit Recht zu tun. Fragen Sie mich nicht, wie er aussah; Sie selbst haben ihn heute Abend sechs- oder sieben Mal gesehen. Sie warteten zusammen mit den anderen hohen Herren in der Empfangshalle am Ende dieses Korridors, der direkt auf die Terrasse führt. Wann immer er unter ihnen war, bediente er sie in der flinken Art eines Kellners, mit gesenktem Kopf, wehender Serviette und eiligem Schritt. Er schoss hinaus auf die Terrasse, machte sich an der Tischdecke zu schaffen und

out on to the terrace, did something to the table-cloth, and shot back again towards the office and the waiters' quarters. By the time he had come under the eye of the office clerk and the waiters he had become another man in every inch of his body, in every instinctive gesture. He strolled among the servants with the absent-minded insolence which they have all seen in their patrons. It was no new thing to them that a swell from the dinner party should pace all parts of the house like an animal at the Zoo; they know that nothing marks the Smart Set more than a habit of walking where one chooses. When he was magnificently weary of walking down that particular passage he would wheel round and pace back past the office; in the shadow of the arch just beyond he was altered as by a blast of magic, and went hurrying forward again among the Twelve Fishermen, an obsequious attendant. Why should the gentlemen look at a chance waiter? Why should the waiters suspect a first-rate walking gentleman? Once or twice he played the coolest tricks. In the proprietor's private quarters he called out breezily for a syphon of soda water, saying he was thirsty. He said genially that he would carry it himself, and he did; he carried it quickly and correctly through the thick of you, a waiter with an obvious errand. Of course, it could not have been kept up long, but it only had to be kept up till the end of the fish course.

"His worst moment was when the waiters stood in a row; but even then he contrived to lean against the wall just around the corner in such a way that for that important instant the waiters thought him a gentleman, while the gentlemen thought him a waiter. The rest went like winking. If any waiter caught him away from the table, that waiter caught a languid aristocrat.

stürzte wieder zurück zum Büro und zu den Räumen der Kellner. Sobald er sich unter den Augen des Bürovorstehers und der Kellner befand, verwandelte er sich mit jedem Zoll seines Körpers, mit jeder unwillkürlichen Geste in einen anderen Menschen. Mit jener gedankenlosen Überheblichkeit, die sie von all ihren Herren gewohnt sind, schlenderte er unter den Kellnern umher. Ihnen war es nichts Neues, dass irgendein Stenz von der Dinnergesellschaft in allen Teilen des Hauses herumrannte wie ein Tier im zoologischen Garten; sie wissen, dass für diese Snobs nichts typischer ist als die Angewohnheit, überall dort herumzustrolchen, wo es ihnen gerade passt. War er des Lustwandelns auf diesem Korridor ausreichend müde, kehrte er um und eilte am Büro vorbei zurück; im Schatten des Gewölbegangs kurz dahinter verwandelte er sich wie durch Zauberkraft und begab sich, nun wieder ganz gehorsamer Diener, eiligst zu den ›Zwölf Fischern‹. Warum sollten die feinen Herrschaften einen x-beliebigen Kellner beachten? Warum sollten die Kellner einen erstklassigen, umherspazierenden Gentleman verdächtigen? Ein- oder zweimal ließ er sich zu tollen Streichen hinreißen. In den Privaträumen des Besitzers verlangte er unbekümmert nach einer Flasche Sodawasser und sagte, er habe Durst. Gönnerhaft erbot er sich, sie selbst zu tragen, und tat es: Er trug sie rasch und vorbildlich unmittelbar an Ihnen allen vorbei, ein Kellner mit einem offensichtlichen Auftrag. Natürlich wäre es unmöglich gewesen, die Maskerade lange aufrechtzuerhalten, aber sie war ja nur bis zur Beendigung des Fischgangs nötig.

Der heikelste Moment war der, als alle Kellner in einer Reihe standen, doch selbst da brachte er es fertig, sich an einer Ecke so an die Wand zu lehnen, dass ihn in diesem entscheidenden Moment die Kellner für einen Gentleman und die feinen Herren für einen Kellner hielten. Der Rest war ein Kinderspiel. Hätte irgendein Kellner ihn weitab vom Tisch erwischt, wäre ihm lediglich ein gelangweilter Aristokrat ins Netz gegangen. Er musste nur pünkt-

He had only to time himself two minutes before the fish was cleared, become a swift servant, and clear it himself. He put the plates down on a sideboard, stuffed the silver in his breast pocket, giving it a bulgy look, and ran like a hare (I heard him coming) till he came to the cloak-room. There he had only to be a plutocrat again—a plutocrat called away suddenly on business. He had only to give his ticket to the cloak-room attendant, and go out again elegantly as he had come in. Only—only I happened to be the cloak-room attendant."

"What did you do to him?" cried the colonel, with unusual intensity. "What did he tell you?"

"I beg your pardon," said the priest immovably, "that is where the story ends."

"And the interesting story begins," muttered Pound. "I think I understand his professional trick. But I don't seem to have got hold of yours."

"I must be going," said Father Brown.

They walked together along the passage to the entrance hall, where they saw the fresh, freckled face of the Duke of Chester, who was bounding buoyantly along towards them.

"Come along, Pound," he cried breathlessly. "I've been looking for you everywhere. The dinner's going again in spanking style, and old Audley has got to make a speech in honour of the forks being saved. We want to start some new ceremony, don't you know, to commemorate the occasion. I say, you really got the goods back, what do you suggest?"

"Why," said the colonel, eyeing him with a certain sardonic approval. "I should suggest that henceforward we wear green coats instead of black. One never

lich zur Stelle sein, nämlich zwei Minuten, bevor der Fischgang abgetragen wurde, sich in einen flinken Diener verwandeln und den Fischgang selbst vom Tisch räumen. Er stellte die Teller auf einer Anrichte ab, stopfte das Silber in seine Brusttasche, die danach leicht ausgebeult war, und rannte wie ein Hase (ich hörte ihn kommen), bis er die Garderobe erreichte. Dort musste er nur abermals den Plutokraten spielen – einen Plutokraten, der unerwartet zu dringenden Geschäften abberufen wurde –, musste dem Garderobier seine Marke geben und ebenso elegant wieder hinausgehen, wie er hereingekommen war. Nur … nur zufällig war ich der Garderobier.«

»Was haben Sie mit ihm angestellt?«, rief der Oberst mit ungewohnter Heftigkeit. »Was hat er Ihnen erzählt?«

»Verzeihen Sie«, sagte der Priester ungerührt, »aber hier endet die Geschichte.«

»Und die eigentlich interessante Geschichte beginnt«, brummte Pound. »Ich glaube, sein Gaunerstück verstehe ich jetzt. Aber Ihres habe ich scheinbar noch immer nicht begriffen.«

»Ich muss jetzt gehen«, sagte Pater Brown.

Gemeinsam gingen sie den Korridor entlang in die Eingangshalle, wo sie das frische, sommersprossige Gesicht des Herzogs von Chester entdeckten, der mit federnden Schritten auf sie zukam.

»Kommen Sie, Pound«, rief er atemlos. »Ich habe Sie überall gesucht. Das Dinner nimmt ganz prächtig seinen Fortgang, und der alte Audley soll zu Ehren der geretteten Gabeln eine Rede halten. Wir wollen eine neue Zeremonie einführen, wissen Sie. Zum Andenken an das Ereignis. Eigentlich haben Sie das Gedeck ja wiederbeschafft, was schlagen Sie vor?«

»Nun«, erwiderte der Oberst und musterte ihn mit einer gewissen hämischen Zustimmung, »ich würde vorschlagen, wir tragen in Zukunft grüne Fräcke anstelle der schwarzen. Man weiß nie,

knows what mistakes may arise when one looks so like a waiter."

"Oh, hang it all!" said the young man, "a gentleman never looks like a waiter."

"Nor a waiter like a gentleman, I suppose," said Colonel Pound, with the same lowering laughter on his face. "Reverend sir, your friend must have been very smart to act the gentleman."

Father Brown buttoned up his commonplace overcoat to the neck, for the night was stormy, and took his commonplace umbrella from the stand.

"Yes," he said; "it must be very hard work to be a gentleman; but, do you know, I have sometimes thought that it may be almost as laborious to be a waiter."

And saying "Good evening," he pushed open the heavy doors of that palace of pleasures. The golden gates closed behind him, and he went at a brisk walk through the damp, dark streets in search of a penny omnibus.

welche Missverständnisse entstehen können, wenn man einem Kellner so sehr gleicht.«

»Ach, zum Henker!«, wehrte der junge Mann ab. »Ein Gentleman sieht niemals wie ein Kellner aus.«

»Und kein Kellner vermutlich wie ein Gentleman«, erwiderte Oberst Pound mit dem gleichen herablassenden Lächeln wie zuvor. »Hochwürden, Ihr Freund muss sehr gerissen gewesen sein, um den Gentleman zu spielen.«

Pater Brown knöpfte seinen ganz gewöhnlichen Mantel bis zum Hals zu, denn es war eine stürmische Nacht, und nahm seinen ganz gewöhnlichen Schirm aus dem Ständer.

»Tja«, meinte er, »es macht sicher ein gutes Stück Arbeit, ein Gentleman zu sein, aber wissen Sie, ich habe manchmal gedacht, dass es vielleicht fast genauso mühselig ist, ein Kellner zu sein.«

Und mit einem »Guten Abend« stieß er die schweren Türen dieses Vergnügungspalastes auf. Die goldenen Pforten fielen hinter ihm ins Schloss, und mit forschen Schritten durcheilte er die feuchten, dunklen Straßen auf der Suche nach einem billigen Omnibus.

The Strange Crime of John Boulnois

Mr. Calhoun Kidd was a very young gentleman with a very old face, a face dried up with its own eagerness, framed in blue-black hair and a black butterfly tie. He was the emissary in England of the colossal American daily called the *Western Sun*—also humorously described as the "Rising Sunset." This was in allusion to a great journalistic declaration (attributed to Mr. Kidd himself) that "he guessed the sun would rise in the west yet, if American citizens did a bit more hustling." Those, however, who mock American journalism from the standpoint of somewhat mellower traditions forget a certain paradox which partly redeems it. For while the journalism of the States permits a pantomimic vulgarity long past anything English, it also shows a real excitement about the most earnest mental problems, of which English papers are innocent, or rather incapable. The *Sun* was full of the most solemn matters treated in the most farcical way. William James figured there as well as "Weary Willie," and pragmatists alternated with pugilists in the long procession of its portraits.

Thus, when a very unobtrusive Oxford man named John Boulnois wrote in a very unreadable review called the *Natural Philosophy Quarterly* a series of articles on alleged weak points in Darwinian evolution, it

Das sonderbare Verbrechen des John Boulnois

Mr. Calhoun Kidd war ein sehr junger Gentleman mit einem sehr alten Gesicht, einem von Ehrgeiz zerfurchten Gesicht, umrahmt von blauschwarzem Haar und einer schwarzen, breiten Krawatte. Er war der englische Berichterstatter der mächtigen amerikanischen Tageszeitung *Western Sun* – von boshaften Zungen auch »Aufgehender Sonnenuntergang« genannt. Das war eine Anspielung auf den berühmten Ausspruch eines Journalisten (man schrieb ihn Mr. Kidd persönlich zu), »er vermute, die Sonne würde sogar im Westen aufgehen, wenn sich die Amerikaner ein wenig mehr anstrengen würden«. Diejenigen, die sich vom Standpunkt einer etwas gesetzteren Tradition aus über den amerikanischen Journalismus lustig machen, übersehen leicht ein bestimmtes Paradox, das diese Schwäche zum Teil wieder aufwiegt. Denn obwohl der Journalismus in den Staaten eine unverhohlene Vulgarität zulässt, die in England undenkbar wäre, so zeugt er doch von einer echten Begeisterungsfähigkeit für die wahrhaft menschlichen Belange, die den englischen Blättern völlig abgeht oder die sie zumindest nicht zur Kenntnis nehmen. Die *Sun* wimmelte nur so von höchst ehrwürdigen Angelegenheiten, die auf höchst lächerliche Weise abgehandelt wurden. William James* wurde dort in einem Atemzug mit dem »Traurigen August« genannt, und in der langen Reihe ihrer Personenbeschreibungen wechselten sich Pragmatiker mit Boxkämpfern ab.

So kam es, dass sich kein Hauch im englischen Blätterwald regte, als ein höchst bescheidener Gelehrter aus Oxford namens John Boulnois in der völlig unverständlichen Zeitschrift *Natural Philosophy Quarterly* eine Reihe von Artikeln veröffentlichte, die sich mit

* 1842–1910, amerikanischer Psychologe und Philosoph, Vertreter des Pragmatismus. Anm. d. Ü.

fluttered no corner of the English papers; though Boulnois's theory (which was that of a comparatively stationary universe visited occasionally by convulsions of change) had some rather faddy fashionableness at Oxford, and got so far as to be named "Catastrophism." But many American papers seized on the challenge as a great event; and the *Sun* threw the shadow of Mr. Boulnois quite gigantically across its pages. By the paradox already noted, articles of valuable intelligence and enthusiasm were presented with headlines apparently written by an illiterate maniac; headlines such as "Darwin Chews Dirt; Critic Boulnois says He Jumps the Shocks"—or "Keep Catastrophic, says Thinker Boulnois." And Mr. Calhoun Kidd, of the *Western Sun*, was bidden to take his butterfly tie and lugubrious visage down to the little house outside Oxford where Thinker Boulnois lived in happy ignorance of such a title.

That fated philosopher had consented, in a somewhat dazed manner, to receive the interviewer, and had named the hour of nine that evening. The last of a summer sunset clung about Cumnor and the low wooded hills; the romantic Yankee was both doubtful of his road and inquisitive about his surroundings; and seeing the door of a genuine feudal old-country inn, The Champion Arms, standing open, he went in to make inquiries.

In the bar parlour he rang the bell, and had to wait some little time for a reply to it. The only other person present was a lean man with close red hair and loose, horsey-looking clothes, who was drinking very bad whisky, but smoking a very good cigar. The whisky, of

einigen angeblich fragwürdigen Punkten der Darwin'schen Evolutionstheorie befassten. Und das, obwohl Boulnois' Theorie (die von einem vergleichsweise unbewegten Universum ausging, das nur gelegentlich von transformierenden Erschütterungen heimgesucht wurde) in Oxford vorübergehend eine gewisse Lokalberühmtheit erlangt hatte und immerhin als »Katastrophismus« bezeichnet wurde. Viele amerikanische Zeitungen allerdings stellten diese kühne Behauptung als großes Ereignis dar; und die *Sun* ließ Mr. Boulnois einen riesenhaften Schatten über ihre Seiten werfen. Aufgrund des bereits erwähnten Paradoxons wurden Artikel von bemerkenswerter Intelligenz und Begeisterungsfähigkeit geschrieben, die unter Schlagzeilen liefen, die offenbar von einem ungebildeten Irren verfasst worden waren; Schlagzeilen wie »Darwin frisst Dreck; Kritiker Boulnois pfeift auf Erdstöße« oder »Gelehrter Boulnois rät: Glaubt an Katastrophen«. Also wurde Mr. Calhoun Kidd von der *Western Sun* aufgefordert, seine breite Krawatte und traurige Visage in Richtung des kleinen Hauses in der Nähe von Oxford zu bewegen, wo der Gelehrte Boulnois in glücklicher Ahnungslosigkeit derartiger Schlagzeilen lebte.

Dieser dem Verderben geweihte Philosoph hatte in einem Augenblick der Verwirrung zugestimmt, den Journalisten zu empfangen, und ihn am selben Abend auf neun Uhr bestellt. Die letzten Strahlen eines sommerlichen Sonnenuntergangs lagen über Cumnor und seinen bewaldeten Hügeln; der romantisch veranlagte Yankee war sich nicht nur unsicher, wo er ihn finden würde, er war auch neugierig auf die Umgebung, und als er die Tür eines vornehmen alten Landgasthofs, »The Champion Arms«, offenstehen fand, ging er hinein, um sich zu erkundigen.

Er läutete die Glocke in der Wirtsstube und musste eine Weile warten, bis jemand kam. Die einzig anwesende Person war ein schlanker Mann mit dichtem roten Haar in weiter Kleidung, die wie ein Reiterdress aussah. Er trank miserablen Whisky und rauchte eine ausgezeichnete Zigarre. Der Whisky

course, was the choice brand of The Champion Arms; the cigar he had probably brought with him from London. Nothing could be more different than his cynical *négligé* from the dapper dryness of the young American; but something in his pencil and open notebook, and perhaps in the expression of his alert blue eye, caused Kidd to guess, correctly, that he was a brother journalist.

"Could you do me the favour," asked Kidd, with the courtesy of his nation, "of directing me to the Grey Cottage, where Mr. Boulnois lives, as I understand?"

"It's a few yards down the road," said the red-haired man, removing his cigar; "I shall be passing it myself in a minute, but I'm going on to Pendragon Park to try and see the fun."

"What is Pendragon Park?" asked Calhoun Kidd.

"Sir Claude Champion's place—haven't you come down for that, too?" asked the other pressman, looking up. "You're a journalist, aren't you?"

"I have come to see Mr. Boulnois," said Kidd.

"I've come to sec Mrs. Boulnois," replied the other. "But I shan't catch her at home." And he laughed rather unpleasantly.

"Are you interested in Catastrophism?" asked the wondering Yankee.

"I'm interested in catastrophes; and there arc going to be some," replied his companion gloomily. "Mine's a filthy trade, and I never pretend it isn't."

With that he spat on the floor; yet somehow in the very act and instant one could realize that the man had been brought up as a gentleman.

war natürlich die Hausmarke des »Champion Arms«; die Zigarre hatte er wahrscheinlich aus London mitgebracht. Seine zynische Nonchalance stand in äußerstem Gegensatz zu der adretten Nüchternheit des jungen Amerikaners; aber irgendetwas – vielleicht der Bleistift und das offene Notizbuch, vielleicht auch der wache Ausdruck seiner blauen Augen – veranlasste Kidd zu der korrekten Annahme, dass es sich um einen Berufskollegen handle.

»Wären Sie so freundlich«, fragte Kidd mit der seinen Landsleuten eigenen Höflichkeit, »mir den Weg nach Grey Cottage zu beschreiben, wo Mr. Boulnois wohnt, wenn ich recht informiert bin?«

»Das ist nur ein paar Meter weiter«, antwortete der rothaarige Mann und nahm die Zigarre aus dem Mund; »ich komme selbst gleich daran vorbei, will aber weiter nach Pendragon Park und mir mal ansehen, was dort los ist.«

»Was ist Pendragon Park?«, wollte Calhoun Kidd wissen.

»Das Anwesen von Sir Claude Champion – sind Sie nicht auch deswegen hier?«, fragte der Pressekollege und blickte auf. »Sie sind doch Journalist, oder?«

»Ich wollte zu Mr. Boulnois«, sagte Kidd.

»Ich wollte zu Mrs. Boulnois«, entgegnete der andere. »Aber ich werde sie wohl kaum zu Hause antreffen.« Er lachte ziemlich unangenehm.

»Interessieren Sie sich für Katastrophismus?«, fragte der verwunderte Yankee.

»Ich interessiere mich für Katastrophen, und es wird hier ein paar davon geben«, erwiderte sein Gegenüber finster. »Ich betreibe ein schmutziges Geschäft und behaupte auch nie etwas anderes.«

Dabei spuckte er auf den Boden; doch an der Art und Weise war sofort zu erkennen, dass er aus gutem Hause stammte.

The American pressman considered him with more attention. His face was pale and dissipated, with the promise of formidable passions yet to be loosed; but it was a clever and sensitive face; his clothes were coarse and careless, but he had a good seal ring on one of his long, thin fingers. His name, which came out in the course of talk, was James Dalroy; he was the son of a bankrupt Irish landlord, and attached to a pink paper which he heartily despised, called *Smart Society*, in the capacity of reporter and of something painfully like spy.

Smart Society, I regret to say, felt none of that interest in Boulnois on Darwin which was such a credit to the head and hearts of the *Western Sun*. Dalroy had come down, it seemed, to snuff up the scent of a scandal which might very well end in the Divorce Court, but which was at present hovering between Grey Cottage and Pendragon Park.

Sir Claude Champion was known to the readers of the *Western Sun* as well as Mr. Boulnois. So were the Pope and the Derby Winner; but the idea of their intimate acquaintanceship would have struck Kidd as equally incongruous. He had heard of (and written about, nay, falsely pretended to know) Sir Claude Champion, as "one of the brightest and wealthiest of England's Upper Ten"; as the great sportsman who raced yachts round the world; as the great traveller who wrote books about the Himalayas, as the politician who swept constituencies with a startling sort of Tory Democracy, and as the great dabbler in art, music, literature, and, above all, acting. Sir Claude was really rather magnificent in other than American eyes. There

Der amerikanische Pressemann betrachtete ihn mit wachsendem Interesse. Sein Gesicht wirkte fahl und verlebt und ließ vermuten, dass bisher unausgelebte, gefährliche Leidenschaften in ihm schlummerten; dennoch war es ein kluges und feinfühliges Gesicht; er war grob und nachlässig gekleidet, trug jedoch einen schönen Siegelring an einem seiner langen, dünnen Finger. Wie sich im Verlauf des Gespräches herausstellte, hieß er James Dalroy und war der Sohn eines bankrotten irischen Landadligen. Er arbeitete für eine Boulevardzeitung, die *Smart Society*, die er aus tiefstem Herzen verachtete, und übernahm dort die Rolle des Reporters und außerdem eine Funktion, die der des Spitzels unerfreulich nahekam.

Bedauerlicherweise muss ich sagen, dass sich die *Smart Society* nicht im Geringsten für Boulnois' Thesen über Darwin interessierte, die für Herz und Hirn der *Western Sun* von derart zentraler Bedeutung waren. Dalroy war offenbar angereist, um Witterung für einen Skandal aufzunehmen, der allem Anschein nach vor dem Scheidungsrichter enden würde, sich aber derzeit noch zwischen Grey Cottage und Pendragon Park abspielte.

Sir Claude Champion war den Lesern der *Western Sun* ebenso vertraut wie Mr. Boulnois. Genau wie der Papst und der letzte Derbysieger; doch die Vorstellung einer intimen Bekanntschaft zwischen beiden wäre Kidd ähnlich absurd vorgekommen. Er hatte von Sir Claude Champion gehört (und über ihn geschrieben, nein, sogar fälschlich vorgegeben zu wissen), dass er »eine der glänzendsten und reichsten Persönlichkeiten von Englands oberen Zehntausend« sei; ein hervorragender Sportsmann, der seine Yachten rund um die Welt jagte; ein großer Weltreisender, der Bücher über den Himalaja verfasste; ein Politiker, der die Herzen seiner Wähler mit einer erstaunlich neuartigen Tory-Demokratie eroberte; ein großer Liebhaber der Kunst, Musik, Literatur und vor allem der Schauspielerei. Sir Claude war tatsächlich ein fabelhafter Kerl, nicht nur aus amerikanischer Sicht.

was something of the Renascence Prince about his omnivorous culture and restless publicity; he was not only a great amateur, but an ardent one. There was in him none of that antiquarian frivolity that we convey by the word "dilettante."

That faultless falcon profile with purple-black Italian eye, which had been snap-shotted so often both for *Smart Society* and the *Western Sun*, gave everyone the impression of a man eaten by ambition as by a fire, or even a disease. But though Kidd knew a great deal about Sir Claude—a great deal more, in fact, than there was to know—it would never have crossed his wildest dreams to connect so showy an aristocrat with the newly-unearthed founder of Catastrophism, or to guess that Sir Claude Champion and John Boulnois could be intimate friends. Such, according to Dalroy's account, was nevertheless the fact. The two had hunted in couples at school and college, and, though their social destinies had been very different (for Champion was a great landlord and almost a millionaire, while Boulnois was a poor scholar and, until just lately, an unknown one), they still kept in very close touch with each other. Indeed, Boulnois's cottage stood just outside the gates of Pendragon Park.

But whether the two men could be friends much longer was becoming a dark and ugly question. A year or two before, Boulnois had married a beautiful and not unsuccessful actress, to whom he was devoted in his own shy and ponderous style; and the proximity of the household to Champion's had given that flighty celebrity opportunities for behaving in a way that could not but cause painful and rather base excitement. Sir Claude had carried the arts of public-

Seine alles verzehrende Lebensart und seine unermüdliche Effekthascherei erinnerten an einen Renaissancefürsten; er war nicht nur ein großer, sondern auch ein begeisterter Amateur. Er hatte nichts von jener verstockten Albernheit, die wir mit dem Wort »dilettantisch« umschreiben.

Sein makelloses Falkenprofil mit dem stechend schwarzen Auge eines Südländers, das so häufig in der *Smart Society* und in der *Western Sun* abgebildet gewesen war, vermittelte jedem den Eindruck eines Menschen, der von Ehrgeiz verzehrt wurde wie von einem Feuer oder gar von einer Krankheit. Doch obwohl Kidd eine Menge über Sir Claude wusste – eigentlich mehr, als man über ihn wissen konnte –, wäre er in seinen kühnsten Träumen niemals auf die Idee gekommen, einen derart protzigen Aristokraten mit dem erst kürzlich bekannt gewordenen Begründer des Katastrophismus in Verbindung zu bringen, geschweige denn, dass Sir Claude Champion und John Boulnois eng befreundet sein könnten. Doch genau das war Dalroys Bericht zufolge der Fall. Die beiden hatten gemeinsam die Schule und später die Universität besucht, und obwohl ihre soziale Herkunft so gänzlich verschieden war (Champion war ein wohlhabender Großgrundbesitzer und fast Millionär, Boulnois ein armer und bis vor kurzem noch völlig unbekannter Gelehrter), waren sie stets in enger Verbindung geblieben. Boulnois' kleines Landhaus stand sogar unmittelbar vor den Toren von Pendragon Park.

Ob die beiden Männer allerdings auch zukünftig befreundet sein würden, entwickelte sich allmählich zu einem undurchschaubar heiklen Problem. Ein oder zwei Jahre zuvor hatte Boulnois eine schöne und nicht ganz unerfolgreiche Schauspielerin geheiratet, der er in seiner schüchternen, ungelenken Art treu ergeben war. Die Nachbarschaft zu Champions Anwesen hatte die flatterhafte Berühmtheit dazu verleitet, ein Benehmen an den Tag zu legen, das nur dazu führen konnte, für schmerzvolle und ziemlich niederträchtige Aufregung zu sorgen. Sir Claude hatte die Kunst

ity to perfection; and he seemed to take a crazy pleasure in being equally ostentatious in an intrigue that could do him no sort of honour. Footmen from Pendragon were perpetually leaving bouquets for Mrs. Boulnois; carriages and motor-cars were perpetually calling at the cottage for Mrs. Boulnois; balls and masquerades perpetually filled the grounds in which the baronet paraded Mrs. Boulnois, like the Queen of Love and Beauty at a tournament. That very evening, marked by Mr. Kidd for the exposition of Catastrophism, had been marked by Sir Claude Champion for an open-air rendering of *Romeo and Juliet,* in which he was to play Romeo to a Juliet it was needless to name.

"I don't think it can go on without a smash," said the young man with red hair, getting up and shaking himself. "Old Boulnois may be squared—or he may be square. But if he's square he's thick—what you might call cubic. But I don't believe it's possible."

"He is a man of grand intellectual powers," said Calhoun Kidd in a deep voice.

"Yes," answered Dalroy; "but even a man of grand intellectual powers can't be such a blighted fool as all that. Must you be going on? I shall be following myself in a minute or two."

But Calhoun Kidd, having finished a milk and soda, betook himself smartly up the road towards the Grey Cottage, leaving his cynical informant to his whisky and tobacco. The last of the daylight had faded; the skies were of a dark, green-grey, like slate, studded here and there with a star, but lighter on the left side of the sky, with the promise of a rising moon.

der Prahlerei bis zur Perfektion getrieben und schien ein grausames Vergnügen daran zu finden, mit ebensolcher Großtuerei eine Intrige in die Welt zu setzen, die ihm keinesfalls zur Ehre gereichte. Unablässig überbrachten Lakaien von Pendragon Mrs. Boulnois Blumenbuketts; ständig hielten Kutschen und Automobile vor dem kleinen Landhaus, um Mrs. Boulnois abzuholen; in einem fort wurden Bälle und Maskeraden auf dem Anwesen veranstaltet, auf denen der Baronet Mrs. Boulnois zur Schau stellte, als wäre sie die Herzensdame bei einem Ritterturnier. Jenen besagten Abend, an dem Mr. Kidd eine ausführliche Darlegung des Katastrophismus in Aussicht gestellt war, hatte Sir Claude für eine Freilichtaufführung von *Romeo und Julia* bestimmt, bei der er selbst den Romeo geben würde. Unnötig zu erwähnen, wer die Julia spielen würde.

»Ich kann mir nicht vorstellen, dass das ohne Krach über die Bühne geht«, sagte der rothaarige junge Mann, stand auf und schüttelte sich. »Der alte Boulnois mag kleinkariert oder auch einfach gestrickt sein. Aber für einen Biedermann ist er recht dumm, man könnte es auch dickfellig nennen. Ich glaube nicht, dass es gutgehen wird.«

»Er ist ein Mann von scharfem Verstand«, sagte Calhoun Kidd mit tiefer Stimme.

»Ja«, erwiderte Dalroy; »aber selbst ein Mann mit scharfem Verstand kann kein so blinder Narr sein. Müssen Sie schon gehen? Ich komme in ein, zwei Minuten nach.«

Nachdem er seine Milch mit Soda geleert hatte, begab sich Calhoun Kidd rasch und entschlossen auf den Weg nach Grey Cottage und überließ seinen zynischen Informanten dem Whisky und dem Tabak. Das letzte Tageslicht war verblasst und der Himmel hatte eine dunkle, graugrüne schieferartige Farbe angenommen, in der hie und da ein Stern aufblitzte; nur im Westen war es ein wenig heller, ein Anzeichen für den aufgehenden Mond.

The Grey Cottage, which stood entrenched, as it were, in a square of stiff, high thorn-hedges, was so close under the pines and palisades of the Park that Kidd at first mistook it for the Park Lodge. Finding the name on the narrow wooden gate, however, and seeing by his watch that the hour of the "Thinker's" appointment had just struck, he went in and knocked at the front door. Inside the garden hedge, he could see that the house, though unpretentious enough, was larger and more luxurious than it looked at first, and was quite a different kind of place from a porter's lodge. A dog-kennel and a beehive stood outside, like symbols of old English country-life; the moon was rising behind a plantation of prosperous pear trees; the dog that came out of the kennel was reverend-looking and reluctant to bark; and the plain, elderly manservant who opened the door was brief but dignified.

"Mr. Boulnois asked me to offer his apologies, sir," he said, "but he has been obliged to go out suddenly."

"But see here, I had an appointment," said the interviewer, with a rising voice. "Do you know where he went to?"

"To Pendragon Park, sir," said the servant, rather sombrely, and began to close the door.

Kidd started a little.

"Did he go with Mrs.—with the rest of the party?" he asked rather vaguely.

"No, sir," said the man shortly; "he stayed behind, and then went out alone." And he shut the door, brutally, but with an air of duty not done.

The American, that curious compound of impudence and sensitiveness, was annoyed. He felt a strong

Grey Cottage, das von einer hohen, starren, rechteckig angelegten Dornenhecke umzäunt war, stand so nahe unter den Kiefern und Palisaden von Pendragon, dass Kidd es zunächst für das Pförtnerhäuschen hielt. Doch als er den Namen auf dem schmalen hölzernen Gartentor entdeckt und durch einen Blick auf seine Uhr festgestellt hatte, dass die mit dem Gelehrten vereinbarte Stunde geschlagen hatte, betrat er den Garten und klopfte an die Eingangstür. Innerhalb der Hecke sah er, dass das Haus, obgleich noch immer recht bescheiden, weitaus größer und prächtiger war, als es zunächst den Anschein erweckt hatte, und sich von einem Pförtnerhäuschen doch um einiges unterschied. Hundehütte und Bienenstock standen vor dem Haus wie Sinnbilder alten englischen Landlebens; über einer ansehnlichen Birnenplantage ging soeben der Mond auf; der Hund, der aus seiner Hütte herauskam, machte einen ehrfurchtsgebietenden Eindruck und schien gar nicht erst bellen zu wollen; der blässliche, ältere Diener, der die Tür öffnete, war zwar kurz angebunden, aber würdevoll.

»Mr. Boulnois bittet um Verzeihung, Sir«, sagte er, »aber er sah sich überraschend gezwungen, das Haus zu verlassen.«

»Aber hören Sie, ich hatte eine Verabredung mit ihm«, erwiderte der Reporter unwirsch. »Wissen Sie, wo er hingegangen ist?«

»Nach Pendragon Park, Sir«, antwortete der Diener ein wenig düster und begann, die Tür zu schließen.

Kidd zuckte leicht zusammen.

»Ging er mit Mrs. … zusammen mit den anderen?«, fragte er zögernd.

»Nein, Sir«, entgegnete der Mann schroff; »er blieb erst hier und ging dann allein.« Dann schloss er heftig die Tür, doch mit einer Miene, als hätte er seine Pflichten vernachlässigt.

Der Amerikaner, diese seltsame Mischung aus Dreistigkeit und Feingefühl, war verärgert. Er hatte gute Lust, sie alle ein

desire to hustle them all along a bit and teach them business habits; the hoary old dog and the grizzled, heavy-faced old butler with his prehistoric shirt-front, and the drowsy old moon, and above all the scatter-brained old philosopher who couldn't keep an appointment.

"If that's the way he goes on he deserves to lose his wife's purest devotion," said Mr. Calhoun Kidd. "But perhaps he's gone over to make a row. In that case I reckon a man from the *Western Sun* will be on the spot."

And turning the corner by the open lodge-gates, he set off, stumping up the long avenue of black pine-woods that pointed in abrupt perspective towards the inner gardens of Pendragon Park. The trees were as black and orderly as plumes upon a hearse; there were still a few stars. He was a man with more literary than direct natural associations; the word "Ravenswood" came into his head repeatedly. It was partly the raven colour of the pine-woods; but partly also an indescribable atmosphere almost described in Scott's great tragedy; the smell of something that died in the eighteenth century; the smell of dank gardens and broken urns, of wrongs that will never now be righted; of something that is none the less incurably sad because it is strangely unreal.

More than once, as he went up that trim, black road of tragic artifice, he stopped startled, thinking he heard

wenig durch die Gegend zu schubsen und ihnen ordentliche Manieren beizubringen: dem altersschwachen Hund, dem griesgrämigen, starrgesichtigen alten Diener mit seiner vorsintflutlichen Hemdbrust, dem trägen, alten Mond und besonders dem vertrottelten alten Philosophen, der keine Verabredung einhalten konnte.

»Wer sich so benimmt, verdient es, die treue Hingabe seiner Frau zu verlieren«, sagte sich Mr. Calhoun Kidd. »Aber vielleicht ist er auch hingegangen, um einen Aufstand zu machen. Ich schätze, in dem Fall sollte ein Mann von der *Western Sun* zur Stelle sein.«

Damit bog er am offenen Tor um die Ecke und stapfte die lange Allee aus schwarzen Kiefern entlang, die ihn schnurstracks in die inneren Gefilde von Pendragon Park führte. Die Bäume waren so schwarz und wohlgeordnet aufgereiht wie Stofffalten an einem Leichenwagen, und am Himmel standen ein paar Sterne. Kidd war ein Mann, der die Dinge eher literarisch als in ihrem unmittelbar natürlichen Zusammenhang betrachtete; daher spukte ihm mehrfach das Wort »Ravenswood« durch den Kopf. Das lag zum Teil an der Rabenschwärze der Kiefern, zum Teil aber auch an jener unbeschreiblichen Stimmung, die zu beschreiben Scott in seiner großartigen Tragödie fast gelungen ist*; der Geruch von irgendetwas, das im achtzehnten Jahrhundert verblich; der Geruch von dumpfen Gärten und zerbrochenen Urnen, von Unrecht, das nie wieder gutgemacht werden kann; von etwas, das eben deshalb so unendlich traurig ist, weil es seltsam unwirklich ist.

Mehr als einmal zuckte er auf dieser gepflegten, schwarzen Allee tragischer Kunstschöpfung zusammen und blieb stehen, weil er

* Anspielung auf den Roman *The Bride of Lammermoore* (Edinburgh 1819) von Sir Walter Scott (1771–1832). »Ravenswood« ist dort der Name eines Schlosses und eines alten Adelsgeschlechts, »a race of powerful and warlike barons«. Anm. d. Ü.

steps in front of him. He could see nothing in front but the twin sombre walls of pine and the wedge of starlit sky above them. At first he thought he must have fancied it or been mocked by a mere echo of his own tramp. But as he went on he was more and more inclined to conclude, with the remains of his reason, that there really were other feet upon the road. He thought hazily of ghosts; and was surprised how swiftly he could see the image of an appropriate and local ghost, one with a face as white as Pierrot's, but patched with black. The apex of the triangle of dark-blue sky was growing brighter and bluer, but he did not realize as yet that this was because he was coming nearer to the lights of the great house and garden. He only felt that the atmosphere was growing more intense; there was in the sadness more violence and secrecy–more–he hesitated for the word, and then said it with a jerk of laughter–Catastrophism.

More pines, more pathway slid past him, and then he stood rooted as by a blast of magic. It is vain to say that he felt as if he had got into a dream; but this time he felt quite certain that he had got into a book. For we human beings are used to inappropriate things; we are accustomed to the clatter of the incongruous; it is a tune to which we can go to sleep. If one appropriate thing happens, it wakes us up like the pang of a perfect chord. Something happened such as would have happened in such a place in a forgotten tale.

Over the black pinewood came flying and flashing in the moon a naked sword–such a slender and sparkling rapier as may have fought many an unjust duel in that ancient park. It fell on the pathway far in

dachte, Schritte vor sich zu hören. Aber er konnte nichts erkennen, lediglich die dunklen Kiefernwälle zu beiden Seiten und einen keilförmigen Ausschnitt sternbedeckten Himmels darüber. Zuerst hielt er die Schritte für Einbildung oder eine Täuschung, ausgelöst vom Echo seines eigenen Stapfens. Doch als er weiterging, gelangte er mehr und mehr zu dem Schluss, soweit sein Verstand ihn dazu noch befähigte, dass sich tatsächlich noch andere Schritte auf der Allee befanden. Gespenster kamen ihm vage in den Sinn, und er stellte überrascht fest, wie schnell sich das Bild eines passenden Dorfgespensts einstellte, mit einem kalkweißen Gesicht wie das des Pierrot, doch mit schwarzen Flecken übersät. Der Scheitelpunkt des Dreiecks aus nachtblauem Himmel wurde heller und größer, noch aber war ihm nicht bewusst, dass dieser Umstand daher rührte, dass er sich den Lichtern des Herrenhauses und des Gartens näherte. Er spürte nur, wie sich die Atmosphäre verdichtete, unter die Traurigkeit mischten sich immer mehr Heimlichkeit und Gewalt … immer mehr – er zögerte, das Wort laut auszusprechen, und tat es dann mit einem plötzlichen Lachen – Katastrophismus.

Noch mehr Kiefern und Wegstück glitten an ihm vorüber, dann stand er wie von Zauberhand getroffen wie angewurzelt da. Es macht keinen Sinn, zu behaupten, er fühlte sich, als wäre er in einen Traum versetzt worden; in diesem Fall aber war er sich relativ sicher, mitten in ein Buch geraten zu sein. Wir Menschen sind ja an irreguläre Dinge gewöhnt, das Geklapper von Ungereimtheiten bringt uns nicht aus der Ruhe; es ist ein Geräusch, das uns in den Schlaf wiegen kann. Sobald sich jedoch etwas Reguläres ereignet, rüttelt es uns wach wie der stechende Schmerz eines vollendeten Akkords. Was jetzt geschah, hätte in einer lang vergessenen Geschichte an einem solchen Ort tatsächlich geschehen können.

Über den schwarzen Kiefernwald kam eine nackte Klinge geflogen, die im Mondlicht aufblitzte – es war ein schlanker, funkelnder Degen, mit dem in diesem alten Park vielleicht schon so manches ungerechte Duell ausgefochten worden war. Er fiel in

front of him and lay there glistening like a large needle. He ran like a hare and bent to look at it. Seen at close quarters it had rather a showy look: the big red jewels in the hilt and guard were a little dubious. But there were other red drops upon the blade which were not dubious.

He looked round wildly in the direction from which the dazzling missile had come, and saw that at this point the sable façade of fir and pine was interrupted by a smaller road at right angles; which, when he turned it, brought him in full view of the long, lighted house, with a lake and fountains in front of it. Nevertheless, he did not look at this, having something more interesting to look at.

Above him, at the angle of the steep green bank of the terraced garden, was one of those small picturesque surprises common in the old landscape gardening; a kind of small round hill or dome of grass, like a giant mole-hill, ringed and crowned with three concentric fences of roses, and having a sundial in the highest point in the centre. Kidd could see the finger of the dial stand up dark against the sky like the dorsal fin of a shark, and the vain moonlight clinging to that idle clock. But he saw something else clinging to it also, for one wild moment—the figure of a man.

Though he saw it there only for a moment, though it was outlandish and incredible in costume, being clad from neck to heel in tight crimson, with glints of gold, yet he knew in one flash of moonlight who it was. That white face flung up to heaven, clean-shaven and so unnaturally young, like Byron with a Roman nose, those black curls already grizzled—he had seen the

einiger Entfernung vor ihn auf den Weg und blieb dort liegen, glitzernd wie eine große Nadel. Kidd jagte wie ein Hase darauf zu und beugte sich nieder, um ihn zu betrachten. Aus der Nähe wirkte er recht protzig: die großen roten Edelsteine an Griff und Schaft sahen etwas fragwürdig aus. Doch es gab weitere rote Tropfen auf der Klinge, die über jeden Zweifel erhaben waren.

Er sah aufgeregt in die Richtung, aus der das glänzende Wurfgeschoss gekommen war und bemerkte, dass der finstere Wall aus Tannen und Kiefern an dieser Stelle nach rechts von einem schmalen Pfad unterbrochen wurde. Er folgte ihm und sah sich dem langgestreckten, erleuchteten Herrenhaus in seiner vollen Größe gegenüber; davor befand sich ein kleiner See mit mehreren Springbrunnen. Seinen Blick aber fesselte nicht das, sondern etwas weitaus Interessanteres.

Über ihm, am Rande des jäh abfallenden, grünen Abhangs des terrassenförmig angelegten Gartens, befand sich eines jener pittoresken kleinen Wunderwerke, die in der alten englischen Gartenarchitektur beliebt waren; eine Art kleine, runde Erhebung oder Grasmonument, wie ein riesiger Maulwurfshügel, der von drei Rosenspalieren umschlossen und gekrönt wurde und auf dessen höchstem Punkt in der Mitte eine Sonnenuhr stand. Kidd konnte den Zeiger über dem Zifferblatt erkennen, der sich wie die Schwanzflosse eines Hais dunkel gegen den Himmel abhob, und sah, wie sich das Mondlicht vergebens an die ungenutzte Uhr klammerte. Er sah aber auch noch etwas anderes sich daran klammern, zumindest einen unerhörten Moment lang … nämlich die Gestalt eines Mannes.

Obwohl sie nur für einen Bruchteil einer Sekunde zu sehen war und obwohl sie in einem fremdartigen, lächerlichen Kostüm steckte – sie war von Kopf bis Fuß in ein enganliegendes purpurfarbenes Gewand gehüllt, das stellenweise mit Gold durchwirkt war –, erkannte er im Aufschein eines einzigen Mondstrahls, um wen es sich handelte. Das bleiche, zum Himmel gerichtete Antlitz, glattrasiert und von so unnatürlicher Jugend, wie Byron mit

thousand public portraits of Sir Claude Champion. The wild red figure reeled an instant against the sundial; the next it had rolled down the steep bank and lay at the American's feet, faintly moving one arm. A gaudy, unnatural gold ornament on the arm suddenly reminded Kidd *of Romeo and Juliet*; of course the tight crimson suit was part of the play. But there was a long red stain down the bank from which the man had rolled—that was no part of the play. He had been run through the body.

Mr. Calhoun Kidd shouted and shouted again. Once more he seemed to hear phantasmal footsteps, and started to find another figure already near him. He knew the figure, and yet it terrified him. The dissipated youth who had called himself Dalroy had a horribly quiet way with him; if Boulnois failed to keep appointments that had been made, Dalroy had a sinister air of keeping appointments that hadn't. The moonlight discoloured everything; against Dalroy's red hair his wan face looked not so much white as pale green.

All this morbid impressionism must be Kidd's excuse for having cried out, brutally and beyond all reason: "Did you do this, you devil?"

James Dalroy smiled his unpleasing smile; but before he could speak, the fallen figure made another movement of the arm, waving vaguely towards the place where the sword fell; then came a moan, and then it managed to speak.

"Boulnois ... Boulnois, I say ... Boulnois did it ... jealous of me ... he was jealous, he was, he was. ..."

Kidd bent his head down to hear more, and just managed to catch the words:

einer römischen Nase, die schwarzen, schon leicht angegrauten Locken – er kannte die tausendfach veröffentlichten Porträts von Sir Claude Champion. Die wilde rote Gestalt taumelte kurz gegen die Sonnenuhr; im nächsten Augenblick war sie den steilen Abhang heruntergerollt und lag zu Füßen des Amerikaners, schwach einen Arm bewegend. Ein grelles, nachgebildetes Goldornament an diesem Arm erinnerte Kidd plötzlich an *Romeo und Julia*. Natürlich: dieses enganliegende purpurfarbene Gewand gehörte in das Stück. Der lange rote Streifen aber, der sich dort den Hang hinunterzog, wo der Mann heruntergerollt war – der gehörte nicht in das Stück. Der Mann war erstochen worden.

Mr. Calhoun Kidd schrie und schrie. Abermals glaubte er, geisterhafte Schritte zu vernehmen, und fuhr zusammen, als plötzlich jemand neben ihm stand. Er kannte die Person und war dennoch zu Tode erschrocken. Dieser zügellose Jungspund, der sich Dalroy nannte, hatte eine grauenvolle Art, lautlos zu erscheinen; und wenn Boulnois es nicht schaffte, längst getroffene Verabredungen einzuhalten, dann hatte Dalroy die unheimliche Angewohnheit, Verabredungen einzuhalten, die gar nicht getroffen worden waren. Das Mondlicht verzerrte alle Farben; gegen seinen roten Haarschopf wirkte Dalroys bleiches Gesicht nicht weiß, sondern blassgrün.

All diese morbiden Eindrücke müssen Kidd zur Entschuldigung dafür gereichen, dass er wie ein Verrückter markerschütternd brüllte: »Haben Sie das getan, Sie Teufel?«

James Dalroy lächelte sein süffisantes Lächeln; aber bevor er den Mund aufmachen konnte, bewegte die am Boden liegende Gestalt erneut den Arm, deutete vage in die Richtung, wo der Degen heruntergefallen war, dann stöhnte er und stieß hervor:

»Boulnois … es war Boulnois … Boulnois hat es getan … war eifersüchtig auf mich … er war eifersüchtig, er war, er war …«

Kidd beugte sich näher zu ihm herunter, um ihn besser zu verstehen, hörte aber nur die Worte:

"Boulnois ... with my own sword ... he threw it. ..."

Again the failing hand waved towards the sword, and then fell rigid with a thud. In Kidd rose from its depth all that acrid humour that is the strange salt of the seriousness of his race.

"See here," he said sharply and with command, "you must fetch a doctor. This man's dead."

"And a priest, too, I suppose," said Dalroy in an undecipherable manner. "All these Champions are papists."

The American knelt down by the body, felt the heart, propped up the head and used some last efforts at restoration; but before the other journalist reappeared, followed by a doctor and a priest, he was already prepared to assert they were too late.

"Were you too late also?" asked the doctor, a solid prosperous-looking man, with conventional moustache and whiskers, but a lively eye, which darted over Kidd dubiously.

"In one sense," drawled the representative of the *Sun*. "I was too late to save the man, but I guess I was in time to hear something of importance. I heard the dead man denounce his assassin."

"And who was the assassin?" asked the doctor, drawing his eyebrows together.

"Boulnois," said Calhoin Kidd, and whistled softly.

The doctor stared at him gloomily with a reddening brow; but he did not contradict. Then the priest, a shorter figure in the background, said mildly: "I understood that Mr. Boulnois was not coming to Pendragon Park this evening."

"There again," said the Yankee grimly, "I may be in a position to give the old country a fact or two. Yes,

»Boulnois … mit meinem eigenen Degen … er warf ihn …«

Noch einmal deutete der Arm schwach in Richtung des Degens, dann fiel er mit einem dumpfen Aufschlag leblos herab. Tief in sich spürte Kidd jenen galligen Humor aufsteigen, welcher der Ernsthaftigkeit seiner Landsleute diese besondere Würze verleiht.

»Los doch«, stieß er in scharfem Befehlston hervor, »Sie müssen einen Arzt holen. Dieser Mann ist tot.«

»Und einen Priester, vermute ich«, erwiderte Dalroy in rätselhaftem Ton. »Diese Champions sind alle Papisten.«

Der Amerikaner kniete neben dem Körper nieder, tastete nach dem Herz, bettete den Kopf höher und unternahm ein paar letzte Wiederbelebungsversuche; aber noch ehe der andere Journalist in Begleitung eines Arztes und eines Priesters wieder auftauchte, war er bereits darauf gefasst, zu bestätigen, dass jede Hilfe zu spät käme.

»Sind Sie auch zu spät gekommen?«, fragte der Arzt, ein gediegen wohlhabend aussehender Mann mit gewöhnlichem Schnurr- und Backenbart, doch sehr wachem Blick, mit dem er Kidd argwöhnisch beäugte.

»In gewisser Weise schon«, sagte der Vertreter der *Western Sun* zögernd. »Ich kam zu spät, um den Mann zu retten, aber ich schätze, ich kam gerade noch rechtzeitig, um etwas Entscheidendes zu hören. Ich hörte, wie der Mann den Namen seines Mörders nannte.«

»Und wer war der Mörder?«, forschte der Arzt und zog die Augenbrauen zusammen.

»Boulnois«, entgegnete Calhoun Kidd und pfiff leise.

Der Arzt starrte ihn finster an und wurde rot im Gesicht; aber er widersprach nicht. Da ließ sich die sanfte Stimme des Priesters, einer kleinen Gestalt, aus dem Hintergrund vernehmen: »Soviel ich weiß, wurde Mr. Boulnois heute Abend nicht in Pendragon Park erwartet.«

»Da haben wir es«, schnaubte der Yankee erbost. »Ich sehe mich durchaus in der Lage, dem alten Mutterland ein, zwei Fak-

sir, John Boulnois was going to stay in all this evening; he fixed up a real good appointment there with me. But John Boulnois changed his mind; John Boulnois left his home abruptly and all alone, and came over to this derned Park an hour or so ago. His butler told me so. I think we hold what the all-wise police call a clue—have you sent for them?"

"Yes," said the doctor; "but we haven't alarmed anyone else yet."

"Does Mrs. Boulnois know?" asked James Dalroy; and again Kidd was conscious of an irrational desire to hit him on his curling mouth.

"I have not told her," said the doctor gruffly; "but here come the police."

The little priest had stepped out into the main avenue, and now returned with the fallen sword, which looked ludicrously large and theatrical when attached to his dumpy figure, at once clerical and common-place. "Just before the police come," he said apologetically, "has anyone got a light?"

The Yankee journalist took an electric torch from his pocket, and the priest held it close to the middle part of the blade, which he examined with blinking care. Then, without glancing at the point or pommel, he handed the long weapon to the doctor.

"I fear I'm no use here," he said, with a brief sigh. "I'll say good night to you, gentlemen." And he walked away up the dark avenue towards the house, his hands clasped behind him and his Dig head bent in cogitation.

The rest of the group made increased haste towards the lodge-gates, where an inspector and two constables could already be seen in consultation with the lodge-

ten zu liefern. Ja, *Sir*, John Boulnois wollte heute Abend zu Hause bleiben; er hatte dort eine wirklich wichtige Verabredung mit mir. Doch John Boulnois hat es sich anders überlegt; John Boulnois hat sein Haus ganz allein Hals über Kopf verlassen und hat diesen verfluchten Park vor etwa einer Stunde erreicht. Sein Butler verriet es mir. Ich denke, wir haben das, was die ach so kluge Polizei eine Spur nennt – haben Sie sie übrigens schon benachrichtigt?«

»Ja«, erwiderte der Arzt. »Aber sonst haben wir noch niemanden hier verständigt.«

»Weiß es Mrs. Boulnois schon?«, fragte James Dalroy – und wieder verspürte Kidd das unwiderstehliche Verlangen, ihm einen Schlag auf sein verzogenes Maul zu versetzen.

»Ich habe ihr nichts gesagt«, versetzte der Arzt barsch; »aber da kommt ja die Polizei.«

Der kleine Priester war zur Hauptallee hinübergegangen und kehrte nun mit dem dort niedergestürzten Degen zurück, der sich neben seiner gedrungenen Gestalt, die zugleich klerikal und profan wirkte, lächerlich riesig und theatralisch ausnahm. »Nur ganz kurz, bevor die Polizei kommt«, sagte er entschuldigend, »hat vielleicht jemand ein Licht?«

Der amerikanische Journalist zog eine Taschenlampe aus seiner Jacke, und der Priester hielt sie dicht vor das Mittelstück der Klinge, das er mit teuflischer Sorgfalt untersuchte. Dann überreichte er die langgestreckte Waffe dem Arzt – ohne Spitze oder Griff eines weiteren Blicks zu würdigen.

»Ich fürchte, ich bin hier überflüssig«, sagte er mit einem kurzen Seufzer. »Ich wünsche einen guten Abend, Gentlemen.« Damit schritt er die dunkle Allee zum Herrenhaus hinab, die Hände auf dem Rücken verschränkt und den großen Kopf nachdenklich gesenkt.

Alle Übrigen begaben sich rasch in Richtung des Pförtnerhäuschens, wo man bereits einen Inspektor und zwei Polizisten mit dem Pförtner sprechen sah. Der kleine Priester aber verlangsamte sei-

keeper. But the little priest only walked slower and slower in the dim cloister of pine, and at last stopped dead, on the steps of the house. It was his silent way of acknowledging an equally silent approach; for there came towards him a presence that might have satisfied even Calhoun Kidd's demands for a lovely and aristocratic ghost. It was a young woman in silvery satins of a Renascence design; she had golden hair in two long shining ropes, and a face so startlingly pale between them that she might have been chryselephantine—made, that is, like some old Greek statues, out of ivory and gold. But her eyes were very bright, and her voice, though low, was confident.

"Father Brown?" she said.

"Mrs. Boulnois?" he replied gravely. Then he looked at her and immediately said: "I see you know about Sir Claude."

"How do you know I know?" she asked steadily.

He did not answer the question, but asked another: "Have you seen your husband?"

"My husband is at home," she said. "He has nothing to do with this."

Again he did not answer; and the woman drew nearer to him, with a curiously intense expression on her face.

"Shall I tell you something more?" she said, with a rather fearful smile. "I don't think he did it, and *you* don't either."

Father Brown returned her gaze with a long, grave stare, and then nodded, yet more gravely.

"Father Brown," said the lady, "I am going to tell you all I know, but I want you to do me a favour first. Will you tell me *why* you haven't jumped to the conclu-

nen Schritt im düsteren Kreuzgang der Kiefern und blieb schließlich reglos vor der Freitreppe des Herrenhauses stehen. Er reagierte auf diese Art lautlos auf eine ebenso lautlose Annäherung; denn es schritt ein Wesen auf ihn zu, das selbst Calhoun Kidds Ansprüchen an ein liebreizendes und aristokratisches Gespenst Genüge geleistet hätte. Es war eine junge Frau im silbernen Satinkleid im Renaissancestil; ihr goldenes Haar war zu zwei langen, schimmernden Zöpfen geflochten, die ein Gesicht von so erstaunlicher Blässe umrahmten, dass sie ebenso gut chryselephantin hätte sein können – sprich, wie eine jener alten griechischen Statuen, aus Gold und Elfenbein gefertigt. Ihre Augen aber leuchteten hell, und ihre Stimme klang selbstsicher, wenn auch leise.

»Pater Brown?«, fragte sie.

»Mrs. Boulnois?«, gab er ernst zurück. Dann sah er sie an und sagte unvermittelt: »Ich sehe, Sie wissen bereits über Sir Claude Bescheid?«

»Woher wissen Sie das?«, fragte sie ruhig.

Er beantwortete ihre Frage nicht, sondern stellte eine zweite: »Haben Sie Ihren Mann gesehen?«

»Mein Mann ist zu Hause«, erwiderte sie. »Er hat damit nichts zu tun.«

Wieder antwortete er nicht, und die Frau trat mit einem merkwürdig angespannten Gesichtsausdruck näher an ihn heran.

»Soll ich Ihnen noch etwas sagen?«, fuhr sie mit einem ängstlichen Lächeln fort. »Ich glaube nicht, dass er es getan hat, und *Sie* glauben es auch nicht.«

Pater Brown erwiderte ihren Blick, indem er sie lange ernst anstarrte; dann nickte er mit noch größerer Ernsthaftigkeit.

»Pater Brown«, sagte die Lady, »ich erzähle Ihnen alles, was ich weiß, aber zuerst möchte ich, dass Sie mir einen Gefallen tun. Werden Sie mir sagen, *warum* Sie nicht wie allen anderen zu dem

sion of poor John's guilt, as all the rest have done? Don't mind what you say: I—I know about the gossip and the appearances that are against him."

Father Brown looked honestly embarrassed, and passed his hand across his forehead. "Two very little things," he said. "At least, one's very trivial and the other very vague. But such as they are, they don't fit in with Mr. Boulnois being the murderer."

He turned his blank, round face up to the stars and continued absentmindedly: "To take the vague idea first. I attach a good deal of importance to vague ideas. All those things that 'aren't evidence' are what convince me. I think a moral impossibility the biggest of all impossibilities. I know your husband only slightly, but I think this crime of his, as generally conceived, something very like a moral impossibility. Please do not think I mean that Boulnois could not be so wicked. Anybody can be wicked—as wicked as he chooses. We can direct our moral wills; but we can't generally change our instinctive tastes and ways of doing things. Boulnois might commit a murder, but not this murder. He would not snatch Romeo's sword from its romantic scabbard; or slay his foe on the sundial as on a kind of altar; or leave his body among the roses; or fling the sword away among the pines. If Boulnois killed anyone he'd do it quietly and heavily, as he'd do any other doubtful thing—take a tenth glass of port, or read a loose Greek poet. No, the romantic setting is not like Boulnois. It's more like Champion."

"Ah!" she said, and looked at him with eyes like diamonds.

Schluss kamen, dass der arme John schuldig ist? Sie müssen kein Blatt vor den Mund nehmen: Ich ... ich kenne den Klatsch und den äußeren Anschein, der gegen ihn spricht.«

Pater Brown war ernsthaft verlegen und fuhr sich mit der Hand über die Stirn. »Es sind nur zwei Kleinigkeiten«, erwiderte er. »Letzten Endes ist die eine sehr banal und die andere sehr vage. Aber wie sie nun einmal sind, passen sie nicht zu der Annahme, dass Mr. Boulnois der Mörder ist.«

Er wandte sein unbewegtes, rundes Gesicht den Sternen zu und fuhr gedankenverloren fort: »Nehmen wir zuerst die vage Vermutung. Ich halte vage Vermutungen für äußerst wichtig. Mich überzeugt alles, was nicht ›offensichtlich‹ ist. Nichts ist unmöglicher als Dinge, die aus moralischen Gründen unmöglich sind. Ich kenne Ihren Gatten nur flüchtig, aber ich denke, dass sein Verbrechen, wie man es sich allgemein vorstellt, moralisch gesehen nicht durchführbar ist. Bitte glauben Sie nicht, ich würde Boulnois keine Niedertracht zutrauen. Jeder kann niederträchtig sein – so niederträchtig, wie er nur will. Wir können unsere moralischen Gesinnungen steuern, in der Regel aber an unseren instinktiven Neigungen und unserer Art zu handeln nichts ändern. Boulnois wäre vielleicht in der Lage, einen Mord zu begehen, aber nicht diesen. Er würde niemals Romeos Degen aus der romanzenhaften Scheide ziehen; oder seinen Widersacher auf der Sonnenuhr niedermetzeln wie auf einem Altar; oder seinen Leichnam im Rosenbeet zurücklassen; oder seinen Degen zwischen die Kiefern schleudern. Wenn Boulnois jemanden umbrächte, dann täte er es leise und mit Bedacht, so wie er alles tun würde, dem etwas Anrüchiges anhaftet – zum Beispiel ein zehntes Glas Portwein trinken oder einen verruchten griechischen Dichter lesen. Nein, die romantische Kulisse passt nicht zu Boulnois. Eher zu Champion.«

»Ach!«, stieß sie hervor und sah ihn mit Augen an, die wie Diamanten funkelten.

"And the trivial thing was this," said Brown. "There were finger-prints on that sword; finger-prints can be detected quite a time after they arc made if they're on some polished surface like glass or steel. These were on a polished surface. They were half-way down the blade of the sword. Whose prints they were I have no earthly clue; but why should anybody hold a sword half-way down? It was a long sword, but length is an advantage in lunging at an enemy. At least, at most enemies. At all enemies except one."

"Except one!" she repeated.

"There is only one enemy," said Father Brown, "whom it is easier to kill with a dagger than a sword."

"I know," said the woman. "Oneself."

There was a long silence, and then the priest said quietly but abruptly: "Am I right, then? Did Sir Claude kill himself?"

"Yes," she said, with a face like marble. "I saw him do it."

"He died," said Father Brown, "for love of you?"

An extraordinary expression flashed across her face, very different from pity, modesty, remorse, or anything her companion had expected: her voice became suddenly strong and full. "I don't believe," she said, "he ever cared about me a rap. He hated my husband."

"Why?" asked the other, and turned his round face from the sky to the lady.

"He hated my husband because ... it is so strange I hardly know how to say it ... because. ..."

"Yes?" said Brown patiently.

"Because my husband wouldn't hate him."

»Und die banale Sache ist folgende«, fuhr Pater Brown fort. »Auf diesem Degen befanden sich Fingerabdrücke; Fingerabdrücke lassen sich auch nach längerer Zeit noch erkennen, wenn jemand sie auf einer polierten Oberfläche wie Glas oder Stahl hinterlässt. Diese wurden auf einer polierten Oberfläche hinterlassen. Sie befanden sich etwa in der Mitte der Klinge. Ich habe beim besten Willen keine Ahnung, um wessen Fingerabdrücke es sich handelt; aber warum sollte jemand einen Degen auf halber Höhe der Klinge umfassen? Es war ein langer Degen, aber beim Ausfall gegen den Feind ist Länge ein Vorteil. Zumindest bei den meisten Feinden. Bei allen Feinden bis auf einen.«

»Bis auf einen!«, wiederholte sie.

»Es gibt nur einen Feind«, erklärte Pater Brown, »den man leichter mit dem Dolch als mit dem Degen tötet.«

»Ich weiß«, sagte Mrs. Boulnois. »Sich selbst.«

Langes Schweigen folgte. Dann sagte der Priester unvermittelt, aber ruhig: »Habe ich also recht? Hat Sir Claude sich selbst getötet?«

»Ja«, entgegnete sie mit versteinertem Gesicht. »Ich habe gesehen, wie er es getan hat.«

»Starb er aus Liebe zu Ihnen?«, wollte Pater Brown wissen.

Ein außergewöhnlicher Ausdruck huschte über ihr Gesicht; bei weitem kein Mitleid, keine Bescheidenheit, keine Reue oder irgendetwas anderes, das ihr Gegenüber erwartet hatte: ihre Stimme klang plötzlich fest und voll. »Ich glaube nicht, dass er sich jemals einen Deut um mich geschert hat. Er hasste meinen Mann«, stieß sie hervor.

»Aber warum?«, fragte der andere und wandte sein rundes Gesicht von den Sternen zurück der Lady zu.

»Er hasste meinen Mann weil … es ist so seltsam, dass ich nicht weiß, wie ich es sagen soll … weil …«

»Ja?«, sagte Brown geduldig.

»Weil mein Mann ihn nicht hassen wollte.«

Father Brown only nodded, and seemed still to be listening; he differed from most detectives in fact and fiction in a small point—he never pretended not to understand when he understood perfectly well.

Mrs. Boulnois drew near once more with the same contained glow of certainty. "My husband," she said, "is a great man. Sir Claude Champion was not a great man: he was a celebrated and successful man. My husband has never been celebrated or successful; and it is the solemn truth that he has never dreamed of being so. He no more expects to be famous for thinking than for smoking cigars. On all that side he has a sort of splendid stupidity. He has never grown up. He still liked Champion exactly as he liked him at school; he admired him as he would admire a conjuring trick done at the dinner-table. But he couldn't be got to conceive the notion *of envying* Champion. *And Champion wanted to be envied.* He went mad and killed himself for that."

"Yes," said Father Brown; "I think I begin to understand."

"Oh, don't you see?" she cried; "the whole picture is made for that—the place is planned for it. Champion put John in a little house at his very door, like a dependant—to make him *feel* a failure. He never felt it. He thinks no more about such things than—than an absent-minded lion. Champion would burst in on John's shabbiest hours or homeliest meals with some dazzling present or announcement or expedition that made it like the visit of Haroun Alraschid, and John would accept or refuse amiably with one eye off, so to speak, like one lazy schoolboy agreeing or disagreeing with another. After five years of it John had

Pater Brown nickte nur und hörte scheinbar immer noch zu. Es war nur eine Kleinigkeit, die ihn von den meisten Detektiven in Fakt und Fiktion unterschied – er gab niemals vor, nicht zu verstehen, wenn er sehr wohl verstand.

Mrs. Boulnois rückte noch ein wenig näher an ihn heran, und wiederum wirkte sie voll glühender Gewissheit. »Mein Mann«, sagte sie, »ist ein großartiger Mensch. Sir Claude Champion war kein großartiger Mensch: er war berühmt und erfolgreich. Mein Mann ist nie berühmt oder erfolgreich gewesen; und es ist die reine Wahrheit, dass er davon niemals geträumt hat. Er erwartet nicht, dass man durch Denken berühmter wird als durch Zigarrenrauchen. Bei all diesen Dingen schützt ihn eine wundervolle Einfalt. Er ist niemals erwachsen geworden. Er mochte Champion noch genauso wie damals in der Schule; er bewunderte ihn, wie man einen Zaubertrick beim Abendessen bewundert. Aber nichts konnte ihn dazu bewegen, Champion zu *beneiden. Und Champion wollte beneidet werden*. Das machte ihn rasend, und deshalb hat er sich umgebracht.«

»Ja«, sagte Pater Brown. »Ich glaube, ich fange an, zu verstehen.«

»Oh, begreifen Sie denn nicht?«, rief sie. »Alles wurde nur dafür in Szene gesetzt – die Örtlichkeit ist Teil eines Plans. Champion brachte John in einem kleinen Haus unmittelbar vor seinen Toren unter, wie einen Untertan – um ihn sein Versagen *spüren* zu lassen. Er spürte es nie. Er denkt über solche Dinge ebenso wenig nach wie … wie ein geistesabwesender Löwe. Champion pflegte in den für John beschämendsten Momenten oder bei den bescheidensten Mahlzeiten hereinzuplatzen, mit irgendeinem umwerfenden Geschenk, einer Ankündigung oder einer Expedition, sodass man glaubte, Harun ar-Raschid würde seine Aufwartung machen. Und John nahm an oder lehnte liebenswürdig ab, mit einem Auge zum Himmel gewendet sozusagen, so wie ein fauler Schuljunge

not turned a hair; and Sir Claude Champion was a monomaniac."

"And Haman began to tell them," said Father Brown, "of all the things wherein the king had honoured him; and he said: 'All these things profit me nothing while I see Mordecai the Jew sitting in the gate.'"

"The crisis came," Mrs. Boulnois continued, "when I persuaded John to let me take down some of his speculations and send them to a magazine. They began to attract attention, especially in America, and one paper wanted to interview him. When Champion (who was interviewed nearly every day) heard of this late little crumb of success falling to his unconscious rival, the last link snapped that held back his devilish hatred. Then he began to lay that insane siege to my own love and honour which has been the talk of the shire. You will ask me why I allowed such atrocious attentions. I answer that I could not have declined them except by explaining to my husband, and there are some things the soul cannot do, as the body cannot fly. Nobody could have explained to my husband. Nobody could do it now. If you said to him in so many words, 'Champion is stealing your wife,' he would think the joke a little vulgar: that it could be anything but a joke—that notion could find no crack in his great skull to get in by. Well, John was to come and see us act this evening, but just as we were starting he said he wouldn't; he had got an interesting book and a cigar. I told this to Sir Claude, and it was his death-blow. The mono-

dem anderen zustimmt oder eben nicht. Fünf Jahre ging das so, und John zuckte nicht einmal mit der Wimper; Sir Claude dagegen war wie von einer fixen Idee besessen.«

»Und Haman zählte Ihnen auf«, sagte Pater Brown, »die Herrlichkeit seines Reichtums und die Menge seiner Söhne und alles, wie ihn der König so groß gemacht habe; und er sagte: ›Aber das alles ist mir nicht genug, solange ich den Juden Mardochai sitzen sehe im Tor des Königs.‹«*

»Zur Krise kam es«, fuhr Mrs. Boulnois fort, »als ich John dazu überredete, einige seiner Theorien niederschreiben zu dürfen und bei einer Zeitschrift einzureichen. Sie begannen, Aufsehen zu erregen, vor allem in Amerika, eine Zeitung wollte ihn sogar interviewen. Als Champion (der fast jeden Tag ein Interview gab) von diesem neuesten kleinen Erfolgserlebnis hörte, das seinem ahnungslosen Rivalen in den Schoss fiel, stürzte die letzte Schranke, die seinen teuflischen Hass zurückhielt, in sich zusammen. Da begann er diesen irrsinnigen Vernichtungsfeldzug gegen meine Liebe und mein Ansehen, von dem die ganze Grafschaft spricht. Sie werden mich fragen, warum ich diese entsetzlichen Aufmerksamkeiten zuließ. Meine Antwort lautet, dass ich sie nicht zurückweisen konnte, ohne meinem Mann alles erklären zu müssen, und es gibt gewisse Dinge, die eine Seele nicht fertigbringt, so wie ein Körper nicht fliegen kann. Niemand hätte es meinem Mann erklären können. Niemand könnte es jetzt tun. Wenn Sie ihm wortreich eröffnet hätten: ›Champion nimmt Ihnen die Frau weg‹, er hätte den Scherz für etwas derb gehalten. Dass es sich um mehr als nur einen Scherz handeln könnte – kein Spalt in seinem dicken Schädel wäre groß genug gewesen, um diese Ansicht hineinzubekommen. Eigentlich hätte John heute Abend kommen sollen, um uns spielen zu sehen, aber als wir uns zum Ausgehen bereitmachten, sagte er, er käme doch nicht mit; er hätte ein gutes Buch und eine

* Est 5,11 und 13. Anm. d. Ü.

maniac suddenly saw despair. He stabbed himself, crying out like a devil that Boulnois was slaying him; he lies there in the garden dead of his own jealousy to produce jealousy; and John is sitting in the dining-room reading a book."

There was another silence, and then the little priest said: "There is only one weak point, Mrs. Boulnois, in all your very vivid account Your husband is not sitting in the dining-room reading a book. That American reporter told me he had been to your house, and your butler told him Mr. Boulnois had gone to Pendragon Park after all."

Her bright eyes widened to an almost electric glare; and yet it seemed rather bewilderment than confusion or fear. "Why, what *can* you mean?" she cried. "All the servants were out of the house, seeing the theatricals. And we don't keep a butler, thank goodness!"

Father Brown started and spun half round like an absurd teetotum. "What, what?" he cried seeming galvanized into sudden life. "Look here—I say—can I make your husband hear if I go to the house?"

"Oh, the servants will be back by now," she said, wondering.

"Right, right!" rejoined the cleric energetically, and set off scuttling up the path towards the Park gates. He turned once to say: "Better get hold of that Yankee, or 'Crime of John Boulnois' will be all over the Republic in large letters."

"You don't understand," said Mrs. Boulnois. "He wouldn't mind. I don't think he imagines that America really is a place."

Zigarre. Das habe ich Sir Claude gesagt, und das war sein Todesstoß. Der Besessene war plötzlich voller Verzweiflung. Er erstach sich selbst und schrie wie ein Teufel, Boulnois würde ihn ermorden; nun liegt er dort im Garten, gestorben an seiner eigenen Eifersucht, die Eifersucht hervorrufen sollte; und John sitzt im Esszimmer und liest ein Buch.«

Erneut war es still. Dann sagte der kleine Priester: »Ihr sehr lebhafter Bericht hat nur einen Schwachpunkt, Mrs. Boulnois. Ihr Gatte sitzt nicht im Esszimmer und liest ein Buch. Dieser amerikanische Reporter hat mir erzählt, er wäre dort gewesen und Ihr Butler habe ihm gesagt, Mr. Boulnois sei schließlich doch nach Pendragon Park gegangen.«

Ihre leuchtenden Augen weiteten sich und glitzerten wie elektrisiert; sie schien jedoch eher verblüfft als verwirrt oder ängstlich zu sein. »*Was* wollen Sie damit sagen?«, rief sie. »Alle Bediensteten waren außer Haus, um das Theaterstück zu sehen. Und einen Butler haben wir Gott sei Dank gar nicht!«

Pater Brown fuhr zusammen und drehte sich schlagartig zu ihr um wie ein trudelnder Kreisel. »Wie bitte, was?«, rief er und schien wie zu plötzlichem Leben erwacht. »Hören Sie ... ich meine ... öffnet Ihr Mann also die Tür, wenn ich jetzt zum Haus hinübergehe?«

»Oh, inzwischen dürften die Bediensteten zurück sein«, sagte sie erstaunt.

»Natürlich, natürlich!«, erwiderte der Geistliche schwungvoll und hastete die Allee hinauf, die zu den Parktoren führte. Dann wandte er sich noch einmal um und sagte: »Sehen Sie zu, dass Sie sich den Yankee schnappen, sonst wird die Schlagzeile ›Verbrechen des John Boulnois‹ ganz Amerika überziehen.«

»Sie verstehen nicht«, entgegnete Mrs. Boulnois. »Das wäre ihm egal. Ich glaube nicht, dass er Amerika überhaupt für bewohntes Land hält.«

When Father Brown reached the house with the beehive and the drowsy dog, a small and neat maidservant showed him into the dining-room, where Boulnois sat reading by a shaded lamp, exactly as his wife described him. A decanter of port and a wineglass were at his elbow; and the instant the priest entered he noted the long ash stand out unbroken on his cigar.

"He has been here for half an hour at least," thought Father Brown. In fact, he had the air of sitting where he had sat when his dinner was cleared away.

"Don't get up, Mr. Boulnois," said the priest in his pleasant, prosaic way. "I shan't interrupt you a moment. I fear I break in on some of your scientific studies."

"No," said Boulnois; "I was reading 'The Bloody Thumb,'" He said it with neither frown nor smile, and his visitor was conscious of a certain deep and virile indifference in the man which his wife had called greatness. He laid down a gory yellow "shocker" without even feeling its incongruity enough to comment on it humorously. John Boulnois was a big, slow-moving man with a massive head, partly grey and partly bald, and blunt, burly features. He was in shabby and very old-fashioned evening-dress, with a narrow triangular opening of shirt-front: he had assumed it that evening in his original purpose of going to see his wife act Juliet.

"I won't keep you long from 'The Bloody Thumb' or any other catastrophic affairs," said Father Brown, smiling. "I only came to ask you about the crime you committed this evening."

Boulnois looked at him steadily, but a red bar began to show across his broad brow; and he seemed like one discovering embarrassment for the first time.

Als Pater Brown das Haus mit dem Bienenstock und dem dösigen Hund erreicht hatte, wurde er von einem kleinen, hübschen Stubenmädchen ins Esszimmer geführt, wo John Boulnois lesend unter einer Schirmlampe saß, genau wie seine Frau es ihm beschrieben hatte. Eine Portweinkaraffe und ein Weinglas standen neben ihm; und just als er den Raum betrat, bemerkte der Priester das lange Aschenstück seiner Zigarre, das er nicht abgestreift hatte.

»Er muss mindestens seit einer halben Stunde hier sitzen«, dachte Pater Brown. Er sah sogar aus, als säße er noch immer dort, wo er gesessen hatte, als das Abendessen abserviert wurde.

»Bitte bleiben Sie sitzen, Mr. Boulnois«, sagte der Priester in seiner angenehmen, unumwundenen Art. »Ich will Sie nicht unterbrechen. Ich fürchte, ich störe Sie bei einer wissenschaftlichen Lektüre.«

»Nein«, erwiderte Boulnois, »ich las soeben den *Blutigen Daumen*.« Er sagte es, ohne dabei eine Miene zu verziehen, und seinem Besucher fiel eine unbestimmte tiefe und sehr maskuline Gleichgültigkeit an dem Mann auf, die seine Frau Größe genannt hatte. Er legte den grellgelben »Reißer« beiseite, ohne den Akt als unpassend genug zu empfinden, um sich zu einem ironischen Kommentar hinreißen zu lassen. John Boulnois war ein großer Mann mit langsamen Bewegungen und einem gewaltigen, nahezu kahlen Kopf, der von einem grauen Haarkranz umgeben war. Seine Gesichtszüge waren schlicht und grobschlächtig. Er trug einen abgetragenen, sehr altmodischen Abendanzug mit einem kleinen, dreieckigen Hemdausschnitt: er hatte ihn scheinbar ursprünglich angelegt, um auszugehen und seine Frau die Julia spielen zu sehen.

»Ich werde Sie nicht lange vom *Blutigen Daumen* oder irgendwelchen anderen katastrophalen Angelegenheiten abhalten«, sagte Pater Brown lächelnd. »Ich bin nur gekommen, um sie nach dem Verbrechen zu fragen, das Sie heute Abend begangen haben.«

Boulnois sah ihn ruhig an, doch quer über seine breite Stirn begann sich ein roter Streifen abzuzeichnen; er wirkte wie jemand, der zum ersten Mal das Gefühl der Verlegenheit an sich entdeckt.

"I know it was a strange crime," assented Brown in a low voice. "Stranger than murder perhaps—to you. The little sins are sometimes harder to confess than the big ones—but that's why it's so important to confess them. Your crime is committed by every fashionable hostess six times a week: and yet you find it stick to your tongue like a nameless atrocity."

"It makes one feel," said the philosopher slowly, "such a damned fool."

"I know," assented the other, "but one often has to choose between feeling a damned fool and being one."

"I can't analyse myself well," went on Boulnois; "but sitting in that chair with that story I was as happy as a schoolboy on a half-holiday. It was security, eternity—I can't convey it ... the cigars were within reach ... the matches were within reach ... the *Thumb* had four more appearances to ... it was not only a peace, but a plenitude. Then that bell rang, and I thought for one long, mortal minute that I couldn't get out of that chair—literally, physically, muscularly couldn't. Then I did it like a man lifting the world, because I knew all the servants were out. I opened the front door, and there was a little man with his mouth open to speak and his notebook open to write in. I remembered the Yankee interviewer I had forgotten. His hair was parted in the middle, and I tell you that murder——"

"I understand," said Father Brown. "I've seen him."

"I didn't commit murder," continued the Catastrophist mildly, "but only perjury. I said I had gone across to Pendragon Park and shut the door in his face.

»Ich weiß, es war sein sonderbares Verbrechen«, pflichtete Brown leise bei. »Sonderbarer als ein Mord vielleicht – für Sie. Die kleinen Sünden sind manchmal schwerer zu beichten als die großen – deshalb ist ja so wichtig, sie zu beichten. Ihre Art des Verbrechens wird von jeder vornehmen Tischdame sechsmal die Woche begangen; und doch kommt es einem wie eine unaussprechliche Verruchtheit vor.«

»Man hat das Gefühl«, versetzte der Philosoph zögernd, »so ein verdammter Narr zu sein.«

»Ich weiß«, stimmte der andere zu, »aber oft muss man sich entscheiden, ob man nur das Gefühl hat oder ob man tatsächlich ein verdammter Narr ist.«

»Ich kann mich selbst schlecht einschätzen«, fuhr Boulnois fort, »aber als ich mit diesem Krimi in diesem Stuhl saß, war ich so glücklich wie ein Schuljunge an einem halben freien Tag. Es war Sicherheit, Ewigkeit – ich kann es nicht erklären ... die Zigarren waren in Reichweite ... die Streichhölzer waren in Reichweite ... der *Daumen* würde noch viermal zuschlagen ... es war nicht nur Frieden, es war Vollkommenheit. Dann läutete es, und eine Minute lang, eine unendliche Minute lang dachte ich, dass ich mich aus diesem Stuhl nicht würde erheben können – buchstäblich, physisch nicht würde aufstehen können, weil die Muskeln versagten. Dann tat ich es wie ein Mann, der die Welt aus den Angeln hebt, weil ich wusste, dass alle Bediensteten außer Haus waren. Ich öffnete die Vordertür, und da stand ein kleiner Kerl mit offenem Mund, um zu sprechen, und mit geöffnetem Notizbuch, um hineinzuschreiben. Da fiel mir der Yankee-Reporter wieder ein, den ich vergessen hatte. Sein Haar war in der Mitte gescheitelt, und ich sage Ihnen, ich hätte einen Mord ...«

»Ich verstehe«, sagte Pater Brown. »Ich habe ihn getroffen.«

»Ich habe keinen Mord begangen«, fuhr der Katastrophen-Spezialist milde fort, »nur einen Meineid. Ich behauptete, ich sei nach Pendragon Park gegangen, und schlug ihm die Tür vor der

That is my crime, Father Brown, and I don't know what penance you would inflict for it."

"I shan't inflict any penance," said the clerical gentleman, collecting his heavy hat and umbrella with an air of some amusement; "quite the contrary. I came here specially to let you off the little penance which would otherwise have followed your little offence."

"And what," asked Boulnois, smiling, "is the little penance I have so luckily been let off?"

"Being hanged," said Father Brown.

Nase zu. Das ist mein Verbrechen, Pater Brown, und ich weiß nicht, welche Strafe Sie mir dafür auferlegen würden.«

»Ich werde Ihnen gar keine Strafe auferlegen«, erwiderte der Kirchenmann, indem er fröhlich seinen breiten Hut und seinen Schirm nahm, »im Gegenteil. Ich bin eigens hergekommen, um Ihnen die kleine Strafe zu erlassen, die andernfalls auf ihren kleinen Verstoß gefolgt wäre.«

»Und worin besteht die kleine Strafe, die mir zum Glück erlassen wird?«, fragte Boulnois lächelnd.

»Gehängt zu werden«, entgegnete Pater Brown.

The Hammer of God

The little village of Bohun Beacon was perched on a hill so steep that the tall spire of its church seemed only like the peak of a small mountain. At the foot of the church stood a smithy, generally red with fires and always littered with hammers and scraps of iron; opposite to this, over a rude cross of cobbled paths, was "The Blue Boar," the only inn of the place. It was upon this crossway, in the lifting of a leaden and silver daybreak, that two brothers met in the street and spoke; though one was beginning the day and the other finishing it. The Rev. and Hon. Wilfred Bohun was very devout, and was making his way to some austere exercises of prayer or contemplation at dawn. Colonel the Hon. Norman Bohun, his elder brother, was by no means devout, and was sitting in evening-dress on the bench outside "The Blue Boar," drinking what the philosophic observer was free to regard either as his last glass on Tuesday or his first on Wednesday. The colonel was not particular.

The Bohuns were one of the very few aristocratic families really dating from the Middle Ages, and their pennon had actually seen Palestine. But it is a great mistake to suppose that such houses stand high in chivalric traditions. Few except the poor preserve traditions. Aristocrats live not in traditions but in fashions. The Bohuns had been Mohocks under Queen Anne and Mashers under Queen Victoria. But, like more than one of the really ancient houses, they had rotted in the last two centuries into mere drunkards and dandy degenerates, till there had even come a whisper of insanity. Certainly there was something hardly human about the colonel's wolfish pursuit of pleasure,

Der Hammer Gottes

Das kleine Dorf Bohun Beacon thronte auf einem derart steilen Hügel, dass sich seine hohe Kirchturmspitze lediglich wie der Gipfel eines kleinen Gebirges ausnahm. Am Fuß der Kirche befand sich eine Schmiede, in der gewöhnlich ein rotes Feuer loderte und wo Hämmer und Eisenstücke immer wild umherlagen. Gegenüber, auf der anderen Seite einer wirren Kreuzung kopfsteingepflasterter Wege, lag der »Blaue Eber«, das einzige Gasthaus des Ortes. An dieser Straßenkreuzung trafen sich im bleigrauen, silbernen Licht des heraufziehenden Morgens zwei Brüder und sprachen miteinander, wobei der eine den Tag soeben begann und der andere ihn beendete. Der hochwürdige und ehrenwerte Reverend Wilfred Bohun war sehr fromm und befand sich auf dem Weg zu ein paar strengen Gebets- und Andachtsübungen im Morgengrauen. Der ehrenwerte Colonel Norman Bohun, sein älterer Bruder, war keineswegs fromm und saß in Abendgarderobe auf einer Bank vorm »Blauen Eber« und trank – es sei dem philosophischen Beobachter überlassen, dies zu beurteilen – entweder sein letztes Glas vom Dienstag oder sein erstes vom Mittwoch. Der Oberst nahm es damit nicht so genau.

Die Bohuns zählten zu den wenigen aristokratischen Familien, deren Stammbaum wirklich bis ins Mittelalter zurückreichte, und ihre Fahnen waren tatsächlich bis nach Palästina getragen worden. Es wäre jedoch ein großer Irrtum, anzunehmen, dass in solchen Häusern ritterliche Traditionen hohes Ansehen genössen. Wenige außer den Armen bewahren Traditionen. Aristokraten leben nicht nach Traditionen, sondern nach Moden. Unter Königin Anne waren die Bohuns Raufbolde der Mohocks-Bande und unter Königin Victoria Schwerenöter. Doch im Verlauf der letzten beiden Jahrhunderte sind sie, wie so manche der wirklich alten Familien, zu reinen Trunkenbolden und missratenen Dandys verkommen, bis man sogar begann, etwas von Irrsinn zu munkeln. Gewiss hatte die wölfische Vergnügungssucht des Oberst etwas kaum mehr

and his chronic resolution not to go home till morning had a touch of the hideous clarity of insomnia. He was a tall, fine animal, elderly, but with hair startlingly yellow. He would have looked merely blond and leonine, but his blue eyes were sunk so deep in his face that they looked black. They were a little too close together. He had very long yellow moustaches: on each side of them a fold or furrow from nostril to jaw, so that a sneer seemed to cut into his face. Over his evening clothes he wore a curiously pale yellow coat that looked more like a very light dressing gown than an overcoat, and on the back of his head was stuck an extraordinary broad-brimmed hat of a bright green colour, evidently some oriental curiosity caught up at random. He was proud of appearing in such incongruous attires—proud of the fact that he always made them look congruous.

His brother the curate had also the yellow hair and the elegance, but he was buttoned up to the chin in black, and his face was clean-shaven, cultivated and a little nervous. He seemed to live for nothing but his religion; but there were some who said (notably the blacksmith, who was a Presbyterian) that it was a love of Gothic architecture rather than of God, and that his haunting of the church like a ghost was only another and purer turn of the almost morbid thirst for beauty which sent his brother raging after women and wine. This charge was doubtful, while the man's practical piety was indubitable. Indeed, the charge was mostly an ignorant misunderstanding of the love of solitude and secret prayer, and was founded on his being often found kneeling, not before the altar, but in peculiar places, in the crypts or gallery, or even in

Menschliches an sich, und sein standhafter Vorsatz, nicht vor Tagesanbruch nach Hause zu gehen, deutete mit erschreckender Klarheit auf Schlaflosigkeit hin. Er war ein hochgewachsener, hübscher Kerl, schon etwas älter, doch mit verblüffend gelbem Haar. Er hätte einfach nur blond und löwenhaft ausgesehen, wenn seine blauen Augen nicht so tief in den Höhlen gelegen hätten, dass sie schwarz wirkten. Außerdem lagen sie ein wenig zu eng beieinander. Er trug einen sehr langen gelben Schnurrbart, rechts und links von einer tiefen Furche oder Falte von der Nase bis zum Kinn umrahmt, als wäre ihm ein höhnisches Grinsen ins Gesicht gemeißelt. Über seinem Abendanzug trug er einen merkwürdig blassen gelben Mantel, der eher einem leichten Morgenrock als einem Mantel glich, und auf seinem Hinterkopf thronte ein ungewöhnlich breitkrempiger, leuchtend grüner Hut, offenbar eine zufällig erworbene orientalische Rarität. Er bildete sich etwas darauf ein, in derart unpassender Kleidung daherzukommen – vor allem weil es ihm stets gelang, sie passend wirken zu lassen.

Sein Bruder, der Kurat, besaß das gleiche blonde Haar und die gleiche Eleganz, trug jedoch eine bis zum Kinn zugeknöpfte schwarze Soutane und hatte ein glattrasiertes, gepflegtes Gesicht, auf dem ein leicht nervöser Ausdruck lag. Er schien nur für seine Religion zu leben, aber einige Leute behaupteten (vor allem der Schmied, der Presbyterianer war), es sei mehr die Liebe zur gotischen Architektur als die Liebe zu Gott, und sein ständiges Herumgeistern in der Kirche sei lediglich eine andere, reinere Form des nahezu morbiden Verlangens nach Schönheit, das seinen Bruder Wein und Weibern nachjagen ließ. Dieser Vorwurf war zweifelhaft, während die tätliche Frömmigkeit des Mannes außer Zweifel stand. In der Tat beruhte der Vorwurf hauptsächlich auf einer ignoranten Missdeutung seiner Liebe zu Einsamkeit und stillem Gebet und lag in dem Umstand begründet, dass man ihn oft auf Knien antraf, und zwar nicht vor dem Altar, sondern an ausgefallenen Orten – in der Krypta, auf der Empore oder sogar

the belfry. He was at the moment about to enter the church through the yard of the smithy, but stopped and frowned a little as he saw his brother's cavernous eyes staring in the same direction. On the hypothesis that the colonel was interested in the church he did not waste any speculations. There only remained the blacksmith's shop, and though the blacksmith was a Puritan and none of his people, Wilfred Bohun had heard some scandals about a beautiful and rather celebrated wife. He flung a suspicious look across the shed, and the colonel stood up laughing to speak to him.

"Good morning, Wilfred," he said. "Like a good landlord I am watching sleeplessly over my people. I am going to call on the blacksmith."

Wilfred looked at the ground and said: "The blacksmith is out. He is over at Greenford."

"I know," answered the other with silent laughter; "that is why I am calling on him."

"Norman," said the cleric, with his eye on a pebble in the road, "are you ever afraid of thunderbolts?"

"What do you mean?" asked the colonel. "Is your hobby meteorology?"

"I mean," said Wilfred, without looking up, "do you ever think that God might strike you in the street?"

"I beg your pardon," said the colonel; "I see your hobby is folklore."

"I know your hobby is blasphemy," retorted the religious man, stung in the one live place of his nature. "But if you do not fear God, you have good reason to fear man."

im Glockenturm. In diesem Augenblick war er im Begriff, die Kirche vom Hof des Schmieds aus zu betreten, er hielt jedoch inne und runzelte ein wenig die Stirn, als er bemerkte, dass die tiefliegenden Augen seines Bruders in die gleiche Richtung starrten. Auf die Annahme, der Oberst könne sich für die Kirche interessieren, verschwendete er keinen Gedanken. Also blieb nur die Werkstatt des Schmieds, und obwohl der Schmied Puritaner war und nicht zu seiner Gemeinde gehörte, waren Wilfred Bohun einige Klatschgeschichten über dessen schöne und berühmtberüchtigte Frau zu Ohren gekommen. Er warf einen argwöhnischen Blick auf den Schuppen. Der Oberst erhob sich lachend und sprach ihn an.

»Guten Morgen, Wilfred«, sagte er. »Wie ein vorbildlicher Gutsherr wache ich schlaflos über meine Leute. Ich wollte gerade den Schmied besuchen.«

Wilfred sah zu Boden und erwiderte: »Der Schmied ist nicht da. Er ist drüben in Greenford.«

»Weiß ich«, antwortete sein Bruder mit unterdrücktem Lachen, »deshalb gehe ich ja hin.«

»Norman«, sagte der Geistliche und richtete seinen Blick auf einen Kieselstein auf dem Weg, »fürchtest du dich niemals vor Blitzschlägen?«

»Was meinst du damit?«, fragte der Oberst. »Ist dein Steckenpferd neuerdings Meteorologie?«

»Ich meine«, versetzte Wilfred ohne aufzublicken, »hast du je daran gedacht, dass Gott dich auf offener Straße niederstrecken könnte?«

»Du musst entschuldigen«, meinte der Oberst, »ich sehe, dein Steckenpferd sind Ammenmärchen.«

»Ich weiß, deins ist die Gotteslästerung«, erwiderte der religiöse Mann scharf, an der einzig empfindlichen Stelle seines Wesens getroffen. »Aber auch wenn du Gott nicht fürchtest, hast du doch allen Grund, die Menschen zu fürchten.«

The elder raised his eyebrows politely. "Fear man?" he said.

"Barnes the blacksmith is the biggest and strongest man for forty miles round," said the clergyman sternly. "I know you are no coward or weakling, but he could throw you over the wall."

This struck home, being true, and the lowering line by mouth and nostril darkened and deepened. For a moment he stood with the heavy sneer on his face. But in an instant Colonel Bohun had recovered his own cruel good humour and laughed, showing two dog-like front teeth under his yellow moustache. "In that case, my dear Wilfred," he said quite carelessly, "it was wise for the last of the Bohuns to come out partially in armour."

And he took off the queer round hat covered with green, showing that it was lined within with steel. Wilfred recognized it indeed as a light Japanese or Chinese helmet torn down from a trophy that hung in the old family hall.

"It was the first to band," explained his brother airily; "always the nearest hat–and the nearest woman."

"The blacksmith is away at Greenford," said Wilfred quietly; "the time of his return is unsettled."

And with that he turned and went into the church with bowed head, crossing himself like one who wishes to be quit of an unclean spirit. He was anxious to forget such grossness in the cool twilight of his tall Gothic cloisters; but on that morning it was fated that his still round of religious exercises should be everywhere arrested by small shocks. As he entered the church, hitherto always empty at that hour, a kneeling figure rose hastily to its feet and came towards the full daylight of the doorway. When the curate saw it he stood

Der Ältere zog höflich die Augenbrauen hoch. »Die Menschen fürchten?«, fragte er.

»Barnes, der Schmied, ist der größte und kräftigste Mann im Umkreis von vierzig Meilen«, versetzte der Geistliche streng. »Ich weiß, du bist kein Feigling oder Schwächling, aber er könnte dich ohne weiteres über die Mauer werfen.«

Das saß, weil es stimmte, und die finstere Linie zwischen Mund und Nase vertiefte und verdunkelte sich. Einen Augenblick lang stand er da mit jenem düsteren Grinsen im Gesicht. Doch im Handumdrehen fand Oberst Bohun seine alte grausame gute Laune wieder und lachte und ließ zwei scharfe Vorderzähne unter seinem gelben Schnurrbart hervorblitzen. »In diesem Fall, mein lieber Wilfred«, sagte er leichthin, »war es von dem Letzten der Bohuns sehr klug, ein wenig Rüstung anzulegen.«

Mit diesen Worten nahm er den seltsamen, runden grünen Hut ab und zeigte, dass er innen mit Stahl beschlagen war. Wilfred erkannte einen leichten japanischen oder chinesischen Kriegshelm wieder, der von einer Trophäe, die im alten Ahnensaal hing, heruntergerissen worden war.

»Er war gerade bei der Hand«, erklärte sein Bruder unbekümmert, »immer der nächstbeste Hut – und die nächstbeste Frau.«

»Der Schmied ist nach Greenford hinüber«, sagte Wilfred ruhig. »Es ist ungewiss, wann er zurückkehrt.«

Damit wandte er sich um und ging mit gesenktem Kopf in die Kirche und bekreuzigte sich wie jemand, der einen unreinen Geist abschütteln möchte. Es drängte ihn, solche Schändlichkeiten im kühlen Dämmerlicht seines hohen gotischen Kreuzgangs zu vergessen; an diesem Morgen aber wollte es das Schicksal, dass sein stiller Reigen andächtiger Übungen an jeder Ecke von kleinen Schrecknissen unterbrochen wurde. Als er die Kirche betrat, die zu dieser Stunde bislang immer leer gewesen war, erhob sich hastig eine kniende Gestalt und trat ins helle Tageslicht des Eingangsportals. Als der Kurat sie erkannte, blieb er überrascht stehen. Denn

still with surprise. For the early worshipper was none other than the village idiot, a nephew of the blacksmith, one who neither would nor could care for the church or for anything else. He was always called "Mad Joe," and seemed to have no other name; he was a dark, strong, slouching lad, with a heavy white face, dark straight hair, and a mouth always open. As he passed the priest, his moon-calf countenance gave no hint of what he had been doing or thinking of. He had never been known to pray before. What sort of prayers was he saying now? Extraordinary prayers surely.

Wilfred Bohun stood rooted to the spot long enough to see the idiot go out into the sunshine, and even to see his dissolute brother hail him with a sort of avuncular jocularity. The last thing he saw was the colonel throwing pennies at the open mouth of Joe, with the serious appearance of trying to hit it.

This ugly sunlight picture of the stupidity and cruelty of the earth sent the ascetic finally to his prayers for purification and new thoughts. He went up to a pew in the gallery, which brought him under a coloured window which he loved and which always quieted his spirit; a blue window with an angel carrying lilies. There he began to think less about the half-wit, with his livid face and mouth like a fish. He began to think less of his evil brother, pacing like a lean lion in his horrible hunger. He sank deeper and deeper into those cold and sweet colours of silver blossoms and sapphire sky.

In this place half an hour afterwards he was found by Gibbs, the village cobbler, who had been sent for him in some haste. He got to his feet with promptitude, for he knew that no small matter would have brought Gibbs into such a place at all. The cobbler was,

der zeitige Kirchgänger war niemand anderer als der Dorftrottel, ein Neffe des Schmieds, einer, der sich weder um die Kirche noch um irgendetwas anderes kümmerte oder zu kümmern imstande war. Man nannte ihn stets den »verrückten Joe« und schien keinen anderen Namen für ihn zu haben; er war ein finsterer, kräftiger, schläfriger Bursche mit einem plumpen, bleichen Gesicht, glattem schwarzen Haar und einem Mund, der ständig offen stand. Als er an dem Priester vorbeiging, gab sein Mondkalbgesicht keinerlei Aufschluss darüber, was er gerade gedacht oder getan hatte. Kein Mensch hatte ihn je zuvor beten gesehen. Welche Art von Gebet sprach er jetzt? Bestimmt ein ganz außergewöhnliches.

Wilfred Bohun blieb lange genug wie angewurzelt stehen, um zusehen zu können, wie der Dorftrottel in die Sonne hinaustrat und von seinem liederlichen Bruder mit gönnerhafter Heiterkeit begrüßt wurde. Am Ende sah er sogar noch, wie der Oberst mit Pennystücken nach Joes offenem Mund warf und dabei augenscheinlich ernsthaft versuchte, ihn zu treffen.

Dieses hässliche Bild von irdischer Dummheit und Grausamkeit im vollen Glanz der Sonne trieb den Asketen endgültig zu seinen Gebeten um Läuterung und frische Gedanken. Er stieg hinauf zu einer Kniebank auf der Empore, die unter einem farbigen Fenster stand, das er liebte und das sein Gemüt stets beruhigte; es war ein blaues Fenster mit einem Engel, der Lilien trug. Dort dachte er langsam immer weniger an den Tölpel mit dem bleichen Gesicht und dem Fischmaul. Und weniger auch an seinen verdorbenen Bruder, der wie ein ausgehungerter Löwe in seiner furchtbaren Gier durchs Leben schritt. Tiefer und tiefer versank er in den kühlen, süßen Farben der silbernen Blüten und des saphirblauen Himmels.

An diesem Ort fand ihn eine halbe Stunde später Gibbs, der Dorfschuster, den man eilig nach Wilfred geschickt hatte. Prompt stand er auf, denn er wusste, dass Gibbs eine Kleinigkeit niemals dazu gebracht hätte, sich an einen solchen Ort zu begeben. Der Schuster war Atheist, was in vielen Dörfern vorkommt, und sein

as in many villages, an atheist, and his appearance in church was a shade more extraordinary than Mad Joe's. It was a morning of theological enigmas.

"What is it?" asked Wilfred Bohun rather stiffly, but putting out a trembling hand for his hat.

The atheist spoke in a tone that, coming from him, was quite startlingly respectful, and even, as it were, huskily sympathetic.

"You must excuse me, sir," he said in a hoarse whisper, "but we didn't think it right not to let you know at once. I'm afraid a rather dreadful thing has happened, sir. I'm afraid your brother—"

Wilfred clenched his frail hands. "What devilry has he done now?" he cried in involuntary passion.

"Why, sir," said the cobbler, coughing, "I'm afraid he's done nothing, and won't do anything. I'm afraid he's done for. You had really better come down, sir."

The curate followed the cobbler down a short winding stair which brought them out at an entrance rather higher than the street. Bohun saw the tragedy in one glance, flat underneath him like a plan. In the yard of the smithy were standing five or six men, mostly in black, one in an inspector's uniform. They included the doctor, the Presbyterian minister, and the priest from the Roman Catholic chapel to which the blacksmith's wife belonged. The latter was speaking to her, indeed, very rapidly, in an undertone, as she, a magnificent woman with red-gold hair, was sobbing blindly on a bench. Between these two groups, and just clear of the main heap of hammers, lay a man in evening dress, spread-eagled and flat on his face. From the height above Wilfred could have sworn to every item of his costume and appearance, down to the Bohun rings

Erscheinen in der Kirche war noch um einiges außergewöhnlicher als das des verrückten Joe. Es war ein Morgen voller theologischer Rätsel.

»Was gibt es?«, fragte Wilfred Bohun ziemlich kühl, doch die Hand, mit der er nach seinem Hut griff, zitterte.

Der Atheist sprach in einem Tonfall, der für seine Verhältnisse verblüffend respektvoll war und sogar eine gewisse unbeholfene Anteilnahme verriet.

»Sie müssen entschuldigen, Sir«, sagte er mit einem heiseren Flüstern, »aber wir hielten es für richtig, Ihnen sofort Bescheid zu geben. Ich fürchte, es ist etwas Schreckliches passiert, Sir. Ich fürchte, Ihr Bruder …«

Wilfred rang die zarten Hände. »Welches Teufelswerk hat er diesmal getan?«, rief er in einem jähen Zornesausbruch.

»Nun, Sir«, sagte der Schuster hüstelnd, »ich fürchte, er hat nichts getan und wird auch nichts mehr tun. Ich fürchte, es ist aus mit ihm. Sie kommen wirklich am besten mit nach unten, Sir.«

Der Geistliche folgte dem Schuster eine kurze Wendeltreppe hinab, die sie zu einem Ausgang führte, der um einiges höher als die Straße lag. Mit einem Blick erfasste Bohun die ganze Tragödie, wie ein Schlachtplan vor ihm ausgebreitet. Im Hof der Schmiede standen fünf oder sechs Männer beisammen, die meisten schwarz gekleidet, einer in Uniform eines Polizeiinspektors. Unter ihnen waren der Arzt, der presbyterianische Pfarrer und der Priester der römisch-katholischen Kirche, der die Gattin des Schmiedes angehörte. Mit ihr, einer wunderschönen Frau mit rotgoldenem Haar, die unaufhörlich schluchzend auf einer Bank saß, sprach gerade der Priester, sehr rasch und mit gedämpfter Stimme. Zwischen diesen beiden Gruppen und ein wenig abseits vom größten Haufen von Hämmern lag ein Mann in Abendgarderobe mit ausgebreiteten Armen flach auf dem Gesicht. Selbst aus der Höhe konnte Wilfred jede Einzelheit seiner Kleidung und Erscheinung deutlich erkennen, sogar die Siegelringe der Bohuns an seinen

upon his fingers; but the skull was only a hideous splash, like a star of blackness and blood.

Wilfred Bohun gave but one glance, and ran down the steps into the yard. The doctor, who was the family physician, saluted him, but he scarcely took any notice. He could only stammer out: "My brother is dead. What does it mean? What is this horrible mystery?" There was an unhappy silence; and then the cobbler, the most outspoken man present, answered: "Plenty of horror, sir," he said, "but not much mystery."

"What do you mean?" asked Wilfred, with a white face.

"It's plain enough," answered Gibbs. "There is only one man for forty miles round that could have struck such a blow as that, and he's the man that had most reason to."

"We must not prejudge anything," put in the doctor, a tall, black-bearded man, rather nervously; "but it is competent for me to corroborate what Mr. Gibbs says about the nature of the blow, sir; it is an incredible blow. Mr. Gibbs says that only one man in this district could have done it. I should have said myself that nobody could have done it."

A shudder of superstition went through the slight figure of the curate. "I can hardly understand," he said.

"Mr. Bohun," said the doctor in a low voice, "metaphors literally fail me. It is inadequate to say that the skull was smashed to bits like an egg-shell. Fragments of bone were driven into the body and the ground like bullets into a mud wall. It was the hand of a giant."

He was silent a moment, looking grimly through his glasses; then he added: "The thing has one advantage—that it clears most people of suspicion at one stroke.

Fingern; doch der Schädel war nur noch eine abscheuliche Masse, wie ein zerstobener Stern aus Schwärze und Blut.

Ein Blick genügte Wilfred Bohun, und er eilte die Stufen hinab in den Hof. Der Doktor, der Hausarzt der Familie, begrüßte ihn, doch er schenkte ihm kaum Beachtung. Er konnte nur stammelnd hervorbringen: »Mein Bruder ist tot. Was bedeutet das? Wie konnte so etwas Schreckliches passieren?« Betretenes Schweigen folgte; schließlich entgegnete der Schuster, eindeutig der Gesprächigste von allen: »Schrecklich ist es schon, Sir, aber nicht weiter verwunderlich.«

»Wie meinen Sie das?«, fragte Wilfred mit bleichem Gesicht.

»Die Sache liegt auf der Hand«, erwiderte Gibbs. »Im Umkreis von vierzig Meilen gibt es nur einen Mann, der einen Schlag wie diesen ausführen könnte, und er ist der Mann, der am meisten Grund dazu hatte.«

»Wir sollten keine voreiligen Schlüsse ziehen«, warf der Doktor, ein stattlicher, schwarzbärtiger Mann, ziemlich nervös ein. »Aber als Fachmann kann ich nur bestätigen, was Mr. Gibbs über die Art des Schlages gesagt hat, Sir, ein unglaublicher Schlag. Mr. Gibbs behauptet, es gäbe nur einen Mann in dieser Gegend, der dazu in der Lage wäre. Ich persönlich würde behaupten, kein Mensch wäre dazu in der Lage.«

Ein abergläubisches Frösteln durchlief die schmale Gestalt des Hilfspfarrers. »Ich verstehe das alles nicht«, sagte er.

»Mr. Bohun«, bemerkte der Doktor leise, »mit fehlt buchstäblich ein passender Vergleich. Es wäre unzutreffend zu behaupten, der Schädel sei wie eine Eierschale zerknickt worden. In den Körper und in die Erde wurden Knochensplitter getrieben wie Gewehrkugeln in eine Mauer aus Lehm. Hier war die Hand eines Riesen am Werk.«

Er schwieg für einen Moment, und seine Augen funkelten grimmig durch die Brillengläser, dann setzte er hinzu: »Die Sache hat nur einen Vorteil – sie spricht die meisten Menschen mit einem

If you or I or any normally made man in the country were accused of this crime, we should be acquitted as an infant would be acquitted of stealing the Nelson Column."

"That's what I say," repeated the cobbler obstinately, "there's only one man that could have done it, and he's the man that would have done it. Where's Simeon Barnes, the blacksmith?"

"He's over at Greenford," faltered the curate.

"More likely over in France," muttered the cobbler.

"No; he is in neither of those places," said a small and colourless voice, which came from the little Roman priest who had joined the group. "As a matter of fact, he is coming up the road at this moment."

The little priest was not an interesting man to look at, having stubbly brown hair and a round and stolid face. But if he had been as splendid as Apollo no one would have looked at him at that moment. Everyone turned round and peered at the pathway which wound across the plain below, along which was indeed walking, at his own huge stride and with a hammer on his shoulder, Simeon the smith. He was a bony and gigantic man, with deep, dark, sinister eyes and a dark chin beard. He was walking and talking quietly with two other men; and though he was never specially cheerful, he seemed quite at his ease.

"My God!" cried the atheistic cobbler; "and there's the hammer he did it with."

"No," said the inspector, a sensible-looking man with a sandy moustache, speaking for the first time. "There's the hammer he did it with, over there by the church wall. We have left it and the body exactly as they are."

Schlag frei von jeglichem Verdacht. Sollten Sie oder ich oder jeder andere normale Mensch in diesem Land dieses Verbrechens angeklagt werden, wir würden genausowenig bestraft wie ein Kind, das die Nelson-Säule gestohlen haben soll.«

»Genau das habe ich gesagt«, meinte der Schuster hartnäckig, »es gibt nur einen Mann, der es getan haben kann, und er ist der Mann, der es getan haben würde. Wo ist Simeon Barnes, der Schmied?«

»Drüben in Greenford«, sagte der Kurat zögernd.

»Wahrscheinlich eher drüben in Frankreich«, brummte der Schuster.

»Nein, er ist weder da noch dort«, ließ sich eine sanfte, farblose Stimme vernehmen, die von dem kleinen katholischen Priester stammte, der sich zu der Gruppe gesellt hatte. »Er kommt nämlich gerade die Straße herauf.«

Der kleine Priester war keine auffällige Erscheinung, er hatte störrisches braunes Haar und ein rundes, ausdrucksloses Gesicht. Aber selbst wenn er wie Apoll vor Schönheit gestrahlt hätte, in diesem Augenblick hätte ihn niemand wahrgenommen. Alle drehten sich um und starrten auf den Weg, der sich unten durch die Ebene schlängelte und auf dem sich mit Riesenschritten und einem Hammer auf der Schulter Simeon, der Schmied, näherte. Er war ein grobknochiger, hünenhafter Mann mit tiefliegenden, dunklen, finster blickenden Augen und einem schwarzen Kinnbart. Zwei Männer gingen an seiner Seite, mit denen er sich unterhielt; und obwohl er niemals ausgesprochen fröhlich war, schien er recht unbekümmert zu sein.

»Großer Gott!«, rief der ungläubige Schuster. »Und da ist auch der Hammer, mit dem er es getan hat.«

»Nein«, widersprach der Inspektor, ein verständig aussehender Mann mit rotblondem Schnurrbart, der zum ersten Mal das Wort ergriff. »Dort liegt der Hammer, mit dem er es getan hat, dort drüben bei der Kirchenmauer. Wir haben ihn und die Leiche nicht angerührt.«

All glanced round, and the short priest went across and looked down in silence at the tool where it lay. It was one of the smallest and the lightest of the hammers, and would not have caught the eye among the rest; but on the iron edge of it were blood and yellow hair.

After a silence the short priest spoke without looking up, and there was a new note in his dull voice. "Mr. Gibbs was hardly right," he said, "in saying that there is no mystery. There is at least the mystery of why so big a man should attempt so big a blow with so little a hammer."

"Oh, never mind that," cried Gibbs, in a fever. "What are we to do with Simeon Barnes?"

"Leave him alone," said the priest quietly. "He is coming here of himself. I know these two men with him. They are very good fellows from Greenford, and they have come over about the Presbyterian chapel."

Even as he spoke the all smith swung round the corner of the church and strode into his own yard. Then he stood there quite still, and the hammer fell from his hand. The inspector, who had preserved impenetrable propriety, immediately went up to him.

"I won't ask you, Mr. Barnes," he said, "whether you know anything about what has happened here. You are not bound to say. I hope you don't know, and that you will be able to prove it. But I must go through the form of arresting you in the King's name for the murder of Colonel Norman Bohun."

"You are not bound to say anything," said the cobbler in officious excitement. "They've got to prove everything. They haven't proved yet that it is Colonel Bohun, with the head all smashed up like that."

Alle sahen hinüber, und der kleine Priester ging hin und betrachtete schweigend das Werkzeug. Es war einer der kleinsten und leichtesten Hämmer, die dort lagen, und er wäre in dem Haufen nicht weiter aufgefallen, wenn sich an seiner Eisenkante nicht Blut und blondes Haar befunden hätten.

Nach einem kurzen Schweigen sprach der kleine Priester ohne aufzublicken, und in seiner gleichmütigen Stimme schwang ein neuer Ton: »Mr. Gibbs hatte unrecht, als er meinte, die Sache hätte nichts Verwunderliches an sich. Es ist zumindest rätselhaft, warum ein so großer Mann einen derartig gewaltigen Schlag mit so einem kleinen Hammer ausführen sollte.«

»Ach, das hat nichts zu sagen«, rief Gibbs erregt. »Was sollen wir mit Simeon Barnes machen?«

»Ihn in Ruhe lassen«, erwiderte der Priester leise. »Er kommt aus freien Stücken hierher. Ich kenne die beiden Männer an seiner Seite. Das sind zwei brave Burschen aus Greenford, die wegen des presbyterianischen Gottesdienstes gekommen sind.«

Er hatte kaum geendet, als der riesige Schmied um die Ecke der Kirche bog und seinen eigenen Hof betrat. Dort blieb er wie angewurzelt stehen, und der Hammer glitt aus seiner Hand. Der Inspektor, der eine undurchdringliche Miene bewahrt hatte, ging sofort zu ihm.

»Ich werde Sie nicht fragen, Mr. Barnes«, sagte er, »ob Sie etwas über den Vorfall wissen, der sich hier ereignet hat. Sie sind nicht verpflichtet, etwas zu sagen. Ich hoffe, Sie wissen nichts und können dies auch beweisen. Dennoch muss ich Sie in aller Form im Namen des Königs wegen Mordes an Oberst Norman Bohun verhaften.«

»Sie sind nicht verpflichtet, etwas zu sagen«, stieß der Schuster in diensteifriger Erregung hervor. »Erst muss man hier alles beweisen. Bis jetzt ist noch nicht mal bewiesen, dass es Oberst Bohun ist, der da mit zerschmettertem Kopf liegt.«

"That won't wash," said the doctor aside to the priest. "That's out of detective stories. I was the colonel's medical man, and I knew his body better than he did. He had very fine hands, but quite peculiar ones. The second and third fingers were the same in length. Oh, that's the colonel right enough."

As he glanced at the brained corpse upon the ground the iron eyes of the motionless blacksmith followed them and rested there also.

"Is Colonel Bohun dead?" said the smith quite calmly "Then he's damned."

"Don't say anything! Oh, don't say anything," cried the atheist cobbler, dancing about in an ecstasy of admiration of the English legal system. For no man is such a legalist as the good Secularist.

The blacksmith turned on him over his shoulder the august face of a fanatic.

"It is well for you infidels to dodge like foxes because the world's law favours you," he said; "but God guards His own in His pocket, as you shall see this day."

Then he pointed to the colonel and said: "When did this dog die in his sins?"

"Moderate your language," said the doctor.

"Moderate the Bible's language, and I'll moderate mine. When did he die?"

"I saw him alive at six o'clock this morning," stammered Wilfred Bohun.

"God is good," said the smith. "Mr. Inspector, I have not the slightest objection to being arrested. It is you who may object to arresting me. I don't mind leaving the court without a stain on my character. You do mind, perhaps, leaving the court with a bad set-back in your career."

»Damit kommt er nicht durch«, raunte der Doktor dem Priester zu. »Das gibt es nur in Detektivgeschichten. Ich war der Hausarzt des Oberst, und ich kannte seinen Körper besser als er selbst. Er hatte sehr schöne, aber ungewöhnliche Hände. Mittel- und Ringfinger waren gleich lang. Aber natürlich ist das der Oberst.«

Als er auf den zerschlagenen Körper am Boden blickte, folgten die unnachgiebigen Augen des reglos dastehenden Schmieds seinem Blick und blieben ebenfalls dort haften.

»Ist Oberst Bohun tot?«, fragte der Schmied ziemlich ruhig. »Dann ist er in der Hölle.«

»Sag' nichts! Oh, sag' nichts«, rief der ungläubige Schuster, der vor lauter Bewunderung für das englische Rechtswesen einen wilden Tanz vollführte. Denn es gibt keinen entschiedeneren Verfechter des Gesetzes als einen überzeugten Kirchengegner.

Der Schmied sah ihn über die Schulter mit dem glühenden Blick des Fanatikers an.

»Das könnt ihr, ihr Ungläubigen, wie die Füchse auskneifen, weil ihr das weltliche Gesetz stets auf eurer Seite habt. Aber Gott wacht über die Seinen, das wird euch heute noch offenbar.«

Dann deutete er auf den Oberst und fragte: »Wann starb dieser Hund in seinen Sünden?«

»Mäßigen Sie Ihre Sprache«, sagte der Doktor.

»Mäßigen Sie die Sprache der Bibel, dann mäßige ich die meine. Wann starb er?«

»Heute Morgen um sechs sah ich ihn noch lebend«, stammelte Wilfred Bohun.

»Gott ist groß«, sagte der Schmied. »Herr Inspektor, ich habe nicht den geringsten Einwand gegen meine Verhaftung. Ihr seid es, die etwas gegen meine Verhaftung haben solltet. Mir macht es nichts aus, das Gericht ohne den kleinsten Makel an meinem Charakter zu verlassen. Aber Ihnen ist es vielleicht nicht egal, das Gericht mit einer schwer angeschlagenen Karriere zu verlassen.«

The solid inspector for the first time looked at the blacksmith with a lively eye—as did everybody else, except the short, strange priest, who was still looking down at the little hammer that had dealt the dreadful blow.

"There are two men standing outside this shop," went on the blacksmith with ponderous lucidity, "good tradesmen in Greenford whom you all know, who will swear that they saw me from before midnight till daybreak and long after in the committee-room of our Revival Mission, which six; all night, we save souls so fast. In Greenford itself twenty people could swear to me for all that time. If I were a heathen, Mr. Inspector, I would let you walk on to your downfall; but, as a Christian man, I feel bound to give you your chance and ask you whether you will hear my alibi now or in court."

The inspector seemed for the first time disturbed and said: "Of course I should be glad to clear you altogether now."

The smith walked out of his yard with the same long and easy stride, and returned to his two friends from Greenford, who were indeed friends of nearly everyone present. Each of them said a few words which no one ever thought of disbelieving. When they had spoken the innocence of Simeon stood up as solid as the great church above them.

One of those silences struck the group which are more strange and insufferable than any speech. Madly, in order to make conversation, the curate said to the Catholic priest:

"You seem very much interested in that hammer, Father Brown."

Der kräftige Inspektor sah den Schmied zum ersten Mal mit lebhaften Interesse an – so wie alle anderen, außer dem kleinen, seltsamen Priester, der noch immer auf den zierlichen Hammer starrte, mit dem der schreckliche Schlag ausgeführt worden war.

»Draußen vor der Werkstatt stehen zwei Männer«, fuhr der Schmied mit gewichtiger Klarheit fort, »ehrbare Handwerker aus Greenford, die Sie alle kennen und die bereit sind, zu schwören, dass sie mich von vor Mitternacht bis Tagesanbruch und noch lange darüber hinaus im Versammlungsraum unserer Erweckungsmission gesehen haben, die die ganze Nacht zusammensaß, weil wir so viele Seelen retten. In Greenford allein könnten zwanzig Leute beschwören, dass ich die ganze Zeit dort war. Wäre ich ein Heide, Herr Inspektor, ich würde Sie Ihrem Untergang überlassen, aber als Christenmensch fühle ich mich verpflichtet, Ihnen eine Chance zu geben, und frage Sie, ob Sie mein Alibi jetzt gleich oder vor Gericht hören wollen.«

Der Inspektor schien zum ersten Mal unentschlossen und sagte: »Selbstverständlich wäre es mir lieber, Sie würden gleich hier vollständig entlastet.«

Der Schmied verließ mit denselben langen, federnden Schritten den Hof und kehrte mit seinen beiden Freunden aus Greenford zurück, die tatsächlich mit fast jedem der Anwesenden ebenfalls befreundet waren. Niemandem kam es in den Sinn, ihre Worte anzuzweifeln. Nachdem sie ausgesagt hatten, stand Simeons Unschuld so unumstößlich fest wie die große Kirche über ihnen.

Über die Gruppe senkte sich ein Schweigen, das befremdender und unerträglicher war als jede Unterhaltung. Zusammenhangslos und nur, um das Gespräch wieder in Gang zu bringen, bemerkte der Kurat zu dem katholischen Priester:

»Sie scheinen sich sehr für diesen Hammer zu interessieren, Pater Brown.«

"Yes, I am," said Father Brown; "why is it such a small hammer?"

The doctor swung round on him.

"By George, that s true," he cried; "who would use a little hammer with ten larger hammers lying about?"

Then he lowered his voice in the curate's ear and said: "Only the kind of person that can't lift a large hammer. It is not a question of force or courage between the sexes. It's a question of lifting power in the shoulders. A bold woman could commit ten murders with a light hammer and never turn a hair. She could not kill a beetle with a heavy one."

Wilfred Bohun was staring at him with a sort of hypnotized horror, while Father Brown listened with his head a little on one side, really interested and attentive. The doctor went on with more hissing emphasis:

"Why do those idiots always assume that the only person who hates the wife's lover is the wife's husband? Nine times out of ten the person who most hates the wife's lover is the wife. Who knows what insolence or treachery he had shown her—look there?"

He made a momentary gesture towards the red-haired woman on the bench. She had lifted her head at last and the tears were drying on her splendid face. But the eyes were fixed on the corpse with an electric glare that had in it something of idiocy.

The Rev. William Bohun made a limp gesture as if waving away all desire to know; but Father Brown, dusting off his sleeve some ashes blown from the furnace, spoke in his indifferent way.

"You are like so many doctors," he said; "your mental science is really suggestive. It is your physical science that is utterly impossible. I agree that the woman

»Oh ja, durchaus«, erwiderte Pater Brown. »Weshalb ist es ein so kleiner Hammer?«

Der Doktor fuhr zu ihm herum.

»Heiliger Georg, das stimmt!«, rief er. »Wer benutzt schon einen kleinen Hammer, wenn zehn größere herumliegen?«

Dann senkte er die Stimme und flüsterte dem Kurat ins Ohr: »Nur eine Person, die keinen großen Hammer heben kann. Beim Vergleich zwischen Männern und Frauen sind nicht Kraft oder Mut entscheidend, sondern die Hebekraft der Schultern. Eine mutige Frau könnte zehn Morde mit einem leichten Hammer begehen, ohne mit der Wimper zu zucken. Mit einem schweren Hammer aber könnte sie nicht einmal einen Käfer erschlagen.«

Wilfred Bohun starrte ihn wie gebannt vor Entsetzen an; Pater Brown hingegen hörte mit leicht schräg gelegtem Kopf sehr interessiert und aufmerksam zu. Mit noch größerem Nachdruck fuhr der Doktor fort und zischte:

»Warum glauben diese Idioten immer, der Einzige, der den Liebhaber seiner Frau hasst, sei der Ehemann? In neun von zehn Fällen ist es die Frau selbst, die ihren Liebhaber am meisten hasst. Wer weiß, welche Unverschämtheit, welchen Verrat er an ihr begangen hat – sehen Sie sie doch an!«

Er wies hastig auf die rothaarige Frau auf der Bank. Sie hatte endlich den Kopf erhoben, und auf ihrem schönen Gesicht trockneten die Tränen. Doch ihr Blick war mit einem verzückten, geradezu schwachsinnigen Ausdruck auf den Leichnam gerichtet.

Reverend William Bohun machte eine müde Handbewegung, als ob er andeuten wolle, dass seine Wissbegier gestillt sei; Pater Brown jedoch, der ein wenig Asche von seinem Ärmel schnickte, die von der Esse aufgeflogen war, sagte in seinem beiläufigen Tonfall:

»Ihr Ärzte seid doch alle gleich, eure geistigen Kenntnisse sind wirklich überzeugend, aber eure physischen lassen schwer zu wünschen übrig. Ich stimme zu, dass die Frau viel häufiger den

wants to kill the co-respondent much more than the petitioner does. And I agree that a woman will always pick up a small hammer instead of a big one. But the difficulty is one of physical impossibility. No woman ever born could have smashed a man's skull out flat like that." Then he added reflectively, after a pause: "These people haven't grasped the whole of it. The man was actually wearing an iron helmet, and the blow scattered it like broken glass. Look at that woman. Look at her arms."

Silence held them all up again, and then the doctor said rather sulkily: "Well, I may be wrong; there are objections to everything. But I stick to the main point. No man but an idiot would pick up that little hammer if he could use a big hammer."

With that the lean and quivering hands of Wilfred Bohun went up to his head and seemed to clutch his scanty yellow hair. After an instant they dropped, and he cried: "That was the word I wanted; you have said the word."

Then he continued, mastering his discomposure: "The words you said were, 'No man but an idiot would pick up the small hammer.'"

"Yes," said the doctor. "Well?"

"Well," said the curate, "no man but an idiot did." The rest stared at him with eyes arrested and riveted, and he went on in a febrile and feminine agitation.

"I am a priest," he cried unsteadily, "and a priest should be no shedder of blood. I—I mean that he should bring no one to the gallows. And I thank God that I see the criminal clearly now—because he is a criminal who cannot be brought to the gallows."

"You will not denounce him?" inquired the doctor.

Wunsch hat, den Liebhaber zu töten, als der Ehemann. Ich stimme auch zu, dass eine Frau stets einen kleinen Hammer ergreifen würde anstelle eines großen. Das Problem liegt in der physischen Unmöglichkeit. Keine Frau der Welt könnte den Schädel eines Mannes so völlig zerschmettern.« Dann fügte er nach einer kurzen Pause nachdenklich hinzu: »Diese Leute haben das Ganze nicht begriffen. Der Mann trug schließlich einen Stahlhelm, der von dem Schlag wie Glas zertrümmert wurde. Schauen Sie sich die Frau doch an, schauen Sie ihre Arme an.«

Wieder verstummten alle, bis der Doktor leicht verdrießlich einwarf: »Nun ja, vielleicht habe ich mich geirrt; schließlich kann man alles widerlegen. Aber ich beharre auf dem ausschlaggebenden Punkt. Nur ein Idiot würde zu diesem kleinen Hammer greifen, wenn er einen größeren zur Hand hätte.«

Bei diesen Worten griff sich Wilfred Bohun mit seinen schlanken, zitternden Händen an den Kopf und schien sich das spärliche blonde Haar zu raufen. Einen Augenblick später ließ er sie sinken und rief aus: »Das war das Wort, nach dem ich suchte. Sie haben es ausgesprochen.«

Nachdem er seine Fassung wiedererlangt hatte, fuhr er fort: »Ihre Worten waren, ›Nur ein Idiot würde nach dem kleinen Hammer greifen‹.«

»Richtig«, erwiderte der Doktor. »Und?«

»Nun«, sagte der Kurat, »ein Idiot hat es auch getan.« Die Übrigen blickten ihn mit starren, großen Augen an, und er fuhr in fieberhafter und geradezu weibischer Erregung fort.

»Ich bin Priester«, rief er unsicher, »und ein Priester sollte kein Blut vergießen. Ich … ich will damit sagen, dass er niemanden an den Galgen bringen sollte. Und ich danke Gott, dass ich jetzt weiß, wer der Verbrecher ist – weil er ein Verbrecher ist, den man nicht an den Galgen bringen kann.«

»Sie wollen ihn nicht anzeigen?«, fragte der Doktor.

"He would not be hanged if I did denounce him," answered Wilfred, with a wild but curiously happy smile. "When I went into the church this morning I found a madman praying there—that poor Joe, who has been wrong all his life. God knows what he prayed; but with such strange folk it is not incredible to suppose that their prayers are all upside down. Very likely a lunatic would pray before killing a man. When I last saw poor Joe he was with my brother. My brother was mocking him."

"By Jove!" cried the doctor, "this is talking at last. But how do you explain—"

The Rev. Wilfred was almost trembling with the excitement of his own glimpse of the truth. "Don't you see; don't you see," he cried feverishly, "that is the only theory that covers both the queer things, that answers both the riddles. The two riddles are the little hammer and the big blow. The smith might have struck the big blow, but he would not have chosen the little hammer. His wife would have chosen the little hammer, but she could not have struck the big blow. But the madman might have done both. As for the little hammer—why, he was mad and might have picked up anything. And for the big blow. have you never heard, doctor, that a maniac in his paroxysm may have the strength of ten men?"

The doctor drew a deep breath and then said: "By golly, I believe you've got it."

Father Brown had fixed his eyes on the speaker so long and steadily as to prove that his large grey, ox-like eyes were not quite so insignias the rest of his face. When silence had fallen he said with marked respect: "Mr. Bohun, yours is the only theory yet propounded

»Selbst wenn ich ihn anzeige, er würde nicht gehenkt werden«, entgegnete Wilfred mit einem verzerrten, doch seltsam glücklichen Lächeln. »Als ich heute Morgen in die Kirche ging, sah ich, wie ein Irrer darin betete – dieser arme Joe, der sein ganzes Leben lang nicht richtig im Kopf war. Gott weiß, was er betete, aber bei diesen irregeleiteten Wesen ist es durchaus möglich, dass es in ihren Gebeten drunter und drüber geht. Höchstwahrscheinlich würde ein Verrückter beten, bevor er einen Menschen tötet. Als ich den armen Joe zum letzten Mal sah, war mein Bruder bei ihm. Mein Bruder machte sich über ihn lustig.«

»Großer Gott!«, rief der Doktor aus. »Jetzt kommen wir der Sache näher. Aber wie erklären Sie sich ...«

Reverend Wilfred zitterte geradezu vor Aufregung über das flüchtige Aufblitzen der Wahrheit. »Begreifen Sie denn nicht«, rief er wie im Fieber, »das ist die einzige Theorie, die auf beide seltsamen Umstände passt, die beide Rätsel löst. Die beiden Rätsel sind der kleine Hammer und der gewaltige Schlag. Der Schmied hätte vielleicht den gewaltigen Schlag ausgeführt, aber nicht den kleinen Hammer genommen. Seine Frau hätte den kleinen Hammer gewählt, aber nicht so heftig zuschlagen können. Der Verrückte aber könnte beides getan haben. Was den kleinen Hammer betrifft – nun ja, er war eben verrückt und hätte nach allem möglichen greifen können. Und was den gewaltigen Schlag angeht, haben Sie nie davon gehört, Doktor, dass ein Verrückter in seiner Raserei die Kraft von zehn Männer entwickeln kann?«

Der Doktor holte tief Luft und sagte dann: »Teufel noch mal, ich glaube, Sie haben recht.«

Pater Brown hatte seine Augen so lange und unverwandt auf den Sprecher gerichtet, als ob er demonstrieren wollte, dass seine großen grauen Kuhaugen nicht ganz so nichtssagend waren wie der Rest seines Gesichts. Als Stille eingetreten war, sagte er betont respektvoll: »Mr. Bohun, Ihre Theorie ist die einzige bisher vor-

which holds water every way and is essentially unassailable. I trunk, therefore, that you deserve to be told, on my positive knowledge, that it is not the true one." And with that the odd little man walked away and stared again at the hammer.

"That fellow seems to know more than he ought to," whispered the doctor peevishly to Wilfred. "Those popish priests are deucedly sly."

"No, no," said Bohun, with a sort of wild fatigue. "It was the lunatic. It was the lunatic."

The group of the two clerics and the doctor had fallen away from the more official group containing the inspector and the man he had wrested. Now, however, that their own party bad broken up, they heard voices from the others. The priest looked up quietly and then looked down again as he heard the blacksmith say in a loud voice:

"I hope I've convinced you, Mr. Inspector. I'm a strong man, as you say, but I couldn't have flung my hammer bang here from Green-ford. My hammer hasn't any wings that it should come flying half a mile over hedges and fields."

The inspector laughed amicably and said: "No; I think you can be considered out of it, though it's one of the rummiest coincidences I ever saw. I can only ask you to give us all the assistance you can in finding a man as big and strong as yourself. By George! you might be useful, if only to hold him! I suppose you yourself have no guess at the man?"

"I may have a guess," said the pale smith, "but it is not at a man." Then, seeing the scared eyes turn towards his wife on the bench, he put his huge hand on her shoulder and said: "Nor a woman either."

gebrachte, die wirklich wasserdicht und im Wesentlichen unangreifbar ist. Von daher haben Sie meiner Meinung nach ein Recht darauf, zu erfahren, dass es, wie ich mit Sicherheit weiß, nicht die richtige ist.« Und damit wandte sich der seltsame kleine Mann um, ging davon und starrte erneut den Hammer an.

»Dieser Bursche scheint mehr zu wissen als er sollte«, wisperte der Doktor Wilfred gereizt zu. »Diese papistischen Priester sind verteufelt gerissen.«

»Nein, nein«, wehrte Bohun müde, aber entschieden ab. »Es war der Verrückte. Es war der Verrückte.«

Die beiden Geistlichen und der Doktor hatten sich von der eher offiziellen Gruppe, darunter dem Inspektor und dem Verhafteten, ein wenig entfernt. Nun, nachdem sich ihre eigene Gruppe aufgelöst hatte, vernahmen sie die Stimmen der anderen. Der Priester blickte ruhig auf und dann wieder zu Boden, als er den Schmied laut sagen hörte:

»Ich hoffe, ich habe Sie überzeugt, Herr Inspektor. Sie haben recht, ich bin ein kräftiger Mann, aber ich wäre nicht imstande gewesen, meinen Hammer – peng! – von Greenford bis hierher zu schleudern. Mein Hammer besitzt keine Flügel, um damit eine halbe Meile über Hecken und Felder zu fliegen.«

Der Inspektor lachte gutmütig und erwiderte: »Nein, ich glaube, Sie sind aus der Sache raus, obwohl das hier einer der merkwürdigsten Zufälle ist, die ich je erlebt habe. Ich kann Sie nur darum bitten, uns bei der Suche nach einem Mann, der ebenso groß und stark ist wie Sie, voll und ganz zu unterstützen. Heiliger Georg! Sie wären eine große Hilfe, wenn Sie ihn nur festhielten! Sie haben nicht zufällig eine Ahnung, wer der Mann sein könnte?«

»Ich habe vielleicht jemanden im Auge«, antwortete der bleiche Schmied, »aber es ist kein Mann.« Als er sah, wie die erschrockenen Blicke zu seiner Frau auf der Bank glitten, legte er seine riesige Pranke auf ihre Schulter und sagte: »Und auch keine Frau.«

"What do you mean?" asked the inspector jocularly. "You don't think cows use hammers, do you?"

"I think no thing of flesh held that hammer," said the blacksmith in a stifled voice; "mortally speaking, I think the man died alone."

Wilfred made a sudden forward movement and peered at him with burning eyes.

"Do you mean to say, Barnes," came the sharp voice of the cobbler, "that the hammer jumped up of itself and knocked the man down?"

"Oh, you gentlemen may stare and snigger," cried Simeon; "you clergymen who tell us on Sunday in what a stillness the Lord smote Sennacherib. I believe that One who walks invisible in every house defended the honour of mine, and laid the defiler dead before the door of it. I believe the force in that blow was just the force there is in earthquakes, and no force less."

Wilfred said, with a voice utterly undescribable: "I told Norman myself to beware of the thunderbolt."

"That agent is outside my jurisdiction," said the inspector with a slight smile.

"You are not outside His," answered the smith; "see you to it." And, turning his broad back, he went into the house.

The shaken Wilfred was led away by Father Brown, who had an easy and friendly way with him. "Let us get out of this horrid place, Mr. Bohun," he said. "May

»Was wollen Sie damit sagen? Sie glauben doch wohl nicht, dass Kühe mit Hämmern werfen, oder?«, fragte der Inspektor scherzhaft.

»Ich glaube, kein Wesen aus Fleisch und Blut hat diesen Hammer geführt«, sagte der Schmied mit erstickter Stimme. »Anders ausgedrückt, ich glaube, der Mann starb nicht durch Menschenhand.«

Wilfred machte einen unwillkürlichen Satz nach vorn und starrte den Schmied mit glühenden Augen an.

»Willst du damit sagen, Barnes«, ließ sich die scharfe Stimme des Schusters vernehmen, »dass der Hammer von selbst aufsprang und den Mann niederschlug?«

»Oh, macht euch nur lustig über mich, ihr Herren«, rief Simeon. »Ihr Priester, die ihr uns sonntags in der Kirche erzählt, in welcher Stille der Herr Sanherib peinigte.* Ich glaube, dass Er, der unsichtbar in jedem Haus verkehrt, die Ehre des meinigen verteidigte und den Schänder tot vor diese Tür legte. Ich glaube, die Kraft dieses Schlages entsprach der Kraft eines Erdbebens und keinen Deut weniger.«

Mit einer Stimme, die völlig unbeschreiblich ist, stieß Wilfred hervor: »Ich selbst habe zu Norman gesagt, er solle sich vor dem Blitzschlag hüten.«

»Ein Täter dieser Art fällt nicht in meinen Zuständigkeitsbereich«, bemerkte der Inspektor mit einem Anflug von Lächeln.

»Aber Sie in den seinen«, gab der Schmied zurück, »geben Sie nur acht.« Damit wandte er ihnen seinen breiten Rücken zu und ging ins Haus.

Der erschütterte Wilfred wurde von Pater Brown beiseite geführt, der beruhigend und freundlich auf ihn einredete. »Lassen Sie uns diesen schrecklichen Schauplatz verlassen, Mr. Bohun«,

* Sanherib (704–681 v. Chr.) war König von Assyrien. Er starb durch Meuchelmord. Anm. d. Ü.

I look inside your church? I hear it s one of the oldest in England. We take some interest, you know," he added with a comical grimace, "in old English churches."

Wilfred Bohun did not smile, for humour was never his strong point. But he nodded rather eagerly, being only too ready to explain the Gothic splendours to someone more likely to be sympathetic than the Presbyterian blacksmith or the atheist cobbler.

"By all means," he said; "let us go in at this side." And he led the way into the high side entrance at the top of the flight of steps. Father Brown was mounting the first step to follow him when he felt a hand on his shoulder, and turned to behold the dark, thin figure of the doctor, his face darker yet with suspicion.

"Sir," said the physician harshly, "you appear to know some secrets in this black business. May I ask if you are going to keep them to yourself?"

"Why, doctor," answered the priest, smiling quite pleasantly, "there is one very good reason why a man of my trade would keep things to himself when he is not sure of them, and that is that it is so constantly his duty to keep them to himself when he is sure of them. But if you think I have been discourteously reticent with you or anyone, I will go to the extreme limit of my custom. I will give you two very large hints."

"Well, sir?" said the doctor gloomily.

"First," said Father Brown quietly, "the thing is quite in your own province. It is a matter of physical science. The blacksmith is mistaken, not perhaps in saying that the blow was divine, but certainly in saying that it came

sagte er. »Darf ich einen Blick in Ihre Kirche werfen? Wie ich hörte, ist sie eine der ältesten Englands. Wir hegen ein gewisses Interesse für alte englische Kirchen, wissen Sie«, fügte er mit einer komischen Grimasse hinzu.

Wilfred Bohun verzog keine Miene, denn Humor war niemals seine Stärke gewesen. Er nickte jedoch eifrig, mehr als bereit, jemandem, der dafür mehr Verständnis zeigen würde als der presbyterianische Schmied oder der ungläubige Schuster, seine gotischen Schätze vorzuführen.

»Aber gern«, sagte er. »Lassen Sie uns auf dieser Seite hineingehen.« Und er ging voran zu dem hohen Seiteneingang am oberen Ende der Treppenflucht. Pater Brown setzte gerade den Fuß auf die erste Stufe, um ihm zu folgen, als er eine Hand auf seiner Schulter spürte; er drehte sich um und nahm die dunkle, hagere Gestalt des Doktors wahr, dessen Gesicht vor lauter Argwohn einen noch dunkleren Eindruck machte.

»Sir«, sagte der Arzt barsch, »Sie scheinen einige Geheimnisse dieser düsteren Angelegenheit zu kennen. Darf ich fragen, ob Sie diese für sich behalten wollen?«

»Tja, Doktor«, entgegnete der Priester mit liebenswürdigem Lächeln. »Es gibt einen sehr guten Grund, warum ein Mann meines Berufstandes Dinge für sich behält, wenn er sich seiner Sache nicht ganz sicher ist. Und der wäre, dass er ständig verpflichtet ist, Dinge für sich zu behalten, deren er sich ganz sicher ist. Sollten Sie aber der Ansicht sein, ich wäre bei Ihnen oder jemand anderem ungebührlich zurückhaltend gewesen, werde ich bis an die äußerste Grenze meiner Gepflogenheiten gehen. Ich werde Ihnen zwei sehr deutliche Hinweise geben.«

»Nun, Sir?«, fragte der Doktor verdrossen.

»Erstens«, versetzte Pater Brown ruhig, »fällt die Sache direkt in Ihren Fachbereich. Es geht um ein physikalisches Phänomen. Der Schmied irrt sich, nicht so sehr, weil er behauptet, es sei ein göttlicher Schlag gewesen, sondern weil er ihn für ein Wunder

by a miracle. It was no miracle, doctor, except in so far as man is himself a miracle, with his strange and wicked and yet half-heroic heart. The force that smashed that skull was a force well known to scientists—one of the most frequently debated of the laws of nature."

The doctor, who was looking at him with frowning intentness, only said: "And the other hint?"

"The other hint is this," said the priest: "Do you remember the blacksmith, though he believes in miracles, talking scornfully of the impossible fairy tale that his hammer had wings and flew half a mile across country?"

"Yes," said the doctor, "I remember that."

"Well," added Father Brown, with a broad smile, "that fairy tale was the nearest thing to the real truth that has been said to-day." And with that he turned his back and stumped up the steps after the curate.

The Reverend Wilfred, who had been waiting for him, pale and impatient, as if this little delay were the last straw for his nerves, led him immediately to his favourite corner of the church, that part of the gallery closest to the carved roof and lit by the wonderful window with the angel. The little Latin priest explored and admired everything exhaustively, talking cheerfully but in a low voice all the time. When in the course of his investigation he found the side exit and the winding stair down which Wilfred had rushed to find his brother dead, Father Brown ran not down but up, with the agility of a monkey, and his clear voice came from an outer platform above.

"Come up here, Mr. Bohun," he called. "The air will do you good."

hält. Es war kein Wunder, Doktor, abgesehen davon, dass der Mensch mit seinem seltsamen, boshaften und dennoch manchmal heldenhaften Herzen selbst ein Wunder ist. Die Kraft, die diesen Schädel spaltete, ist allen Wissenschaftlern wohlbekannt – es handelt sich um eines der umstrittensten Naturgesetze.«

Der Doktor, der ihn mit gespannter Aufmerksamkeit stirnrunzelnd ansah, sagte nur: »Und der zweite Hinweis?«

»Der zweite Hinweis ist folgender«, erwiderte der Priester. »Erinnern Sie sich, wie der Schmied, obwohl er doch an Wunder glaubt, verächtlich von dem unmöglichen Märchen sprach, sein Hammer hätte plötzlich Flügel bekommen und sei eine halbe Meile über Land geflogen?«

»Ja«, entgegnete der Doktor. »Ich entsinne mich.«

»Nun«, fuhr Pater Brown mit breitem Lächeln fort, »dieses Märchen kam von allem, was heute gesagt wurde, der Wahrheit eindeutig am nächsten.« Damit drehte er sich um und stapfte hinter dem Kurat die Treppe hinauf.

Reverend Wilfred, der bleich und ungeduldig auf ihn gewartet hatte, als ob ihn diese kleine Verzögerung den letzten Rest seiner Nerven gekostet hätte, führte ihn unverzüglich zu seiner Lieblingsstelle in der Kirche, jenem Teil der Empore, der der geschnitzten Decke am nächsten war und von jenem wunderbaren Fenster mit dem Engel erhellt wurde. Der kleine römische Priester betrachtete und bewunderte alles ausführlich, wobei er die ganze Zeit freundlich, aber mit gedämpfter Stimme sprach. Als er im Verlauf seiner Nachforschungen den Seiteneingang und die Wendeltreppe entdeckte, die Wilfred hinabgeeilt war, um seinen Bruder tot daliegend vorzufinden, lief Pater Brown dieselbe mit der Behändigkeit eines Affen nicht hinunter, sondern nach oben, und gleich darauf ertönte seine klare Stimme von einer höher gelegenen Außenplattform.

»Kommen Sie herauf, Mr. Bohun«, rief er. »Die Luft wird Ihnen guttun.«

Bohun followed him, and came out on a kind of stone gallery or balcony outside the building, from which one could see the illimitable plain in which their small hill stood, wooded away to the purple horizon and dotted with villages and farms. Clear and square, but quite small beneath them, was the blacksmith's yard, where the inspector still stood taking notes and the corpse still lay like a smashed fly.

"Might be the map of the world, mightn't it?" said Father Brown.

"Yes," said Bohun very gravely, and nodded his head.

Immediately beneath and about them the lines of the Gothic building plunged outwards into the void with a sickening swiftness akin to suicide. There is that element of Titan energy in the architecture of the Middle Ages that, from whatever aspect it be seen, it always seems to be rushing away, like the strong back of some maddened horse. This church was hewn out of ancient and silent stone, bearded with old fungoids and stained with the nests of birds. And yet, when they saw it from below, it sprang like a fountain at the stars; and when they saw it, as now, from above, it poured like a cataract into a voiceless pit. For these two men on the tower were left alone with the most terrible aspect of the Gothic: the monstrous foreshortening and disproportion, the dizzy perspectives, the glimpses of great things small and small things great; a topsy-turvydom of stone in the mid-air. Details of stone, enormous by their proximity, were relieved against a pattern of fields and farms, pygmy in their distance. A carved bird or beast at a comer seemed like some vast walking or flying dragon wasting the pastures and villages below. The whole atmosphere was dizzy and dangerous, as if men

Bohun folgte ihm und trat auf eine Art steinerne Galerie oder Balkon hinaus, von wo aus man die schier endlose Ebene überblicken konnte, auf der ihr kleiner Hügel stand, mit Wäldern bis zum purpurfarbenen Horizont, hier und da mit Dörfern und Farmen durchsetzt. Klar und viereckig, doch winzig klein, lag der Hof des Schmieds unter ihnen, wo der Inspektor noch immer stand und Notizen machte und der Leichnam noch immer wie eine zerklatschte Fliege dalag.

»Sieht aus wie eine Weltkarte, nicht wahr?«, bemerkte Pater Brown.

»Ja«, entgegnete Bohun feierlich und nickte.

Unmittelbar unter und neben ihnen stürzten die Linien des gotischen Baus mit an Selbstmord gemahnender, entsetzlicher Geschwindigkeit überall ins Leere. Mittelalterliche Bauwerke verfügen über jenes Element titanischer Kraft, das, aus welcher Perspektive man es auch betrachtet, den Eindruck hervorruft, als würde es davoneilen wie der starke Rücken eines durchgegangenen Pferdes. Diese Kirche war aus uraltem, stummem Stein gehauen, von jahrhundertealten Flechten überwuchert und mit Vogelnestern übersät. Und dennoch sprang sie, von unten besehen, wie eine Fontäne zu den Sternen empor; und jetzt, von oben besehen, stürzte sie wie ein Wasserfall in einen gähnenden Abgrund. Die beiden Männer auf dem Turm waren dem schrecklichsten Aspekt der Gotik ausgeliefert: der unnatürlichen Verkürzung und Verzerrung, den schwindelerregenden Perspektiven, der Sinnestäuschung, die Großes klein und Kleines groß erscheinen lässt; einem steinernen Schlingwerk mitten in der Luft. Einzelne Stücke des Steins, gewaltig durch ihre Nähe, hoben sich scharf gegen einen Teppich aus Feldern und Farmen ab, die in ihrer Entfernung zwergenhaft wirkten. Ein aus Stein gehauener Vogel an einem Vorsprung, irgendeine Kreatur, wirkte wie ein riesiger, kriechender oder fliegender Drache, der sich anschickt, die Weiden und Dörfer unter sich zu zerstören. Die ganze Atmosphäre war schwindelerregend und gefahrvoll, als ob die Men-

were upheld in air amid the gyrating wings of colossal genii; and the whole of that old church, as tall and rich as a cathedral, seemed to sit upon the sunlit country like a cloudburst.

"I think there is something rather dangerous about standing on these high places even to pray," said Father Brown. "Heights were made to be looked at, not to be looked from."

"Do you mean that one may fall over?" asked Wilfred.

"I mean that one's soul may fall if one's body doesn't," said the other priest.

"I scarcely understand you," remarked Bohun indistinctly.

"Look at that blacksmith, for instance," went on Father Brown calmly; "a good man, but not a Christian—hard, imperious, unforgiving. Well, his Scotch religion was made up by men who prayed on hills and high crags, and learnt to look down on the world more than to look up at heaven. Humility is the mother of giants. One sees great things from the valley; only small things from the peak."

"But he—he didn't do it," said Bohun tremulously.

"No," said the other in an odd voice; "we know he didn't do it."

After a moment he resumed, looking tranquilly out over the plain with his pale grey eyes. "I knew a man," he said, "who began by worshipping with others before the altar, but who grew fond of high and lonely places to pray from, corners or niches in the belfry or the spire. And once in one of those dizzy places, where the whole world seemed to turn under him like a wheel, his brain turned also, and he fancied he was God. So that though he was a good man, he committed a great crime."

schen von wirbelnden Schwingen kolossaler Genien in der Luft gehalten würden; die gesamte alte Kirche, so hoch und mächtig wie eine Kathedrale, schien auf dem sonnenüberfluteten Land wie eine Gewitterwolke zu lasten.

»Ich glaube, es ist ziemlich gefährlich, an so hochgelegenen Orten zu stehen, selbst, um zu beten«, sagte Pater Brown. »Höhen wurden geschaffen, um zu ihnen aufzusehen, nicht um von ihnen herabzublicken.«

»Sie glauben, man könnte hinunterfallen?«, fragte Wilfred.

»Ich glaube, die Seele könnte fallen, selbst wenn der Körper es nicht tut«, meinte der andere Geistliche.

»Ich verstehe Sie nicht ganz«, bemerkte Bohun unbestimmt.

»Nehmen Sie zum Beispiel den Schmied«, fuhr Pater Brown ruhig fort, »ein braver Mann, aber kein Christ – hart, herrisch, unversöhnlich. Nun, seine schottische Religion wurde von Männern gegründet, die auf Bergen und hohen Felsklippen beteten und dabei lernten, eher auf die Welt hinabzublicken als zum Himmel aufzusehen. Demut ist die Mutter der Riesen. Die großen Dinge sieht man vom Tal aus, vom Gipfel dagegen nur die kleinen.«

»Aber er ... er hat es nicht getan«, sagte Bohun bebend.

»Nein«, sagte der andere in eigenartigem Tonfall, »wir beide wissen, dass er es nicht getan hat.«

»Ich kannte einen Mann«, fuhr er kurz darauf fort und ließ seine blassgrauen Augen ruhig über die Ebene schweifen, »der anfangs gemeinsam mit anderen vor dem Altar betete, dann aber seine Andacht lieber an hohen und einsamen Orten verrichtete, in Winkeln und Nischen des Glockenturms oder des Kirchturms. Eines Tages, als er sich an einem dieser schwindelerregenden Orte befand und die ganze Welt unter ihm sich wie ein Rad zu drehen schien, geriet auch sein Geist ins Schwindeln, und er hielt sich für Gott. Und obwohl er ein guter Mensch war, beging er ein großes Verbrechen.«

Wilfred's face was turned away, but his bony hands turned blue and white as they tightened on the parapet of stone.

"He thought it was given to *him* to judge the world and strike down the sinner. He would never have had such a thought if he had been kneeling with other men upon a floor. But he saw all men walking about like insects. He saw one especially strutting just below him, insolent and evident by a bright green hat—a poisonous insect."

Rooks cawed round the corners of the belfry; but there was no other sound till Father Brown went on.

"This also tempted him, that he had in his hand one of the most awful engines of nature; I mean gravitation, that mad and quickening rush by which all earth's creatures fly back to her heart when released. See, the inspector is strutting just below us in the smithy. If I were to toss a pebble over this parapet it would be something like a bullet by the time it struck him. If I were to drop a hammer—even a small hammer——"

Wilfred Bohun threw one leg over the parapet, and Father Brown had him in a minute by the collar.

"Not by that door," he said quite gently; "that door leads to hell."

Bohun staggered back against the wall, and stared at him with frightful eyes.

"How do you know all this?" he cried. "Are you a devil?"

"I am a man," answered Father Brown gravely; "and therefore have all devils in my heart. Listen to me," he said after a short pause. "I know what you did—at least, I can guess the great part of it. When you left your brother you were racked with no unrighteous rage to the extent even that you snatched up the small ham-

Wilfreds Gesicht war abgewendet, doch seine knöchernen Hände wurden blau und weiß, als sie die steinerne Brüstung immer fester umklammerten.

»Er dachte, es obliege *ihm*, die Welt zu beurteilen und den Sünder niederzustrecken. Ein solcher Gedanke hätte ihn niemals ereilt, wenn er gemeinsam mit anderen auf dem Boden gekniet hätte. So aber sah er alle Menschen wie Insekten darauf herumkriechen. Einen insbesondere sah er direkt unter sich herumstolzieren, anmaßend und erkennbar an einem hellgrünen Hut – ein giftiges Insekt.«

Krähen umschwirrten krächzend den Glockenturm, sonst hörte man keinen Laut, bis Pater Brown fortfuhr.

»Auch führte ihn in Versuchung, dass er eine der furchtbarsten Kräfte der Natur in Händen hielt; ich spreche von der Schwerkraft, diesem irrsinnigen und immer schneller werdenden Dahinjagen, mit dem alle Geschöpfe zum Erdmittelpunkt zurückrasen, sobald sie losgelassen werden. Schauen Sie, soeben spaziert der Inspektor direkt unter uns auf die Schmiede zu. Wenn ich jetzt einen Kieselstein über die Brüstung werfe, er würde ihn mit der Wucht einer Kugel treffen, sobald er auftrifft. Würde ich einen Hammer hinunterwerfen – selbst einen kleinen Hammer …«

Wilfred Bohun schwang ein Bein über die Brüstung, doch im gleichen Moment packte ihn Pater Brown am Kragen.

»Nicht durch diese Pforte«, sagte er sanft, »diese Pforte führt zur Hölle.«

Bohun taumelte gegen die Wand zurück und starrte ihn entsetzt an.

»Woher wissen Sie das alles?«, rief er. »Sind Sie ein Teufel?«

»Ich bin nur ein Mensch«, erwiderte Pater Brown ernst, »und deshalb trage ich alle Teufel im Herzen. Hören Sie«, sagte er nach einer kurzen Pause. »Ich weiß, was Sie getan haben, zumindest kann ich mir das meiste davon zusammenreimen. Als Sie Ihren Bruder verließen, waren Sie nicht ganz zu Unrecht von einer solchen Wut erfüllt, dass Sie den kleinen Hammer ergriffen, kurz da-

mer, half inclined to kill him with his foulness on his mouth. Recoiling, you thrust it under your buttoned coat instead, and rushed into the church. You pray wildly in many places, under the angel window, upon the platform above, and on a higher platform still, from which you could see the colonel's Eastern hat like the back of a green beetle crawling about. Then something snapped in your soul, and you let God's thunderbolt fall."

Wilfred put a weak hand to his head, and asked in a low voice: "How did you know that his hat looked like a green beetle?"

"Oh, that," said the other with the shadow of a smile, "that was common sense. But hear me further. I say I know all this; but no one else shall know it. The next step is for you; I shall take no more steps; I will seal this with the seal of confession. If you ask me why, there are many reasons, and only one that concerns you. I leave things to you because you have not yet gone very far wrong, as assassins go. You did not help to fix the crime on the smith when it was easy; or on his wife, when that was easy. You tried to fix it on the imbecile, because you knew that he could not suffer. That was one of the gleams that it is my business to find in assassins. And now come down into the village, and go your own way as free as the wind; for I have said my last word."

They went down the winding stairs in utter silence, and came out into the sunlight by the smithy. Wilfred Bohun carefully unlatched the wooden gate of the yard, and going up to the inspector, said: "I wish to give myself up; I have killed my brother."

vor, ihn zu töten, noch während er seine Schändlichkeiten auf den Lippen hatte. Sie schreckten jedoch davor zurück, verbargen den Hammer stattdessen unter ihrem zugeknöpften Rock und eilten rasch in die Kirche. Dort sprachen Sie inbrünstige Gebete an den verschiedensten Plätzen, unter dem Engelfenster, auf dem Podium darüber und schließlich auf einem noch höheren Podium, von dem aus Sie den orientalischen Hut des Oberst wie den Rücken eines herumkriechenden grünen Käfers erkennen konnten. Da zersprang etwas in ihrer Seele, und Sie sandten Gottes Blitzschlag herab.«

Wilfred griff sich mit einer ermatteten Geste an den Kopf und fragte leise: »Woher wissen Sie, dass sein Hut wie ein grüner Käfer aussah?«

»Ach«, meinte der Priester mit einem Anflug von Lächeln, »das sagt mir der gesunde Menschenverstand. Aber hören Sie weiter. Ich sage, ich weiß das alles, aber niemand sonst wird etwas erfahren. Der nächste Schritt liegt bei Ihnen; ich werde keine weiteren Schritte unternehmen; sondern alles unter dem Siegel der Beichte verschließen. Wenn Sie mich nach dem Warum fragen, so gibt es viele Gründe, aber nur einen, der Sie betrifft. Ich überlasse Ihnen die Entscheidung, weil Sie noch nicht so schwer gefehlt haben, wie Mörder es sonst tun. Sie haben sich nicht daran beteiligt, dem Schmied oder dessen Frau das Verbrechen in die Schuhe zu schieben, als dies noch ein leichtes Spiel für Sie gewesen wäre. Sie versuchten, den Schwachsinnigen zu beschuldigen, weil Sie wussten, dass er nicht bestraft werden kann. Das war ein Hoffnungsschimmer, und meine Aufgabe ist es, einen solchen bei Mördern zu entdecken. Und nun kommen Sie mit hinunter ins Dorf und gehen Sie frei wie der Wind Ihrer Wege; denn ich habe alles gesagt.«

In tiefem Schweigen stiegen sie die Wendeltreppe hinab und traten bei der Schmiede ins Sonnenlicht hinaus. Wilfred Bohun öffnete sorgfältig das hölzerne Tor zum Hof, ging auf den Inspektor zu und sagte: »Ich möchte mich stellen. Ich habe meinen Bruder getötet.«

The Paradise of Thieves

The great Muscari, most original of the young Tuscan poets, walked swiftly into his favourite restaurant, which overlooked the Mediterranean, was covered by an awning and fenced by little lemon and orange trees. Waiters in white aprons were already laying out on white tables the insignia of an early and elegant lunch; and this seemed to increase a satisfaction that already touched the top of swagger. Muscari had an eagle nose like Dante; his hair and neckerchief were dark and flowing; he carried a black cloak, and might almost have carried a black mask, so much did he bear with him a sort of Venetian melodrama. He acted as if a troubadour had still a definite social office, like a bishop. He went as near as his century permitted to walking the world literally like Don Juan, with rapier and guitar.

For he never travelled without a case of swords, with which he had fought many brilliant duels, or without a corresponding case for his mandolin, with which he had actually serenaded Miss Ethel Harrogate, the highly conventional daughter of a Yorkshire banker on a holiday. Yet he was neither a charlatan nor a child; but a hot, logical Latin who liked a certain thing and was it. His poetry was as straightforward as anyone else's prose. He desired fame or wine or the beauty of women with a torrid directness inconceivable among the cloudy ideals or cloudy compromises of the north; to vaguer races his intensity smelt of danger or even crime. Like fire or the sea, he was too simple to be trusted.

Das Paradies der Diebe

Der große Muscari, der originellste unter den jungen toskanischen Poeten, ging beschwingt in sein Lieblingsrestaurant, das über das Mittelmeer hinausblickte, von einer Markise beschattet und von kleinen Zitronen- und Orangenbäumen umsäumt war. Kellner in weißen Schürzen verteilten auf weißen Tischen bereits die unverkennbaren Anzeichen eines frühen und eleganten Mittagessens; und das schien sein Hochgefühl, das ohnehin schon ans Prahlerische grenzte, noch zu steigern. Muscari hatte eine Adlernase wie Dante; Haar und Krawatte waren dunkel und wallend; er trug einen schwarzen Mantel, hätte aber ebenso gut eine schwarze Augenlarve tragen können, so sehr umgab ihn das Fluidum eines venezianischen Melodrams. Er verhielt sich, als hätte ein Troubadour noch immer eine ernstzunehmende soziale Stellung, wie ein Bischof. Soweit es sein Jahrhundert erlaubte, spazierte er buchstäblich wie Don Juan mit Degen und Gitarre durch die Welt.

Denn er reiste nie ohne einen Kasten voller Degen, mit denen er zahlreiche glänzende Duelle ausgefochten hatte, und nie ohne einen dazu passenden Kasten für seine Mandoline, mit der er tatsächlich Miss Ethel Harrogate, der reichlich konventionellen Tochter eines Bankiers aus Yorkshire, ein Ständchen gebracht hatte, die sich hier auf Ferienreise befand. Trotzdem war er weder ein Scharlatan noch ein Kindskopf, sondern ein heißblütiger, logisch denkender Südländer, der immer etwas begehrte und begehrenswert war. Seine Poesie war ebenso geradlinig wie anderer Leute Prosa. Sein Verlangen nach Ruhm und Wein und der Schönheit von Frauen war von derart glühender Unmittelbarkeit, wie sie unter den trüben Idealen oder den trüben Kompromissen des Nordens nicht vorstellbar ist. Für einen dumpferen Menschenschlag roch seine Intensität nach Gefahr oder sogar Verbrechen. Wie Feuer oder das Meer war er zu klar, als dass man ihm hätte trauen mögen.

The banker and his beautiful English daughter were staying at the hotel attached to Muscari's restaurant; that was why it was his favourite restaurant. A glance flashed round the room told him at once, however, that the English party had not descended. The restaurant was glittering, but still comparatively empty. Two priests were talking at a table in a corner, but Muscari (an ardent Catholic) took no more notice of them than of a couple of crows. But from a yet farther seat, partly concealed behind a dwarf tree golden with oranges, there rose and advanced towards the poet a person whose costume was the most aggressively opposite to his own.

This figure was clad in tweeds of a piebald check, with a pink tie, a sharp collar and protuberant yellow boots. He contrived, in the true tradition of 'Arry at Margate, to look at once startling and commonplace. But as the Cockney apparition drew nearer, Muscari was astounded to observe that the head was distinctly different from the body. It was an Italian head: fuzzy, swarthy and very vivacious, that rose abruptly out of the standing collar like cardboard and the comic pink tie. In fact it was a head he knew. He recognised it, above all the dire erection of English holiday array, as the face of an old but forgotten friend name Ezza. This youth had been a prodigy at college, and European fame was promised him when he was barely fifteen; but when he appeared in the world he failed, first publicly as a dramatist and a demagogue, and then

Der Bankier und seine schöne englische Tochter wohnten in jenem Hotel, das zu Muscaris Restaurant gehörte; deshalb war es sein Lieblingsrestaurant. Ein rascher Blick durch das Lokal verriet ihm jedoch sogleich, das die englische Gesellschaft noch nicht nach unten gekommen war. Das Restaurant war belebt, aber noch verhältnismäßig leer. An einem Tisch in einer Ecke unterhielten sich zwei Priester, doch Muscari (ein leidenschaftlicher Katholik) schenkte ihnen nicht mehr Beachtung als einem Paar Krähen. Da erhob sich von einem noch weiter entfernten Tisch, der halb von einem Zwergbaum verdeckt war, der vor lauter Orangen golden leuchtete, eine Person, deren Kleidung in krassem Gegensatz zu der des Dichters stand, und schritt auf ihn zu.

Die Gestalt war in buntkariertes Tweed gekleidet und trug eine rosarote Krawatte, einen steifen Kragen und leuchtendgelbe Schuhe. Entsprechend der wahren Tradition von 'Arry in Margate* gelang es der Person, extrem auffällig und gewöhnlich in einem auszusehen. Sobald aber diese Cockney-Erscheinung näher kam, stellte Muscari voller Verblüffung fest, das sich der Kopf ganz deutlich vom Körper unterschied. Es war ein italienischer Kopf, kraushaarig, dunkel, mit äußerst lebhaftem Mienenspiel, der sich da unvermittelt aus dem steifen Kragen, der aussah wie Pappe, und der lächerlichen rosa Krawatte erhob. Es war sogar ein Kopf, den er kannte. Trotz der ganzen grässlichen Zurschaustellung englischer Ferientracht erkannte er darin das Gesicht eines alten, lange vergessenen Freundes namens Ezza. Dieser junge Mann war im College ein Wunderkind gewesen, und dem kaum Fünfzehnjährigen war der Ruhm Europas prophezeit worden. Doch als er die Bühne der Welt betrat, versagte er, zunächst öf-

* Margate war einst ein berühmtes britisches Seebad; auf seiner viktorianischen Seepromenade, die 1978 durch einen Sturm zerstört wurde, flanierten die Reichen und Berühmten des nahe gelegenen London. Anm. d. Ü.

privately for years on end as an actor, a traveller, a commission agent or a journalist. Muscari had known him last behind the footlights; he was but too well attuned to the excitements of that profession, and it was believed that some moral calamity had swallowed him up.

"Ezza!" cried the poet, rising and shaking hands in a pleasant astonishment. "Well, I've seen you in many costumes in the green room; but I never expected to see you dressed up as an Englishman."

"This," answered Ezza gravely: "is not the costume of an Englishman, but of the Italian of the future."

"In that case," remarked Muscari, "I confess I prefer the Italian of the past."

"That is your old mistake, Muscari," said the man in tweeds, shaking his head; "and the mistake of Italy. In the sixteenth century we Tuscans made the morning: we had the newest steel, the newest carving, the newest chemistry. Why should we not now have the newest factories, the newest motors, the newest finance–and the newest clothes?"

"Because they are not worth having," answered Muscari. "You cannot make Italians really progressive; they are too intelligent. Men who see the short cut to good living will never go by the new elaborate roads."

"Well, to me Marconi, or D'Annunzio, is the star of Italy," said the other. "That is why I have become a Futurist–and a courier."

fentlich als Dramatiker und Demagoge, dann endlose Jahre lang privat als Schauspieler, Handlungsreisender, Agent und Journalist. Zuletzt hatte Muscari ihn hinter dem Rampenlicht gesehen; er war nur allzu vertraut mit den Verlockungen dieses Berufs gewesen, und man glaubte, dass ein seelisches Unheil irgendwelcher Art ihn ruiniert habe.

»Ezza!«, rief der Dichter, sprang auf und schüttelte ihm in freudigem Erstaunen die Hand. »Also, ich habe dich ja schon in vielen Kostümen im grünen Salon gesehen, aber nie hätte ich erwartet, dich im Aufzug eines Engländer anzutreffen.«

»Das«, entgegnete Ezza feierlich, »ist nicht die Kleidung eines Engländers, sondern die Kleidung des Italieners der Zukunft.«

»In dem Fall«, bemerkte Muscari, »gestehe ich, dass mir der Italiener der Vergangenheit lieber ist.«

»Das ist dein alter Fehler, Muscari«, erwiderte der Mann in Tweed und schüttelte den Kopf. »Und der Fehler Italiens. Im sechzehnten Jahrhundert waren wir Toskaner der Morgenstreif. Wir hatten den modernsten Stahl, die modernste Schnitzkunst, die modernste Chemie. Warum sollten wir jetzt nicht die modernsten Fabriken, die modernsten Motoren, das modernste Finanzsystem haben – und die neueste Mode?«

»Weil es sich nicht lohnt, sie zu haben«, antwortete Muscari. »Du kannst die Italiener nicht zu Fortschrittsmenschen machen, dafür sind sie zu intelligent. Wer einmal die Abkürzung zum angenehmen Leben gefunden hat, wird niemals die neu ausgebauten Straßen betreten.«

»Nun, für mich ist Marconi, oder D'Annunzio,* der Stern Italiens«, versetzte der andere. »Aus diesem Grund bin ich Futurist geworden – und Fremdenführer.«

* Guglielmo Marconi (1874–1937), ital. Ingenieur und Physiker; Gabriele D'Annunzio (1863–1938), ital. Dichter. Anm. d. Ü.

"A courier!" cried Muscari, laughing. "Is that the last of your list of trades? And whom are you conducting?"

"Oh, a man of the name of Harrogate, and his family, I believe."

"Not the banker in this hotel?" inquired the poet, with some eagerness.

"That's the man," answered the courier.

"Does it pay well?" asked the troubadour innocently.

"It will pay me," said Ezza, with a very enigmatic smile. "But I am a rather curious sort of courier." Then, as if changing the subject, he said abruptly: "He has a daughter–and a son."

"The daughter is divine," affirmed Muscari, "the father and son are, I suppose, human. But granted his harmless qualities, doesn't that banker strike you as a splendid instance of my argument? Harrogate has millions in his safes, and I have–the hole in my pocket. But you daren't say–you can't say–that he's cleverer than I, or bolder than I, or even more energetic. He's not clever; he's got eyes like blue buttons; he's not energetic, he moves from chair to chair like a paralytic. He's a conscientious, kindly old blockhead; but he's got money simply because he collects money, as a boy collects stamps. You're too strong-minded for business, Ezza. You won't get on. To be clever enough to get all that money, one must be stupid enough to want it."

"I'm stupid enough for that," said Ezza gloomily. "But I should suggest a suspension of your critique of the banker, for here he comes."

Mr. Harrogate, the great financier, did indeed enter the room, but nobody looked at him. He was a mas-

»Ein Fremdenführer!«, lachte Muscari. »Ist das das Neueste auf deiner Berufsliste? Und wen führst du derzeit?«

»Oh, einen Mann namens Harrogate und seine Familie, glaube ich.«

»Doch nicht den Bankier, der hier im Hotel wohnt?«, fragte der Dichter lebhaft.

»Genau der«, antwortete der Fremdenführer.

»Wird das denn gut bezahlt?«, fragte der Troubadour unschuldig.

»Für mich reicht es«, meinte Ezza mit einem sehr rätselhaften Lächeln. »Aber ich bin ein recht fremdartiger Fremdenführer.« Dann, als wolle er rasch das Thema wechseln, sagte er unvermittelt: »Er hat eine Tochter – und einen Sohn.«

»Die Tochter ist ein göttliches Geschöpf«, bestätigte Muscari. »Vater und Sohn, vermute ich, sind menschliche Wesen. Seine harmlosen guten Eigenschaften sehe ich als gegeben an, aber erscheint dir der Bankier nicht als glänzendes Beispiel für meinen Einwand? Harrogate hat Millionen in seinem Safe, und ich … ich habe nur ein Loch in der Tasche. Aber du wirst nicht behaupten wollen – du kannst einfach nicht sagen, dass er gescheiter sei als ich, oder mutiger oder auch nur tatkräftiger. Er ist nicht klug; er hat Augen wie blaue Knöpfe; er ist nicht tatkräftig, er schleppt sich wie ein Gelähmter von Stuhl zu Stuhl. Er ist ein gewissenhafter, freundlicher alter Schafskopf; aber hat einen Haufen Geld, und zwar aus dem einfachen Grund, dass er es sammelt, wie ein Junge Briefmarken sammelt. Du bist zu eigensinnig für das Geschäftsleben, Ezza. Du wirst es nicht weit bringen. Um klug genug zu sein, um an all das Geld heranzukommen, müsste man dumm genug sein, es zu wollen.«

»Ich bin dumm genug dafür«, entgegnete Ezza düster. »Ich würde allerdings vorschlagen, deine Kritik an dem Bankier zu vertagen – da kommt er.«

Mr. Harrogate, der große Finanzier, betrat in diesem Augenblick tatsächlich den Raum, doch niemand beachtete ihn. Er war

sive elderly man with a boiled blue eye and faded grey-sandy moustaches; but for his heavy stoop he might have been a colonel. He carried several unopened letters in his hand. His son Frank was a really fine lad, curly-haired, sun-burnt and strenuous; but nobody looked at him either. All eyes, as usual, were riveted, for the moment at least, upon Ethel Harrogate, whose golden Greek head and colour of the dawn seemed set purposely above that sapphire sea, like a goddess's. The poet Muscari drew a deep breath as if he were drinking something, as indeed he was. He was drinking the Classic; which his fathers made. Ezza studied her with a gaze equally intense and far more baffling.

Miss Harrogate was specially radiant and ready for conversation on this occasion; and her family had fallen into the easier Continental habit, allowing the stranger Muscari and even the courier Ezza to share their table and their talk. In Ethel Harrogate conventionality crowned itself with a perfection and splendour of its own. Proud of her father's prosperity, fond of her fashionable pleasures, a fond daughter but an arrant flirt, she was all these things with a sort of golden good-nature that made her very pride pleasing and her worldly respectability a fresh and hearty thing.

They were in an eddy of excitement about some alleged peril in the mountain path they were to attempt that week. The danger was not from rock and avalanche, but from something yet more romantic. Ethel had been earnestly assured that brigands, the true cut-throats of the modern legend, still

ein massiger, älterer Mann mit wässrigen blauen Augen und einem verblichenen, graugelben Schnurrbart; man hätte ihn für einen Oberst halten können, wenn er nicht so gebeugt gegangen wäre. Er trug einige ungeöffnete Briefe in der Hand. Sein Sohn Frank war wirklich ein hübscher Kerl, mit lockigem Haar, braungebrannt und lebhaft; doch auch ihn nahm niemand wahr. Aller Augen nämlich waren – zumindest für den Augenblick – wie gewöhnlich auf Ethel Harrogate gerichtet, deren goldgelockter, griechisch geformter Kopf und deren Teint, der an die Farben der Morgenröte erinnerte, sich scheinbar absichtsvoll gegen das saphirblaue Meer wie das Bildnis einer Göttin abhoben. Der Dichter Muscari holte tief Luft, als würde er sich an etwas laben, was er ja auch tat. Er labte sich an der klassischen Antike, die seine Vorfahren geschaffen hatten. Ezza betrachtete sie ähnlich eindringlich, wirkte aber weitaus verwirrter.

Miss Harrogate war außerordentlich strahlend und bereit, sich auf eine Unterhaltung einzulassen; und ihre Familie hatte sich den ungezwungeneren kontinentalen Umgangsformen angepasst und gestattete es dem Fremden Muscari und selbst dem Fremdenführer, ihre Tafel und ihr Gespräch zu teilen. In Ethel Harrogate vereinte sich Gewöhnlichkeit mit einem Glanz und einer Vollkommenheit ganz eigener Art. Sie war auf den Wohlstand ihres Vaters stolz, liebte elegante Vergnügungen, war ergebene Tochter und durchtriebene Kokette, und all das verband sich bei ihr mit einer einmaligen Gutmütigkeit, die eben diesen Stolz so angenehm und ihre gesellschaftliche Stellung zu einer herzerfrischenden Angelegenheit werden ließ.

Die drei waren in heller Aufregung über angebliche Gefahren, die auf einem Gebirgspfad lauern sollten, den sie sich für diese Woche vorgenommen hatten. Die Gefahr ging nicht von Felsen oder Lawinen aus, sondern von etwas wesentlich Romantischerem. Man hatte Ethel ernsthaft weisgemacht, dass Straßenräuber, die wahren Halsabschneider zeitgenössischer Legende, auf diesem

haunted that ridge and held that pass of the Apennines.

"They say," she cried, with the awful relish of a schoolgirl, "that all that country isn't ruled by the King of Italy, but by the King of Thieves. Who is the King of Thieves?"

"A great man," replied Muscari, "worthy to rank with your own Robin Hood, signorina. Montano, the King of Thieves, was first heard of in the mountains some ten years ago, when people said brigands were extinct. But his wild authority spread with the swiftness of a silent revolution. Men found his fierce proclamations nailed in every mountain village; his sentinels, gun in hand, in every mountain ravine. Six times the Italian Government tried to dislodge him, and was defeated in six pitched battles as if by Napoleon."

"Now that sort of thing," observed the banker weightily, "would never be allowed in England; perhaps, after all, we had better choose another route. But the courier thought it perfectly safe."

"It is perfectly safe," said the courier contemptuously, "I have been over it twenty times. There may have been some old jail-bird called a King in the time of our grandmothers; but he belongs to history if not to fable. Brigandage is utterly stamped out."

"It can never be utterly stamped out," Muscari answered; "because armed revolt is a reaction natural to southerners. Our peasants are like their mountains, rich in grace and green gaiety, but with the fires beneath. There is a point of human despair where the

Gebirgskamm noch immer ihr Unwesen trieben und diesen Pass der Apenninen beherrschten.

»Man erzählt, dass die ganze Region nicht vom König von Italien, sondern vom König der Diebe beherrscht wird. Wer ist denn der König der Diebe?«, rief sie mit dem schaudernden Wohlbehagen eines Schulmädchens.

»Ein großer Mann«, erwiderte Muscari, »der sich ohne weiteres mit Ihrem Robin Hood messen kann, Signorina. Zum ersten Mal hörte man von Montano, dem König der Diebe, in den Bergen vor etwa zehn Jahren, zu einer Zeit, als alle davon überzeugt waren, Räuber seien ausgerottet. Aber seine entfesselte Macht griff um sich mit der Geschwindigkeit einer stillen Revolution. In jedem Bergnest fand man seine leidenschaftlichen Proklamationen angeschlagen; in jeder Bergschlucht lauerten seine Wachposten, das Gewehr in der Hand. Sechsmal versuchte die italienische Regierung, ihn auszuheben, und sechsmal wurde sie in regelrechten Schlachten wie von Napoleon zurückgeschlagen.«

»Also, so etwas«, stellte der Bankier mit Nachdruck fest, »wäre in England niemals gestattet. Vielleicht sollten wir am Ende doch lieber eine andere Route wählen. Der Fremdenführer meint allerdings, der Weg sei vollkommen sicher.«

»Er ist vollkommen sicher«, bestätigte der Fremdenführer verächtlich. »Ich selbst bin zwanzig Mal über diesen Pass gegangen. Zu Großmutters Zeiten mag es einen alten Galgenvogel gegeben haben, den man König nannte, aber er gehört längst der Geschichte an, wenn nicht überhaupt der Fabel. Straßenräuberei ist heutzutage vollständig ausgerottet.«

»Man kann sie niemals vollständig ausrotten«, mischte sich Muscari ein, »denn der bewaffnete Aufstand liegt dem Südländer im Blut. Unsere Bauern sind wie die Berge, reich an Anmut und unbedarfter Heiterkeit, aber mit vulkanischem Feuer unter der Oberfläche. Es gibt einen äußersten Grad an Verzweiflung, bei

northern poor take to drink—and our own poor take to daggers."

"A poet is privileged," replied Ezza, with a sneer. "If Signor Muscari were English he would still be looking for highwaymen in Wandsworth. Believe me, there is no more danger of being captured in Italy than of being scalped in Boston."

"Then you propose to attempt it?" asked Mr. Harrogate, frowning.

"Oh, it sounds rather dreadful," cried the girl, turning her glorious eyes on Muscari. "Do you really think the pass is dangerous?"

Muscari threw back his black mane. "I know it is dangerous," he said. "I am crossing it to-morrow."

The young Harrogate was left behind for a moment emptying a glass of white wine and lighting a cigarette, as the beauty retired with the banker, the courier and the poet, distributing peals of silvery satire. At about the same instant the two priests in the corner rose; the taller, a white-haired Italian, taking his leave. The shorter priest turned and walked towards the banker's son, and the latter was astonished to realize that though a Roman priest the man was an Englishman. He vaguely remembered meeting him at the social crushes of some of his Catholic friends. But the man spoke before his memories could collect themselves.

"Mr. Frank Harrogate, I think," he said. "I have had an introduction, but I do not mean to presume on it. The odd thing I have to say will come far better from a stranger. Mr. Harrogate, I say one word and go: take care of your sister in her great sorrow."

dem die Armen des Nordens zur Flasche greifen – unsere Armen greifen zum Dolch.«

»Ein Dichter ist privilegiert«, erwiderte Ezza mit einem spöttischen Lächeln. »Wäre Signor Muscari ein Engländer, er würde selbst in Wandsworth Wegelagerer vermuten. Glauben Sie mir, in Italien gefangen genommen zu werden, ist ebenso unwahrscheinlich, wie in Boston skalpiert.«

»Dann schlagen Sie weiterhin vor, den Versuch zu wagen?«, fragte Mr. Harrogate stirnrunzelnd.

»Oh, es klingt so schrecklich aufregend«, rief das Mädchen und blickte Muscari mit ihren herrlichen Augen an. »Glauben Sie wirklich, der Pass ist gefährlich?«

Muscari warf seine schwarze Mähne zurück. »Ich weiß, dass er gefährlich ist«, sagte er. »Ich selbst werde ihn morgen überschreiten.«

Während die Schöne sich in Begleitung des Bankiers, des Fremdenführers und des Poeten entfernte und dabei silberhell klingende Spottreden von sich gab, blieb der junge Harrogate für einen Augenblick zurück, um ein Glas Weißwein zu leeren und sich eine Zigarette anzuzünden. Etwa zur gleichen Zeit erhoben sich die beiden Priester in der Ecke. Der größere von beiden, ein weißhaariger Italiener, verabschiedete sich. Der kleinere drehte sich um und näherte sich dem Sohn des Bankiers, der erstaunt feststellte, dass der Priester zwar katholisch, aber ein Engländer war. Er erinnerte sich vage, dem Priester auf größeren Gesellschaften bei einigen seiner katholischen Freunde bereits begegnet zu sein. Der Mann sprach ihn jedoch an, ehe er seine Gedanken sammeln konnte.

»Mr. Frank Harrogate, wenn ich mich nicht irre«, sagte der Priester. »Wir sind einander bereits vorgestellt worden, darauf möchte ich mich aber lieber nicht berufen. Das Sonderbare, das ich Ihnen mitzuteilen habe, kommt besser von einem Fremden. Mr. Harrogate, ich sage nur ein Wort, dann gehe ich: Kümmern Sie sich um Ihre Schwester in der Stunde Ihrer Not.«

Even for Frank's truly fraternal indifference the radiance and derision of his sister still seemed to sparkle and ring; he could hear her laughter still from the garden of the hotel, and he stared at his sombre adviser in puzzledom.

"Do you mean the brigands?" he asked; and then, remembering a vague fear of his own, "or can you be thinking of Muscari?"

"One is never thinking of the real sorrow," said the strange priest. "One can only be kind when it comes."

And he passed promptly from the room, leaving the other almost with his mouth open.

A day or two afterwards a coach containing the company was really crawling and staggering up the spurs of the menacing mountain range. Between Ezza's cheery denial of the danger and Muscari's boisterous defiance of it, the financial family were firm in their original purpose; and Muscari made his mountain journey coincide with theirs. A more surprising feature was the appearance at the coast-town station of the little priest of the restaurant; he alleged merely that business led him also to cross the mountains of the midland. But young Harrogate could not but connect his presence with the mystical fears and warnings of yesterday.

The coach was a kind of commodious wagonette, invented by the modernist talent of the courier, who dominated the expedition with his scientific activity and breezy wit. The theory of danger from thieves was banished from thought and speech; though so far conceded in formal act that some slight protection was employed. The courier and the young banker carried loaded

Obwohl Frank zu seiner Schwester ein wahrhaftig brüderliches Verhältnis hatte, schien ihr strahlender Glanz und Übermut auch in ihm noch nachzuklingen und zu sprühen; er konnte ihr Lachen vom Hotelgarten herüberhören und starrte seinen düsteren Ratgeber völlig verwirrt an.

»Meinen Sie die Räuber?«, fragte er, entsann sich dann aber einer vagen Befürchtung seinerseits und sagte: »Oder denken Sie etwa an Muscari?«

»Man hat nie das eigentliche Unglück vor Augen«, sagte der seltsame Priester. »Man kann nur gütig sein, wenn es eintrifft.«

Und damit eilte er aus dem Raum und ließ sein Gegenüber fast offenen Munds zurück.

Ein oder zwei Tage später kroch und schlingerte eine Kutsche mit der kleinen Reisegesellschaft die Ausläufer der bedrohlichen Gebirgskette empor. Hin- und hergerissen zwischen Ezzas leichtherzigem Leugnen der Gefahr und Muscaris prahlerischer Missachtung derselben, war die Bankiersfamilie ihren ursprünglichen Absichten treu geblieben. Und Muscari sorgte dafür, dass seine Reise durch die Berge mit der ihren zusammenfiel. Etwas unvermuteter hingegen war das Auftauchen des kleinen Priesters aus dem Restaurant an einer Station der Küstenstadt; er brachte lediglich vor, dass Geschäfte ihn zwängen, ebenfalls das Gebirge zu durchqueren. Der junge Harrogate konnte jedoch nicht umhin, seine Anwesenheit mit den geheimnisvollen Befürchtungen und Warnungen des gestrigen Tages in Verbindung zu bringen.

Die Kutsche war eine Art geräumiger Planwagen, ein Einfall der modernistischen Ader des Fremdenführers, der die Expedition mit systematischer Betriebsamkeit und sprudelndem Witz dominierte. Die mögliche Gefahr durch Diebe wurde aus Rede und Gedanken verbannt, man gab ihr nur insoweit nach, als man formell für minimalen Schutz sorgte. Der Fremdenführer und der junge Bankier trugen geladene Pistolen, und Muscari (mit reich-

revolvers, and Muscari (with much boyish gratification) buckled on a kind of cutlass under his black cloak.

He had planted his person at a flying leap next to the lovely Englishwoman; on the other side of her sat the priest, whose name was Brown and who was fortunately a silent individual; the courier and the father and son were on the *banc* behind. Muscari was in towering spirits, seriously believing in the peril, and his talk to Ethel might well have made her think him a maniac. But there was something in the crazy and gorgeous ascent, amid crags like peaks loaded with woods like orchards, that dragged her spirit up alone with his into purple preposterous heavens with wheeling suns. The white road climbed like a white cat; it spanned sunless chasms like a tight-rope; it was flung round far-off headlands like a lasso.

And yet, however high they went, the desert still blossomed like the rose. The fields were burnished in sun and wind with the colour of kingfisher and parrot and humming-bird; the hues of a hundred flowering flowers. There are no lovelier meadows and woodlands than the English; no nobler crests or chasms than those of Snowdon and Glencoe. But Ethel Harrogate had never before seen the southern parks tilted on the splintered northern peaks; the gorge of Glencoe laden with the fruits of Kent. There was nothing here of that chill and desolation that in Britain one associates with high and wild scenery. It was rather like a mosaic palace, rent with earthquakes; or like a Dutch tulip garden blown to the stars with dynamite.

"It's like Kew Gardens on Beachy Head," said Ethel.

lich jungenhaftem Spaß an der Sache) hatte unter seinem schwarzen Mantel eine Art Machete umgeschnallt.

Er hatte sich mit einem großen Satz neben die entzückende Engländerin platziert, auf der anderen Seite neben ihr saß der Priester, der Brown hieß und glücklicherweise ein schweigsamer Zeitgenosse war. Fremdenführer, Vater und Sohn nahmen die rückwärtige Bank ein. Muscari befand sich in überschäumender Laune, er glaubte ernsthaft an die Gefahr, und sein Gerede hätte Ethel glauben machen können, sie habe es mit einem Verrückten zu tun. Doch in der halsbrecherischen und überwältigend schönen Kutschfahrt, zwischen Felswänden so hoch wie Berggipfel, mit Wäldern bedeckt wie mit Obstgärten, lag etwas, das Ethels Seele gemeinsam mit der seinen zu purpurfarbenen, schrillen Himmeln voller kreiselnder Sonnen emporhob. Die helle Bergstraße wand sich nach oben wie eine weiße Katze; lichtlose Abgründe überspannte sie wie ein straff gezogenes Seil; weit entfernte Landspitzen umschlang sie wie ein Lasso.

Doch wie hoch sie auch kamen, die Ödnis blühte wie ein Rosengarten. Die Felder schillerten in Sonne und Wind in den Farben des Eisvogels, des Papageien und des Kolibris, im Schimmer von Hunderten blühender Blumen. Es gibt keine lieblicheren Wiesen und Wälder als die englischen, keine erhabeneren Bergrücken oder Schluchten als jene von Snowdon und Glencoe. Doch niemals zuvor hatte Ethel Harrogate südliche Gärten auf nördlichen Bergzacken thronen sehen; niemals die Klamm von Glencoe überladen mit Früchten von Kent. Nichts zeugte hier von dem Schauder und der Trostlosigkeit, die man in Britannien mit der wilden Szenerie des Berglands verbindet. Die Landschaft wirkte eher wie ein mosaikartiger Palast, von Erdbeben zerspalten, oder wie ein holländischer Tulpengarten, den man mit Sprengstoff zu den Sternen befördert hatte.

»Es sieht aus wie Kew Gardens auf Beach Head«, bemerkte Ethel.

"It is our secret," answered he, "the secret of the volcano; that is also the secret of the revolution—that a thing can be violent and yet fruitful."

"You are rather violent yourself," and she smiled at him.

"And yet rather fruitless," he admitted; "if I die to-night I die unmarried and a fool."

"It is not my fault if you have come," she said after a difficult silence.

"It is never your fault," answered Muscari; "it was not your fault that Troy fell."

As he spoke they came under overwhelming cliffs that spread almost like wings above a corner of peculiar peril. Shocked by the big shadow on the narrow ledge, the horses stirred doubtfully. The driver leapt to the earth to hold their heads, and they became ungovernable. One horse reared up to his full height—the titanic and terrifying height of a horse when he becomes a biped. It was just enough to alter the equilibrium; the whole coach heeled over like a ship and crashed through the fringe of bushes over the cliff. Muscari threw an arm round Ethel, who clung to him, and shouted aloud. It was for such moments that he lived.

At the moment when the gorgeous mountain walls went round the poet's head like a purple windmill a thing happened which was superficially even more startling. The elderly and lethargic banker sprang erect in the coach and leapt over the precipice before the tilted vehicle could take him there. In the first flash it looked as wild as suicide; but in the second it was as sensible as a safe investment. The Yorkshireman had evidently more promptitude, as well as more sagac-

»Das ist unser Geheimnis«, erwiderte Muscari, »das Geheimnis des Vulkans, das gleichzeitig das Geheimnis der Revolution ist – dass etwas gewaltsam und doch fruchtbar sein kann.«

»Sie selbst sind ziemlich gewaltsam«, sagte sie mit einem Lächeln.

»Und dennoch recht unfruchtbar«, gab er zu. »Sollte ich heute Nacht sterben, dann sterbe ich unverheiratet und als ein Narr.«

»Meine Schuld ist es nicht, dass Sie mitgekommen sind«, entgegnete sie nach einem bedrückten Schweigen.

»Es ist niemals Ihre Schuld«, antwortete Muscari. »Es war ja auch nicht Ihre Schuld, dass Troja fiel.«

Noch während er sprach, fuhren sie unter überhängenden Felsen hindurch, die sich gleichsam wie Flügel über eine ausnehmend gefährliche Stelle breiteten. Die Pferde tänzelten verängstigt, verschreckt durch den breiten Schatten über dem schmalen Wegrand. Der Kutscher sprang ab, um sie am Zügel zu führen, doch sie waren nicht im Zaum zu halten. Ein Pferd stieg zu seiner vollen Höhe auf – jener titanischen und furchterregenden Höhe eines Pferdes, das sich in einen Zweibeiner verwandelt. Das genügte, um die ganze Kutsche aus dem Gleichgewicht zu bringen; sie krängte wie ein Schiff und brach durch das Randgebüsch über dem Abgrund. Muscari schlang seinen Arm um Ethel, die sich an ihn klammerte und laut schrie. Das waren die Augenblicke, für die er lebte.

Im gleichen Moment, als sich die prächtigen Bergwände wie eine purpurfarbene Windmühle um den Kopf des Poeten drehten, geschah etwas, das zunächst noch viel alarmierender wirkte. Der bejahrte und schwerfällige Bankier richtete sich blitzschnell senkrecht in der Kutsche auf und sprang über den Abgrund, noch ehe der umgestürzte Wagen ihn dorthin befördern konnte. Auf den ersten Blick schien es wie ein überstürzter Selbstmord; doch auf den zweiten erwies sich sein Verhalten als so vernünftig wie eine sichere Kapitalanlage. Der Mann aus Yorkshire verfügte of-

ity, than Muscari had given him credit for; for he landed in a lap of land which might have been specially padded with turf and clover to receive him. As it happened, indeed, the whole company were equally lucky, if less dignified in their form of ejection. Immediately under this abrupt turn of the road was a grassy and flowery hollow like a sunken meadow; a sort of green velvet pocket in the long, green, trailing garments of the hills. Into this they were all tipped or tumbled with little damage, save that their smallest baggage and even the contents of their pockets were scattered in the grass around them. The wrecked coach still hung above, entangled in the tough hedge, and the horses plunged painfully down the slope. The first to sit up was the little priest, who scratched his head with a face of foolish wonder. Frank Harrogate heard him say to himself: "Now why on earth have we fallen just here?"

He blinked at the litter around him, and recovered his own very clumsy umbrella. Beyond it lay the broad sombrero fallen from the head of Muscari, and beside it a sealed business letter which, after a glance at the address, he returned to the elder Harrogate. On the other side of him the grass partly hid Miss Ethel's sunshade, and just beyond it lay a curious little glass bottle hardly two inches long. The priest picked it up; in a quick, unobtrusive manner he uncorked and sniffed it, and his heavy face turned the colour of clay.

"Heaven deliver us!" he muttered; "it can't be hers! Has her sorrow come on her already?" He slipped it into his own waistcoat pocket. "I think I'm justified," he said, "till I know a little more."

fensichtlich über mehr Geistesgegenwart und Klugheit, als Muscari ihm zugetraut hätte. Denn er landete genau auf einem schmalen Streifen Land, der wie eigens mit Gras und Klee gepolstert schien, um seinen Sturz abzufangen. Wie es der Zufall wollte, war die ganze Gesellschaft bei Gott in einer ebenso glücklichen Lage, auch wenn ihr Entrinnen weniger würdevoll war. Unmittelbar unter der scharfen Straßenkurve befand sich nämlich eine mit Gras und Blumen bewachsene Mulde, wie eine eingesunkene Wiese, eine Art grüne Samttasche in den langen, grünen Schleppgewändern der Berge. Dorthin wurden sie alle gestoßen und geschleudert, ohne großen Schaden zu nehmen, lediglich ihre kleinsten Gepäckstücke und der Inhalt ihrer Taschen waren weit im Gras umher verstreut. Die umgestürzte Kutsche hing nach wie vor oben, im dichten Gestrüpp verfangen, und die Pferde stürzten sich mühevoll den Hang hinunter. Der Erste, der sich aufsetzte, war der kleine Priester, der sich mit dümmlich erstauntem Gesichtsausdruck am Kopf kratzte. Frank Harrogate hörte, wie er vor sich hin murmelte: »Warum um alles in der Welt sind wir gerade hier abgestürzt?«

Blinzelnd betrachtete er das Durcheinander um ihn herum und entdeckte seinen eigenen, höchst uneleganten Regenschirm. Darüber lag der breite Sombrero, der Muscari vom Kopf gefallen war, und daneben ein versiegelter Geschäftsbrief, den er nach einem Blick auf die Anschrift dem älteren Harrogate zurückgab. Zu seiner anderen Seite verbarg ein Grasbüschel zum Teil Miss Ethels Sonnenhut, und direkt darüber lag eine seltsame kleine Glasflasche, die keine zwei Zoll lang war. Der Priester nahm sie an sich; rasch und unauffällig entkorkte er sie und roch am Inhalt. Sein sorgenvolles Gesicht wurde aschfahl.

»Gott bewahre!«, murmelte er. »Das kann doch nicht ihres sein! Hat sie ihre Not schon jetzt überkommen?« Er ließ das Fläschchen in seine Westentasche gleiten. »Ich glaube, ich bin dazu berechtigt«, sagte er, »zumindest, bis ich mehr weiß.«

He gazed painfully at the girl, at that moment being raised out of the flowers by Muscari, who was saying: "We have fallen into heaven; it is a sign. Mortals climb up and they fall down; but it is only gods and goddesses who can fall upwards."

And indeed she rose out of the sea of colours so beautiful and happy a vision that the priest felt his suspicion shaken and shifted. "After all," he thought, "perhaps the poison isn't hers; perhaps it's one of Muscari's melodramatic tricks."

Muscari set the lady lightly on her feet, made her an absurdly theatrical bow, and then, drawing his cutlass, hacked hard at the taut reins of the horses, so that they scrambled to their feet and stood in the grass trembling. When he had done so, a most remarkable thing occurred. A very quiet man, very poorly dressed and extremely sunburnt, came out of the bushes and took hold of the horses' heads. He had a queer-shaped knife, very broad and crooked, buckled on his belt; there was nothing else remarkable about him, except his sudden and silent appearance. The poet asked him who he was, and he did not answer.

Looking around him at the confused and startled group in the hollow, Muscari then perceived that another tanned and tattered man, with a short gun under his arm, was looking at them from the ledge just below, leaning his elbows on the edge of the turf. Then he looked up at the road from which they had fallen and saw, looking down on them, the muzzles of four other carbines and four other brown faces with bright but quite motionless eyes.

"The brigands!" cried Muscari, with a kind of monstrous gaiety. "This was a trap. Ezza, if you will oblige

Bekümmert blickte er zu dem Mädchen hinüber, das in diesem Moment von Muscari aus den Blumen geborgen wurde, der meinte: »Wir sind in den Himmel gefallen; das ist ein Zeichen. Sterbliche klettern empor und stürzen nieder; nur Götter und Göttinnen können aufwärts fallen.«

Und wirklich bot sie einen derart schönen und glücklichen Anblick, als sie aus dem Farbenmeer auftauchte, dass der Priester spürte, wie sein Verdacht erschüttert und zerstreut wurde. »Vielleicht gehört das Gift ja gar nicht ihr, wahrscheinlich ist es nur einer von Muscaris Taschenspielertricks«, dachte er bei sich.

Muscari half der Dame anmutig auf die Beine, verbeugte sich vor ihr mit einem übertriebenen Komödiantenbückling, zog seine Machete hervor und drosch damit heftig auf die gespannten Zügel der Pferde ein, bis diese sich befreit aufrappelten und zitternd im Gras standen. Kurz darauf ereignete sich ein bemerkenswerter Vorfall. Ein ärmlich gekleideter, von der Sonne ungewöhnlich verbrannter Mann trat stumm aus den Büschen hervor und nahm die Pferde am Halfter. Er trug ein seltsam geformtes, sehr breites und krummes Messer am Gürtel. Weiter war nichts Ungewöhnliches an ihm, nur sein plötzliches und wortloses Erscheinen. Der Dichter fragte ihn, wer er sei, aber er gab keine Antwort.

Muscari ließ seinen Blick über die bestürzte und verdutzte Gruppe in der Mulde schweifen und entdeckte plötzlich einen zweiten sonnengebräunten und zerschlissen wirkenden Mann mit einem kurzen Gewehr unter dem Arm, der von einem Felsvorsprung unter der Mulde zu ihnen aufsah und dabei die Ellbogen in die Grasnarbe stützte. Dann blickte er zu der Straße hinauf, von der sie abgestürzt waren, und sah in die Mündungen von vier weiteren Karabinern und in ebenso viele braune Gesichter, die mit glänzenden Augen reglos auf sie herunterstarrten.

»Die Räuber!«, rief Muscari in einem Anfall grausiger Heiterkeit aus. »Das war eine Falle. Ezza, wenn du mir den Gefallen tust,

me by shooting the coachman first, we can cut our way out yet. There are only six or them."

"The coachman," said Ezza, who was standing grimly with his hands in his pockets, "happens to be a servant of Mr. Harrogate's."

"Then shoot him all the more," cried the poet impatiently; "he was bribed to upset his master. Then put the lady in the middle, and we will break the line up there–with a rush."

And, wading in wild grass and flowers, he advanced fearlessly on the four carbines; but finding that no one followed except young Harrogate, he turned, brandishing his cutlass to wave the others on. He beheld the courier still standing slightly astride in the centre of the grassy ring, his hands in his pockets; and his lean, ironical Italian face seemed to grow longer and longer in the evening light.

"You thought, Muscari, I was the failure among our schoolfellows," he said, "and you thought you were the success. But I have succeeded more than you and fill a bigger place in history. I have been acting epics while you have been writing them."

"Come on, I tell you!" thundered Muscari from above. "Will you stand there talking nonsense about yourself with a woman to save and three strong men to help you? What do you call yourself?"

"I call myself Montano," cried the strange courier in a voice equally loud and full. "I am the King of Thieves, and I welcome you all to my summer palace."

And even as he spoke five more silent men with weapons ready came out of the bushes, and looked towards him for their orders. One of them held a large paper in his hand.

den Kutscher als ersten umzulegen, können wir uns den Weg noch immer freihauen. Sie sind nur zu sechst.«

»Der Kutscher«, brummte Ezza, der mit seinen Händen in den Hosentaschen grimmig dastand, »ist zufälligerweise ein Bedienter von Mr. Harrogate.«

»Dann erschieß ihn erst recht!«, schrie der Dichter ungehalten. »Er ist bestochen worden, um seinen Herrn zu stürzen. Danach nehmen wir die Lady in die Mitte und brechen mit einem Handstreich durch die Linie da oben.«

Furchtlos ging er auf die vier Karabiner zu, durch hohes Gras und Blumen watend; doch als er feststellte, dass ihm bis auf den jungen Harrogate niemand folgte, wandte er sich um und schwang seine Machete, um den anderen zu signalisieren, sich ihm anzuschließen. Da sah er, wie der Fremdenführer immer noch ein wenig abseits in der Mitte des Wiesenrunds stand, die Hände in den Hosentaschen. Und sein hageres, spöttisches italienisches Gesicht schien im Abendlicht länger und länger zu werden.

»Du dachtest, ich sei der Versager unter uns Schulkameraden, Muscari«, knurrte er, »du dachtest, du seist erfolgreich. Aber ich war erfolgreicher als du und nehme einen bedeutenderen Platz in der Geschichte ein. Ich habe die Epen gelebt, während du sie nur zu Papier gebracht hast.«

»Jetzt komm schon!«, rief Muscari dröhnend von oben. »Willst du hier rumstehen und dummes Zeug über dich schwatzen, wenn du eine Frau retten kannst und drei kräftige Männer dir dabei helfen? Als was bezeichnest du dich eigentlich?«

»Ich nenne mich Montano«, rief der seltsame Fremdenführer mit ebenso lauter, volltönender Stimme. »Ich bin der König der Diebe und heiße Sie alle in meiner Sommerresidenz willkommen.«

Während er noch sprach, traten fünf weitere schweigsame Männer aus dem Gebüsch, die Waffen im Anschlag. Sie sahen ihn an und erwarteten seine Befehle. Einer von ihnen hielt ein großes Stück Papier in der Hand.

"This pretty little nest where we are all picnicking," went on the courier-brigand, with the same easy yet sinister smile, "is, together with some caves underneath it, known by the name of the Paradise of Thieves. It is my principal stronghold on these hills; for (as you have doubtless noticed) the eyrie is invisible both from the road above and from the valley below. It is something better than impregnable; it is unnoticeable. Here I mostly live, and here I shall certainly die, if the gendarmes ever track me here. I am not the kind of criminal that 'reserves his defence,' but the better kind that reserves his last bullet."

All were staring at him thunderstruck and still, except Father Brown, who heaved a huge sigh as of relief and fingered the little phial in his pocket. "Thank God!" he muttered; "that's much more probable. The poison belongs to this robber-chief, of course. He carries it so that he may never be captured, like Cato."

The King of Thieves was, however, continuing his address with the same kind of dangerous politeness. "It only remains for me," he said, "to explain to my guests the social conditions upon which I have the pleasure of entertaining them. I need not expound the quaint old ritual of ransom, which it is incumbent upon me to keep up; and even this only applies to a part of the company. The Reverend Father Brown and the celebrated Signor Muscari I shall release to-morrow at dawn and escort to my outposts. Poets and priests, if you will pardon my simplicity of speech, never have any money. And so (since it is impossible to get anything out of them), let us seize the opportunity to show our admiration for classic literature and our reverence for Holy Church."

»Dieses hübsche kleine Nest, in dem wir uns alle gerade ein Stelldichein geben«, fuhr der Fremdenführer und Räuber mit dem gleichen gelassenen und zugleich düsteren Lächeln fort, »ist – zusammen mit ein paar Höhlen darunter – als das Paradies der Diebe bekannt. Es ist meine Stammfestung in diesen Bergen; denn (wie Sie zweifellos bemerkt haben werden) der Adlerhorst ist sowohl von der Straße oben als auch vom Tal aus nicht einzusehen. Er ist nicht nur uneinnehmbar, viel besser als das: er ist unsichtbar. Hier verbringe ich den Großteil meines Lebens, und hier werde ich sicher einmal sterben, sollten mich die Karabinieri jemals aufspüren. Ich gehöre nicht zu den Verbrechern, die ihre Verteidigung wahren, sondern zu der edleren Sorte, die ihre letzte Kugel für sich selbst aufhebt.«

Alle starrten ihn wortlos an wie vom Donner gerührt. Nur Pater Brown nicht, der wie erleichtert tief aufseufzte und die kleine Phiole in seiner Tasche mit den Fingern befühlte. »Gott sei Dank!«, murmelte er. »Das ist wesentlich wahrscheinlicher. Das Gift gehört natürlich diesem Räuberhauptmann. Er trägt es bei sich, damit man ihn wie Cato niemals lebend zu fassen bekommt.«

Der König der Diebe setzte inzwischen seine Rede mit der gleichen bedrohlichen Höflichkeit fort: »Mir bleibt nur noch, meinen Gästen die sozialen Bedingungen zu erläutern, unter denen ich das Vergnügen habe, sie hier zu bewirten. Ich brauche das hübsche, altbekannte Ritual des Lösegelds sicher nicht in allen Einzelheiten zu erklären, das ich notwendigerweise anwenden muss; im Übrigen betrifft es nur einen Teil der Gesellschaft. Den Reverend Pater Brown und den gefeierten Signor Muscari werde ich morgen bei Tagesanbruch freilassen und zu meinen Außenposten geleiten lassen. Dichter und Priester, Sie werden mir meine einfache Ausdrucksweise verzeihen, haben nun einmal kein Geld. Von daher (da es unmöglich ist, irgendetwas aus ihnen herauszuholen) lassen Sie uns die Gelegenheit nutzen und unsere Bewunderung für klassische Literatur und unsere Verehrung für die heilige katholische Kirche zum Ausdruck bringen.«

He paused with an unpleasing smile; and Father Brown blinked repeatedly at him, and seemed suddenly to be listening with great attention. The brigand captain took the large paper from the attendant brigand and, glancing it over, continued: "My other intentions are clearly set forth in this public document, which I will hand round in a moment; and which after that will be posted on a tree by every village in the valley, and every cross-road in the hills. I will not weary you with the verbalism, since you will be able to check it; the substance of my proclamation is this: I announce first that I have captured the English millionaire, the colossus of finance, Mr. Samuel Harrogate. I next announce that I have found on his person notes and bonds for two thousand pounds, which he has given up to me. Now since it would be really immoral to announce such a thing to a credulous public if it had not occurred, I suggest it should occur without further delay. I suggest that Mr. Harrogate senior should how give me the two thousand pounds in his pocket."

The banker looked at him under lowering brows, red-faced and sulky, but seemingly cowed. That leap from the falling carriage seemed to have used up his last virility. He had held back in a hang-dog style when his son and Muscari had made a bold movement to break out of the brigand trap. And now his red and trembling hand went reluctantly to his breast-pocket, and passed a bundle of papers and envelopes to the brigand.

"Excellent!" cried that outlaw gaily; "so far we are all cosy. I resume the points of my proclamation, so soon to be published to all Italy. The third item is that of ransom. I am asking from the friends of the Harrogate fam-

Er hielt mit einem unangenehmen Lächeln inne; Pater Brown sah ihn mehrmals blinzelnd an und schien plötzlich mit gespannter Aufmerksamkeit zuzuhören. Der Räuberhauptmann nahm seinem Adjutanten das große Stück Papier aus der Hand, warf einen Blick darauf und fuhr dann fort: »Meine weiteren Absichten gehen sehr deutlich aus dieser Bekanntmachung hervor, ich will Sie sogleich herumreichen; danach wird sie in jedem Dorf des Tals und an jeder Weggabelung in den Bergen an einen Baum geschlagen. Ich möchte Sie mit den Einzelheiten des Wortlauts nicht behelligen, da sie ihn ohne weiteres nachprüfen können. Der ausschlaggebende Punkt meiner Bekanntmachung ist folgender: Erstens gebe ich bekannt, dass sich der englische Millionär, der Finanzmogul Mr. Samuel Harrogate, in meiner Gewalt befindet. Als nächstes verkünde ich, dass ich bei ihm Banknoten und Anleihen im Wert von zweitausend Pfund gefunden habe, die er mir ausgehändigt hat. Da es ausgesprochen unmoralisch wäre, einer gutgläubigen Öffentlichkeit Derartiges zu verkünden, ohne dass es tatsächlich geschehen ist, schlage ich vor, die Sache unverzüglich zu erledigen. Ich empfehle Mr. Harrogate senior, mir nun die zweitausend Pfund in seiner Tasche zu übergeben.«

Der Bankier musterte ihn mit zusammengezogenen Augenbrauen, rotgesichtig und mürrisch, aber offensichtlich eingeschüchtert. Der Sprung aus der stürzenden Kutsche schien ihn seiner letzten Manneskraft beraubt zu haben. Als sein Sohn und Muscari heldenhaft versucht hatten, der Räuberfalle zu entkommen, hatte er sich zerknirscht im Hintergrund gehalten. Jetzt bewegte sich seine rote und zitternde Hand widerstrebend in seine Brusttasche und überreichte dem Räuber ein Bündel Papiere und Briefumschläge.

»Bestens!«, rief der Gesetzlose gutgelaunt. »Soweit sind wir uns also einig. Ich komme nun auf die Punkte meiner Proklamation zurück, die demnächst in ganz Italien aushängen. Der dritte Punkt betrifft das Lösegeld. Ich verlange von den Freunden der Familie

ily a ransom of three thousand pounds, which I am sure is almost insulting to that family in its moderate estimate of their importance. Who would not pay triple this sum for another day's association with such a domestic circle? I will not conceal from you that the document ends with certain legal phrases about the unpleasant things that may happen if the money is not paid; but meanwhile, ladies and gentlemen, let me assure you that I am comfortably off here for accommodation, wine and cigars, and bid you for the present a sportsman-like welcome to the luxuries of the Paradise of Thieves."

All the time that he had been speaking, the dubious-looking men with carbines and dirty slouch hats had been gathering silently in such preponderating numbers that even Muscari was compelled to recognize his sally with the sword as hopeless. He glanced around him; but the girl had already gone over to soothe and comfort her father, for her natural affection for his person was as strong or stronger than her somewhat snobbish pride in his success. Muscari, with the illogicality of a lover, admired this filial devotion, and yet was irritated by it. He slapped his sword back in the scabbard and went and flung himself somewhat sulkily on one of the green banks. The priest sat down within a yard or two, and Muscari turned his aquiline eye and nose on him in an instantaneous irritation.

"Well," said the poet tartly, "do people still think me too romantic? Are there, I wonder, any brigands left in the mountains?"

"There may be," said Father Brown agnostically.

Harrogate ein Lösegeld in Höhe von dreitausend Pfund – eine Summe, die diese Familie sicherlich nahezu als Beleidigung empfindet, da sie in ihrer Bescheidenheit wohl kaum der Bedeutung der Familie entspricht. Wer würde nicht gern das Dreifache bezahlen, um einen Tag länger in dieser anheimelnden Gesellschaft verbringen zu dürfen? Ich will Ihnen nicht vorenthalten, dass das Dokument mit gewissen juristischen Phrasen endet, die unerfreuliche Dinge beschreiben, die geschehen, wenn das Lösegeld nicht bezahlt wird. Doch in der Zwischenzeit, Ladies und Gentlemen, darf ich Ihnen versichern, dass ich hier mit allen Bequemlichkeiten ausgestattet bin, mit Wein und Zigarren. Seien Sie also für den Moment ganz sportsmännisch herzlich eingeladen, sich den Genüssen im Paradies der Diebe hinzugeben.«

Im gesamten Verlauf dieser Ansprache hatte sich eine derart überwältigend große Anzahl von zweifelhaft aussehenden Männern mit Karabinern und schmutzigen Filzhüten lautlos versammelt, dass selbst Muscari widerwillig zugeben musste, dass ein Ausfall mit dem Degen hoffnungslos wäre. Er sah sich um, aber das Mädchen war bereits zu seinem Vater hinübergegangen, um ihn zu beruhigen und zu trösten, denn seine kindliche Zuneigung für ihn war ebenso stark oder stärker als der etwas hochmütige Stolz auf seinen Erfolg. Mit der Widersprüchlichkeit eines Verliebten bewunderte Muscari diese töchterliche Ergebenheit und war doch zugleich irritiert. Schwungvoll steckte er seine Waffe in die Scheide zurück, entfernte sich und warf sich leicht verstimmt auf einen der Grasbüschel nieder. Der Priester setzte sich kaum zwei Yard weiter neben ihn, und Muscari wandte ihm in einem plötzlichen Anfall von Gereiztheit seine Adleraugen und seine Adlernase zu.

»Und«, rief der Dichter scharf, »halten mich die Herrschaften immer noch für zu romantisch? Gibt es in den Bergen immer noch Räuber oder nicht?«

»Möglich wäre es«, erwiderte Pater Brown vage.

"What do you mean?" asked the other sharply.

"I mean I am puzzled," replied the priest. "I am puzzled about Ezza or Montano, or whatever his name is. He seems to me much more inexplicable as a brigand even than he was as a courier."

"But in what way?" persisted his companion. "Santa Maria! I should have thought the brigand was plain enough."

"I find three curious difficulties," said the priest in a quiet voice. "I should like to have your opinion on them. First of all I must tell you I was lunching in that restaurant at the seaside. As four of you left the room, you and Miss Harrogate went ahead, talking and laughing; the banker and the courier came behind, speaking sparely and rather low. But I could not help hearing Ezza say these words—'Well, let her have a little fun; you know the blow may smash her any minute.' Mr. Harrogate answered nothing; so the words must have had some meaning. On the impulse of the moment I warned her brother that she might be in peril; I said nothing of its nature, for I did not know. But if it meant this capture in the hills, the thing is nonsense. Why should the brigand-courier warn his patron, even by a hint, when it was his whole purpose to lure him into the mountain-mousetrap? It could not have meant that. But if not, what is this other disaster, known both to courier and banker, which hangs over Miss Harrogate's head?"

"Disaster to Miss Harrogate!" ejaculated the poet, sitting up with some ferocity. "Explain yourself; go on."

"All my riddles, however, revolve round our bandit chief," resumed the priest reflectively. "And here is the

»Was wollen Sie damit sagen?«, schnauzte der andere.

»Ich will damit sagen, dass ich verblüfft bin«, antwortete der Priester. »Ich bin verblüfft über Ezza oder Montano oder wie immer er heißen mag. Er erscheint mir als Räuber noch viel unerklärlicher, als er es in seiner Rolle als Fremdenführer war.«

»Aber wieso?«, beharrte sein Reisegefährte. »Santa Maria! Ich hätte gedacht, der Räuber sei eindeutig genug.«

»Ich stehe vor drei merkwürdigen Umständen«, sagte der Priester mit ruhiger Stimme. »Ich würde gerne Ihre Meinung dazu hören. Zunächst muss ich Ihnen gestehen, dass ich damals ebenfalls in dem Restaurant am Meer gespeist habe. Als Sie alle vier den Saal verließen, gingen Sie und Miss Harrogate plaudernd und lachend voran; der Bankier und der Fremdenführer folgten nach. Sie sprachen nur wenig und ziemlich leise. Ich konnte aber nicht umhin, zu hören, wie Ezza sagte: ›Lassen Sie ihr doch das kleine Vergnügen, Sie wissen, der Schlag kann sie jeden Augenblick zerschmettern.‹ Mr. Harrogate entgegnete nichts, also mussten die Worte etwas bedeuten. Einem spontanen Impuls folgend warnte ich ihren Bruder, dass sie in Gefahr sein könnte. Über die Art der Gefahr sagte ich nichts, da ich keine Ahnung davon hatte. Wenn er damit aber die Gefangennahme in den Bergen gemeint hat, ergibt die Bemerkung keinen Sinn. Warum sollte der räuberische Fremdenführer seinen Auftraggeber warnen – und sei es nur durch einen Wink –, wenn er dadurch seinen ganzen Plan gefährdete, ihn in diese Falle in den Bergen zu locken? Das konnte nicht gemeint sein. Wenn also das nicht, welches andere Unheil, das sowohl dem Fremdenführer als auch dem Bankier bekannt ist, droht dann Miss Harrogate?«

»Unheil über Miss Harrogate?«, stieß der Dichter hervor und setzte sich ungestüm auf. »Erklären Sie sich, sprechen Sie weiter.«

»Alle meine Rätsel drehen sich um unseren Räuberhauptmann«, fuhr der Priester nachdenklich fort. »Hier kommt das

second of them. Why did he put so prominently in his demand for ransom the fact that he had taken two thousand pounds from his victim on the spot? It had no faintest tendency to evoke the ransom. Quite the other way, in fact. Harrogate's friends would be far likelier to fear for his fate if they thought the thieves were poor and desperate. Yet the spoliation on the spot was emphasized and even put first in the demand. Why should Ezza Montano want so specially to tell all Europe that he had picked the pocket before he levied the blackmail?"

"I cannot imagine," said Muscari, rubbing up his black hair for once with an unaffected gesture. "You may think you enlighten me, but you are leading me deeper in the dark. What may be the third objection to the King of the Thieves?"

"The third objection," said Father Brown, still in meditation, "is this bank we are sitting on. Why does our brigand-courier call this his chief fortress and the Paradise of Thieves? It is certainly a soft spot to fall on and a sweet spot to look at. It is also quite true, as he says, that it is invisible from valley and peak, and is therefore a hiding-place. But it is not a fortress. It never could be a fortress. I think it would be the worst fortress in the world. For it is actually commanded from above by the common high-road across the mountains—the very place where the police would most probably pass. Why, five shabby short guns held us helpless here about half an hour ago. The quarter of a company of any kind of soldiers could have blown us over the precipice. Whatever is the meaning of this odd little nook of grass and flowers, it is not an entrenched position. It is something else; it has some

zweite. Warum bestand er bei seiner Lösegeldforderung so sehr auf der Tatsache, dass er dem Opfer auf der Stelle zweitausend Pfund abgenommen hat? Das hat doch nicht die geringste Wirkung auf die Herausgabe des Lösegelds. Ganz im Gegenteil: Harrogates Freunde würden viel eher um sein Schicksal bangen, wenn sie die Diebe für arm und verzweifelt hielten. Dennoch hat er den sofortigen Raub besonders betont und an die erste Stelle seiner Forderung gestellt. Warum sollte Ezza Montano so sehr darauf erpicht sein, ganz Europa wissen zu lassen, dass er seinem Opfer die Taschen geleert hat, noch bevor er die Erpressung in Gang setzte?«

»Ich habe keine Ahnung«, erwiderte Muscari und strich sein schwarzes Haar zur Abwechslung einmal ohne affektierte Geste zurück. »Sie glauben vielleicht, mich aufzuklären, aber in Wahrheit führen Sie mich nur tiefer ins Ungewisse. Was wäre der dritte Einwand gegen den König der Diebe?«

»Der dritte Einwand«, sagte Pater Brown, nach wie vor tief in Gedanken, »ist der Platz, an dem wir uns befinden. Warum nennt unser Räuberführer ihn seine Stammfestung und das Paradies der Diebe? Sicher, es ist ein angenehm weicher Fleck, um darauf zu landen, und er ist reizend anzusehen. Es stimmt sicher auch, wie er sagt, dass er vom Tal wie von der Höhe aus unsichtbar und deshalb ein ideales Versteck ist. Aber es ist keine Festung. Es könnte niemals eine Festung sein. Ich glaube, es wäre die unsinnigste Festung auf der ganzen Welt. Denn die Stelle wird ja offenbar von oben beherrscht, durch die Staatsstraße, die über die Berge führt – genau der Ort, an dem die Polizei am ehesten vorbeikommt. Haben uns hier vor etwa einer halben Stunde nicht fünf lumpige, kurzläufige Gewehre in Schach gehalten? Ein Viertel irgendeiner beliebigen Soldatenkompanie hätte uns mühelos über den Abgrund gejagt. Was also hat dieser seltsame kleine Winkel aus Gras und Blumen zu bedeuten? Er ist nicht dazu geeignet, sich zu verschanzen. Er ist etwas anderes; er hat eine andere, sonderbare Be-

other strange sort of importance; some value that I do not understand. It is more like an accidental theatre or a natural green-room; it is like the scene for some romantic comedy; it is like. ..."

As the little priest's words lengthened and lost themselves in a dull and dreamy sincerity, Muscari, whose animal senses were alert and impatient, heard a new noise in the mountains. Even for him the sound was as yet very small and faint; but he could have sworn the evening breeze bore with it something like the pulsation of horses' hoofs and a distant hallooing.

At the same moment, and long before the vibration had touched the less-experienced English ears, Montano the brigand ran up the bank above them and stood in the broken hedge, steadying himself against a tree and peering down the road. He was a strange figure as he stood there, for he had assumed a flapped fantastic hat and swinging baldric and cutlass in his capacity of bandit king, but the bright prosaic tweed of the courier showed through in patches all over him.

The next moment he turned his olive, sneering face and made a movement with his hand. The brigands scattered at the signal, not in confusion, but in what was evidently a kind of guerilla discipline. Instead of occupying the road along the ridge, they sprinkled themselves along the side of it behind the trees and the hedge, as if watching unseen for an enemy. The noise beyond grew stronger, beginning to shake the mountain road, and a voice could be clearly heard calling out orders. The brigands swayed and huddled, cursing and whispering, and the evening air was full of little metallic noises as they cocked their pistols, or

deutung, irgendeinen Nutzen, den ich nicht begreife. Das Ganze wirkt eher wie eine improvisierte Theaterbühne oder wie ein natürliches Künstlerzimmer, wie die Szenerie zu einer romantischen Komödie, wie …«

Die Worte des kleinen Priesters zogen sich in die Länge und verloren sich in eintöniger und verträumter Wahrheitsliebe. Indessen vernahm Muscari, dessen lebhafte Sinne hellwach und angespannt waren, ein neues Geräusch in den Bergen. Selbst für ihn war der Laut zunächst noch sehr schwach und kaum hörbar, er hätte aber schwören können, dass die Abendbrise so etwas Ähnliches wie Pferdehufschläge und entfernte Rufe herübertrug.

Im gleichen Augenblick und lange bevor das Geräusch an das Ohr des weniger erfahrenen Engländers drang, eilte der Räuber Montano zum Straßenrand über ihnen hinauf, blieb in der ramponierten Hecke stehen, stützte sich gegen einen Baum und spähte die Straße hinunter. Seine Gestalt bot einen sonderbaren Anblick, denn in seiner Eigenschaft als Banditenkönig hatte er sich zwar einen phantastischen Schlapphut, ein Waffengehänge und ein Buschmesser zugelegt, doch an den verschiedensten Stellen seines Körpers lugte der helle nüchterne Tweedanzug des Fremdenführers durch.

Kurz darauf wandte er sein olivenfarbenes, höhnisches Gesicht um und winkte mit der Hand. Auf das Signal hin verstreuten sich die Räuber, nicht in wirrer Auflösung, sondern auf eine Weise, die offenbar einer Art Guerilladisziplin entsprach. Anstatt die Straße entlang des Höhenkamms besetzt zu halten, verteilten sie sich am Weg und versteckten sich hinter Bäumen und Sträuchern, als wollten sie ungesehen nach einem Feind Ausschau halten. Der Lärm wurde stärker und erschütterte zunehmend die Bergstraße; man konnte deutlich eine Stimme vernehmen, die Befehle erteilte. Die Räuber wurden unruhig und drängten sich fluchend und flüsternd zusammen, und die Abendluft füllte sich mit kurzen metallischen Geräuschen, als sie ihre Pistolen luden, ihre Messer locker-

loosened their knives, or trailed their scabbards over the stones. Then the noises from both quarters seemed to meet on the road above; branches broke, horses neighed, men cried out.

"A rescue!" cried Muscari, springing to his feet and waving his hat; "the gendarmes are on them! Now for freedom and a blow for it! Now to be rebels against robbers! Come, don't let us leave everything to the police; that is so dreadfully modern. Fall on the rear of these ruffians. The gendarmes are rescuing us; come, friends, let us rescue the gendarmes!"

And throwing his hat over the trees, he drew his cutlass once more and began to escalade the slope up to the road. Frank Harrogate jumped up and ran across to help him, revolver in hand, but was astounded to hear himself imperatively recalled by the raucous voice of his father, who seemed to be in great agitation.

"I won't have it," said the banker in a choking voice; "I command you not to interfere."

"But, father," said Frank very warmly, "an Italian gentleman has led the way. You wouldn't have it said that the English hung back."

"It is useless," said the older man, who was trembling violently, "it is useless. We must submit to our lot."

Father Brown looked at the banker; then he put his hand instinctively as if on his heart, but really on the little bottle of poison; and a great light came into his face like the light of the revelation of death.

Muscari meanwhile, without waiting for support, had crested the bank up to the road, and struck the brigand king heavily on the shoulder, causing him to stagger and swing round. Montano also had his cutlass unsheathed, and Muscari, without further speech, sent

ten und ihre Degenscheiden über die Steine hinter sich her zogen. Der Lärm beider Lager schien sich auf der darüberliegenden Straße zu vermengen, Zweige brachen ab, Pferde wieherten, Männer riefen.

»Die Rettung!«, rief Muscari aus, sprang auf und schwenkte seinen Hut. »Die Polizei geht Ihnen an den Kragen! Vorwärts, für die Freiheit, zu den Waffen! Vorwärts, seid Rebellen gegen Räuber! Los, überlasst nicht alles der Polizei, das ist so schrecklich modern. Fallt den Schurken in den Rücken. Die Karabinieri retten uns; los, Freunde, lasst uns die Karabinieri retten!«

Und damit warf der seinen Hut in die Luft, zog zum zweiten Mal seine Machete und begann, den Abhang zur Straße hochzuklettern. Frank Harrogate sprang auf und eilte ihm zu Hilfe, den Revolver in der Hand, musste zu seinem Erstaunen aber hören, wie er von der rauen Stimme seines Vaters, der sich offenbar in heller Aufregung befand, gebieterisch zurückgerufen wurde.

»Ich lasse es nicht zu«, sagte der Bankier mit erstickter Stimme. »Ich befehle dir, dich nicht einzumischen.«

»Aber Vater«, erwiderte Frank sehr freundlich, »ein italienischer Ehrenmann ging mit gutem Beispiel voran. Du wirst doch nicht wollen, dass die Engländer da zurückstehen.«

»Es ist sinnlos«, sagte der ältere Mann, der heftig zitterte. »Es ist sinnlos. Wir müssen uns in unser Los fügen.«

Pater Brown sah den Bankier an, dann legte er instinktiv die Hand scheinbar auf sein Herz, in Wirklichkeit aber auf das kleine Fläschchen mit Gift, und eine leuchtende Erkenntnis legte sich über sein Gesicht, ähnlich der Erkenntnis im Angesicht des Todes.

Inzwischen hatte Muscari, ohne weiter auf Hilfe zu warten, den Straßenrand erklommen und schlug dem Räuberkönig so heftig gegen die Schulter, dass dieser ins Stolpern geriet und herumgeschleudert wurde. Auch Montano hatte sein Buschmesser gezogen, und Muscari zielte ohne ein weiteres Wort einen Hieb nach

a slash at his head which he was compelled to catch and parry. But even as the two short blades crossed and clashed the King of Thieves deliberately dropped his point and laughed.

"What's the good, old man?" he said in spirited Italian slang; "this damned farce will soon be over."

"What do you mean, you shuffler?" panted the fire-eating poet. "Is your courage a sham as well as your honesty?"

"Everything about me is a sham," responded the ex-courier in complete good-humour. "I am an actor; and if I ever had a private character, I have forgotten it. I am no more a genuine brigand than I am a genuine courier. I am only a bundle of masks, and you can't fight a duel with that." And he laughed with boyish pleasure and fell into his old straddling attitude, with his back to the skirmish up the road.

Darkness was deepening under the mountain walls, and it was not easy to discern much of the progress of the struggle, save that tall men were pushing their horses' muzzles through a clinging crowd of brigands, who seemed more inclined to harass and hustle the invaders than to kill them. It was more like a town crowd preventing the passage of the police than anything the poet had ever pictured as the last stand of doomed and outlawed men of blood. Just as he was rolling his eyes in bewilderment he felt a touch on his elbow, and found the odd little priest standing there like a small Noah with a large hat, and requesting the favour of a word or two.

"Signor Muscari," said the cleric, "in this queer crisis personalities may be pardoned. I may tell you with-

seinem Kopf, den dieser auffangen und parieren musste. Aber noch während sich die beiden kurzen Klingen kreuzten und aufeinanderschlugen, ließ der König der Diebe vorsätzlich seine Messerspitze sinken und lachte.

»Was soll das, alter Knabe?«, sagte er in gutgelaunt in italienischer Umgangssprache. »Diese verdammte Farce ist ohnehin gleich vorbei.«

»Was soll das heißen, du Schwindler?«, keuchte der rachelüsterne Dichter. »Ist deine Tapferkeit genauso geheuchelt wie deine Ehrlichkeit?«

»Alles an mir ist geheuchelt«, gab der Ex-Fremdenführer in bester Laune zurück. »Ich bin ein Schauspieler, und sollte ich je persönlich einen Charakter besessen haben, dann habe ich ihn vergessen. Ich bin ebenso wenig ein echter Räuber wie ein echter Fremdenführer. Ich bin nichts als ein Bündel Masken, und dagegen kannst du kein Duell ausfechten.« Er lachte mit spitzbübischem Vergnügen und fiel dann in seine alte, breitbeinige Haltung zurück, mit dem Rücken gegen das Geplänkel auf der Straße.

Dunkelheit verbreitete sich unterhalb der Bergwände, und man konnte nicht viel vom Verlauf des Kampfes erkennen, außer dass große Gestalten ihre Pferde durch eine dichtgedrängte Räubermenge trieben, die offenbar eher geneigt war, die Angreifer anzurempeln und zu belästigen, als sie umzubringen. Das Ganze glich mehr einer Bürgeransammlung, die der Polizei den Weg versperrt, als einem Ereignis, das sich der Dichter als letztes Gefecht eines verlorenen und gesetzlosen Haufens waschechter Räuber vorstellte. Gerade als Muscari seinen Blick verwirrt umherschweifen ließ, spürte er eine leichte Berührung an seinem Ellbogen und sah den sonderbaren kleinen Priester neben sich stehen, der wirkte wie ein kleiner Noah mit großem Hut und ihn um die Freundlichkeit bat, ein, zwei Worte mit ihm wechseln zu dürfen.

»Signor Muscari«, sagte der Geistliche, »in dieser außergewöhnlichen Krise werden Sie mir eine persönliche Bemerkung ge-

out offence of a way in which you will do more good than by helping the gendarmes, who are bound to break through in any case. You will permit me the impertinent intimacy; but do you care about that girl? Care enough to marry her and make her a good husband, I mean?"

"Yes," said the poet quite simply.

"Does she care about you?"

"I think so," was the equally grave reply.

"Then go over there and offer yourself," said the priest: "offer her everything you can; offer her heaven and earth if you've got them. The time is short."

"Why?" asked the astonished man of letters.

"Because," said Father Brown, "her Doom is coming up the road."

"Nothing is coming up the road," argued Muscari, "except the rescue."

"Well, you go over there," said his adviser, "and be ready to rescue her from the rescue."

Almost as he spoke the hedges were broken all along the ridge by a rush of the escaping brigands. They dived into bushes and thick grass like defeated men pursued; and the great cocked hats of the mounted gendarmerie were seen passing along above the broken hedge. Another order was given; there was a noise of dismounting, and a tall officer with a cocked hat, a grey imperial, and a paper in his hand appeared in the gap that was the gate of the Paradise of Thieves. There was a momentary silence, broken in an extraordinary way by the banker, who cried out in a hoarse and strangled voice: "Robbed! I've been robbed!"

"Why, that was hours ago," cried his son in astonishment: "when you were robbed of two thousand pounds."

statten. Ich möchte Ihnen, ohne Ihnen zu nahe treten zu wollen, einen Rat geben, wie Sie Besseres tun können, als den Karabinieri zu helfen, die ohnehin durchbrechen werden. Wenn Sie mir die aufdringliche Vertrautheit erlauben wollen: Liegt Ihnen etwas an dem Mädchen? Ich meine, genug, um es zu heiraten und ihr ein guter Ehemann zu sein?«

»Ja«, sagte der Dichter ganz schlicht.

»Liegt ihr etwas an Ihnen?«

»Ich glaube schon«, lautete die ebenso ernsthafte Antwort.

»Dann gehen Sie hin und bieten Sie sich ihr an«, sagte der Priester. »Bieten Sie ihr alles, was Sie können; legen Sie Ihr Himmel und Erden zu Füßen, wenn möglich. Die Zeit drängt.«

»Warum?«, fragte der Literat verwundert.

»Weil ihr Verhängnis soeben die Straße heraufkommt«, erwiderte Pater Brown.

»Diese Straße kommt nichts herauf als die Rettung«, widersprach Muscari.

»Nun, dann gehen Sie dorthin und halten Sie sich bereit, sie vor der Rettung zu bewahren«, sagte sein Ratgeber.

Er hatte kaum das letzte Wort gesprochen, als die Hecke entlang des gesamten Kamms von fliehenden Räubern durchbrochen wurde. Sie tauchten in Sträuchern und dichtem Gras unter wie besiegte Männer, die verfolgt werden; und über der niedergetretenen Hecke erschienen die großen, federgeschmückten Hüte der berittenen Gendarmerie. Ein neuer Befehl wurde erteilt; man hörte das Geräusch von absteigenden Männern, dann trat ein hochgewachsener Offizier in Federhut und kaiserlich grauer Uniform mit einem Blatt Papier in der Hand in die Bresche, die das Tor zum Paradies der Diebe bildete. Ein kurzes Schweigen folgte, das auf ungewöhnliche Weise vom Bankier gebrochen wurde, der mit heiserer, erstickter Stimme rief: »Beraubt! Man hat mich beraubt!«

»Aber das geschah doch vor Stunden«, wandte sein Sohn erstaunt ein, »da hat man dich um zweitausend Pfund beraubt.«

"Not of two thousand pounds," said the financier, with an abrupt and terrible composure, "only of a small bottle."

The policeman with the grey imperial was striding across the green hollow. Encountering the King of the Thieves in his path, he clapped him on the shoulder with something between a caress and a buffet and gave him a push that sent him staggering away. "You'll get into trouble, too," he said, "if you play these tricks."

Again to Muscari's artistic eye it seemed scarcely like the capture of a great outlaw at bay. Passing on, the policeman halted before the Harrogate group and said: "Samuel Harrogate, I arrest you in the name of the law for embezzlement of the funds of the Hull and Huddersfield Bank."

The great banker nodded with an odd air of business assent, seemed to reflect a moment, and before they could interpose took a half turn and a step that brought him to the edge of the outer mountain wall. Then, flinging up his hands, he leapt exactly as he leapt out of the coach. But this time he did not fall into a little meadow just beneath; he fell a thousand feet below, to become a wreck of bones in the valley.

The anger of the Italian policeman, which he expressed volubly to Father Brown, was largely mixed with admiration. "It was like him to escape us at last," he said. "He was a great brigand if you like. This last trick of his I believe to be absolutely unprecedented. He fled with the company's money to Italy, and actually got himself captured by sham brigands in his own pay, so as to explain both the disappearance of the money and the disappearance of himself. That

»Nicht um zweitausend Pfund«, sagte der Finanzier, der plötzlich mühsam um Fassung rang, »nur um ein kleines Fläschchen.«

Der Polizist in kaiserlicher Uniform durchquerte die grüne Mulde mit raschen Schritten. Als er dem König der Diebe auf seinem Weg begegnete, schlug er ihm in einer Mischung aus Liebkosung und Faustschlag auf die Schulter, dann gab er ihm einen Stoß, der ihn zurücktaumeln ließ. »Du wirst dich noch in Schwierigkeiten bringen«, sagte er, »wenn du solche Spielchen treibst.«

Mit den Augen eines Künstlers betrachtet sah auch das für Muscari kaum wie die Festnahme eines großen Verbrechers aus, den man dingfest gemacht hat. Der Polizist ging weiter, machte vor der Gruppe um Harrogate Halt und sagte: »Samuel Harrogate, ich verhafte Sie im Namen des Gesetzes wegen Veruntreuung der Gelder der Hull und Huddersfield Bank.«

Der bedeutende Bankier nickte mit einer seltsamen Anwandlung von geschäftsmäßiger Zustimmung, schien einen Augenblick nachzudenken, und noch bevor jemand eingreifen konnte, drehte er sich halb um und stand mit einem Schritt an der Kante der äußeren Felswand. Dann hob er die Hände und sprang, genauso, wie er aus der Kutsche gesprungen war. Doch dieses Mal landete er nicht auf einer kleinen Wiese unmittelbar unter ihm, sondern stürzte tausend Fuß nach unten und verwandelte sich im Tal in einen Haufen zerschlagener Knochen.

In den Zorn des Karabinieri, den er Pater Brown gegenüber lautstark zum Ausdruck brachte, mischte sich eine große Portion Bewunderung. »Das sieht ihm ähnlich, uns so am Schluss noch zu entwischen«, sagte er. »*Er* war ein großer Räuber, wenn Sie so wollen. Ich halte sein letztes Kunststück für absolut beispiellos. Er floh mit dem Geld der Bank nach Italien und ließ sich dort von falschen Räubern, die er selbst entlohnte, gefangen nehmen, um damit sowohl das Verschwinden des Geldes als auch sein eigenes zu erklären. Diese Lösegeldforderung wurde von einem Großteil der

demand for ransom was really taken seriously by most of the police. But for years he's been doing things as good as that, quite as good as that. He will be a serious loss to his family."

Muscari was leading away the unhappy daughter, who held hard to him, as she did for many a year after. But even in that tragic wreck he could not help having a smile and a hand of half-mocking friendship for the indefensible Ezza Montano. "And where are you going next?" he asked him over his shoulder.

"Birmingham," answered the actor, puffing a cigarette. "Didn't I tell you I was a Futurist? I really do believe in those things if I believe in anything. Change, bustle and new things every morning. I am going to Manchester, Liverpool, Leeds, Hull, Huddersfield, Glasgow, Chicago—in short, to enlightened, energetic, civilized society!"

"In short," said Muscari, "to the real Paradise of Thieves."

Polizei tatsächlich ernst genommen. Doch solche Gaunerstücke hat er seit Jahren betrieben oder zumindest ähnlich gaunerhafte. Es wird ein schwerer Verlust für seine Familie sein.«

Muscari führte die unglückliche Tochter beiseite, die sich fest an ihn klammerte, wie sie es noch viele folgende Jahre lang tun sollte. Aber selbst inmitten dieses tragischen Unglücks konnte er nicht umhin, ein Lächeln und eine halbironische Geste der Freundschaft für den unschlagbaren Ezzo Montano übrig zu haben. »Und wohin treibt es dich als nächstes?«, fragte er ihn über die Schulter.

»Birmingham«, entgegnete der Schauspieler und zog an seiner Zigarette. »Sagte ich dir nicht, dass ich ein Futurist bin? Ich glaube tatsächlich an diese Dinge, sofern ich überhaupt an etwas glaube. Jeden Morgen etwas Neues, Veränderung und Trubel. Ich gehe nach Manchester, Liverpool, Leeds, Hull, Huddersfield, Glasgow, Chicago – kurz, in eine aufgeklärte, energievolle, zivilisierte Gesellschaft!«

»Kurz«, sagte Muscari, »in das wahre Paradies der Diebe.«

The Salad of Colonel Cray

Father Brown was walking home from Mass on a white weird morning when the mists were slowly lifting—one of those mornings when the very element of light appears as something mysterious and new. The scattered trees outlined themselves more and more out of the vapour, as if they were first drawn in grey chalk and then in charcoal. At yet more distant intervals appeared the houses upon the broken fringe of the suburb; their outlines became clearer and clearer until he recognised many in which he had chance acquaintances, and many more the names of whose owners he knew. But all the windows and doors were sealed; none of the people were of the sort that would be up at such a time, or still less on such an errand. But as he passed under the shadow of one handsome villa with verandas and wide ornate gardens, he heard a noise that made him almost involuntarily stop. It was the unmistakable noise of a pistol or carbine or some light firearm discharged; but it was not this that puzzled him most. The first full noise was immediately followed by a series of fainter noises—as he counted them, about six. He supposed it must be the echo; but the odd thing was that the echo was not in the least like the original sound. It was not like anything else that he could think of; the three things nearest to it seemed to be the noise made by siphons of soda-water, one of the many noises made by an animal, and the noise made by a person attempting to conceal laughter. None of which seemed to make much sense.

Father Brown was made of two men. There was a man of action, who was as modest as a primrose and as punctual as a clock; who went his small round of

Der Salat des Oberst Cray

An einem weißen, verschleierten Morgen, als sich die Nebel langsam verzogen, befand sich Pater Brown auf dem Heimweg von der Frühmesse – es war einer jener Morgen, an denen man die bare Naturkraft des Lichts als geheimnisvoll und neuartig empfindet. Die Konturen einzelner Bäume traten immer deutlicher aus dem Dunst hervor, als wären sie zuerst mit grauer Kreide skizziert und dann mit einem Kohlestift nachgezogen worden. In größeren Abständen tauchten die ersten Häuser am Rand des Vororts auf, ihre Umrisse wurden schärfer und schärfer, bis Pater Brown viele entdeckte, in denen er zufällige Bekanntschaften hatte; und etliche mehr, deren Besitzer er mit Namen kannte. Alle Fenster und Türen waren jedoch verschlossen; keiner der Bewohner pflegte um dieses Tageszeit auf den Beinen zu sein, schon gar nicht wegen eines Kirchgangs. Als er aber dicht an einer hübschen Villa mit zahlreichen Veranden und großen Blumengärten vorüberging, vernahm er ein Geräusch, das ihn fast unwillkürlich stehenbleiben ließ. Es war unverkennbar der Schuss aus einer Pistole, einem Karabiner oder einer anderen leichten Feuerwaffe; aber nicht das war es, was ihn am meisten irritierte. Dem ersten lauten Knall folgte unmittelbar darauf eine Reihe von schwächeren Lauten – er zählte etwa sechs hintereinander. Er vermutete, es wäre das Echo, aber seltsamerweise entsprach das Echo dem ursprünglichen Geräusch nicht im Geringsten. Es klang wie nichts, was er je schon einmal gehört hätte; an drei Dinge erinnerte ihn das Geräusch noch am ehesten: an das Zischen beim Öffnen einer Sodaflasche, an einen Tierlaut und an das Geräusch mühsam unterdrückten Gelächters. Nichts davon schien irgendeinen Sinn zu ergeben.

In Pater Brown vereinten sich zwei unterschiedliche Menschen. Da gab es den Mann der Tat, bescheiden wie eine Primel und pünktlich wie eine Uhr, der seine kleinen Pflichten stets erfüllte

duties and never dreamed of altering it. There was also a man of reflection, who was much simpler but much stronger, who could not easily be stopped; whose thought was always (in the only intelligent sense of the words) free thought. He could not help, even unconsciously, asking himself all the questions that there were to be asked, and answering as many of them as he could; all that went on like his breathing or circulation. But he never consciously carried his actions outside the sphere of his own duty; and in this case the two attitudes were aptly tested. He was just about to resume his trudge in the twilight, telling himself it was no affair of his, but instinctively twisting and untwisting twenty theories about what the odd noises might mean. Then the grey sky-line brightened into silver, and in the broadening light he realized that he had been to the house which belonged to an Anglo-Indian Major named Putnam; and that the Major had a native cook from Malta who was of his communion. He also began to remember that pistol-shots are sometimes serious things; accompanied with consequences with which he was legitimately concerned. He turned back and went in at the garden gate, making for the front door.

Half-way down one side of the house stood out a projection like a very low shed; it was, as he afterwards discovered, a large dustbin. Round the corner of this came a figure, at first a mere shadow in the haze, apparently bending and peering about. Then, coming nearer, it solidified into a figure that was, indeed, rather unusually solid. Major Putnam was a bald-headed, bull-necked man, short and very broad, with one of those rather apoplectic faces that are produced by a pro-

und nicht im Traum daran dachte, etwas daran zu ändern. Und dann gab es den Mann der reiflichen Überlegung, der zwar noch viel bescheidener, aber auch viel entschlossener war und den man nicht so leicht aufhalten konnte; dessen Gedanken (im einzig zutreffenden Sinn des Wortes) jederzeit freie Gedanken waren. Er konnte einfach nicht anders, selbst unbewusst, als sich die Fragen zu stellen, die gestellt werden mussten, und so viele davon zu beantworten, wie er nur konnte. Das war so selbstverständlich wie seine Atmung oder sein Kreislauf. Dennoch überschritt er mit seinen Handlungen niemals bewusst die Grenzen seines Pflichtbereichs; und in diesem Fall wurden die beiden Seelen in seiner Brust auf eine harte Probe gestellt. Er war schon fast entschlossen, seinen Marsch durch die Morgendämmerung fortzusetzen, und redete sich ein, dass die ganze Sache ihn schließlich nichts anginge. Doch instinktiv ersann und verwarf er zwanzig Theorien darüber, was diese seltsamen Geräusche bedeuten könnten. Da nahm die graue Silhouette der Stadt einen silberhellen Farbton an und im zunehmenden Licht erkannte er, dass er vor dem Haus eines anglo-indischen Majors namens Putnam gestanden hatte; und dieser Major hatte einen aus Malta gebürtigen Koch, der zu seiner Gemeinde gehörte. Auch wurde ihm allmählich bewusst, dass Pistolenschüsse manchmal eine ernste Angelegenheit und mit Folgen verbunden sind, die durchaus in seinen Zuständigkeitsbereich fielen. Er kehrte um und ging durch das Gartentor auf den Hauseingang zu.

Etwa in der Mitte der einen Hausseite stand ein kleiner Vorbau, eine Art niedriger Schuppen; wie er später entdeckte, war es ein großer Müllbehälter. Dort bog eine Gestalt um die Ecke, zunächst nur ein Schatten im Nebel, die sich augenscheinlich bückte und nach etwas suchte. Beim Näherkommen verdichtete sich der Schatten zu einer ungewöhnlich massigen Person. Major Putnam war ein kahlköpfiger, stiernackiger Mann, klein und stark untersetzt, mit einem jener roten Gesichter, die auf einen Hang zum Schlaganfall deuten und aus dem nachhaltigen Versuch entstehen,

longed attempt to combine the oriental climate with the occidental luxuries. But the face was a good-humoured one, and even now, though evidently puzzled and inquisitive, wore a kind of innocent grin. He had a large palm-leaf hat on the back of his head (suggesting a halo that was by no means appropriate to the face), but otherwise he was clad only in a very vivid suit of striped scarlet and yellow pyjamas; which, though glowing enough to behold, must have been, on a fresh morning, pretty chilly to wear. He had evidently come out of his house in a hurry, and the priest was not surprised when he called out without further ceremony: "Did you hear that noise?"

"Yes," answered Father Brown; "I thought I had better look in, in case anything was the matter."

The Major looked at him rather queerly with his good-humoured gooseberry eyes. "What do you think the noise was?" he asked.

"It sounded like a gun or something," replied the other, with some hesitation; "but it seemed to have a singular sort of echo."

The Major was still looking at him quietly, but with protruding eyes, when the front door was flung open, releasing a flood of gaslight on the face of the fading mist; and another figure in pyjamas sprang or tumbled out into the garden. The figure was much longer, leaner, and more athletic; the pyjamas, though equally tropical, were comparatively tasteful, being or white with a light lemon-yellow stripe. The man was haggard, but handsome, more sunburned than the other; he had an aquiline profile and rather deep-sunken eyes, and a slight air of oddity arising from the combination of coal-black hair with a much lighter moustache. All

das orientalische Klima mit abendländischen Genüssen in Einklang zu bringen. Dieses Gesicht aber war dennoch gutmütig; und selbst jetzt, obgleich offensichtlich verwirrt und wissbegierig, lag eine Art unschuldiges Lächeln darauf. Auf seinem Hinterkopf saß ein breit ausladender Hut aus Palmblättern (fast wie ein Heiligenschein, der aber keineswegs zum Gesicht passte), ansonsten war er lediglich mit einem sehr auffallend scharlachrot und gelb gestreiften Pyjama bekleidet, der zwar hinlänglich strahlte, um ihn zu erkennen, für so einen frischen Morgen aber recht kühl zu sein schien. Er war offenbar überstürzt aus dem Haus geeilt, und der Priester war nicht überrascht, als er ihm ohne weitere Umschweife zurief: »Haben Sie dieses Geräusch gehört?«

»Ja«, entgegnete Pater Brown, »deshalb ich wollte eben hereinschauen, für den Fall, dass etwas passiert ist.«

Der Major warf ihm mit seinen gutmütigen Stachelbeeraugen einen seltsamen Blick zu. »Was, glauben Sie, war das für ein Geräusch?«

»Es hörte sich an wie ein Gewehr oder so etwas Ähnliches«, erwiderte der andere zögernd, »aber es schien ein eigentümliches Echo zu haben.«

Der Major sah ihn noch immer wortlos, doch mit stierem Blick an, als die Vordertür aufgestoßen wurde und sich ein breiter Gaslichtstrahl in den aufsteigenden Morgennebel ergoss; und eine zweite Gestalt im Pyjama sprang und taumelte in den Garten hinaus. Sie war größer, schlanker und athletischer, und der Pyjama, obgleich ebenfalls tropischer Herkunft, war vergleichsweise geschmackvoll, denn er war weiß mit hellen, zitronengelben Streifen. Der Mann war hager, aber sah gut aus und war sonnengebräunter als der andere. Er hatte ein Adlerprofil und ziemlich tiefliegende Augen; und der Kontrast zwischen dem kohlrabenschwarzen Haar und dem wesentlich helleren Schnurrbart verlieh ihm einen Hauch von Andersartigkeit. All diese Einzelheiten

this Father Brown absorbed in detail more at leisure. For the moment he only saw one thing about the man; which was the revolver in his hand.

"Cray!" exclaimed the Major, staring at him; "did you fire that shot?"

"Yes, I did," retorted the black-haired gentleman hotly; "and so would you in my place. If you were chased everywhere by devils and nearly—"

The Major seemed to intervene rather hurriedly. "This is my friend Father Brown," he said. And then to Brown: "I don't know whether you've met Colonel Cray of the Royal Artillery."

"I have heard of him, of course," said the priest innocently. "Did you–did you hit anything?"

"I thought so," answered Cray with gravity.

"Did he—" asked Major Putnam in a lowered voice, "did he fall or cry out, or anything?"

Colonel Cray was regarding his host with a strange and steady stare. "I'll tell you exactly what he did," he said. "He sneezed."

Father Brown's hand went half-way to his head, with the gesture of a man remembering somebody's name. He knew now what it was that was neither soda-water nor the snorting of a dog.

"Well," ejaculated the staring Major, "I never heard before that a service revolver was a thing to be sneezed at."

"Nor I," said Father Brown faintly. "It's lucky you didn't turn your artillery on him or you might have given him quite a bad cold." Then, after a bewildered pause, he said: "Was it a burglar?"

"Let us go inside," said Major Putnam, rather sharply, and led the way into his house.

nahm Pater Brown ziemlich gelassen wahr. Denn im Augenblick interessierte ihn an dem Mann nur eines: der Revolver in seiner Hand.

»Cray!«, rief der Major und starrte ihn an. »Hast du diesen Schuss abgefeuert?«

»Allerdings«, antwortete der schwarzhaarige Gentleman hitzig, »und du hättest an meiner Stelle nicht anders gehandelt. Wenn du von allen Seiten von Teufeln gejagt wirst und beinahe ...«

Der Major fiel ihm recht unsanft ins Wort. »Dies ist mein Freund Pater Brown«, sagte er. Und zu Pater Brown gewandt: »Ich weiß nicht, ob Sie Oberst Cray von der Königlichen Artillerie bereits kennen.«

»Ich habe natürlich von ihm gehört«, erwiderte der Priester unschuldig. »Haben Sie ... haben Sie etwas getroffen?«

»Dachte ich jedenfalls«, entgegnete Cray voller Ernst.

»Ist er ... ist er zu Boden gegangen, hat er geschrien oder dergleichen?«, fragte Major Putnam mit gedämpfter Stimme.

Oberst Cray sah seinen Gastgeber mit einem seltsamen, festen Blick an. »Ich will dir genau sagen, was er tat«, erwiderte er. »Er nieste.«

Pater Brown fuhr sich mit der Hand an die Stirn, wie jemand, der sich an einen Namen erinnert, der ihm entfallen war. Er wusste nun, dass das Geräusch weder das Zischen einer Sodaflasche noch das Schniefen eines Hundes war.

»Nun«, stieß der Major mit starrem Blick hervor, »das höre ich zum ersten Mal, dass ein Armeerevolver jemanden zum Niesen bringt.«

»Ich auch«, mischte sich Pater Brown vorsichtig ein. »Welch ein Glück, dass Sie nicht gleich ihre ganze Artillerie gegen ihn eingesetzt haben, er hätte sich ernsthaft erkälten können.« Er stutzte kurz verunsichert und sagte dann: »War es ein Einbrecher?«

»Lassen Sie uns hineingehen«, sagte Major Putnam ziemlich scharf und ging ins Haus voran.

The interior exhibited a paradox often to be marked in such morning hours: that the rooms seemed brighter than the sky outside; even after the Major had turned out the one gaslight in the front hall. Father Brown was surprised to see the whole dining-table set out as for a festive meal, with napkins in their rings, and wine-glasses of some six unnecessary shapes set beside every plate. It was common enough, at that time of the morning, to find the remains of a banquet over-night; but to find it freshly spread so early was unusual.

While he stood wavering in the hall Major Putnam rushed past him and sent a raging eye over the whole oblong of the tablecloth. At last he spoke, spluttering: "All the silver gone!" he gasped. "Fish-knives and forks gone. Old cruet-stand gone. Even the old silver cream-jug gone. And now, Father Brown, I am ready to answer your question of whether it was a burglar."

"They're simply a blind," said Cray stubbornly. "I know better than you why people persecute this house; I know better than you why—"

The Major patted him on the shoulder with a gesture almost peculiar to the soothing of a sick child, and said: "It was a burglar. Obviously it was a burglar."

"A burglar with a bad cold," observed Father Brown, "that might assist you to trace him in the neighbourhood."

The Major shook his head in a sombre manner. "He must be far beyond tracing now, I fear," he said.

Then, as the restless man with the revolver turned again towards the door into the garden, he added in a husky, confidential voice: "I doubt whether I should send for the police, for fear my friend here has been a little too free with his bullets, and got on the wrong side

Im Innern bot sich ein verwirrender Anblick, auf den man in solchen Morgenstunden häufig trifft: Die Räume wirkten heller als der Himmel draußen; selbst nachdem der Major das einzige Gaslicht in der Halle gelöscht hatte. Pater Brown stellte überrascht fest, dass der Esstisch wie für ein festliches Mahl gedeckt war; die Servietten steckten in ihren Ringen, und neben jedem Teller standen Weingläser in schätzungsweise sechs ganz überflüssigen Größen. Es wäre durchaus normal gewesen, zu so früher Stunde auf die Überreste eines Banketts vom Vorabend zu treffen; so früh auf einen frisch gedeckten Tisch zu stoßen, war ungewöhnlich.

Während der Pater unschlüssig in der Halle herumstand, schoss Major Putnam an ihm vorbei und warf einen wütenden Blick über das lange Rechteck des gedeckten Tisches. Schließlich stieß er stotternd und schwer atmend hervor: »Das ganze Silber ist weg! Das Fischbesteck ist weg. Der alte Essig- und Ölständer ist weg. Sogar das alte silberne Sahnekännchen ist weg. Und nun, Pater Brown, kann ich auch Ihre Frage beantworten, ob es ein Einbrecher war.«

»Das ist nur eine Täuschung«, sagte Cray störrisch. »Ich weiß besser als du, warum man dieses Haus heimsucht. Ich weiß besser als du, warum …«

Der Major tätschelte ihm begütigend die Schulter, wie man ein krankes Kind beruhigt, und sagte: »Es war ein Einbrecher. Es war ganz offensichtlich ein Einbrecher.«

»Ein Einbrecher mit einer schlimmen Erkältung«, bemerkte Pater Brown, »das wird Ihnen helfen, seine Spur in der Nachbarschaft zu verfolgen.«

Der Major schüttelte düster den Kopf. »Ich fürchte, er ist längst über alle Berge.«

Dann, als sich der unruhige Mann mit dem Revolver erneut der Tür zum Garten zuwandte, fügte er halblaut mit vertraulicher Stimme hinzu: »Ich glaube, ich sollte besser nicht die Polizei holen, ich fürchte, mein Freund hier ist ein wenig zu leichtfertig mit seinen Kugeln umgegangen und so auf die falsche Seite des

of the law. He's lived in very wild places; and, to be frank with you, I think he sometimes fancies things."

"I think you once told me," said Brown, "that he believes some Indian secret society is pursuing him."

Major Putnam nodded, but at the same time shrugged his shoulders. "I suppose we'd better follow him outside," he said. "I don't want any more—shall we say, sneezing?"

They passed out into the morning light, which was now even tinged with sunshine, and saw Colonel Cray's tall figure bent almost double, minutely examining the condition of gravel and grass. While the Major strolled unobtrusively towards him, the priest took an equally indolent turn, which took him round the next corner of the house to within a yard or two of the projecting dustbin.

He stood regarding this dismal object for some minute and a half; then he stepped towards it, lifted the lid and put his head inside. Dust and other discolouring matter shook upwards as lie did so; but Father Brown never observed his own appearance, whatever else he observed. He remained thus for a measurable period, as if engaged in some mysterious prayers. Then he came out again, with some ashes on his hair, and walked unconcernedly away.

By the time he came round to the garden door again he found a group there which seemed to roll away morbidities as the sunlight had already rolled away the mists. It was in no way rationally reassuring; it was simply broadly comic, like a cluster of Dickens's characters. Major Putnam had managed to slip inside and plunge into a proper shirt and trousers, with a crimson cummerbund, and a light square jacket over all; thus normally set off, his red festive face seemed bursting

Gesetzes geraten. Er hat an den wildesten Orten gelebt, und offen gestanden glaube ich, er bildet sich manchmal Dinge ein.«

»Sie haben mir einmal erzählt«, sagte Brown, »dass er glaubt, von einem indischen Geheimbund verfolgt zu werden.«

Major Putnam nickte und zuckte zugleich mit den Achseln. »Ich glaube, wir sollten ihm nachgehen«, sagte er. »Ich möchte jedes weitere, wie soll ich sagen … Niesen vermeiden.«

Sie traten in das Morgenlicht hinaus, das nun von Sonnenschein gerötet war, und betrachteten die hochgewachsene Gestalt von Oberst Cray, der sich fast bis zum Boden hinunterbeugte, um den Zustand von Kiesweg und Rasen aufs Genaueste zu untersuchen. Während der Major unauffällig zu ihm hinschlenderte, schlug der Priester ebenso unauffällig einen Haken um die nächste Hausecke und näherte sich dem vorstehenden Müllbehälter.

Er stand eine Weile da und betrachtete dieses hässliche Objekt; dann ging er darauf zu, hob den Deckel und steckte seinen Kopf hinein. Staub und verrotteter Abfall wirbelten ihm entgegen; doch Pater Brown gab niemals acht auf sein Äußeres, was immer er sonst so beachtete. In dieser Haltung verharrte er eine beträchtliche Zeit, als wäre er in irgendwelche mystischen Gebete versunken. Dann tauchte er wieder auf, mit ein wenig Asche im Haar und schlenderte unbekümmert weiter.

Als er wieder beim Gartentor anlangte, traf er dort auf eine Ansammlung von Personen, die geneigt schien, düstere Gedanken zu vertreiben wie zuvor die Sonne den Nebel. Sie wirkte jedoch keineswegs vernünftig und beruhigend, sondern schlicht ungeheuer komisch, wie ein Haufen Dickens'scher Romangestalten. Major Putnam hatte es zuwege gebracht, sich in ein ordentliches Hemd und in eine Hose mit karmesinrotem Kummerbund zu zwängen, darüber trug er eine leichte, gewöhnliche Jacke; und aus diesem ordentlichen Aufzug strahlte sein rotes, fröhliches Gesicht in altbekannter Herz-

with a common-place cordiality. He was indeed emphatic, but then he was talking to his cook—the swarthy son of Malta, whose lean, yellow and rather careworn face contrasted quaintly with his snow-white cap and costume. The cook might well be careworn, for cookery was the Major's hobby. He was one of those amateurs who always know more than the professional. The only other person he even admitted to be a judge of an omelette was his friend Cray—and as Brown remembered this, he turned to look for the other officer. In the new presence of daylight and people clothed and in their right mind, the sight of him was rather a shock. The taller and more elegant man was still in his night-garb, with tousled black hair, and now crawling about the garden on his hands and knees, still looking for traces of the burglar; and now and again, to all appearance, striking the ground with his hand in anger at not finding him. Seeing him thus quadrupedal in the grass, the priest raised his eyebrows rather sadly; and for the first time guessed that "fancies things" might be an euphemism.

The third item in the group of the cook and the epicure was also known to Father Brown; it was Audrey Watson, the Major's ward and house-keeper; and at this moment, to judge by her apron, tucked-up sleeves and resolute manner, much more the housekeeper than the ward.

"It serves you right," she was saying: "I always told you not to have that old-fashioned cruet-stand."

"I prefer it," said Putnam, placably. "I'm old-fashioned myself; and the things keep together."

"And vanish together, as you see," she retorted. "Well, if you are not going to bother about the burglar,

lichkeit hervor. Er sprach gerade mit großem Nachdruck, aber er unterhielt sich ja auch mit seinem Koch – dem dunkelhäutigen Sohn Maltas, dessen schmales, missgünstiges und ziemlich kummervolles Gesicht in merkwürdigem Widerspruch zu seiner schneeweißen Kochmütze und Arbeitskleidung stand. Der Koch mochte allen Grund haben, vergrämt zu sein, denn Kochen war das Steckenpferd des Majors. Er gehörte zu jenen Amateuren, die stets alles besser wissen als der Fachmann. Die einzige andere Person, der er ein Urteil über die Güte eines Omelettes überhaupt zugestand, war sein Freund Cray – und als Brown sich daran erinnerte, hielt er nach dem anderen Offizier Ausschau. Bei Tageslicht und in der Umgebung von angekleideten Menschen in normaler Verfassung bot er einen geradezu schockierenden Anblick. Die hochgewachsene, elegante Gestalt war immer noch im Nachtgewand, mit zerzaustem, schwarzem Haar, und kroch soeben auf allen vieren durch den Garten, um weiter nach Spuren des Einbrechers zu suchen; dabei schlug er hin und wieder, offenbar darüber verärgert, dass er nichts entdecken konnte, mit der Hand auf den Boden. Als er diesen Vierfüßler im Gras erblickte, zog der Priester betrübt die Augenbrauen hoch; und zum ersten Mal kam ihm der Gedanke, dass der Ausdruck »bildet sich Dinge ein« eine Beschönigung sein könnte.

Die dritte Person im Bunde neben Koch und Gourmet war Pater Brown ebenfalls bekannt. Es war Audrey Watson, Mündel und Haushälterin des Majors – der Schürze, den aufgekrempelten Ärmeln und ihrem resoluten Auftreten nach zu urteilen im Augenblick wohl eher Haushälterin als Mündel.

»Das geschieht dir recht«, sagte sie. »Ich habe dir immer gesagt, du sollst diesen altmodischen Essig- und Ölständer nicht benutzen.«

»Er gefällt mir eben«, erwiderte Putnam in versöhnlichem Ton. »Ich bin selber altmodisch, und er hält die Dinge zusammen.«

»Und lässt sie zusammen verschwinden, wie du siehst«, erwiderte sie. »Nun, wenn du dich nicht um den Einbrecher küm-

I shouldn't bother about the lunch. It's Sunday, and we can't send for vinegar and all that in the town; and you Indian gentlemen can't enjoy what you call a dinner without a lot of hot things. I wish to goodness now you hadn't asked Cousin Oliver to take me to the musical service. It isn't over till half-past twelve, and the Colonel has to leave by then. I don't believe you men can manage alone."

"Oh yes, we can, my dear," said the Major, looking at her very amiably. "Marco has all the sauces; and we've often done ourselves well in very rough places, as you might know by now. And it's time you had a treat, Audrey; you mustn't be a housekeeper every hour of the day; and I know you want to hear the music."

"I want to go to church," she said, with rather severe eyes.

She was one of those handsome women who will always be handsome, because the beauty is not in an air or a tint, but in the very structure of the head and features. But though she was not yet middle-aged and her auburn hair was of a Titianesque fullness in form and colour, there was a look in her mouth and around her eyes which suggested that some sorrows wasted her, as winds waste at last the edges of a Greek temple. For indeed the little domestic difficulty of which she was now speaking so decisively was rather comic than tragic. Father Brown gathered, from the course of the conversation, that Cray the other *gourmet*, had to leave before the usual lunch-time; but that Putnam, his host, not to be done out of a final feast with an old crony, had arranged for a special *dejeuner* to be set out and consumed in the course of the morning, while Audrey and other graver persons were at morning serv-

merst, muss ich mich ja auch nicht um das Mittagessen kümmern. Heute ist Sonntag, wir können keinen Essig und all das aus der Stadt kommen lassen; und euch indischen Gentlemen schmeckt ja kein sogenanntes Dinner ohne Unmengen von scharfem Zeug. Ich wünschte bei Gott, du hättest Cousin Oliver nicht gebeten, mich zur Messe mitzunehmen. Sie ist erst um halb eins zu Ende, und dann muss der Oberst gehen. Ich glaube kaum, dass ihr Männer allein zurechtkommt.«

»Aber selbstverständlich, meine Liebe«, sagte der Major und sah sie äußerst liebevoll an. »Marco hat alle Soßen, und wie du mittlerweile wissen solltest, haben wir uns an weit unwirtlicheren Orten häufig bestens selbst versorgt. Außerdem solltest du dir einmal etwas gönnen, Audrey, du musst nicht von morgens bis abends die Haushälterin sein, und ich weiß, dass du die Musik gerne hören willst.«

»Ich will in die Kirche gehen«, sagte sie und sah in ziemlich streng an.

Sie war eine jener attraktiven Frauen, deren Schönheit unvergänglich ist, weil Schönheit nicht vom Aussehen oder Teint, sondern von der Form des Kopfes und der Glieder bestimmt wird. Aber obwohl sie noch nicht einmal mittleren Alters war und ihr kastanienbraunes Haar in Fülle und Farbe an Tizian erinnerte, ließ ein bestimmter Zug um Mund und Augen erahnen, dass ein geheimer Kummer an ihr zehrte, so wie die Winde mit der Zeit an den Kanten eines griechischen Tempels zehren. Denn das kleine häusliche Problem, von dem sie gerade so entschieden sprach, war in Wirklichkeit eher komischer als tragischer Natur. Pater Brown entnahm der Unterhaltung, dass Cray, der andere Gourmet, vor der üblichen Essenszeit gehen musste; damit Putnam, sein Gastgeber, aber nicht auf das abschließende Festmahl mit einem alten Kumpan verzichten musste, hatte er ein besonderes *Déjeuner* bereiten lassen, das im Laufe des Vormittags serviert und verspeist werden sollte, während Audrey und andere ernsthaftere Menschen im Gottesdienst weilten. Dorthin wollte sie in Begleitung eines

ice. She was going there under the escort of a relative and old friend of hers, Dr. Oliver Oman, who, though a scientific man of a somewhat bitter type, was enthusiastic for music, and would go even to church to get it. There was nothing in all this that could conceivably concern the tragedy in Miss Watson's face; and by a half conscious instinct, Father Brown turned again to the seeming lunatic grubbing about in the grass.

When he strolled across to him, the black, unbrushed head was lifted abruptly, as if in some surprise at his continued presence. And indeed, Father Brown, for reasons best known to himself, had lingered much longer than politeness required; or even, in the ordinary sense, permitted.

"Well!" cried Cray, with wild eyes. "I suppose you think I'm mad, like the rest?"

"I have considered the thesis," answered the little man, composedly. "And I incline to think you are not."

"What do you mean?" snapped Cray quite savagely.

"Real madmen," explained Father Brown, "always encourage their own morbidity. They never strive against it. But you are trying to find traces of the burglar; even when there aren't any. You are struggling against it. You want what no madman ever wants."

"And what is that?"

"You want to be proved wrong," said Brown.

During the last words Cray had sprung or staggered to his feet and was regarding the cleric with agitated eyes. "By hell, but that is a true word!" he cried. "They are all at me here that the fellow was only after the silver—as if I shouldn't be only too pleased to think so! *She's* been

Verwandten und alten Freundes, Dr. Oliver Oman, gehen. Der war zwar ein nüchterner Wissenschaftler, begeisterte sich aber derart für Musik, dass er sogar in die Kirche ging, um sie zu hören. Von all dem erklärte allerdings nichts die stille Trauer im Gesicht von Miss Watson; und einer halb unbewussten Eingebung folgend, wandte sich Pater Brown erneut dem scheinbar Verrückten zu, der im Gras herumwühlte.

Als er zu ihm hinüberschlenderte, hob der Oberst jäh den schwarzen, verstrubbelten Kopf, als wäre er überrascht, dass der Priester immer noch da sei. Und in der Tat hatte er sich aus Gründen, die nur ihm bekannt waren, viel länger aufgehalten, als es die Höflichkeit erforderte oder unter normalen Umständen sogar erlaubte.

»Ah!«, rief Cray mit wildem Blick. »Sie halten mich wohl auch für verrückt wie alle anderen, was?«

»Ich habe die Möglichkeit in Erwägung gezogen«, erwiderte der kleine Mann gelassen. »Und ich neige zu der Ansicht, dass Sie es nicht sind.«

»Wie meinen Sie das?«, schnauzte Cray wütend.

»Wirklich Verrückte«, erklärte Pater Brown, »lassen ihrer Krankheit stets freien Lauf. Sie wehren sich niemals dagegen. Sie aber versuchen, Spuren des Einbrechers zu finden, selbst wenn es gar keine gibt. Sie kämpfen dagegen an. Sie wollen, was ein Verrückter niemals wollen würde.«

»Und das wäre?«

»Sie wollen vom Gegenteil überzeugt werden«, antwortete Pater Brown.

Bei den letzten Worten war Cray schwankend aufgesprungen und sah den Geistlichen mit lebhaftem Blick an. »Donnerwetter, endlich ein wahres Wort!«, rief er. »Alle hier wollen mir weismachen, dass der Kerl nur hinter dem Silber her war – als wenn ich das nicht selber gerne glauben würde! *Sie* war auch an mir dran«,

at me," and he tossed his tousled black head towards Audrey, but the other had no need of the direction, "she's been at me to-day about how cruel I was to shoot a poor harmless house-breaker, and how I have the devil in me against poor harmless natives. But I was a good-natured man once—as good-natured as Putnam."

After a pause he said: "Look here, I've never seen you before; but you shall judge of the whole story. Old Putnam and I were friends in the same mess; but, owing to some accidents on the Afghan border, I got my command much sooner than most men; only we were both invalided home for a bit. I was engaged to Audrey out there; and we all travelled back together. But on the journey back things happened. Curious things. The result of them was that Putnam wants it broken off, and even Audrey keeps it hanging on—and I know what they mean. I know what they think I am. So do you.

"Well, these are the facts. The last day we were in an Indian city I asked Putnam if I could get some Trichinopoli cigars; he directed me to a little place opposite his lodgings. I have since found he was quite right; but 'opposite' is a dangerous word when one decent house stands opposite five or six squalid ones; and I must have mistaken the door. It opened with difficulty, and then only on darkness; but as I turned back, the door behind me sank back and settled into its place with a noise as of innumerable bolts. There was nothing to do but to walk forward; which I did through pas-

und er wies mit seinem zerzausten schwarzen Kopf in Audreys Richtung, aber der andere wusste auch so, wen er meinte, »sie hat mir heute Vorwürfe gemacht, wie grausam es sei, auf einen harmlosen Einbrecher zu schießen, und das wohl der Teufel in mich gefahren sei, diese armen, arglosen Eingeborenen zu verfolgen. Aber früher war ich ein gutmütiger Mensch – so gutmütig wie Putnam.«

Nach einer Pause sagte er: »Schauen Sie, ich bin Ihnen noch nie begegnet; aber Sie sollen sich ein eigenes Urteil über die ganze Geschichte bilden. Der alte Putnam und ich waren bereits in der Offiziersmesse befreundet; doch aufgrund einiger Zwischenfälle an der afghanischen Grenze erhielt ich früher als die meisten ein eigenes Regiment; dann wurden wir beide auf Krankenurlaub nach Hause geschickt. Ich habe mich dort unten mit Audrey verlobt, und wir sind alle zusammen heimgereist. Doch auf der Reise sind Dinge geschehen, seltsame Dinge. Die Folge davon war, dass Putnam darauf besteht, die Verlobung zu lösen, selbst Audrey scheint keine besondere Eile zu haben – mir ist auch klar, warum. Ich weiß, für was sie mich halten. Und Sie wissen es auch.

Nun, hier kommen die Fakten. An unserem letzten Tag in einer indischen Stadt fragte ich Putnam, ob man dort wohl Trichinopoly-Zigarren* bekäme; er schickte mich in einen kleinen Laden, der direkt gegenüber seiner Unterkunft lag. Ich habe später festgestellt, dass er recht hatte, aber ›gegenüber‹ ist ein gefährliches Wort, wenn ein anständiges Haus fünf oder sechs verwahrlosten gegenübersteht; jedenfalls muss ich mich in der Tür geirrt haben. Sie ließ sich nur mit Mühe öffnen und führte in völlige Finsternis; doch als ich mich umdrehte, fiel die Tür mit einem Krachen wie von unzähligen Riegeln hinter mir ins Schloss. Mir blieb nichts anders übrig, als vorwärtszugehen, und ich tastete mich durch einen stockdunklen

* Tiruchirapalli, früher Trichinopoly, Stadt im Bundesstaat Tamil Nadu, Indien, einst bedeutende Handelsstadt in British-India, in der u. a. Zigarren produziert wurden. Anm. d. Ü.

sage after passage, pitch-dark. Then I came to a flight of steps, and then to a blind door, secured by a latch of elaborate Eastern ironwork, which I could only trace by touch, but which I loosened at last. I came out again upon gloom, which was half turned into a greenish twilight by a multitude of small but steady lamps below. They showed merely the feet or fringes of some huge and empty architecture. Just in front of me was something that looked like a mountain. I confess I nearly fell on the great stone platform on which I had emerged, to realize that it was an idol. And worst of all, an idol with its back to me.

"It was hardly half human, I guessed; to judge by the small squat head, and still more by a thing like a tail or extra limb turned up behind and pointing, like a loathsome large finger, at some symbol graven in the centre of the vast stone back. I had begun, in the dim light, to guess at the hieroglyphic, not without horror, when a more horrible thing happened. A door opened silently in the temple wall behind me and a man came out, with a brown face and a black coat. He had a carved smile on his face, of copper flesh and ivory teeth; but I think the most hateful thing about him was that he was in European dress. I was prepared, I think for shrouded priests or naked fakirs. But this seemed to say that the devilry was over all the earth. As indeed I found it to be.

"'If you had only seen the Monkey's Feet,' he said, smiling steadily, and without other preface, 'we should have been very gentle—you would only be tortured and die. If you had seen the Monkey's Face, still we should be very moderate, very tolerant—you would only be tortured and live. But as you have seen the

Gang nach dem anderen. Über eine Treppe gelangte ich zu einer verborgenen Tür, die mit einem Schnappschloss aus kunstvoll gearbeitetem orientalischen Schmiedeeisen gesichert war, wie ich durch bloßes Tasten herausfand, und die ich schließlich öffnen konnte. Wieder trat ich ins Halbdunkel, das jedoch durch unendlich viele kleine brennende Lämpchen in ein grünes Zwielicht getaucht wurde. Sie beleuchteten nur den Boden und die Ecken eines riesigen, leeren Raums. Unmittelbar vor mir stand etwas, das aussah wie ein Berg. Ich muss gestehen, dass ich auf dem großen Steinsockel, auf den ich gelangt war, fast hingestürzt wäre, bevor ich merkte, dass es ein Götzenbildnis war. Und das Schlimmste: es war ein Götzenbildnis, das mir den Rücken zukehrte.

Es hatte kaum Ähnlichkeit mit einem Menschen, wie mir schien; das zeigte sich an dem kleinen, gedrungenen Kopf und mehr noch an einem schwanzähnlichen Gebilde, das an seiner Rückseite in die Höhe stand und wie ein riesiger, abscheulicher Finger auf ein eingraviertes Symbol in der Mitte des gewaltigen Steinrückens deutete. Voller Entsetzen hatte ich begonnen, die Hieroglyphen im Dämmerlicht zu entziffern, als etwas noch Entsetzlicheres geschah. Hinter mir öffnete sich geräuschlos eine Tür in der Wand des Tempels, und ein Mann mit dunklem Gesicht und in einem schwarzen Mantel trat herein. Ein gemeißeltes Lächeln lag auf den kupferfarbenen Lippen mit den elfenbeinernen Zähnen, aber ich glaube, das Grässlichste an ihm war die europäische Kleidung. Ich vermute, ich war auf vermummte Priester oder nackte Fakire gefasst. Doch das hier sah ganz danach aus, als wäre die Teufelskunst auf der ganzen Welt verbreitet. Was sich ja später auch bewahrheitete.

›Wenn du nur die Füße des Affen gesehen hättest‹, sagte der Mann starr lächelnd und ohne weitere Umschweife, ›wären wir ganz sanft mit dir umgegangen – du würdest nur gefoltert und sterben. Wenn du das Antlitz des Affen gesehen hättest, wären wir immer noch sehr zurückhaltend und tolerant geblieben – du würdest nur gefoltert und dürftest leben. Da du jedoch den Schwanz

Monkey's Tail, we must pronounce the worst sentence. Which is—Go Free.'

"When he said the words I heard the elaborate iron latch with which I had struggled, automatically unlock itself: and then, far down the dark passages I had passed, I heard the heavy street-door shifting its own bolts backwards.

"'It is vain to ask for mercy; you must go free,' said the smiling man. 'Henceforth a hair shall slay you like a sword, and a breath shall bite you like an adder; weapons shall come against you out of nowhere; and you shall die many times.' And with that he was swallowed once more in the wall behind; and I went out into the street."

Cray paused; and Father Brown unaffectedly sat down on the lawn and began to pick daisies.

Then the soldier continued: "Putnam, of course, with his jolly common sense, pooh-poohed all my fears; and from that time dates his doubt of my mental balance. Well, I'll simply tell you, in the fewest words, the three things that have happened since; and you shall judge which of us is right. "The first happened in an Indian village on the edge of the jungle, but hundreds of miles from the temple, or town, or type of tribes and customs where the curse had been put on me. I woke in black midnight, and lay thinking of nothing in particular, when I felt a faint tickling thing, like a thread or a hair, trailed across my throat. I shrank back out of its way, and could not help thinking of the words in the temple. But when I got up and sought lights and a mirror, the line across my neck was a line of blood.

"The second happened in a lodging in Port Said, later, on our journey home together. It was a jumble of tavern and curiosity-shop; and though there was

des Affen gesehen hast, sehen wir uns gezwungen, das schlimmste Urteil zu fällen. Es lautet: Du bist frei.‹

Als er diese Worte sprach, hörte ich, wie sich das schmiedeeiserne Schloss, das ich so mühsam geöffnet hatte, automatisch öffnete, und dann vernahm ich, wie sich am fernen Ende der dunklen Gänge, durch die ich mich getastet hatte, die Riegel der schweren Eingangstür von selbst zurückschoben.

›Es ist vergeblich, um Gnade zu bitten. Du bist frei‹, sagte der lächelnde Mann. ›Von nun an soll dich ein Haar töten wie ein Schwert, und ein Atemhauch soll dich beißen wie eine Natter; aus dem Nichts sollen Waffen über dich kommen; und du wirst hundertfache Tode sterben.‹ Damit verschmolz er noch einmal mit der Tempelwand, und ich ging auf die Straße hinaus.«

Cray hielt inne. Pater Brown setzte sich ungerührt auf den Rasen und fing an, Gänseblümchen zu pflücken.

Der Soldat fuhr fort: »Putnam natürlich, mit seinem heiteren gesunden Menschenverstand, machte sich über meine Ängste lustig, und aus jener Zeit stammen seine Zweifel an meiner geistigen Verfassung. Nun, ich werde Ihnen in so wenigen Worten wie möglich drei Vorfälle schildern, die sich seither zugetragen haben, und Sie sollen beurteilen, wer von uns beiden recht hat. Der erste Vorfall geschah in einem indischen Dorf am Rande des Dschungels, Hunderte von Meilen entfernt von jenem Tempel, der Stadt, den Stämmen und ihren Gebräuchen, wo der Fluch über mich verhängt worden war. Ich erwachte mitten in der Nacht und lag da, ohne an etwas Bestimmtes zu denken, als ich plötzlich ein leichtes Kitzeln wie von einem Faden oder Haar an meiner Kehle spürte. Ich schrak zurück und wich ihm aus und musste an die Worte im Tempel denken. Doch als ich aufstand und bei Licht in einen Spiegel sah, war der feine Strich an meinem Hals eine Blutspur.

Der zweite Vorfall ereignete sich in einer Unterkunft in Port Said, etwas später, als wir bereits auf der Heimreise waren. Es war eine Mischung aus Taverne und Raritätenladen; und obwohl dort

nothing there remotely suggesting the cult of the Monkey, it is, of course, possible that some of its images or talismans were in such a place. Its curse was there, anyhow. I woke again in the dark with a sensation that could not be put in colder or more literal words than that a breath bit like an adder. Existence was an agony of extinction; I dashed my head against walls until I dashed it against a window; and fell rather than jumped into the garden below. Putnam, poor fellow, who had called the other thing a chance scratch, was bound to take seriously the fact of finding me half insensible on the grass at dawn. But I fear it was my mental state he took seriously; and not my story.

"The third happened in Malta. We were in a fortress there; and as it happened our bedrooms over-looked the open sea, which almost came up to our window-sills, save for a flat white outer wall as bare as the sea. I woke up again; but it was not dark. There was a full moon, as I walked to the window; I could have seen a bird on the bare battlement; or a sail on the horizon. What I did see was a sort of stick or branch circling, self-supported, in the empty sky. It flew straight in at my window and smashed the lamp beside the pillow I had just quitted. It was one of those queer-shaped war-clubs some Eastern tribes use. But it had come from no human hand."

Father Brown threw away a daisy-chain he was making, and rose with a wistful look. "Has Major Putnam," he asked, "got any Eastern curios, idols, weapons and so on, from which one might get a hint?"

nichts auch nur entfernt an den Kult des Affen erinnerte, ist es natürlich möglich, dass sich ein paar seiner Bildnisse oder Talismane an einem solchen Ort befanden. Sein Fluch war jedenfalls dort. Wieder erwachte ich im Dunkeln, mit einem Gefühl, das sich mit nichts so nüchtern oder genau vergleichen lässt wie mit dem gehauchten Biss einer Natter. Ich fühlte mich wie im Todeskampf; ich schlug mit dem Kopf gegen die Wände, bis ich eine Scheibe traf und in den darunterliegenden Garten mehr stürzte als sprang. Putnam, der arme Kerl, der die andere Sache als zufälligen Kratzer abgetan hatte, musste diesmal den Umstand ernst nehmen, dass er mich im Morgengrauen halb bewusstlos im Gras fand. Ich befürchte aber, er hat nur meinen Geisteszustand ernst genommen, nicht aber meine Geschichte.

Der dritte Vorfall geschah in Malta. Wir befanden uns in einer Festung, und unsere Schlafräume gingen zufällig aufs offene Meer hinaus, das fast bis zu den Fensterbänken hinaufbrandete, wenn es nicht von einer flachen, weißen Außenmauer, blank wie die See, zurückgehalten worden wäre. Wieder wachte ich nachts auf, doch es war nicht dunkel. Als ich ans Fenster trat, bemerkte ich, dass Vollmond war; ich hätte einen Vogel auf den nackten Zinnen oder ein Segel am Horizont erkennen können. Doch was ich sah, war eine Art Stock oder Zweig, der aus eigener Kraft am leeren Himmel seine Kreise zog. Er flog geradewegs durch mein Fenster herein und zerschmetterte die Lampe neben dem Kopfkissen, das ich soeben verlassen hatte. Es war eines jener seltsam geformten Wurfhölzer, die manche Stämme im Fernen Osten im Krieg benutzen. Doch keine menschliche Hand hatte es geschleudert.«

Pater Brown warf den Kranz aus Gänseblümchen weg, den er geflochten hatte, und erhob sich mit nachdenklichem Blick. »Besitzt Major Putnam irgendwelche asiatischen Raritäten, Talismane, Waffen und so weiter, die uns einen Fingerzeig geben könnten?«, fragte er.

"Plenty of those, though not much use, I fear," replied Cray; "but by all means come into his study."

As they entered they passed Miss Watson buttoning her gloves for church, and heard the voice of Putnam downstairs still giving a lecture on cookery to the cook. In the Major's study and den of curios they came suddenly on a third party, silk-hatted and dressed for the street, who was poring over an open book on the smoking-table—a book which he dropped rather guiltily, and turned.

Cray introduced him civilly enough, as Dr. Oman, but he showed such disfavour in his very face that Brown guessed the two men, whether Audrey knew it or not, were rivals. Nor was the priest wholly unsympathetic with the prejudice. Dr. Oman was a very well-dressed gentleman indeed; well-featured, though almost dark enough for an Asiatic. But Father Brown had to tell himself sharply that one should be in charity even with those who wax their pointed beards, who have small gloved hands, and who speak with perfectly modulated voices.

Cray seemed to find something specially irritating in the small prayer-book in Oman's dark-gloved hand. "I didn't know that was in your line," he said rather rudely.

Oman laughed mildly, but without offence. "This is more so, I know," he said, laying his hand on the big book he had dropped, "a dictionary of drugs and such things. But it's rather too large to take to church." Then he closed the larger book, and there seemed again the faintest touch of hurry and embarrassment.

"I suppose," said the priest, who seemed anxious to change the subject, "all these spears and things are from India?"

»Jede Menge, aber ich fürchte, sie sind keine große Hilfe«, antwortete Cray; »aber werfen Sie doch für alle Fälle einen Blick in sein Arbeitszimmer.«

Als sie das Haus betraten, begegneten sie Miss Watson, die gerade ihre Handschuhe für den Kirchgang zuknöpfte, und hörten, wie Putnam dem Koch unten immer noch einen Vortrag über Kochkunst hielt. Im Arbeits- und Raritätenzimmer des Oberst stießen sie plötzlich auf eine weitere Person in Zylinder und Straßenkleidung, die in ein Buch vertieft war, das aufgeklappt auf dem Rauchtisch lag – ein Buch, das der Mann ziemlich schuldbewusst fallen ließ, als er sich umdrehte.

Cray stellte ihn höflich als Dr. Oman vor, doch im Gesicht stand ihm ein derartiges Missfallen, dass Brown den Verdacht hegte, die beiden Männer seien Rivalen – ob Audrey es nun wusste oder nicht. Auch fand der Priester die Abneigung Crays nicht ganz abwegig. Dr. Oman war in der Tat ein sehr elegant gekleideter Gentleman; er hatte ein gut geschnittenes Gesicht, obwohl es fast so dunkel wie das eines Asiaten war. Pater Brown musste sich streng ermahnen, dass man Milde auch denen gegenüber walten lassen sollte, die ihre Spitzbärte pomadisieren, ihre zierlichen Finger in Handschuhe stecken und mit öliger Stimme sprechen.

Cray schien sich besonders über das kleine Gebetbuch in Omans dunkel behandschuhter Hand zu ärgern. »Ich wusste gar nicht, dass sie sich mit so etwas abgeben«, sagte er ziemlich grob.

Oman lächelte sanft, doch ohne Kränkung. »Das ist schon mehr nach meinem Geschmack, ich weiß«, sagte er und legte die Hand auf das dicke Buch, das er fallen gelassen hatte, »ein Nachschlagewerk über Drogen und dergleichen. Leider ist es etwas zu groß, um es mit in die Kirche zu nehmen.« Dann schloss er das größere Buch und schien erneut in gewisser Eile und Verlegenheit zu sein.

»Ich nehme an«, sagte der Priester, dem offenbar stark daran gelegen war, das Thema zu wechseln, »all diese Speere und die übrigen Dinge stammen aus Indien?«

"From everywhere," answered the doctor. "Putnam is an old soldier, and has been in Mexico and Australia, and the Cannibal Islands for all I know."

"I hope it was not in the Cannibal Islands," said Brown, "that he learnt the art of cookery." And he ran his eyes over the stew-pots or other strange utensils on the wall.

At this moment the jolly subject of their conversation thrust his laughing, lobsterish face into the room. "Come along, Cray," he cried. "Your lunch is just coming in. And the bells are ringing for those who want to go to church."

Cray slipped upstairs to change; Dr. Oman and Miss Watson betook themselves solemnly down the street, with a string of other church-goers; but Father Brown noticed that the doctor twice looked back and scrutinized the house; and even came back to the corner of the street to look at it again.

The priest looked puzzled. "*He* can't have been at the dustbin," he muttered. "Not in those clothes. Or was he there earlier to-day?"

Father Brown, touching other people, was as sensitive as a barometer; but to-day he seemed about as sensitive as a rhinoceros. By no social law, rigid or implied, could he be supposed to linger round the lunch of the Anglo-Indian friends; but he lingered, covering his position with torrents of amusing but quite needless conversation. He was the more puzzling because he did not seem to want any lunch. As one after another of the most exquisitely balanced kedgerees of curries, accompanied with their appropriate vintages, were laid before the other two, he only repeated that it was one of his fast-days, and munched a piece of bread and sipped

»Von überallher«, erwiderte der Doktor. »Putnam ist ein alter Soldat, er war in Mexiko, Australien und, soviel ich weiß, auf den Kannibalen-Inseln.«

»Ich hoffe, er hat auf den Kannibalen-Inseln nicht auch die Kunst des Kochens erlernt«, bemerkte Brown und ließ seinen Blick über die Kochtöpfe und andere merkwürdige Gegenstände an der Wand schweifen.

In diesem Augenblick steckte der fröhliche Gegenstand ihrer Unterhaltung sein lachendes, krebsrotes Gesicht durch die Tür. »Komm runter, Cray«, krähte er. »Dein Lunch wird gerade aufgetragen. Und die Glocken läuten für die, die in die Kirche gehen wollen.«

Cray verschwand nach oben, um sich umzuziehen. Dr. Oman und Miss Watson begaben sich gemeinsam mit einer Reihe von anderen Kirchgängern feierlich die Straße hinab; Pater Brown bemerkte jedoch, dass sich der Doktor zweimal umdrehte und prüfend das Haus in Augenschein nahm, er kam sogar zur Straßenecke zurück, um es noch einmal zu tun.

Der Priester war verwirrt. »*Er* kann nicht an dem Müllbehälter gewesen sein«, murmelte er. »Nicht in diesen Kleidern. Oder war er heute schon früher einmal da?«

Im Umgang mit anderen Menschen war Pater Brown eigentlich so feinfühlig wie ein Barometer, doch heute schien er so dickfellig wie ein Rhinozeros zu sein. Keine gesellschaftliche Regel, fest vereinbart oder als ungeschriebenes Gesetz, hätte seine weitere Anwesenheit während des Mahls der anglo-indischen Freunde rechtfertigen können; er blieb trotzdem – und verbarg sein ungebührliches Benehmen hinter einer Flut amüsanter, doch völlig unsinniger Geschichten. Besonders rätselhaft war, dass er eigentlich nichts zu sich nehmen wollte. Als eine herrlich gewürzte Reis- und Currytafel nach der anderen, begleitet von den jeweils passenden Weinen, vor den beiden aufgetragen wurden, wiederholte er nur immer wieder, heute sei einer seiner Fastentage, kaute an einem

and then left untasted a tumbler of cold water. His talk, however, was exuberant.

"I'll tell you what I'll do for you," he cried; "I'll mix you a salad! I can't eat it, but I'll mix it like an angel! You've got a lettuce there."

"Unfortunately it's the only thing we have got," answered the good-humoured Major. "You must remember that mustard, vinegar, oil and so on vanished with the cruet and the burglar."

"I know," replied Brown, rather vaguely. "That's what I've always been afraid would happen. That's why I always carry a cruet-stand about with me. I'm so fond of salads."

And to the amazement of the two men he took a pepper-pot out of his waistcoat pocket and put it on the table.

"I wonder why the burglar wanted mustard, too," he went on, taking a mustard-pot from another pocket. "A mustard plaster, I suppose. And vinegar"—producing that condiment—"haven't I heard something about vinegar and brown paper? As for oil, which I think I put in my left——"

His garrulity was an instant arrested; for lifting his eyes, he saw what no one else saw—the black figure of Dr. Oman standing on the sunlit lawn and looking steadily into the room. Before he could quite recover himself Cray had cloven in.

"You're an astounding card," he said, staring. "I shall come and hear your sermons, if they're as amusing as your manners." His voice changed a little, and he leaned back in his chair.

"Oh, there are sermons in a cruet-stand, too," said Father Brown, quite gravely. "Have you heard of faith

Stück Brot, nippte an einem Glas mit kaltem Wasser und ließ es stehen. Doch seine Redelust war überschäumend.

»Wissen Sie, was ich jetzt für Sie tun werde?«, rief er. »Ich werde Ihnen einen Salat zubereiten! Ich darf zwar keinen essen, aber im Soßenanrühren bin ich unschlagbar! Dort drüben haben Sie ja Salat.«

»Leider ist das auch das Einzige, was wir haben«, entgegnete der Major aufgeräumt. »Sie wissen doch, dass Senf, Essig, Öl und so weiter gemeinsam mit dem Ständer und dem Einbrecher verschwunden sind.«

»Ich weiß«, erwiderte Brown unbekümmert. »Genau das habe ich immer befürchtet. Deshalb trage ich die wichtigsten Utensilien stets bei mir. Ich finde Salate einfach herrlich.«

Und zum großen Erstaunen der beiden Männer zog er einen Pfefferstreuer aus seiner Westentasche und stellte ihn auf den Tisch.

»Ich frage mich, wieso der Einbrecher auch den Senf mitgenommen hat«, fuhr er fort und holte aus einer anderen Tasche einen Senftiegel. »Vermutlich für ein Senfpflaster. Und Essig«, auch dieses Würzmittel kam zum Vorschein, »habe ich nicht mal etwas über Essig und Packpapier gehört? Das Öl ist, ich glaube, hier links …«

Einen kurzen Moment hielt er in seiner Geschwätzigkeit inne, hob den Blick und sah, was keiner außer ihm bemerkte: die schwarze Gestalt Dr. Omans, der auf dem sonnenbeschienenen Rasen stand und unverwandt ins Zimmer starrte. Bevor er sich wieder gefasst hatte, ergriff Cray das Wort.

»Sie sind ein komischer Vogel«, sagte er und starrte ihn an. »Ich werde mir einmal Ihre Predigten anhören, falls sie genauso amüsant sind wie Ihr Benehmen.« Seine Stimme schwankte ein wenig, und er lehnte sich in seinem Stuhl zurück.

»Oh, man kann ja auch über Gewürzständer predigen«, sagte Pater Brown ernsthaft. »Haben Sie noch nie etwas von dem Glau-

like a grain of mustard-seed; or charity that anoints with oil? And as for vinegar, can any soldiers forget that solitary soldier, who, when the sun was darkened—"

Colonel Cray leaned forward a little and clutched the table-cloth.

Father Brown, who was making the salad, tipped two spoonfuls of the mustard into the tumbler of water beside him; stood up and said in a new, loud and sudden voice—"Drink that!"

At the same moment the motionless doctor in the garden came running, and bursting open a window cried: "Am I wanted? Has he been poisoned?"

"Pretty near," said Brown, with the shadow of a smile; for the emetic had very suddenly taken effect. And Cray lay in a deck-chair, gasping as for life, but alive.

Major Putnam had sprung up, his purple face mottled. "A crime!" he cried hoarsely. "I will go for the police!"

The priest could hear him dragging down his palm-leaf hat from the peg and tumbling out of the front door; he heard the garden gate slam. But he only stood looking at Cray; and after a silence said quietly:

"I shall not talk to you much; but I will tell you what you want to know. There is no curse on you. The Temple of the Monkey was cither a coincidence or a pan of the trick; the trick was the trick of a white man. There is only one weapon that will bring blood with that mere feathery touch: a razor held by a white man. There is one way of making a common room full of invisible, overpowering poison: turning on the gas—the crime of a white man. And there is only one kind of club that can be thrown out of a window, turn in mid-air and come

ben gehört, der einem Senfkorn gleicht, oder von der Barmherzigkeit, die mit Öl salbt? Und was den Essig angeht, können Soldaten jemals jenen einsamen Soldaten vergessen, der, als die Sonne sich verfinsterte ...«

Oberst Cray beugte sich ein wenig nach vorne und packte krampfhaft das Tischtuch.

Pater Brown, der gerade den Salat machte, gab zwei Löffel Senf in das Wasserglas, das neben ihm stand, erhob sich und sagte plötzlich laut und mit völlig veränderter Stimme: »Trinken Sie das!«

Im selben Augenblick stürzte der Doktor, der bis dahin reglos im Garten gestanden hatte, auf das Haus zu, stieß ein Fenster auf und rief: »Werde ich gebraucht? Ist er vergiftet worden?«

»Beinahe«, erwiderte Brown mit einem Anflug von Lächeln, denn das Brechmittel hatte eine äußerst unmittelbare Wirkung. Cray lag in einem Lehnstuhl. Er rang nach Luft, aber er lebte.

Major Putnam war aufgesprungen, sein rotes Gesicht voller Flecken. »Ein Verbrechen!«, rief er heiser. »Ich werde die Polizei holen!«

Der Priester konnte hören, wie er seinen Palmblätterhut vom Haken riss und zur Eingangstür hinausstürzte; dann fiel das Gartentor ins Schloss. Er aber stand nur da und sah Cray an, und nach kurzem Schweigen sagte er:

»Ich werde keine großen Worte machen; aber ich werde Ihnen sagen, was Sie wissen wollen. Auf Ihnen liegt kein Fluch. Der Tempel des Affen war entweder ein Zufall oder ein Teil des Spiels; das Spiel eines weißen Mannes. Er gibt nur eine einzige Waffe, die bei einer federleichten Berührung eine Blutspur hinterlässt: ein Rasiermesser in der Hand eines Weißen. Es gibt nur eine Methode, einen gewöhnlichen Raum mit unsichtbarem, betäubendem Gift zu füllen: das Aufdrehen des Gashahns – das Verbrechen eines weißen Mannes. Und es gibt nur einen Schlagstock, den man aus dem Fenster schleudern kann, der in der Luft umdreht und durchs

back to the window next to it: the Australian boomerang. You'll see some of them in the Major's study."

With that he went outside and spoke for a moment to the doctor. The moment after, Audrey Watson came rushing into the house and fell on her knees beside Cray's chair. He could not hear what they said to each other; but their faces moved with amazement, not unhappiness. The doctor and the priest walked slowly towards the garden gate.

"I suppose the Major was in love with her, too," he said with a sigh; and when the other nodded observed: "You were very generous, doctor. You did a fine thing. But what made you suspect?"

"A very small thing," said Oman; "but it kept me restless in church till I came back to see that all was well. That book on his table was a work on poisons; and was put down open at the place where it stated that a certain Indian poison, though deadly and difficult to trace, was particularly easily reversible by the use of the commonest emetics. I suppose he read that at the last moment—"

"And remembered that there were emetics in the cruet-stand," said Father Brown. "Exactly. He threw the cruet in the dustbin–where I found it, along with other silver–for the sake of a burglary blind. But if you look at that pepper-pot I put on the table, you'll see a small hole. That's where Cray's bullet struck, shaking up the pepper and making the criminal sneeze."

There was a silence. Then Dr. Oman said grimly: "The Major is a long time looking for the police."

"Or the police in looking for the Major?" said the priest. "Well, good-bye."

Nachbarfenster zurückkommt: den australischen Bumerang. Im Arbeitszimmer des Majors können Sie einige davon bewundern.«

Damit verließ er das Zimmer und sprach kurz mit dem Doktor. Im nächsten Augenblick stürzte Audrey Watson ins Haus und fiel neben Crays Stuhl auf die Knie. Er konnte nicht hören, was sie sprachen, aber in ihren Gesichtern stand Erstaunen, keine Traurigkeit. Der Doktor und der Priester schlenderten langsam auf das Gartentor zu.

»Ich nehme an, dass der Major ebenfalls in sie verliebt war«, sagte er seufzend, und als der andere nickte, stellte er fest: »Sie waren sehr edelmütig, Doktor. Das haben Sie großartig gemacht. Aber was ließ Sie Verdacht schöpfen?«

»Nur eine Kleinigkeit«, entgegnete Oman. »Aber sie ließ mich in der Kirche nicht zur Ruhe kommen, bis ich zurückging, um mich davon zu überzeugen, dass alles in Ordnung war. Dieses Buch auf dem Tisch war ein Werk über Gifte, und es war an einer Stelle aufgeschlagen, die sich mit einem bestimmten indischen Gift befasst, das tödlich wirkt und schwer nachzuweisen ist, aber durch das einfachste Brechmittel unschädlich gemacht werden kann. Ich glaube, das hat er wirklich im letzten Augenblick gelesen …«

»Und daran gedacht, dass sich in dem Gewürzständer Brechmittel befanden«, unterbrach ihn Pater Brown. »Genau. Er warf den Gewürzständer in den Müllbehälter – wo ich ihn zusammen mit dem übrigen Silber fand –, um einen Einbruch vorzutäuschen. Aber wenn Sie sich den Pfefferstreuer ansehen, den ich auf den Tisch gestellt habe, werden Sie ein kleines Loch entdecken. Dort hat Crays Kugel eingeschlagen, wirbelte den Pfeffer auf und brachte den Verbrecher zum Niesen.«

Sie schwiegen. Dann sagte Oman grimmig: »Der Major braucht ziemlich lange, um die Polizei zu suchen.«

»Oder die Polizei, um den Major zu suchen«, versetzte der Priester. »Leben Sie wohl.«

The Oracle of the Dog

"Yes," said Father Brown, "I always like a dog, so long as he isn't spelt backwards."

Those who are quick in talking are not always quick in listening. Sometimes even their brilliancy produces a sort of stupidity. Father Brown's friend and companion was a young man with a stream of ideas and stories, an enthusiastic young man named Fiennes, with eager blue eyes and blond hair that seemed to be brushed back, not merely with a hair-brush but with the wind of the world as he rushed through it. But he stopped in the torrent of his talk in a momentary bewilderment before he saw the priest's very simple meaning.

"You mean that people make too much of them?" he said. "Well, I don't know. They're marvellous creatures. Sometimes I think they know a lot more than we do."

Father Brown said nothing, but continued to stroke the head of the big retriever in a half-abstracted but apparently soothing fashion.

"Why," said Fiennes, warming again to his monologue, "there was a dog in the case I've come to see you about: what they call the 'Invisible Murder Case,' you know. It's a strange story, but from my point of view the dog is about the strangest thing in it. Of course, there's the mystery of the crime itself, and how old Druce can have been killed by somebody else when he was all alone in the summer-house—"

The hand stroking the dog stopped for a moment in its rhythmic movement, and Father Brown said calmly: "Oh, it was a summer-house, was it?"

Das Hundeorakel

»Doch«, sagte Pater Brown, »ich mag Hunde sehr gern, solange man sie nur als Tiere betrachtet.«

Gute Geschichtenerzähler sind nicht immer gute Zuhörer. Zuweilen erweisen sich selbst geistreiche Menschen als begriffsstutzig. Pater Browns Freund und Besucher war ein junger Mann, der vor Ideen und Geschichten nur so übersprudelte, ein enthusiastischer Jungspund namens Fiennes, mit hellwachen blauen Augen und einem blonden Haarschopf, der aussah, als hätte ihn nicht einfach nur eine Bürste nach hinten gestriegelt, sondern der Wind des Lebens, durch das er hindurchfegte. Er unterbrach seinen Redefluss für einen Moment und schwieg verdutzt, ehe er den schlichten Sinn der Worte von Pater Brown erkannte.

»Meinen Sie, dass die Leute sie zu sehr vergöttern?«, fragte er. »Ach, ich weiß nicht. Es sind herrliche Geschöpfe. Manchmal glaube ich, sie wissen viel mehr als wir.«

Pater Brown erwiderte nichts, sondern fuhr fort, dem großen Jagdhund halb unbewusst den Kopf zu streicheln, was dieser offensichtlich genoss.

»Also«, sagte Fiennes, der sich bereits wieder warmredete, »bei dem Fall, wegen dem ich sie aufgesucht habe, spielt auch ein Hund eine Rolle: dem sogenannten ›Fall des Unsichtbaren Mörders‹, wissen Sie. Es ist eine seltsame Geschichte, aber meiner Ansicht nach ist der Hund das Seltsamste daran. Sicher, das Verbrechen an sich ist höchst geheimnisvoll, und wie der alte Druce von einem anderen Menschen getötet werden konnte, während er ganz allein in seiner Gartenlaube saß …«

Die Hand, die den Hund streichelte, hielt in ihrer gleichmäßigen Bewegung einen Augenblick inne, und Pater Brown sagte ruhig: »Ach, es war also eine Gartenlaube?«

"I thought you'd read all about it in the papers," answered Fiennes. "Stop a minute; I believe I've got a cutting that will give you all the particulars." He produced a strip of newspaper from his pocket and handed it to the priest, who began to read it, holding it close to his blinking eyes with one hand while the other continued its half-conscious caresses of the dog. It looked like the parable of a man not letting his right hand know what his left hand did.

"Many mystery stories, about men murdered behind locked doors and windows, and murderers escaping without means of entrance and exit, have come true in the course of the extraordinary events at Cranston on the coast of Yorkshire, where Colonel Druce was found stabbed from behind by a dagger that has entirely disappeared from the scene, and apparently even from the neighbourhood.

"The summer-house in which he died was indeed accessible at one entrance, the ordinary doorway which looked down the central walk of the garden towards the house. But, by a combination of events almost to be called a coincidence, it appears that both the path and the entrance were watched during the crucial time, and there is a chain of witnesses who confirm each other. The summer-house stands at the extreme end of the garden, where there is no exit or entrance of any kind. The central garden path is a lane between two ranks of tall delphiniums, planted so close that any stray step off the path would leave its traces; and both path and plants run right up to the very mouth of the summer-house, so that no straying from mat straight path could fail to be observed, and no other mode of entrance can be imagined.

»Ich dachte, Sie hätten alles darüber in der Zeitung gelesen«, entgegnete Fiennes. »Warten Sie mal – ich glaube, ich habe einen Ausschnitt bei mir, dem Sie alle Einzelheiten entnehmen können.« Er zog einen Zeitungsstreifen aus seiner Tasche und reichte ihn dem Priester; dieser fing an zu lesen, indem er ihn mit einer Hand dicht vor seine blinzelnden Augen hielt und mit der anderen zerstreut fortfuhr, den Hund zu liebkosen. Es sah aus wie das Gleichnis von dem Mann, dessen rechte Hand nicht weiß, was die linke tut.

»Viele Detektivgeschichten über Menschen, die hinter verschlossenen Türen und Fenstern ermordet wurden, und Mörder, die entflohen, ohne dabei einen Ein- oder Ausgang zu benutzen, wurden im Zuge der außergewöhnlichen Ereignisse in Cranston an der Küste von Yorkshire Wirklichkeit. Dort wurde Oberst Druce hinterrücks erstochen aufgefunden. Von der Tatwaffe, einem Dolch, fehlt jede Spur, sie wurde weder am Tatort noch in der umliegenden Gegend gefunden.

Die Gartenlaube, in der er starb, verfügte tatsächlich nur über einen einzigen Eingang, die Tür, die auf Hauptweg des Gartens, der zum Haus führt, hinausging. Durch eine Verkettung von Umständen, die man beinahe Zufall nennen könnte, wurden Weg und Eingang anscheinend während der fraglichen Zeit beobachtet, und es gibt eine Reihe von Zeugen, deren Aussagen dahingehend übereinstimmen. Die Laube steht am äußersten Ende des Gartens, wo es keinerlei weiteren Ein- oder Ausgang gibt. Der Hauptweg ist ein Gartenpfad zwischen zwei Reihen riesiger Ritterspornstauden, die so eng gepflanzt sind, dass jeder Schritt ab vom Weg eine Spur hinterlassen würde; Pfad und Stauden laufen unmittelbar auf den Eingang der Laube zu, sodass jedes Verlassen des kerzengeraden Wegs keinesfalls unbemerkt bleiben würde. Eine andere Form des Zutritts ist nicht vorstellbar.

"Patrick Floyd, secretary of the murdered man, testified that he had been in a position to overlook the whole garden from the time when Colonel Druce last appeared alive in the doorway to the time when he was found dead; as he, Floyd, had been on the top of a step-ladder clipping the garden hedge. Janet Druce, the dead man's daughter, confirmed this, saying that she had sat on the terrace of the house throughout that time and had seen Floyd at his work. Touching some part of the rime, this is again supported by Donald Druce, her brother—who overlooked the garden—standing at his bedroom window in his dressing-gown, for he had risen late. Lastly, the account is consistent with that given by Dr. Valentine, a neighbour, who called for a time to talk with Miss Druce on the terrace, and by the Colonel's solicitor, Mr. Aubrey Traill, who was apparently the last to see the murdered man alive—presumably with the exception of the murderer.

"All arc agreed that the course of events was as follows: About half-past three in the afternoon, Miss Druce went down the path to ask her father when he would like tea; but he said he did not want any and was waiting to see Traill, his lawyer, who was to be sent to him in the summer-house. The girl then came away and met Traill coming down the path; she directed him to her father and he went in as directed. About half an hour afterwards he came out again, the Colonel coming with him to the door and showing himself to all appearance in health and even high spirits. He had been somewhat annoyed earlier in the day by his son's irregular hours, but seemed to recover his temper in a perfectly normal fashion, and had been rather markedly genial in receiving other visitors, including two of his nephews, who came over for the

Patrick Floyd, der Sekretär des Ermordeten, sagte aus, dass er sich an einem Ort befand, von dem aus er den ganzen Garten überblicken konnte, und zwar von dem Augenblick an, wo der Oberst zuletzt lebend in der Tür erschien, bis zu dem Zeitpunkt, an dem er tot aufgefunden wurde: er habe nämlich auf der obersten Sprosse einer Trittleiter gestanden und die Gartenhecke geschnitten. Janet Druce, die Tochter des Toten, bestätigte diese Aussage und gab an, sie habe die ganze Zeit über auf der Terrasse des Hauses gesessen und Floyd bei der Arbeit gesehen. Auch dies wird, zumindest für einen Teil der Zeit, von Donald Druce, ihrem Bruder, bestätigt, der im Morgenrock – er war spät aufgestanden – am Schlafzimmerfenster gestanden und von dort in den Garten gesehen hatte. Schlussendlich decken sich diese Angaben mit der Aussage Dr. Valentines, einem Nachbarn, der vorbeigekommen war, um eine Weile mit Miss Druce auf der Terrasse zu plaudern, und mit der Aussage von Mr. Aubrey Traill, dem Rechtsanwalt des Oberst, der den Ermordeten offenbar als letzter lebend gesehen hat – mit Ausnahme des Mörders vermutlich.

Alle stimmen darin überein, dass sich die Ereignisse folgendermaßen zugetragen haben: Etwa um halb vier Uhr nachmittags ging Miss Druce den Pfad hinab, um ihren Vater zu fragen, wann er seinen Tee wünsche; doch er sagte, er wolle keinen, er würde auf Traill, seinen Anwalt, warten, den man zu ihm in die Gartenlaube schicken solle. Auf dem Rückweg traf das Mädchen Traill, der den Gartenpfad entlangkam; sie wies ihn zu ihrem Vater in die Laube, wo er auch hinging. Etwa eine halbe Stunde später kam er wieder heraus, der Oberst begleitete ihn bis zur Tür und war augenscheinlich in bester Verfassung und sogar glänzend gelaunt. Etwas früher am Tag hatte er sich über die Nachtschwärmereien seines Sohnes geärgert, schien aber seinen Groll überwunden und zu normaler Verfassung zurückgefunden zu haben, denn er hatte andere Gäste ganz ausgesprochen herzlich empfangen, darunter seine beiden Neffen, die an diesem Tag zu Besuch gekommen waren. Da sich diese jedoch während des gesamten Zeitraums, in dem sich die Tragödie ereignete, auf einem

day. But as these were out walking during the whole period of the tragedy, they had no evidence to give. It is said, indeed, that the Colonel was not on very good terms with Dr. Valentine, but that gentleman only had a brief interview with the daughter of the house, to whom he is supposed to be paying serious attentions.

"Traill, the solicitor, says he left the Colonel entirely alone in the summer-house, and this is confirmed by Floyd's bird's-eye view of the garden, which showed nobody else passing the only entrance. Ten minutes later, Miss Druce again went down the garden and had not reached the end of the path when she saw her father, who was conspicuous by his white linen coat, lying in a heap on the floor. She uttered a scream which brought others to the spot, and on entering the place they found the Colonel lying dead beside his basket-chair, which was also upset. Dr. Valentine, who was still in the immediate neighbourhood, testified that the wound was made by some sort of stiletto, entering under the shoulderblade and piercing the heart. The police have searched the neighbourhood for such a weapon, but no trace of it can be found."

"So Colonel Druce wore a white coat, did he?" said Father Brown as he put down the paper.

"Trick he learnt in the tropics," replied Fiennes, with some wonder. "He'd had some queer adventures there, by his own account; and I fancy his dislike of Valentine was connected with the doctor coming from the tropics, too. But it's all an infernal puzzle. The account there is pretty accurate; I didn't see the tragedy, in the sense of the discovery; I was out walking with the young nephews and the dog–the dog I

Spaziergang befanden, konnten sie keinerlei Aussage machen. Man behauptet, dass das Verhältnis zwischen dem Oberst und Dr. Valentine nicht besonders gut gewesen sei, doch dieser Gentleman hatte nur eine kurze Unterredung mit der Tochter des Hauses, der er angeblich ernsthaft den Hof macht.

Rechtsanwalt Traill gibt an, den Oberst allein in der Gartenlaube zurückgelassen zu haben, dies wird von Floyd bestätigt, der aus seiner Vogelperspektive sehen konnte, dass niemand sonst die Laube betrat. Zehn Minuten später ging Miss Druce erneut durch den Garten, und sie hatte das Ende des Pfads noch nicht erreicht, als sie ihren Vater, deutlich zu erkennen an seinem weißen Leinenjackett, ungestalt am Boden liegen sah. Sie stieß einen Schrei aus, der die anderen sofort herbeieilen ließ, und als sie die Laube betraten, fanden sie den Oberst tot neben seinem umgestürzten Korbsessel liegen. Dr. Valentine, der sich noch in unmittelbarer Nähe aufhielt, stellte fest, dass die Wunde von einer Art Stilett herrührte, das unterhalb des Schulterblatts eingedrungen war und das Herz durchbohrt hatte. Die Polizei hat die ganze Umgebung nach einer derartigen Waffe abgesucht, aber keine Spur davon entdecken können.«

»Oberst Druce trug also ein weißes Jackett?«, fragte Pater Brown, als er den Zeitungsausschnitt sinken ließ.

»Das hat er sich in den Tropen angewöhnt«, erwiderte Fiennes leicht erstaunt. »Laut eigener Aussage hat er dort ein paar abenteuerliche Dinge erlebt; und ich schätze, seine Abneigung gegen Valentine hatte etwas damit zu tun, dass der Arzt ebenfalls aus den Tropen kam. Aber die ganze Sache ist ein verdammtes Rätsel. Der Zeitungsbericht ist ziemlich genau – ich habe die Tragödie nicht selbst erlebt, denn ich war nicht dabei, als sie ihn fanden; ich war mit den beiden Neffen und dem Hund spazieren – mit dem

wanted to tell you about. But I saw the stage set for it as described; the straight lane between the blue flowers right up to the dark entrance, and the lawyer going down it in his blacks and his silk hat, and the red head of the secretary showing high above the green hedge as he worked on it with his shears. Nobody could have mistaken that red head at any distance; and if people say they saw it there all the time, you may be sure they did. This red-haired secretary, Floyd, is quite a character; a breathless bounding sort of fellow, always doing everybody's work as he was doing the gardener's. I think he is an American; he's certainly got the American view of life—what they call the view-point, bless 'em."

"What about the lawyer?" asked Father Brown.

There was a silence and then Fiennes spoke quite slowly for him. "Traill struck me as a singular man. In his fine black clothes he was almost foppish, yet you can hardly call him fashionable. For he wore a pair of long, luxuriant black whiskers such as haven't been seen since Victorian times. He had rather a fine grave face and a fine grave manner, but every now and then he seemed to remember to smile. And when he showed his white teeth he seemed to lose a little of his dignity, and there was something faintly fawning about him. It may have been only embarrassment, for he would also fidget with his cravat and his tie-pin, which were at once handsome and unusual, like himself. If I could think of anybody—but what's the good, when the whole thing's impossible? Nobody knows who did it. Nobody knows how it could be done. At least there's only one exception I'd make, and that's why I really mentioned the whole thing. The dog knows."

Hund, von dem ich Ihnen erzählen wollte. Aber ich habe die Szenerie exakt so gesehen, wie sie hier beschrieben wird: den schnurgeraden Pfad zwischen den blauen Blumen bis hin zu dem schattigen Eingang; den schwarz gekleideten Rechtsanwalt mit Zylinder, der ihn entlangging; den roten Schopf des Sekretärs hoch über der grünen Hecke, die er mit seiner Gartenschere bearbeitete. Diesen roten Schopf hätte niemand übersehen können, egal aus welcher Entfernung, und wenn die Leute behaupten, sie hätten ihn die ganze Zeit über dort gesehen, dann stimmt das auch. Dieser rothaarige Sekretär Floyd ist wirklich ein Original, ein hektischer, umtriebiger Kerl, der ständig die Arbeit anderer Leute erledigt, wie in diesem Fall die des Gärtners. Ich glaube, er ist Amerikaner; jedenfalls hat er diese amerikanische Art, ins Leben zu sehen – den Standpunkt, wie sie das nennen … du meine Güte.«

»Was ist mit dem Rechtsanwalt?«, wollte Pater Brown wissen.

Fiennes schwieg einen Augenblick und sprach dann für seine Verhältnisse ziemlich langsam: »Traill kam mir sonderbar vor. In seiner eleganten schwarzen Kleidung wirkte er fast geckenhaft, trotzdem würde man ihn kaum als modebewusst bezeichnen. Denn er trug einen langen, üppigen schwarzen Backenbart, wie man ihn seit viktorianischer Zeit nicht mehr gesehen hat. Er hatte ein vornehmes, ernstes Gesicht und ein vornehmes, ernstes Auftreten, aber hin und wieder schien er sich zu erinnern, dass ein Lächeln angebracht sei. Und wenn er seine weißen Zähne zeigte, schien er leicht an Würde zu verlieren, er bekam sogar etwas Kriecherisches. Es mag auch reine Verlegenheit gewesen sein, denn er spielte nervös mit seinem Halstuch und der Krawattennadel, die zugleich hübsch und sonderbar waren, genau wie er selbst. Wenn jemand in Frage käme … aber was soll das alles, es ist doch ausgeschlossen. Niemand weiß, wer es getan hat. Niemand weiß, wie es getan werden konnte. Eine Ausnahme würde ich allerdings machen, und nur deshalb erwähne ich die ganze Sache. Der Hund weiß es.«

Father Brown sighed and then said absently: "You were there as a friend of young Donald, weren't you? He didn't go on your walk with you?"

"No," replied Fiennes smiling. "The young scoundrel had gone to bed that morning and got up that afternoon. I went with his cousins, two young officers from India, and our conversation was trivial enough. I remember the elder, whose name I think is Herbert Druce and who is an authority on horse-breeding, talked about nothing but a mare he had bought and the moral character of the man who sold her; while his brother Harry seemed to be brooding on his bad luck at Monte Carlo. I only mention it to show you, in the light of what happened on our walk, that there was nothing psychic about us. The dog was the only mystic in our company."

"What sort of a dog was he?" asked the priest.

"Same breed as that one," answered Fiennes. "That's what started me off on the story, your saying you didn't believe in believing in a dog. He's a big black retriever, named Nox, and a suggestive name, too; for I dunk what he did a darker mystery than the murder. You know Druce's house and garden are by the sea; we walked about a mile from it along the sands and then turned back, going the other way. We passed a rather curious rock called the Rock of Fortune, famous in the neighbourhood because it's one of those examples of one stone barely balanced on another, so that a touch would knock it over. It is not really very high but the hanging outline of it makes it look a little wild and sinister; at least it made it look so to me, for I don't imagine my jolly young companions were afflicted with the picturesque. But it may be that I was begin-

Pater Brown seufzte und sagte dann zerstreut: »Sie waren dort, weil Sie mit dem jungen Donald befreundet sind, nicht wahr? Aber bei dem Spaziergang war er nicht dabei, oder?«

»Nein«, erwiderte Fiennes lächelnd. »Der Halunke war erst morgens zu Bett gegangen und nachmittags aufgestanden. Ich begleitete seine beiden Vettern, zwei junge Offiziere aus Indien, und dementsprechend belanglos war unsere Unterhaltung. Ich weiß noch, dass der ältere, der, glaube ich, Herbert Druce heißt und der als hervorragender Pferdezüchter gilt, über nichts anderes als eine Stute sprach, die er gekauft hatte, und über den Schurken, der sie ihm verkauft hatte; sein Bruder Harry schien währenddessen über sein Spielerpech in Monte Carlo nachzugrübeln. Ich erwähne das nur, um Ihnen in Anbetracht der Dinge, die sich auf unserem Spaziergang ereigneten, deutlich zu machen, dass keiner von uns etwas Übersinnliches an sich hatte. Der einzig Geheimnisvolle in unserer Gruppe war der Hund.«

»Was war das für ein Hund?«, fragte der Priester.

»Gleiche Rasse wie der hier«, entgegnete Fiennes. »Das hat mich ja erst auf die Geschichte gebracht, ihre Aussage, man solle in Hunden nicht mehr sehen, als sie sind. Er ist ein großer schwarzer Retriever und hört auf den Namen Nox – ein sehr passender Name übrigens, denn ich glaube, was er anstellte, ist ein noch dunkleres Geheimnis als der Mord. Wie Sie wissen, liegen Druces Haus und Garten am Meer; wir gingen etwa eine Meile am Strand entlang und dann den gleichen Weg zurück. Wir kamen an einem merkwürdigen Felsen, dem sogenannten Schicksalsfelsen vorüber, der in der Gegend berühmt ist, weil er einer von diesen Steinen ist, der nur mit der Spitze auf einem anderen Stein balanciert und bei der leisesten Berührung herabstürzen würde. Er ist nicht besonders hoch, aber durch seine überhängende Form wirkt er ziemlich wild und bedrohlich; jedenfalls in meinen Augen, ich kann mir nicht vorstellen, dass meine unbekümmerten jungen Begleiter viel Sinn fürs Pittoreske hatten. Vielleicht spürte

ning to feel an atmosphere; for just then the question arose of whether it was time to go back to tea, and even then I think I had a premonition that time counted for a good deal in the business. Neither Herbert Druce nor I had a watch, so we called out to his brother, who was some paces behind, having stopped to light his pipe under the hedge. Hence it happened that he shouted out the hour, which was twenty past four, in his big voice through the growing twilight; and somehow the loudness of it made it sound like the proclamation of something tremendous. His unconsciousness seemed to make it all the more so; but that was always the way with omens; and particular ticks of the clock were really very ominous things that afternoon. According to Dr. Valentine's testimony, poor Druce had actually died just about half-past four.

"Well, they said we needn't go home for ten minutes, and we walked a little farther along the sands, doing nothing in particular—throwing stones for the dog and throwing sticks into the sea for him to swim after. But to me the twilight seemed to grow oddly oppressive, and the very shadow of the top-heavy Rock of Fortune lay on me like a load. And then the curious thing happened. Nox had just brought back Herbert's walking-stick out of the sea and his brother had thrown his in also. The dog swam out again, but just about what must have been the stroke of the half-hour, he stopped swimming. He came back again on to the shore and stood in front of us. Then he suddenly threw up his head and sent up a howl or wail of woe—if ever I heard one in the world.

"'What the devil's the matter with the dog?' asked Herbert; but none of us could answer. There was a

ich auch nur, dass eine Stimmung in der Luft lag; denn genau in diesem Augenblick kam die Frage auf, ob es an der Zeit sei, zum Tee zurückzukehren, und da hatte ich, glaube ich, eine Vorahnung, dass die Zeit bei der Angelegenheit eine große Rolle spielte. Weder Herbert Druce noch ich hatten eine Uhr, also riefen wir seinen Bruder, der ein paar Schritte zurückgeblieben war, um sich im Schutz der Hecke seine Pfeife anzuzünden. So kam es, dass er durch das zunehmende Halbdunkel mit lauter Stimme die Uhrzeit, es war zwanzig nach vier, herüberschrie; und irgendwie bewirkte die Lautstärke, dass es wie die Verkündung eines schrecklichen Unheils klang. Seine Unbefangenheit verstärkte das Gefühl noch; aber das ist ja bei Vorzeichen meistens der Fall; und bestimmte Augenblicke an diesem Nachmittag waren tatsächlich besonders bedeutungsvoll. Laut Dr. Valentines Aussage war der arme Druce wirklich gegen halb fünf gestorben.

Nun, die Jungs meinten, wir hätten noch zehn Minuten Zeit, also gingen wir noch ein wenig den Strand entlang, ohne etwas Besonderes zu tun – wir warfen Steine für den Hund und schleuderten Stöcke ins Meer, die er apportieren sollte. Doch mir erschien die Dämmerung immer bedrückender, und der bloße Schatten des überhängenden Schicksalsfelsens lag auf mir wie eine Last. Und dann geschah das Merkwürdige. Nox hatte soeben Herberts Spazierstock aus dem Meer geholt, sein Bruder hatte seinen Stock ebenfalls hineingeworfen. Der Hund schwamm wieder hinaus, aber auf einmal – es musste gerade halb fünf geschlagen haben – hörte er auf zu schwimmen. Er kehrte ans Ufer zurück und blieb vor uns stehen. Dann warf er den Kopf zurück und stieß ein Geheul aus – ein so klagendes Wehgeheul, wie ich es noch nie im Leben gehört habe.

›Was zum Teufel ist mit dem Hund los?‹, fragte Herbert, aber keiner von uns konnte ihm eine Antwort geben. Nachdem das

long silence after the brute's wailing and whining died away on the desolate shore; and then the silence was broken. As I live, it was broken by a faint and far-off shriek, like the shriek of a woman from beyond the hedges inland. We didn't know what it was then; but we knew afterwards. It was the cry the girl gave when she first saw the body of her father."

"You went back, I suppose," said Father Brown patiently. "What happened then?"

"I'll tell you what happened then," said Fiennes with a grim emphasis. "When we got back into that garden the first thing we saw was Traill, the lawyer; I can see him now with his black hat and black whiskers relieved against the perspective of the blue flowers stretching down to the summer-house, with the sunset and the strange outline of the Rock of Fortune in the distance. His face and figure were in shadow against the sunset; but I swear the white teeth were showing in his head and he was smiling.

"The moment Nox saw that man the dog dashed forward and stood in the middle of the path barking at him madly, murderously, volleying out curses that were almost verbal in their dreadful distinctness of hatred. And the man doubled up and fled along the path between the flowers."

Father Brown sprang to his feet with a startling impatience.

"So the dog denounced him, did he?" he cried. "The oracle of the dog condemned him. Did you see what birds were flying, and are you sure whether they were on the right hand or the left? Did you consult the augurs about the sacrifices? Surely you didn't omit to cut open the dog and examine his entrails. That is the sort of scientific test you heathen humanitarians seem

Heulen und Winseln des Tiers an der einsamen Küste verstummt war, herrschte langes Schweigen, das plötzlich unterbrochen wurde. Unterbrochen, so wahr ich lebe, von einem schwachen, fernen Schrei, dem Schrei einer Frau, der jenseits der Hecken vom Land her zu kommen schien. Damals wussten wir noch nicht, was es war, doch später erfuhren wir es. Es war der Schrei, den das Mädchen ausstieß, als es den Leichnam seines Vaters entdeckte.«

»Sie gingen zurück, nehme ich an«, sagte Pater Brown geduldig. »Was geschah dann?«

»Ich will Ihnen sagen, was dann geschah«, versetzte Fiennes mit finsterem Nachdruck. »Das erste, was wir erblickten, als wir in diesen Garten zurückkamen, war Rechtsanwalt Traill; ich sehe ihn noch vor mir, mit seinem schwarzen Hut und seinem schwarzen Backenbart, die sich vor dem Hintergrund der bis zur Laube reichenden blauen Blumen abhoben, dahinter den Sonnenuntergang und den seltsamen Umriss des Schicksalsfelsens. Sein Gesicht und seine Gestalt lagen im Schatten, doch ich könnte schwören, dass er seine weißen Zähne zeigte und lächelte.

Kaum hatte Nox den Anwalt erblickt, stürmte er auf ihn zu, blieb mitten auf dem Weg stehen und bellte ihn völlig außer sich an; ein mörderisches Gebell, als würde er Flüche und schreckliche Hasstiraden gegen den Mann ausstoßen. Der Mann duckte sich und flüchtete zwischen den Blumen den Pfad hinauf.«

Pater Brown sprang mit erschreckender Ungeduld auf.

»Also hat der Hund ihn denunziert, ja?«, rief er. »Das Hundeorakel hat ihn verurteilt. Haben Sie gesehen, welche Vögel in der Luft waren, und wissen Sie auch, ob sie rechts oder links vorbeiflogen? Haben Sie auch die Auguren wegen der Opfer befragt? Bestimmt haben Sie nicht versäumt, den Hund aufzuschneiden und seine Eingeweide zu beschauen. Auf diese Art von wissenschaftlicher Prüfung scheint ihr aufgeklärten Heiden euch ja zu

to trust when you are thinking of taking away the life and honour of a man."

Fiennes sat gaping for an instant before he found bream to say: "Why, what's the matter with you? What have I done now?"

A sort of anxiety came back into the priest's eyes—the anxiety of a man who has run against a post in the dark and wonders for a moment whether he has hurt it.

"I'm most awfully sorry," he said with sincere distress. "I beg your pardon for being so rude; pray forgive me."

Fiennes looked at him curiously. "I sometimes think you are more of a mystery than any of the mysteries," he said. "But anyhow, if you don't believe in the mystery of the dog, at least you can't get over the mystery of the man. You can't deny that at the very moment when the beast came back from the sea and bellowed, his master's soul was driven out of his body by the blow of some unseen power that no mortal man can trace or even imagine. And as for the lawyer—I don't go only by the dog—there are other curious details, too. He struck me as a smooth. smiling, equivocal sort of person; and one of his tricks seemed like a sort of hint. You know the doctor and the police were on the spot very quickly; Valentine was brought back when walking away from the house, and he telephoned instantly. That, with the secluded house, small numbers, and enclosed space, made it pretty possible to search everybody who could have been near; and everybody was thoroughly searched—for a a weapon. The whole house, garden, and shore were combed for a weapon. The disappearance of the dagger is almost as crazy as the disappearance of the man."

verlassen, wenn ihr vorhabt, einen Menschen um sein Leben und seine Ehre zu bringen.«

Fiennes saß einen Augenblick lang gaffend da, bevor er wieder zu Atem kam und hervorbrachte: »Aber, was haben Sie denn? Was habe ich jetzt wieder angestellt?«

In die Augen des Priesters stahl sich ein Ausdruck von Unsicherheit – der Unsicherheit eines Mannes, der im Dunkeln gegen einen Pfosten gelaufen ist und sich einen Moment lang fragt, ob er ihn beschädigt hat.

»Es tut mir schrecklich leid«, sagte er aufrichtig betrübt. »Ich bitte meine Grobheit zu entschuldigen, bitte verzeihen Sie mir.«

Fiennes sah ihn neugierig an. »Manchmal glaube ich, Sie sind das größte Mysterium von allen«, sagte er. »Aber wenn Sie schon nicht an das Geheimnis des Hundes glauben wollen, an dem Geheimnis des Menschen kommen Sie nicht vorbei. Sie können nicht leugnen, dass genau in dem Augenblick, als das Tier aus dem Meer zurückkam und bellte, die Seele seines Herrn aus dem Leib getrieben wurde – durch den Stoß einer unsichtbaren Macht, die kein Sterblicher erkennen oder sich auch nur vorstellen kann. Und was den Rechtsanwalt betrifft – ich halte mich da nicht nur an den Hund –, gibt es auch noch andere merkwürdige Details. Er kam mir wie ein glatter, lächelnder, doppelzüngiger Mensch vor; und eine seiner Angewohnheiten erschien mir fast wie ein Wink. Wie Sie wissen, waren Arzt und Polizei sehr rasch zur Stelle; Valentine wurde zurückgeholt, als er sich gerade vom Haus entfernte, und er telefonierte sofort. Dieser Umstand, die Abgeschiedenheit des Hauses, die geringe Anzahl von Personen und das eingezäunte Grundstück erlaubten es, wirklich jeden zu durchsuchen, der in der Nähe war; und jedermann wurde genauestens durchsucht – nach einer Waffe. Das ganze Haus, der Garten und der Strand wurden nach einer Waffe durchkämmt. Das Verschwinden des Dolchs ist beinahe ebenso aberwitzig wie das Verschwinden des Täters.«

"The disappearance of the dagger," said Father Brown, nodding. He seemed to have become suddenly attentive.

"Well," continued Fiennes, "I told you that man Traill had a trick of fidgeting with his tie and tie-pin—especially his tie-pin. His pin, like himself, was at once showy and old-fashioned It had one of those stones with concentric coloured rings that look like an eye; and his own concentration on it got on my nerves, as if he had been a Cyclops with one eye in the middle of his body But the pin was not only large but long; and it occurred to me that his anxiety about its adjustment was because it was even longer than it looked; as long as a stiletto in fact."

Father Brown nodded thoughtfully. "Was any other instrument ever suggested?" he asked.

"There was another suggestion," answered Fiennes. "from one of the young Druces—the cousins, I mean. Neither Herbert nor Harry Druce would have struck one at first as likely to be of assistance in scientific detection; but while Herbert was really the traditional type of heavy Dragoon, caring for nothing but horses and being an ornament to the Horse Guards, his younger brother Harry had been in the Indian Police and knew something about such things. Indeed, in his own way he was quite clever; and I rather fancy he had been too clever; I mean he had left the police through breaking some red-tape regulations and taking some sort of risk and responsibility of his own. Anyhow, he was in some sense a detective out of work, and threw himself into this business with more than the ardour of an amateur. And it was with him that I had an argument about the weapon—an argument that led to

»Das Verschwinden des Dolchs«, wiederholte Pater Brown nickend. Er schien plötzlich aufmerksam geworden zu sein.

»Also«, fuhr Fiennes fort, »ich habe Ihnen doch erzählt, dass Traill die Angewohnheit hatte, an seinem Halstuch und an der Krawattennadel herumzuzupfen – vor allem an der Nadel. Sie war, genau wie er, protzig und altmodisch in einem. Sie war mit einem jener Steine versehen, die aus konzentrischen, bunten Kreisen bestehen, die aussehen wie ein Auge, und dass er darauf so fixiert war, ging mir auf die Nerven, als wäre er ein Zyklop mit einem einzigen Auge in der Körpermitte. Doch die Nadel war nicht nur groß, sondern auch lang; und mir kam plötzlich der Gedanke, dass seine Sorge um ihren korrekten Sitz daher rührte, dass sie noch länger war, als sie aussah; genau genommen so lang wie ein Stilett.«

Pater Brown nickte nachdenklich. »Wurde jemals eine andere Waffe in Betracht gezogen?«, forschte er.

»Ja«, erwiderte Fiennes, »einer der beiden jungen Druces – ich meine die Vettern – hatte noch eine Idee. Weder Herbert noch Harry erweckten zunächst den Anschein, als ob sie bei einer wissenschaftlichen Untersuchung eine große Hilfe wären; Herbert war wirklich ein Dragoner wie aus dem Bilderbuch, er interessierte sich ausschließlich für Pferde und war eine Zierde der Gardekavallerie; sein jüngerer Bruder hingegen hatte der indischen Polizei angehört und kannte sich mit derlei Dingen ein wenig aus. Auf seine Art war er sogar ziemlich gescheit; ich schätze fast, ein wenig zu gescheit; immerhin schied er aus dem Polizeidienst aus, weil er irgendwelche bürokratischen Regeln missachtet und auf eigenes Risiko und auf eigene Verantwortung gehandelt hat. Jedenfalls war er gewissermaßen ein Detektiv außer Dienst und stürzte sich mit mehr als dem Eifer eines Amateurs auf die Sache. Mit ihm hatte ich auch den Streit über die Waffe – einen Streit, der uns auf eine neue Spur brachte. Es begann damit, dass er meiner Beschreibung, wie der Hund Traill anbellte, widersprach; er

something new. It began by his countering my description of the dog barking at Traill; and he said that a dog at his worst didn't bark, but growled."

"He was quite right there," observed the priest.

"This young fellow went on to say that, if it came to that, he'd heard Nox growling at other people before then; and among others at Floyd, the secretary. I retorted that his own argument answered itself; for the crime couldn't be brought home to two or three people, and least of all to Floyd, who was as innocent as a harum-scarum schoolboy, and had been seen by everybody all the time perched above the garden hedge with his fan of red hair as conspicuous as a scarlet cockatoo. 'I know there's difficulties anyhow,' said my colleague; 'but I wish you'd come with me down the garden a minute. I want to show you something I don't think any one else has seen.' This was on the very day of the discovery, and the garden was just as it had been. The step-ladder was still standing by the hedge, and just under the hedge my guide stopped and disentangled something from the deep grass. It was the shears used for clipping the hedge, and on the point of one of them was a smear of blood."

There was a short silence, and then Father Brown said suddenly. "What was the lawyer there for?"

"He told us the Colonel sent for him to alter his will," answered Fiennes. "And, by the way, there was another thing about the business of the will that I ought to mention. You see, the will wasn't actually signed in the summer-house that afternoon."

"I suppose not," said Father Brown; "there would have to be two witnesses."

"The lawyer actually came down the day before and it was signed then; but he was sent for again next day

behauptete, dass ein Hund, wenn es darauf ankommt, nicht belle, sondern knurre.«

»Womit er ja auch recht hatte«, bemerkte der Priester.

»Ferner sagte der junge Bursche, was diesen Punkt beträfe, so hätte er Nox andere Leute vorher schon anknurren gehört, darunter auch Floyd, den Sekretär. Ich entgegnete, damit würde sich sein Einwand von selbst erledigen; schließlich könne das Verbrechen ja nicht zwei oder drei Leuten angelastet werden, am wenigsten Floyd, der so unschuldig sei wie ein junger Hallodri und der die ganze Zeit über von jedermann gesehen worden war, wie er mit seinem roten Haarschopf, hervorstechend wie ein scharlachroter Kakadu, über der Gartenhecke hing. ›Ich weiß, die Sache ist nicht einfach‹, erwiderte mein Gesprächspartner, ›aber ich wünschte, Sie würden kurz mit mir in den Garten kommen. Ich möchte Ihnen etwas zeigen, was meiner Ansicht nach noch niemand gesehen hat.‹ Es war eben der Tag, an dem der Mord entdeckt worden war, und im Garten war noch alles unverändert. Die Trittleiter stand noch an der Hecke, und genau an dieser Stelle blieb mein Begleiter stehen und zog etwas aus dem hohen Gras hervor. Es war die Schere, mit der die Hecke gestutzt worden war, und an einer Spitze klebte Blut.«

Ein kurzes Schweigen entstand, dann fragte Pater Brown unvermittelt: »Weshalb war der Rechtsanwalt da?«

»Er erzählte uns, der Oberst habe ihn kommen lassen, um sein Testament zu ändern«, entgegnete Fiennes. »Übrigens sollte ich im Zusammenhang mit dem Testament noch etwas anderes erwähnen. Es wurde nämlich nicht an jenem Nachmittag in der Gartenlaube unterzeichnet, wissen Sie.«

»Davon gehe ich aus«, gab Pater Brown zurück; »sonst hätten zwei Zeugen zugegen sein müssen.«

»Tatsächlich kam der Anwalt bereits am Tag zuvor, und das Testament wurde unterzeichnet; aber am nächsten Tag wurde er

because the old man had a doubt about one of the witnesses and had to be reassured."

"Who were the witnesses?" asked Father Brown.

"That's just the point," replied his informant eagerly, "the witnesses were Floyd, the secretary, and this Dr. Valentine, the foreign sort of surgeon or whatever he is; and the two have a quarrel. Now I'm bound to say that the secretary is something of a busybody. He's one of those hot and headlong people whose warmth of temperament has unfortunately turned mostly to pugnacity and bristling suspicion; to distrusting people instead of to trusting them. That sort of red-haired red-hot fellow is always either universally credulous or universally incredulous; and sometimes both. He was not only a Jack-of-all-trades, but he knew better than all tradesmen. He not only knew everything, but he warned everybody against everybody. All that must be taken into account in his suspicions about Valentine; but in that particular case there seems to have been something behind it. He said the name of Valentine was not really Valentine. He said he had seen him elsewhere known by the name of De Villon. He said it would invalidate the will; of course he was kind enough to explain to the lawyer what the law was on that point. They were both in a frightful wax."

Father Brown laughed. "People often are when they are to witness a will," be said: "for one thing, it means that they can't have any legacy under it. But what did Dr. Valentine say? No doubt the universal secretary knew more about the doctor's name than the doctor did. But even the doctor might have some information about his own name."

Fiennes paused a moment before he replied.

nochmals bestellt, denn dem Alten waren Zweifel an einem der Zeugen gekommen, die er beseitigt wissen wollte.«

»Wer waren denn die Zeugen?«, fragte Pater Brown.

»Das ist es ja gerade«, versetzte sein Informant eifrig, »die beiden Zeugen waren Floyd, der Sekretär, und dieser Dr. Valentine, dieser ausländische Chirurg, oder was immer er ist; und die beiden hatten eine Auseinandersetzung. Nun muss ich zugeben, dass der Sekretär ein ziemlicher Wichtigtuer ist. Er gehört zu jenen hitzigen und ungestümen Menschen, die aufgrund ihres heftigen Temperaments unglücklicherweise zu Streitsucht und schnaubendem Argwohn neigen, die anderen Leuten misstrauen, anstatt ihn zu trauen. Dieser rothaarige Hitzkopf ist stets entweder vollkommen leichtgläubig oder vollkommen ungläubig; manchmal auch beides. Er war nicht nur ein Hansdampf in allen Gassen, er wusste auch in jedem Punkt besser Bescheid als jeder Fachmann. Außerdem wusste er nicht nur alles, sondern warnte auch jeden vor allen anderen. All das muss man in Betracht ziehen, wenn man seinen Verdacht gegen Valentine bedenkt; in diesem speziellen Fall schien jedoch wirklich etwas dahinterzustecken. Er behauptete, Valentine hieße in Wirklichkeit gar nicht Valentine. Er sagte, er sei ihm an einem anderen Ort unter dem Namen De Villon begegnet. Er sagte, dies mache das Testament ungültig; und selbstverständlich besaß er die Freundlichkeit, dem Anwalt die Rechtslage in einem solchen Fall zu erläutern. Beide waren furchtbar wütend.«

Pater Brown lachte. »Das sind die Menschen häufig, wenn sie ein Testament unterzeichnen sollen«, sagte er, »das liegt manchmal auch daran, dass sie darin nicht als Erben genannt werden. Aber was hat Dr. Valentine gesagt? Sicherlich wusste der allwissende Sekretär mehr über den Namen des Doktors als dieser selbst. Vielleicht aber wusste selbst der Doktor das ein oder andere über seinen Namen beizusteuern.«

Fiennes hielt einen Augenblick inne, bevor er fortfuhr.

"Dr. Valentine took it in a curious way. Dr. Valentine is a curious man. His appearance is rather striking but very foreign. He is young but wears a beard cut square; and his face is very pale, dreadfully pale and dreadfully serious. His eyes have a sort of ache in them, as if he ought to wear glasses, or had given himself a headache with thinking; but he is quite handsome and always very formally dressed, with a top hat and a dark coat and a little red rosette. His manner is rather cold and haughty, and he has a way of staring at you which is very disconcerting. When thus charged with having changed his name, he merely stared like a sphinx and then said with a little laugh that he supposed Americans had no names to change. At that I think the Colonel also got into a fuss and said all sorts of angry things to the doctor; all the more angry because of the doctor's pretensions to a future place in his family. But I shouldn't have thought much of that but for a few words that I happened to hear later, early in the afternoon of the tragedy. I don't want to make a lot of them, for they weren't the sort of words on which one would like, in the ordinary way, to play the eavesdropper. As I was passing out towards the front gate with my two companions and the dog, I heard voices which told me that Dr. Valentine and Miss Druce had withdrawn for a moment into the shadow of the house, in an angle behind a row of flowering plants, and were talking to each other in passionate whisperings—sometimes almost like hissings; for it was something of a lovers' quarrel as well as a lovers' tryst Nobody repeats the sort of things they said for the most part; but in an unfortunate business like this I'm bound to say that there was repeated more than once a phrase about

»Dr. Valentine nahm es ziemlich merkwürdig auf. Dr. Valentine ist ein merkwürdiger Mensch. Er ist eine auffällige Erscheinung, wenn auch sehr fremdländisch. Er ist jung, aber trägt einen quadratisch gestutzten Bart; sein Gesicht ist sehr bleich, erschreckend bleich und schrecklich ernst. In seinen Augen liegt ein Schmerz, als ob er besser eine Brille trüge oder vom vielen Nachdenken Kopfschmerzen hätte; trotzdem ist er ein gutaussehender Mann und stets korrekt gekleidet, mit Zylinder, dunklem Rock und einer kleinen roten Rose im Knopfloch. Er benimmt sich recht kühl und hochmütig, und seine Art, einen anzustarren, ist zuweilen höchst irritierend. Als er sich nun mit dem Vorwurf konfrontiert sah, seinen Namen geändert zu haben, stierte er lediglich wie eine Sphinx vor sich hin und erwiderte mit einem kurzen Lachen, er nehme an, Amerikaner hätten keine Namen, die sie ändern könnten. Ich glaube, daraufhin geriet auch der Oberst in Rage und bedachte den Doktor mit allerlei groben Worten, die umso zorniger waren, da ihm dessen Absichten bezüglich eines künftigen Platzes in der Familie durchaus bewusst waren. Ich hätte mir dabei nicht viel gedacht, wenn mir nicht etwas später, am frühen Nachmittag vor der Tragödie, zufällig ein paar Worte zu Ohren gekommen wären. Ich will keine große Affäre daraus machen, denn es handelte sich um jene Art von Gespräch, bei dem man normalerweise nur ungern Zeuge wird. Als ich mit meinen beiden Begleitern und dem Hund auf das Eingangstor zuschritt, vernahm ich die Stimmen von Miss Druce und Dr. Valentine, die sich für einen Augenblick in den Schatten des Hauses zurückgezogen hatten, in einen von blühenden Pflanzen verborgenen Winkel. Sie sprachen miteinander in leidenschaftlichem Flüstern, manchmal fast wie ein Zischen, es klang wie ein Zwist unter Liebenden und war gleichzeitig ein Stelldichein. Kein Mensch würde die meisten Dinge, die sie sagten, wiederholen wollen, aber angesichts eines derart tragischen Ereignisses sehe ich mich gezwungen, zu berichten, dass mehr als einmal die Rede davon war, jemanden umzu-

killing somebody. In fact, the girl seemed to be begging him not to kill somebody, or saying that no provocation could justify killing anybody; which seems an unusual sort of talk to address to a gentleman who has dropped in to tea."

"Do you know," asked the priest, "whether Dr. Valentine seemed to be very angry after the scene with the secretary and the Colonel—I mean about witnessing the will?"

"By all accounts," replied the other, "he wasn't half so angry as the secretary was. It was the secretary who went away raging after witnessing the will."

"And now," said Father Brown, "what about the will itself?"

"The Colonel was a very wealthy man, and his will was important. Traill wouldn't tell us the alteration at that stage, but I have since heard—only this morning in fact—that most of the money was transferred from the son to the daughter. I told you that Druce was wild with my friend Donald over his dissipated hours."

"The question of motive has been rather over-shadowed by the question of method," observed Father Brown thoughtfully. "At that moment, apparently, Miss Druce was the immediate gainer by the death."

"Good God! What a cold-blooded way of talking," cried Fiennes, staring at him. "You don't really mean to hint that she—"

"Is she going to marry that Dr. Valentine?" asked the other.

"Some people are against it," answered his friend. "But he is liked and respected in the place and is a skilled and devoted surgeon."

bringen. Wenn ich es richtig verstanden habe, flehte das Mädchen ihn an, jemanden nicht zu töten, oder sie sagte, keine noch so große Provokation würde den Mord an einem Menschen rechtfertigen. Ziemlich ungewöhnliche Unterhaltung mit einem Gentleman, der mal eben zum Tee vorbeischaut, finde ich.«

»Erinnern Sie sich«, wollte der Priester wissen, »ob Dr. Valentine nach der Szene mit dem Sekretär und dem Oberst besonders verärgert war – ich meine wegen der Unterzeichnung des Testaments?«

»Jedenfalls war er nicht halb so verärgert wie der Sekretär«, erwiderte Fiennes. »Es war der Sekretär, der nach der Unterzeichnung wutschnaubend davonstürzte.«

»Und nun«, bat Pater Brown, »erzählen Sie mir, was es mit dem Testament auf sich hat.«

»Der Oberst war ein sehr reicher Mann, und sein Testament war von Bedeutung. Traill wollte uns zum damaligen Zeitpunkt nichts über die Änderung sagen, aber ich habe inzwischen erfahren – erst heute Morgen, um genau zu sein –, dass ein Großteil des Vermögens vom Sohn auf die Tochter übertragen wurde. Ich habe Ihnen ja berichtet, dass Druce über den Lebenswandel meines Freundes Donald wütend war.«

»Die Frage nach dem Motiv wurde von der Frage nach der Ausführung ziemlich in den Hintergrund gedrängt«, bemerkte Pater Brown nachdenklich. »So wie es aussieht, hat Miss Druce momentan durch den Tod ihres Vaters den größten Vorteil.«

»Lieber Gott! Wie kann man so kaltblütig reden!«, rief Fiennes und starrte ihn an. »Wollen Sie damit andeuten, dass sie …«

»Wird sie diesen Dr. Valentine heiraten?«, unterbrach ihn der andere.

»Manche Leute sind dagegen«, entgegnete sein Freund. »Aber er ist hier in der Gegend beliebt und angesehen, außerdem ist er ein fähiger und leidenschaftlicher Chirurg.«

"So devoted a surgeon," said Father Brown, "that he had surgical instruments with him when he went to call on the young lady at tea-time. For he must have used a lancet or something, and he never seems to have gone home."

Fiennes sprang to his feet and looked at him in a heat of inquiry. "You suggest he might have used the very same lancet—"

Father Brown shook his head. "All these suggestions are fancies just now," he said. "The problem is not who did it or what did it, but how it was done. We might find many men and even many tools–pins and shears and lancets. But how did a man get into the room? How did even a pin get into it?"

He was staring reflectively at the ceiling as he spoke, but as he said the last words his eye cocked in an alert fashion as if he had suddenly seen a curious fly on the ceiling.

"Well, what would you do about it?" asked the young man. "You have a lot of experience; what would you advise now?"

"I'm afraid I'm not much use," said Father Brown with a sigh. "I can't suggest very much without having ever been near the place or the people. For the moment you can only go on with local inquiries. I gather that your friend from the Indian Police is more or less in charge of your inquiry down there. I should run down and see how he is getting on. See what he's been doing in the way of amateur detection. There may be news already."

As his guests, the biped and the quadruped, disappeared, Father Brown took up his pen and went back

»Ein so leidenschaftlicher Chirurg«, wandte Pater Brown ein, »dass er sein Operationsbesteck bei sich hatte, als er die junge Dame zur Teezeit aufsuchte. Denn er muss ein Skalpell oder etwas Ähnliches benutzt haben, außerdem scheint er zwischendurch nicht nach Hause gegangen zu sein.«

Fiennes sprang auf und blickte ihn mit brennender Neugier an. »Wollen Sie andeuten, dass er vielleicht dasselbe Skalpell benutzt hat ...«

Pater Brown schüttelte verneinend den Kopf. »All diese Andeutungen sind vorläufig reine Phantasien«, erklärte er. »Die Frage ist nicht, wer es getan hat und womit, sondern wie es getan wurde. Uns mögen zahlreiche Tatverdächtige einfallen und ebenso viele Tatwaffen: Nadeln, Scheren und Skalpelle. Aber wie ist der Täter in den Raum gelangt? Wie konnte dort auch nur eine Nadel hineingelangen?«

Während er sprach, starrte er nachdenklich zur Decke, doch bei seinen letzten Worten trat ein gespannter Ausdruck in seinen Blick, als hätte er dort oben eine vom Aussterben bedrohte Fliege erkannt.

»Also, wie würden Sie jetzt vorgehen?«, fragte der junge Mann. »Sie haben doch soviel Erfahrung; was würden Sie mir raten?«

»Ich fürchte, ich bin keine große Hilfe«, entgegnete Pater Brown seufzend. »Ich kann nicht viel dazu sagen, da ich weder die Örtlichkeiten noch die Personen näher kenne. Im Augenblick können Sie lediglich ihre Nachforschungen vor Ort fortsetzen. Wenn ich Sie recht verstanden habe, hat Ihr Freund von der indischen Polizei mehr oder weniger die Leitung Ihrer Untersuchung dort übernommen. An Ihrer Stelle würde ich hinfahren und nachsehen, wie er vorankommt. Herausfinden, wie er sich als Amateurdetektiv anstellt. Vielleicht gibt es ja schon neue Erkenntnisse.«

Nachdem sich seine Gäste, der zweibeinige und der vierbeinige, entfernt hatten, nahm Pater Brown seinen Federhalter und wid-

to his interrupted occupation of planning a course of lectures on the Encyclical *Rerum Novarum*. The subject was a large one and he had to re-cast it more than once, so that he was somewhat similarly employed some two days later when the big black dog again came bounding into the room and sprawled all over him with enthusiasm and excitement. The master who followed the dog shared the excitement if not the enthusiasm. He had been excited in a less pleasant fashion, for his blue eyes seemed to start from his head and his eager face was even a little pale.

"You told me," he said abruptly and without preface, "to find out what Harry Druce was doing. Do you know what he's done?"

The priest did not reply, and the young man went on in jerky tones: "I'll tell you what he's done. He's killed himself."

Father Brown's lips moved only faintly, and there was nothing practical about what he was saying—nothing that has anything to do with this story or this world.

"You give me the creeps sometimes," said Fiennes. "Did you—did you expect this?"

"I thought it possible," said Father Brown; "that was why I asked you to go and see what he was doing. I hoped you might not be too late."

"It was I who found him," said Fiennes rather huskily. "It was the ugliest and most uncanny tiling I ever knew. I went down that old garden again, and I knew there was something new and unnatural about it besides the murder. The flowers still tossed about in blue masses on each side of the black entrance into the old grey summer-house; but to me the blue flowers looked like blue devils dancing before some dark cavern of the underworld.

mete sich erneut der Tätigkeit, bei der er unterbrochen worden war: der Vorbereitung einer Vortragsreihe über die Enzyklika *Rerum Novarum*. Es war ein umfassendes Thema, er musste seine Ausführungen mehrmals überarbeiten, sodass er noch genauso damit beschäftigt war, als etwa zwei Tage später der große schwarze Hund erneut ins Zimmer gesprungen kam und ihn vor Begeisterung und Aufregung fast umwarf. Sein Herr, der ihm nachfolgte, teilte zwar die Aufregung, nicht aber die Begeisterung. Seine Erregung schien weniger angenehmer Natur zu sein, denn die blauen Augen schienen aus seinem Kopf fast hervorzutreten, und sein sonst so rosiges Gesicht war ein wenig blass.

»Sie haben mir geraten«, sagte er brüsk und ohne Umschweife, »ich solle herausfinden, was Harry Druce so treibt. Wissen Sie, was er getan hat?«

Der Priester gab keine Antwort, und der junge Mann stieß aufgewühlt hervor: »Ich will Ihnen sagen, was er getan hat. Er hat sich umgebracht.«

Pater Browns Lippen bewegten sich nur schwach, und die Worte, die er vor sich hin murmelte, hatten keinerlei Bezug, betrafen weder diese Geschichte noch andere irdische Belange.

»Manchmal sind Sie mir unheimlich«, sagte Fiennes. »Haben Sie ... haben Sie damit etwa gerechnet?«

»Ich habe es für möglich gehalten«, erwiderte Pater Brown, »deshalb habe ich Sie gebeten, ein Auge auf ihn zu haben. Ich hoffte, Sie kämen noch rechtzeitig.«

»Ich war derjenige, der ihn gefunden hat«, fuhr Fiennes heiser fort. »Es war das abscheulichste und unheimlichste Erlebnis, das ich je hatte. Ich ging wieder durch diesen alten Garten und spürte, dass abgesehen von dem Mord noch etwas anderes, Unnatürliches über ihm lag. Der dunkle Eingang zu der alten, grauen Laube war nach wie vor zu beiden Seiten von einer Fülle blauer Blumen umwogt; doch auf mich wirkten die blauen Blumen wie blaue Dämonen, die vor einer dunklen Höhle der Unterwelt tanzten. Ich sah

I looked all round, everything seemed to be in its ordinary place. But the queer notion grew on me that there was something wrong with the very shape of the sky. And then I saw what it was. The Rock of Fortune always rose in the background beyond the garden hedge and against the sea. And the Rock of Fortune was gone."

Father Brown had lifted his head and was listening intently.

"It was as if a mountain had walked away out of a landscape or a moon fallen from the sky; though I knew, of course, that a touch at any time would have ripped the thing over. Something possessed me and I rushed down that garden path like the wind and went crashing through that hedge as if it were a spider's web. It was a thin hedge really, though its undisturbed trimness had made it serve all the purposes of a wall. On the shore I found the loose rock fallen from its pedestal; and poor Harry Druce lay like a wreck underneath it. One arm was thrown round it in a sort of embrace as if he had pulled it down on himself; and on the broad brown sands beside it, in large crazy lettering, he had scrawled the words: 'The Rock of Fortune falls on the Fool.'"

"It was the Colonel's will that did that," observed Father Brown. "The young man had staked everything on profiting himself by Donald's disgrace, especially when his uncle sent for him on the same day as the lawyer, and welcomed him with so much warmth. Otherwise he was done; he'd lost his police job; he was beggared at Monte Carlo. And he killed himself when he found he'd killed his kinsman for nothing."

"Here, stop a minute!" cried the staring Fiennes. "You're going too fast for me."

mich um, alles schien an seinem gewohnten Platz zu sein. Mich aber beschlich der seltsame Gedanke, der Himmel selbst habe nicht seine gewohnte Gestalt. Und dann erkannte ich, was es war. Üblicherweise sah man stets den Schicksalsfelsen im Hintergrund aufragen, jenseits der Gartenhecke und vor dem Meer. Der Schicksalsfelsen war verschwunden.«

Pater Brown hatte den Kopf gehoben und lauschte gebannt.

»Es war, als ob sich ein Berg aus einer Landschaft davongestohlen hätte oder als ob der Mond vom Himmel gefallen wäre; obwohl mir durchaus bewusst war, dass der leichteste Stoß den Felsen jederzeit hätte umstürzen können. Wie besessen rannte ich in Windeseile den Gartenpfad hinab und brach durch die Hecke, als wäre sie ein Spinnennetz. Es war keine sonderlich robuste Hecke, doch aufgrund ihres ungestörten Wuchses erfüllte sie den denselben Zweck wie eine Mauer. Am Strand stellte ich fest, dass der lose Felsen von seinem Podest gefallen war, und darunter lag zerschmettert der arme Harry Druce. Er hatte einen Arm um den Felsen geschlungen, als hätte er ihn selbst zu sich herabgezogen; und in die weite braune Sandfläche neben sich hatte er in wirren, großen Buchstaben die Worte geritzt: ›Der Schicksalsfelsen begräbt den Narren unter sich.‹«

»Daran war das Testament des Oberst schuld«, bemerkte Pater Brown. »Der junge Mann hatte alles auf eine Karte gesetzt, er war fest davon überzeugt, dass er von Donalds Enterbung profitieren würde, vor allem als ihn sein Onkel am gleichen Tag bestellte wie den Rechtsanwalt und ihn so herzlich empfing. Andernfalls wäre er erledigt gewesen, er hatte seinen Posten bei der Polizei verloren und sein letztes Hemd in Monte Carlo verspielt. Als er feststellen musste, dass er seinen Onkel umsonst getötet hatte, nahm er sich das Leben.«

»Halt, Moment mal!«, rief Fiennes mit aufgerissenen Augen. »Das geht mir zu schnell.«

"Talking about the will, by the way," continued Father Brown calmly "before I forget it, or we go on to bigger things, there was a simple explanation, I think, of all that business about the doctor's name. I rather fancy I have heard both names before somewhere. The doctor is really a French nobleman with the title of the Marquis de Villon. But he is also an ardent Republican and has abandoned his title and fallen back on the forgotten family surname. 'With your Citizen Riquetri you have puzzled Europe for ten days.'"

"What is that?" asked the young man blankly.

"Never mind," said the priest. "Nine times out of ten it is a rascally thing to change one's name; but this was a piece of fine fanaticism. That's the point of his sarcasm about Americans having no names–that is, no titles. Now in England the Marquis of Hartington is never called Mr. Hartington; but in France the Marquis de Villon is called M. de Villon. So it might well look like a change of name. As for the talk about killing, I fancy that also was a point of French etiquette. The doctor was talking about challenging Floyd to a duel, and the girl was trying to dissuade him."

"Oh, I *see*," cried Fiennes slowly. "Now I understand what she meant."

"And what is that about?" asked his companion, smiling.

»Weil wir gerade vom Testament sprechen«, fuhr Pater Brown ruhig fort, »bevor ich es vergesse oder wir uns bedeutenderen Dingen zuwenden: Ich glaube, für das Rätsel um den Namen des Doktors gibt es eine ganz einfache Erklärung. Ich meine, ich hätte beide Namen irgendwo schon einmal gehört. Der Arzt ist in Wirklichkeit ein französischer Adliger und trägt den Titel Marquis de Villon. Zugleich aber ist er glühender Republikaner, er hat auf den Titel verzichtet und seinen vergessenen Familiennamen wieder angenommen. ›Mit Eurem Bürger Riquetti habt Ihr zehn Tage lang ganz Europa in die Irre geführt.‹*

»Wie bitte?«, fragte der junge Mann verständnislos.

»Sei's drum«, versetzte der Priester. »In neun von zehn Fällen verbirgt sich hinter einem Namenswechsel ein Schurkenstück, aber hier haben wir es mit edlem Fanatismus zu tun. Darauf zielte im Übrigen auch seine sarkastische Bemerkung, Amerikaner hätten keine Namen, er meinte damit keine Titel. In England würde man den Marquis von Hartington niemals mit Mister Hartington anreden; in Frankreich hingegen nennt man den Marquis de Villon einfach Monsieur de Villon. Es könnte also durchaus wie eine Namensänderung aussehen. Was das Gerede über Mord und Totschlag angeht, vermute ich, dass auch das etwas mit französischer Etikette zu tun hat. Der Doktor sprach davon, Floyd zu einem Duell herauszufordern, und das Mädchen versuchte, ihn davon abzuhalten.«

»Oh, jetzt *verstehe* ich«, sagte Fiennes langsam. »Jetzt weiß ich auch, was sie meinte.«

»Und das wäre?«, fragte sein Gegenüber lächelnd.

* Honoré-Gabriel de Riquetti, Graf von Mirabeau (1749–1791) trat in der französischen Nationalversammlung als Vertreter des Dritten Standes unter dem Namen Riquetti auf, den zunächst niemand mit dem Grafen Mirabeau in Verbindung brachte. Anm. d. Ü.

"Well," said the young man, "it was something that happened to me just before I found that poor fellow's body; only the catastrophe drove it out of my head. I suppose it's hard to remember a little romantic idyll when you've just come on top of a tragedy. But as I went down the lanes leading to the Colonel's old place I met his daughter walking with Dr. Valentine. She was in mourning, of course, and he always wore black as if he were going to a funeral; but I can't say that their faces were very funereal. Never have I seen two people looking in their own way more respectably radiant and cheerful. They stopped and saluted me, and then she told me they were married and living in a little house on the outskirts of the town, where the doctor was continuing his practice. This rather surprised me, because I knew that her old father's will had left her his property; and I hinted at it delicately by saying I was going along to her father's old place and had half expected to meet her there. But she only laughed and said: 'Oh, we've given up all that. My husband doesn't like heiresses.' And I discovered with some astonishment they really had insisted on restoring the property to poor Donald; so I hope he's had a healthy shock and will treat it sensibly. There was never much really the matter with him; he was very young and his father was not very wise. But it was in connexion with that that she said something I didn't understand at the time; but now I'm sure it must be as you say. She said with a sort of sudden and splendid arrogance that was entirely altruistic:

"'I hope it'll stop that red-haired fool from fussing any more about the will. Does he think my husband, who has given up a crest and a coronet as old as the

»Na ja«, meinte der junge Mann, »es handelt sich um etwas, das geschah, bevor ich den Leichnam des armen Kerls entdeckte; die Katastrophe hat es wohl aus meinem Gedächtnis verdrängt. Es fällt ja auch schwer, eine kleine romantische Idylle im Kopf zu behalten, wenn man gerade auf dem Höhepunkt einer Tragödie angelangt ist. Als ich den Weg zum Haus des Oberst hinunterging, traf ich seine Tochter bei einem Spaziergang mit Dr. Valentine. Sie war natürlich in Trauer, und er ist ohnehin stets schwarz gekleidet, als ginge er gerade zu einem Begräbnis; ich kann aber nicht behaupten, dass die beiden eine Leichenbittermiene zur Schau trugen. Mir sind noch nie zwei Menschen begegnet, die auf ihre Weise strahlender und fröhlicher ausgesehen hätten. Sie blieben stehen und begrüßten mich, dann erzählten sie mir, sie hätten geheiratet und lebten in einem kleinen Haus am Rande der Stadt, wo der Arzt seine Praxis weiterführe. Das erstaunte mich etwas, da ich ja wusste, dass sie durch das Testament ihres Vater sein gesamtes Vermögen geerbt hatte; ich machte diesbezüglich eine dezente Anspielung, indem ich sagte, ich sei auf dem Weg zum ehemaligen Anwesen ihres Vaters und hätte gehofft, sie vielleicht dort anzutreffen. Aber sie lachte nur und sagte: ›Ach, das haben wir alles aufgegeben. Mein Mann macht sich nichts aus Erbinnen.‹ Und zu meiner Überraschung erfuhr ich, dass sie tatsächlich darauf bestanden hatten, den Besitz an den armen Donald zurückzugeben; ich hoffe, es war ein heilsamer Schock für ihn und dass er mit seinem Erbe vernünftig umgehen wird. Letztlich ist er gar kein übler Kerl, er war eben noch sehr jung und sein Vater nicht gerade verständnisvoll. Doch in diesem Zusammenhang machte sie eine Bemerkung, die ich damals nicht deuten konnte; aber jetzt bin ich sicher, dass es so ist, wie Sie sagen. Mit einem Anflug großzügiger Arroganz, die jedoch völlig altruistisch war, sagte sie nämlich plötzlich:

›Ich hoffe, das wird diesen rothaarigen Schwachkopf davon abhalten, einen weiteren Aufstand wegen des Testaments zu machen. Glaubt er wirklich, mein Mann, der seinen Grundsätzen zuliebe

Crusades for his principles, would kill an old man in a summer-house for a legacy like that?' Then she laughed again and said, 'My husband isn't killing anybody except in the way of business. Why, he didn't even ask his friends to call on the secretary.' Now, of course, I see what she meant."

"I see part of what she meant, of course," said Father Brown. "What did she mean exactly by the secretary fussing about the will?"

Fiennes smiled as he answered. "I wish you knew the secretary, Father Brown. It would be a joy to you to watch him make things hum, as he calls it. He made the house of mourning hum. He filled the funeral with all the snap and zip of the brightest sporting event. There was no holding him, after something had really happened. I've told you how he used to oversee the gardener as he did the garden, and how he instructed the lawyer in the law. Needless to say, he also instructed the surgeon in the practice of surgery; and as the surgeon was Dr. Valentine, you may be sure it ended in accusing him of something worse than bad surgery. The secretary got it fixed in his red head that the doctor had committed the crime, and when the police arrived he was perfectly sublime. Need I say that he became, on the spot, the greatest of all amateur detectives? Sherlock Holmes never towered over Scotland Yard with more Titanic intellectual pride and scorn than Colonel Druce's private secretary over the police investigating Colonel Druce's death. I tell you it was a joy to see him. He strode about with an abstracted air, tossing his scarlet crest of hair and giving curt impatient replies. Of course it was his

auf ein Familienwappen und eine Adelskrone aus der Zeit der Kreuzzüge verzichtet hat, würde einen alten Mann in seiner Gartenlaube umbringen, um an eine solche Erbschaft zu gelangen?‹ Dann lachte sie wieder und sagte: ›Mein Mann bringt überhaupt niemanden um, es sei denn in der Ausübung seines Berufs. Er hat ja nicht einmal seine Freunde mit einer Forderung zu dem Sekretär geschickt.‹ Jetzt ist mir natürlich klar, was sie meinte.«

»Natürlich«, sagte Pater Brown, »mir ist es zum Teil auch klar. Was aber meinte sie genau mit ihrer Äußerung, der Sekretär mache Ärger wegen des Testaments?«

Lächelnd antwortete Fiennes: »Ich wünschte, Sie würden den Sekretär kennen, Pater Brown. Sie hätten Ihre Freude daran, ihn dabei zu beobachten, wie er ›den Laden in Schwung bringt‹, wie er es ausdrückt. Er brachte sogar das Trauerhaus in Schwung. Er steckte soviel Elan und Dynamik in das Begräbnis, als wäre es eine sportliche Großveranstaltung. Wenn sich wirklich etwas ereignet hatte, gab es für ihn kein Halten mehr. Ich habe Ihnen ja geschildert, wie er den Gärtner beim Gärtnern zu beaufsichtigen pflegte und wie er den Rechtsanwalt im Recht unterwies. Es versteht sich von selbst, dass er auch den Chirurgen über praktische Chirurgie belehrte, und da es sich bei dem Chirurgen um Dr. Valentine handelte, können Sie davon ausgehen, dass er ihm schließlich weit Schlimmeres unterstellte als mangelnde Fachkenntnis. Der Sekretär hatte es sich in seinen roten Kopf gesetzt, dass der Arzt das Verbrechen begangen hatte, und als die Polizei eintraf, lief er zu Höchstform auf. Unnötig zu erwähnen, dass er sich auf der Stelle in den größten aller Amateurdetektive verwandelte. Nie hat Sherlock Holmes mit riesenhafterem geistigen Hochmut und mehr Verachtung auf Scotland Yard herabgesehen als der Privatsekretär von Oberst Druce auf die Polizei, die den Tod des Oberst untersuchte. Ich sage Ihnen, es war eine Wonne, ihn zu beobachten. Er stolzierte mit abwesender Miene umher, warf seine scharlachrote Mähne in den Nacken und gab knappe, ungehaltene Antworten. Es war zweifellos sein Benehmen in diesen Tagen, das

demeanour during these days that made Druce's daughter so wild with him. Of course he had a theory. It's just the sort of theory a man would have in a book; and Floyd is the sort of man who ought to be in a book. He'd be better fun and less bother in a book."

"What was his theory?" asked the other.

"Oh, it was full of pep," replied Fiennes gloomily. "It would have been glorious copy if it could have held together for ten minutes longer. He said the Colonel was still alive when they found him in the summer-house, and the doctor killed him with the surgical instrument on pretence of cutting the clothes."

"I see," said the priest. "I suppose he was lying flat on his face on the mud floor as a form of siesta."

"It's wonderful what hustle will do," continued his informant. "I believe Floyd would have got his great theory into the papers at any rate, and perhaps had the doctor arrested, when all these things were blown sky high as if by dynamite by the discovery of that dead body lying under the Rock of Fortune. And that's what we come back to after all. I suppose the suicide is almost a confession. But nobody will ever know the whole story."

There was a silence, and then the priest said modestly: "I rather think I know the whole story."

Fiennes stared. "But look here," he cried; "how do you come to know the whole story, or to be sure it's the true story? You've been sitting here a hundred miles away writing a sermon; do you mean to tell me you really know what happened already? If you've really come to the end, where in the world do you begin? What started you off with your own story?"

Druces Tochter so gegen ihn aufbrachte. Er hatte natürlich eine Theorie. Und zwar genau die Art von Theorie, die in einen Detektivroman passen würde; überhaupt ist Floyd ein Mensch, der eigentlich in einem Buch vorkommen sollte. In einem Buch wäre er wesentlich komischer und würde einem weniger auf die Nerven fallen.«

»Und wie lautete seine Theorie?«, wollte der andere wissen.

»Oh, sie hatte es wirklich in sich«, versetzte Fiennes düster. »Sie hätte Furore gemacht, wenn sie auch nur zehn Minuten länger standgehalten hätte. Er behauptete, der Oberst habe noch gelebt, als man ihn in der Laube auffand, und der Doktor habe ihn unter dem Vorwand, seine Kleidung aufzuschneiden, mit seinem Chirurgenbesteck getötet.«

»Ich verstehe«, gab der Priester zurück. »Ich nehme an, er lag flach mit dem Gesicht auf dem schmutzigen Boden, um in dieser Stellung ein kleines Nickerchen zu machen.«

»Wunderbar, wie weit man es mit bloßer Betriebsamkeit bringen kann«, fuhr sein Informant fort. »Ich glaube, Floyd hätte seine großartige Theorie unter allen Umständen in die Zeitung gebracht und den Doktor möglicherweise ins Gefängnis, als die Entdeckung des Leichnams unter dem Schicksalsfelsen die ganze Sache wie eine Ladung Dynamit himmelweit auffliegen ließ. Damit wären wir wieder beim Ausgangspunkt. Ich denke, der Selbstmord kommt einem Geständnis gleich. Doch niemand wird wohl jemals die ganze Geschichte erfahren.«

Beide schwiegen, dann sagte der Priester bescheiden: »Ich glaube schon, dass ich die ganze Geschichte kenne.«

Fiennes starrte ihn an. »Aber hören Sie«, rief er, »woher sollten Sie die ganze Geschichte kennen oder sicher sein, dass es die Wahrheit ist? Sie saßen hier meilenweit vom Tatort entfernt und haben eine Predigt verfasst; wollen Sie mir weismachen, Sie wüssten bereits, was geschehen ist? Wenn Sie das Ende schon kennen, wo um alles in der Welt haben sie den Anfang her? Wie sind Sie auf Ihre eigene Geschichte gekommen?«

Father Brown jumped up with a very unusual excitement and his first exclamation was like an explosion.

"The dog!" he cried. "The dog, of course! You had the whole story in your hands in the business of the dog on the beach, if you'd only noticed the dog properly."

Fiennes stared still more. "But you told me before that my feelings about the dog were all nonsense, and the dog had nothing to do with it."

"The dog had everything to do with it," said Father Brown, "as you'd have found out if you d only treated the dog as a dog, and not as God Almighty judging the souls of men."

He paused in an embarrassed way for a moment, and then said, with a rather pathetic air of apology: "The truth is, I happen to be awfully fond of dogs. And it seemed to me that in all this lurid halo of dog superstitions nobody was really thinking about the poor dog at all. To begin with a small point, about his barking at the lawyer or growling at the secretary. You asked how I could guess things a hundred miles away; but honestly it's mostly to your credit, for you described people so well that I know the types. A man like Traill, who frowns usually and smiles suddenly, a man who fiddles with things, especially at his throat, is a nervous, easily embarrassed man. I shouldn't wonder if Floyd, the efficient secretary, is nervy and jumpy, too; those Yankee hustlers often are. Otherwise he wouldn't have cut his fingers on the shears and dropped them when he heard Janet Druce scream.

"Now dogs hate nervous people. I don't know whether they make the dog nervous, too; or whether, being after all a brute, he is a bit of a bully; or whether his canine vanity (which is colossal) is simply offended

Pater Brown sprang mit einer für seine Verhältnisse ungewöhnlichen Erregung auf, und sein erster Ausruf glich einem Ausbruch.

»Durch den Hund!«, rief er aus. »Durch den Hund natürlich! Das Verhalten des Hundes am Strand hätten Ihnen alles verraten müssen, wenn Sie ihn ganz genau beobachtet hätten.«

Fiennes starrte ihn entgeistert an. »Aber Sie haben mir doch selbst gesagt, dass meine Ahnung wegen des Hundes völliger Unsinn sei und er mit der Sache nichts zu tun habe.«

»Der Hund ist der Schlüssel zu allem«, entgegnete Pater Brown. »Das hätten Sie selbst bald herausgefunden, wenn Sie den Hund als Hund betrachtet hätten und nicht als allmächtigen Gott, der über die Seelen der Menschen richtet.«

Brown schwieg kurz verlegen und fuhr dann kleinlaut fort: »Ich mag Hunde nämlich schrecklich gern, wissen Sie. Und ich hatte den Eindruck, dass der arme Hund über der ganzen abergläubisch geisterhaften Glorifizierung seiner Rasse in Vergessenheit geriet. Nehmen wir zum Beispiel den kleinen Vorfall, dass er den Rechtsanwalt anbellte und den Sekretär anknurrte. Sie haben mich gefragt, wie ich das alles aus hundert Meilen Entfernung erraten konnte; das ist, ehrlich gesagt, größtenteils Ihr Verdienst, denn sie haben die Leute so anschaulich beschrieben, dass ich weiß, was es für Typen sind. Ein Mensch wie Traill, der gewöhnlich die Stirn runzelt und plötzlich lächelt, jemand, der mit irgendwelchen Sachen herumspielt, vor allem in der Halsgegend, ist ein nervöser Mensch, den man rasch in Verlegenheit bringt. Es würde mich nicht wundern, wenn auch Floyd, der tüchtige Sekretär, nervös und schreckhaft wäre; das sind die übereifrigen Yankees gerne. Sonst hätte er sich nicht mit der Heckenschere in den Finger geschnitten und sie fallen gelassen, als er Janet Druce schreien hörte.

Bekanntlich mögen Hunde keine nervösen Leute. Ich weiß nicht, ob sie auch den Hund nervös machen, ob er sie – schließlich ist er nur ein Tier – ein wenig einschüchtern will, oder ob er sich in seiner hündischen Eitelkeit, die man keinesfalls unterschätzen sollte, ganz

at not being liked. But anyhow there was nothing in poor Nox protesting against those people, except that he disliked them for being afraid of him. Now I know you're awfully clever, and nobody of sense sneers at cleverness. But I sometimes fancy, for instance, that you are too clever to understand animals. Sometimes you are too clever to understand men, especially when they act almost as simply as animals. Animals are very literal; they live in a world of truisms. Take this case: a dog barks at a man and a man runs away from a dog. Now you do not seem to be quite simple enough to see the fact: that the dog barked because he disliked the man and the man fled because he was frightened of the dog. They had no other motives and they needed none; but you must read psychological mysteries into it and suppose the dog had super-normal vision, and was a mysterious mouthpiece of doom. You must suppose the man was running away, not from the dog but from the hangman. And yet, if you come to think of it, all this deeper psychology is exceedingly improbable. If the dog really could completely and consciously realize the murderer of his master he wouldn't stand yapping as he might at a curate at a tea-party; he's much more likely to fly at his throat. And on the other hand, do you really think a man who had hardened his heart to murder an old friend and then walk about smiling at the old friend's family, under the eyes of his old friend's daughter and post-mortem doctor—do you think a man like that would be doubled up by mere remorse because a dog barked? He might feel the tragic irony of it; it might shake his soul, like any other tragic trifle. But he wouldn't rush madly the length of a garden to escape from the

einfach verletzt fühlt, weil man ihn nicht leiden kann. Wie dem auch sei, jedenfalls hat der arme Nox diese Leute nur deshalb angebellt oder angeknurrt, weil er sie nicht mochte, weil sie Angst vor ihm hatten. Nun weiß ich, dass Sie furchtbar klug sind, und keiner mokiert sich über Klugheit, der nur ein bisschen Verstand hat. Aber manchmal habe ich den Eindruck, dass Sie allzu klug sind, um Tiere richtig zu verstehen. Bisweilen sind Sie auch zu klug, um Menschen zu verstehen, besonders wenn sie sich ähnlich einfach verhalten wie Tiere. Tiere nehmen alles sehr wörtlich; sie leben in einer Welt fester Wahrheiten. Nehmen wir diesen Fall: Ein Hund bellt einen Mann an, und der Mann läuft vor dem Hund davon. Sie denken scheinbar zu kompliziert, um die Fakten erkennen zu können: nämlich, dass der Hund bellte, weil er den Mann nicht mochte, und dass der Mann flüchtete, weil er Angst vor dem Hund hatte. Mann und Hund hatten kein anderes Motiv und brauchten keins; Sie aber müssen psychologische Geheimnisse hineinlesen und vermuten, der Hund verfüge über seherische Kräfte und sei ein mysteriöses Sprachrohr des Schicksals. Sie müssen vermuten, der Mann liefe nicht vor dem Hund weg, sondern vor seinem Henker. Aber wenn Sie einmal genauer darüber nachdenken, dann erweisen sich all diese tiefenpsychologischen Schlüsse als äußerst unwahrscheinlich. Wäre der Hund imstande, den Mörder seines Herrn tatsächlich eindeutig und bewusst zu identifizieren, dann würde er nicht dastehen und ihn ankläffen wie einen Pfarrer auf einer Teegesellschaft; er würde ihm eher an die Kehle springen. Glauben Sie andererseits wirklich, dass ein Mensch, der sein Herz so verhärtet hat, dass er einen alten Freund umbringt und sich anschließend vor den Augen der Tochter und des Doktors, der die Todesursache feststellte, lächelnd unter die Familie dieses alten Freundes mischt – glauben Sie wirklich, dass sich ein solcher Mensch vor bloßer Reue krümmen würde, nur weil ein Hund ihn anbellt? Vielleicht spürt er die tragische Ironie; vielleicht erschüttert es sein Innerstes wie jedes andere alltägliche tragische Ereignis. Aber er würde nie wie ein Verrückter durch den Garten rennen, um

only witness whom he knew to be unable to talk. People have a panic like that when they are frightened, not of tragic ironies, but of teeth. The whole thing is simpler than you can understand.

"But when we come to that business by the seashore, things are much more interesting. As you stated them, they were much more puzzling. I didn't understand that tale of the dog going in and out of the water; it didn't seem to me a doggy thing to do. If Nox had been very much upset about something else, he might possibly have refused to go after the stick at all. He'd probably go off nosing in whatever direction he suspected the mischief. But when once a dog is actually chasing a tiling, a stone or a stick or a rabbit, my experience is that he won't stop for anything but the most peremptory command, and not always for that. That he should turn round because his mood changed seems to me unthinkable."

"But he did turn round," insisted Fiennes; "and came back without the stick."

"He came back without the stick for the best reason in the world," replied the priest. "He came back because he couldn't find it. He whined because he couldn't find it. That's the sort of thing a dog really does whine about. A dog is a devil of a ritualist. He is as particular about the precise routine of a game as a child about the precise repetition of a fairy-tale. In this case something had gone wrong with the game. He came back to complain seriously of the conduct of the stick. Never had such a thing happened before. Never had an eminent and distinguished dog been so treated by a rotten old walking-stick."

"Why, what had the walking-stick done?" inquired the young man.

vor dem einzigen Zeugen zu fliehen, von dem er weiß, dass er nicht reden kann. In eine solche Panik geraten Leute nur, wenn sie Angst haben – nicht vor tragischer Ironie, sondern vor den Zähnen eines Hundes. Die ganze Geschichte ist einfacher, als Sie glauben.

Kommen wir nun zu den Ereignissen am Strand. Hier wird die Sache schon interessanter. In Ihrer Darstellung wirkten sie viel rätselhafter. Ich konnte nicht begreifen, warum der Hund ins Wasser ging und einfach wieder herauskam; das sah mir nicht nach typisch Hund aus. Hätte Nox sich über etwas anderes aufgeregt, wäre er vielleicht gar nicht erst hinter dem Stock hergesprungen. Wahrscheinlich wäre er schnüffelnd in die Richtung gelaufen, in der er das Unheil witterte. Aber wenn ein Hund erst einmal hinter etwas herjagt, Stein, Stock oder Kaninchen, lässt er sich meines Wissens nur noch durch einen höchst entschiedenen Befehl davon abringen, und selbst dann nicht immer. Ich kann mir nicht vorstellen, dass er nur aus einer Laune heraus umkehrte.«

»Aber er ist umgekehrt«, beharrte Fiennes. »Und kam ohne den Stock zurück.«

»Er kam aus einem sehr einleuchtenden Grund ohne Stock zurück«, antwortete der Priester. »Er kam zurück, weil er ihn nicht finden konnte. Er winselte, weil er ihn nicht finden konnte. Über so etwas heult ein Hund nämlich wirklich. Ein Hund hält sich streng an Rituale. Er nimmt es mit dem präzisen Ablauf eines Spiels ähnlich genau wie ein Kind mit der getreulichen Wiedergabe eines Märchens. In diesem Fall entsprach das Spiel nicht den Spielregeln. Er kam zurück, um sich ernsthaft über das Betragen des Stocks zu beschweren. So etwas hatte es noch nie gegeben. Noch nie war ein bedeutender, berühmter Hund von einem miesen, alten Spazierstock so behandelt worden.«

»Wieso, was hatte der Spazierstock denn getan?«, wollte der junge Mann wissen.

"It had sunk," said Father Brown.

Fiennes said nothing, but continued to stare; and it was the priest who continued:

"It had sunk because it was not really a stick, but a rod of steel with a very thin shell of cane and a sharp point. In other words, it was a sword-stick. I suppose a murderer never gets rid of a bloody weapon so oddly and yet so naturally as by throwing it into the sea for a retriever."

"I begin to see what you mean," admitted Fiennes; "but even if a sword-stick was used, I have no guess of how it was used."

"I had a sort of guess," said Father Brown, "right at the beginning when you said the word summer-house. And another when you said that Druce wore a white coat. As long as everybody was looking for a short dagger, nobody thought of it; but if we admit a rather long blade like a rapier, it's not so impossible."

He was leaning back, looking at the ceiling, and began like one going back to his own first thoughts and fundamentals.

"All that discussion about detective stories like the Yellow Room, about a man found dead in sealed chambers which no one could enter, does not apply to the present case, because it is a summer-house. When we talk of a Yellow Room, or any room, we imply walls that are really homogeneous and impenetrable. But a summer-house is not made like that; it is often made, as it was in this case, of closely interlaced but separate

»Er war untergegangen«, erwiderte Pater Brown.

Fiennes schwieg und blickte den Priester weiter mit ungläubigem Staunen an. Dieser fuhr fort:

»Er war untergegangen, weil es nicht wirklich ein Stock war, sondern eine Stahlklinge mit äußerst dünnem Bambusüberzug und scharfer Spitze. Mit anderen Worten, es war ein Stockdegen. Vermutlich kann sich ein Mörder selten auf so merkwürdige und doch so natürliche Weise einer blutigen Waffe entledigen, indem er sie einem Jagdhund zum Apportieren ins Meer wirft.«

»Langsam begreife ich, auf was Sie hinauswollen«, räumte Fiennes ein. »Aber selbst wenn der Mörder einen Stockdegen benutzte, habe ich keine Ahnung, wie.«

»Ich hatte gleich zu Beginn eine Ahnung«, sagte Pater Brown, »als Sie etwas von einem Gartenhaus sagten. Und eine weitere, als Sie erwähnten, Druce trage ein weißes Jackett. Solange alle nach einem kurzen Dolch suchten, dachte niemand daran; aber wenn wir von einer ziemlich langen Klinge wie die eines Degens ausgehen, ist es durchaus plausibel.«

Er lehnte sich zurück, richtete seinen Blick zur Decke und begann den ganzen Fall noch einmal von Anfang an zu entwickeln.

»Das ganze Gerede über Detektivgeschichten wie *Das geheimnisvolle Zimmer**, über einen Mann, der tot aufgefunden wird in einem versiegelten Raum, zu dem keiner Zutritt hatte, lässt sich auf diesen Fall nicht übertragen, weil es sich um eine Laube handelt. Wenn wir vom geheimnisvollen Zimmer oder einem anderen Raum sprechen, setzten wir glatte, undurchdringliche Mauern voraus. Aber eine Gartenlaube ist anders gebaut. Häufig, wie auch in diesem Fall, besteht sie aus eng geflochtenen, einzelnen Zwei-

* Klassische Detektivgeschichte von Gaston Leroux (1868–1927) über einen versuchten Mord in einem verschlossenen Raum. Leroux ist auch Autor vom *Phantom der Oper*. Anm. d. Ü.

boughs and strips of wood, in which there are chinks here and there. There was one of them just behind Druce's back as he sat in his chair up against the wall. But just as the room was a summer-house, so the chair was a basket-chair. That also was a lattice of loopholes. Lastly, the summer-house was close up under the hedge; and you have just told me that it was really a thin hedge. A man standing outside it could easily see, amid a network of twigs and branches and canes, one white spot of the Colonel's coat as plain as the white of a target.

"Now, you left the geography a little vague; but it was possible to put two and two together. You said the Rock of Fortune was not really high; but you also said it could be seen dominating the garden like a mountain-peak. In other words, it was very near the end of the garden, though your walk had taken you a long way round to it. Also, it isn't likely the young lady really howled so as to be heard half a mile. She gave an ordinary involuntary cry, and yet you heard it on the shore. And among other interesting things that you told me, may I remind you that you said Harry Druce had fallen behind to light his pipe under a hedge."

Fiennes shuddered slightly. "You mean he drew his blade there and sent it through the hedge at the white spot. But surely it was a very odd chance and a very sudden choice. Besides, he couldn't be certain the old man's money had passed to him, and as a fact it hadn't."

Father Brown's face became animated.

"You misunderstand the man's character," he said, as if he himself had known the man all his life. "A curious but not unknown type of character. If he had really *known* the money would come to him, I seriously

gen und Holzstegen, die hie und da eine Lücke aufweisen. Exakt eine solche Lücke befand sich hinter Druces Rücken, der in seinem Sessel vor der Wand saß. Doch nicht nur der Raum war eine Laube, auch der Stuhl war ein Korbsessel und somit ein wahres Gitterwerk von Gucklöchern. Schließlich stand die Laube dicht vor der Hecke, und Sie selbst haben mir vor kurzem gesagt, es sei eine sehr dünne Hecke gewesen. Jemand, der draußen stand, konnte das weiße Jackett des Oberst durch dieses Netzwerk aus Ästen, Zweigen und Rohr ebenso leicht erkennen wie das Weiß einer Zielscheibe.

Sie haben die geographischen Gegebenheiten zwar etwas ungenau beschrieben; ich konnte mir aber trotzdem ein Bild davon machen. Sie sagten, der Schicksalsfelsen sei nicht sonderlich hoch gewesen; sie sagten aber auch, dass er den Garten überragte wie ein Berggipfel. Mit anderen Worten, er stand sehr nah am Ende des Gartens, obgleich Sie einen langen Spaziergang machten, um zu ihm zu gelangen. Außerdem schrie die junge Dame wohl kaum so laut, dass man es eine halbe Meile weit hören konnte. Sie stieß unwillkürlich einen kurzen Schrei aus, und trotzdem hörten Sie ihn am Strand. Neben anderen interessanten Dingen, von denen sie mir erzählten, darf ich Sie daran erinnern, dass Sie sagten, Harry Druce wäre zurückgeblieben, um sich im Schutz der Hecke seine Pfeife anzuzünden.«

Fiennes erschauerte leicht. »Sie meinen, er zog seinen Stockdegen und stach damit durch die Hecke auf den weißen Fleck ein? Aber das wäre doch ein höchst unwahrscheinlicher Zufall und ein ziemlich plötzlicher Entschluss. Außerdem wusste er ja nicht genau, ob ihm der alte Mann wirklich Geld vererben würde, und wie sich herausstellte, war das nicht der Fall.«

Pater Browns Gesichtszüge wurden lebhafter.

»Sie missdeuten den Charakter des Mannes«, erklärte er, als hätte er ihn selbst sein Leben lang gekannt. »Ein merkwürdiger, aber nicht unbekannter Menschenschlag. Wenn er wirklich *gewusst* hätte, dass er das Geld erben würde, hätte er es nicht getan,

believe he wouldn't have done it. He would have seen it as the dirty thing it was."

"Isn't that rather paradoxical?" asked the other.

"This man was a gambler," said the priest, "and a man in disgrace for having taken risks and anticipated orders. It was probably for something pretty unscrupulous, for every imperial police is more like a Russian secret police than we like to think. But he had gone beyond the line and failed. Now, the temptation of that type of man is to do a mad thing precisely because the risk will be wonderful in retrospect. He wants to say, 'Nobody but I could have seized that chance or seen that it was then or never. What a wild and wonderful guess it was, when I put all those things together; Donald in disgrace; and the lawyer being sent for; and Herbert and I sent for at the same time—and then nothing more but the way the old man grinned at me and shook hands. Anybody would say I was mad to risk it; but that is how fortunes are made, by the man mad enough to have a little foresight.' In short, it is the vanity of guessing. It is the megalomania of the gambler. The more incongruous the coincidence, the more instantaneous the decision, the more likely he is to snatch the chance. The accident, the very triviality of the white speck and the hole in the hedge intoxicated him like a vision of the world's desire. Nobody clever enough to see such a combination of accidents could be cowardly enough not to use them! That is how the devil talks to the gambler. But the devil himself would hardly have induced that unhappy man to go down in a dull, deliberate way and kill an old uncle from whom he'd always had expectations. It would be too respectable."

davon bin ich überzeugt. Er hätte es als die niederträchtige Tat angesehen, die sie war.«

»Ist das nicht irgendwie widersprüchlich?«, wandte Fiennes ein.

»Der Mann war ein Spieler«, fuhr der Priester fort, »und ein Mann, der in Ungnade gefallen war, weil er sich auf ein Risiko eingelassen und auf eigene Faust Befehle erteilt hatte. Wahrscheinlich ging es um eine recht skrupellose Sache, jede Polizei des Britischen Empire gleicht dem russischen Geheimdienst ja mehr, als wir wahrhaben wollen. Aber er ist zu weit gegangen und gescheitert. Für einen solchen Mann ist die Versuchung, eine verrückte Tat zu begehen, deshalb so groß, weil das Risiko im Nachhinein so bewundernswert ist. Er möchte sagen: ›Niemand außer mir hätte die Gelegenheit am Schopf packen können oder erkannt: jetzt oder nie. Was für ein kühner, kolossaler Schlag, als ich das alles wie ein Puzzle zusammensetzte: Donald in Ungnade gefallen; man schickt nach dem Rechtsanwalt; und gleichzeitig nach Herbert und mir – und dann nichts weiter als die herzliche Art, mit der alte Mann mich anlächelt und mir die Hand drückt. Jeder würde sagen, ob ich noch bei Sinnen wäre, etwas Derartiges zu riskieren; aber so macht man eben sein Glück, man muss verrückt genug sein, um ein wenig Weitblick zu entwickeln.‹ Kurz, es handelt sich um die Eitelkeit des Glücksritters, um den Größenwahn des Spielers. Je unwahrscheinlicher der Zufall, je spontaner der Entschluss, umso sicherer wird er die Chance ergreifen. Die Magie des Augenblicks, die Banalität des weißen Flecks und der Lücke in der Hecke berauschten ihn wie eine Vision der Erfüllung all seiner Wünsche. Jemand, der klug genug ist, um solch ein Zusammenspiel von Zufällen zu erkennen, kann doch nicht so feige sein, sie nicht zu nutzen! So spricht der Teufel zum Spieler. Doch selbst der Teufel hätte den Unglücklichen wohl kaum dazu verleitet, hinzugehen und einen alten Erbonkel auf so fade, vorsätzliche Weise zu töten. Das wäre ihm nicht raffiniert genug gewesen.«

He paused a moment, and then went on with a certain quiet emphasis.

"And now try to call up the scene, even as you saw it yourself. As he stood there, dizzy with his diabolical opportunity, he looked up and saw that strange outline that might have been the image of his own tottering soul; the one great crag poised perilously on the other like a pyramid on its point, and remembered that it was called the Rock of Fortune. Can you guess how such a man at such a moment would read such a signal? I think it strung him up to action and even to vigilance. He who would be a tower must not fear to be a toppling tower. Anyhow, he acted; his next difficulty was to cover his tracks. To be found with a sword-sock, let alone a blood-stained sword-stick, would be fatal in the search that was certain to follow. If he left it anywhere, it would be found and probably traced. Even if he threw it into the sea the action might be noticed, and thought noticeable—unless indeed he could think of some more natural way of covering the action. As you know, he did think of one, and a very good one. Being the only one of you with a watch, he told you it was not yet time to return, strolled a little farther and started the game of throwing in sticks for the retriever. But how his eyes must have rolled darkly over all that desolate sea-shore before they alighted on the dog!"

Fiennes nodded, gazing thoughtfully into space. His mind seemed to have drifted back to a less practical part of the narrative.

"It's queer," he said, "that the dog really was in the story after all."

Er hielt kurz inne und fuhr dann mit einem gewissen ruhigen Nachdruck fort.

»Und nun versuchen Sie einmal, sich die Szene vor Augen zu führen, wie Sie sie selbst gesehen haben. Als er so dastand, wie benebelt von seiner teuflischen Chance, blickte er auf und sah die bizarre Silhouette, die ein Abbild seiner eigenen schwankenden Seele hätte sein können; dieser eine große Felsen, der bedrohlich auf dem anderen balancierte wie eine umgedrehte Pyramide, und da erinnerte er sich, dass man dieses Gebilde den Schicksalsfelsen nannte. Können Sie sich eine Vorstellung davon machen, welche Wirkung ein solches Signal in diesem Augenblick auf den Mann haben musste? Ich glaube, es löste seine Tat aus und erhöhte seine Wachsamkeit. Wer ein Turm sein will, darf nicht fürchten, ins Wanken zu geraten. Jedenfalls handelte er, und das nächste Problem bestand darin, seine Spuren zu verwischen. Einen Stockdegen bei sich zu haben, noch dazu einen blutverschmierten Stockdegen, wäre fatal gewesen bei den Nachforschungen, die mit Sicherheit folgen würden. Wenn er ihn irgendwo versteckte, würde man ihn finden und käme ihm wahrscheinlich auf die Spur. Selbst wenn er ihn ins Meer schleuderte, könnte ihn jemand dabei beobachten und sein Verhalten sonderbar finden – es sei denn, er hätte eine Idee, wie er den Vorgang ganz natürlich aussehen lassen könnte. Wie Sie wissen, hatte er eine Idee, und eine sehr gute dazu. Da er der Einzige war, der eine Uhr bei sich hatte, sagte er Ihnen und Herbert, es sei noch zu früh, um zurückzugehen, schlenderte ein bisschen weiter und fing an, Stöcke für den Hund ins Meer zu werfen. Doch wie verzweifelt muss sein Blick den einsamen Strand abgesucht haben, ehe er erleichtert auf den Hund fiel!«

Fiennes nickte und starrte nachdenklich ins Leere. Seine Gedanken schienen zu dem weniger faktischen Teil der Geschichte abzuschweifen.

»Schon seltsam«, sagte er, »dass der Hund schließlich doch etwas mit der Geschichte zu tun hat.«

"The dog could almost have told you the story, if he could talk," said the priest. "All I complain of is that because he couldn't talk, you made up his story for him, and made him talk with the tongues of men and angels. It's part of something I've noticed more and more in the modern world, appearing in all sorts of newspaper rumours and conversational catchwords; something that's arbitrary without being authoritative. People readily swallow the untested claims of this, that, or the other. It's drowning all your old rationalism and scepticism, it's coming in like a sea; and the name of it is superstition." He stood up abruptly, his face heavy with a sort of frown, and went on talking almost as if he were alone. "It's the first effect of not believing in God that you lose your common sense and can't see things as they are. Anything that anybody talks about, and says there's a good deal in it, extends itself indefinitely like a vista in a nightmare. And a dog is an omen, and a cat is a mystery, and a pig is a mascot and a beetle is a scarab, calling up all the menagerie of polytheism from Egypt and old India; Dog Anubis and great green-eyed Pasht and all the holy howling Bulls of Bashan; reeling back to the bestial gods of the beginning, escaping into elephants and snakes and crocodiles; and all because you are frightened of four words: 'He was made Man'."

The young man got up with a little embarrassment, almost as if he had overheard a soliloquy. He called to the dog and left the room with vague but breezy farewells. But he had to call the dog twice, for the dog had remained behind quite motionless for a moment, looking up steadily at Father Brown as the wolf looked at St. Francis.

»Der Hund hätte Ihnen die Geschichte fast erzählen können, wenn er sprechen würde«, meinte der Priester. »Ich beklage mich nur darüber, dass Sie für ihn, weil er nicht sprechen kann, eine Geschichte erfunden haben und ihn mit Menschen- und Engelszungen reden ließen. Ich beobachte das immer häufiger in unserer heutigen Zeit, es taucht in allen möglichen Zeitungsgerüchten und als Gemeinplatz in Gesprächen auf: Dinge, die willkürlich für bare Münze genommen werden, ohne dass sie bestätigt werden können. Die Leute schlucken bereitwillig jede unbewiesene Behauptung, und zwar über alles mögliche. Es begräbt den alten Rationalismus und Skeptizismus unter sich, es flutet herein wie das Meer – und sein Name ist Aberglaube.« Er erhob sich plötzlich und fuhr mit finsterem Blick stirnrunzelnd fort, als wähnte er sich allein. »Wenn man nicht an Gott glaubt, büßt man zuerst seinen gesunden Menschenverstand ein und sieht die Dinge nicht mehr so, wie sie sind. Jeder Sachverhalt, über den jemand spricht und von dem behauptet wird, da stecke wirklich etwas dahinter, nimmt bald so enorme Ausmaße an wie ein endloser Korridor in einem Albtraum. Und dann wird ein Hund zum Omen, eine Katze zum Mysterium, ein Schwein zum Glücksbringer und ein Käfer zum Skarabäus; die ganze Menagerie der ägyptischen und altindischen Vielgötterei wird heraufbeschworen: der Hund Anubis und die große grünäugige Sachmet und alle heiligen brüllenden Stiere von Basan; man taumelt zurück zu den Tiergöttern der frühen Menschheit, flüchtet sich in die Gestalten von Elefanten, Schlangen und Krokodilen – und alles nur, weil man die vier Worte fürchtet: ›ER ist Mensch geworden.‹«

Der junge Mann stand leicht verlegen auf, als hätte er ein Selbstgespräch belauscht. Er rief den Hund und verabschiedete sich mit leicht diffusen, aber fröhlichen Worten. Den Hund aber musste er zweimal rufen, denn dieser war einen Augenblick lang völlig regungslos stehengeblieben und sah unverwandt zu Pater Brown empor, wie der Wolf zum heiligen Franz von Assisi.

The Worst Crime in the World

Father Brown was wandering through a picture gallery with an expression that suggested that he had not come there to look at the pictures. Indeed, he did not want to look at the pictures, though he liked pictures well enough. Not that there was anything immoral or improper about those highly modern pictorial designs. He would indeed be of an inflammable temperament who was stirred to any of the more pagan passions by the display of interrupted spirals, inverted cones and broken cylinders with which the art of the future inspired or menaced mankind. The truth is that Father Brown was looking for a young friend who had appointed that somewhat incongruous meeting-place, being herself of a more futuristic turn. The young friend was also a young relative; one of the few relatives that he had. Her name was Elizabeth Fane, simplified into Betty, and she was the child of a sister who had married into a race of refined but impoverished squires. As the squire was dead as well as impoverished, Father Brown stood in the relation of a protector as well as a priest, and in some sense a guardian as well as an uncle. At the moment, however, he was blinking about at the groups in the gallery without catching sight of the familiar brown hair and bright face of his niece. Nevertheless, he saw some people he knew and a number of people he did not know, including some that, as a mere matter of taste, he did not much want to know.

Among the people the priest did not know and who yet aroused his interest was a lithe and alert young man, very beautifully dressed and looking rather like a

Das schlimmste Verbrechen der Welt

Pater Brown schlenderte durch eine Bildergalerie mit einer Miene, die verriet, dass er nicht gekommen war, um die Bilder zu sehen. Er wollte die Bilder tatsächlich nicht sehen, obwohl er Bilder durchaus mochte. Nicht, dass diese hochmodernen bildhaften Entwürfe etwas Verwerfliches oder Anstößiges an sich hätten. Nur ein unsensibler Mensch würde sich durch die Darstellung von unterbrochenen Spiralen, auf den Kopf gestellten Kegeln und verbeulten Zylindern, durch welche die moderne Kunst die Menschheit inspirierte oder bedrohte, zu einigen der etwas heidnischeren Leidenschaften hinreißen lassen. In Wirklichkeit hielt Pater Brown nach einer jungen Freundin Ausschau, die diesen leicht unpassenden Treffpunkt vorgeschlagen hatte, da sie selbst eine flotte, moderne Person war. Die junge Freundin war gleichzeitig eine junge Verwandte; eine der wenigen Angehörigen, die er hatte. Ihr Name war Elizabeth Fane, kurz Betty genannt, und sie war die Tochter einer Schwester, die in ein angesehenes, aber verarmtes Gutsherrengeschlecht eingeheiratet hatte. Der Gutsherr war nicht nur verarmt, sondern auch verstorben, deshalb übernahm Pater Brown als Verwandter sowohl eine Beschützer- als auch eine Priesterrolle. In gewisser Weise war er Onkel und Vormund in einem. Im diesem Moment betrachtete er blinzelnd die Grüppchen in der Galerie, konnte das vertraute fröhliche Gesicht und das braune Haar seiner Nichte jedoch nirgends entdecken. Er sah ein paar Leute, die er kannte, und ein paar weitere, die er nicht kannte, darunter einige, die er – reine Geschmackssache – lieber gar nicht erst kennenlernen wollte.

Unter den Leuten, die dem Priester unbekannt waren, aber dennoch sein Interesse weckten, war ein schlanker, munterer junger Mann, der sehr elegant gekleidet war und ein wenig fremdlän-

foreigner, because, while his beard was cut in a spade shape like an old Spaniard's, his dark hair was cropped so close as to look like a tight black skull-cap. Among the people the priest did not particularly want to know was a very dominant-looking lady, sensationally clad in scarlet, with a mane of yellow hair too long to be called bobbed, but too loose to be called anything else. She had a powerful and rather heavy face of a pale and rather unwholesome complexion, and when she looked at anybody she cultivated the fascinations of a basilisk. She towed in attendance behind her a short man with a big beard and a very broad face, with long sleepy slits of eyes. The expression of his face was beaming and benevolent, if only partially awake; but his bull neck, when seen from behind, looked a little brutal.

Father Brown gazed at the lady, feeling that the appearance and approach of his niece would be an agreeable contrast. Yet he continued to gaze, for some reason, until he reached the point of feeling that the appearance of anybody would be an agreeable contrast. It was therefore with a certain relief, though with a slight start as of awakening, that he turned at the sound of his name and saw another face that he knew.

It was the sharp but not unfriendly face of a lawyer named Granby, whose patches of grey hair might almost have been the powder from a wig, so incongruous were they with his youthful energy of movement. He was one of those men in the City who run about like schoolboys in and out of their offices. He could not run round the fashionable picture gallery

disch wirkte; denn er trug einen Kinnbart, der wie der eines alten Spaniers spatenförmig gestutzt war, sein dunkles Haar dagegen war so kurz geschnitten, dass es wie eine enganliegende, schwarze Kappe aussah. Unter den Leuten, die der Priester nicht unbedingt näher kennenlernen wollte, befand sich eine äußerst herrschsüchtig aussehende Lady, ganz in aufsehenerregendes Scharlachrot gekleidet und mit einer gelben Mähne, die zu lang war, um als Bob bezeichnet zu werden, aber zu wirr, um einen anderen Namen zu verdienen. Ihr ausdrucksstarkes, grobknochiges Gesicht wies eine ungesunde Blässe auf, und wenn sie jemanden ins Auge fasste, versprühte sie den Zauber eines Basilisken*. In ihrem Schlepptau befand sich ein kleiner Mann mit ausladenden Bart und breitem Gesicht, dessen Augen sich zu langen, schläfrigen Schlitzen verengten. Wenn auch nur halb wach, sah er doch unbeschwert und wohlmeinend aus, lediglich sein Stiernacken wirkte von hinten ein wenig brutal.

Pater Brown sah die Lady an und dachte, dass das Auftauchen und Erscheinen seiner Nichte ein angenehmer Kontrast wäre. Trotzdem konnte er aus irgendeinem Grund die Augen nicht von ihr abwenden, bis er das Gefühl bekam, dass der Anblick jeder beliebigen Person ein angenehmer Kontrast wäre. Daher verspürte er eine gewisse Erleichterung, auch wenn er kurz aufschreckte wie aus dem Schlaf, als er sich beim Klang seines Namens umdrehte und in ein anderes Gesicht sah, das er kannte.

Es war das gerissene, doch nicht unfreundliche Antlitz eines Anwalts namens Granby, dessen graue Haarsträhnen ebenso gut von Perückenpuder hätten stammen können, so sehr standen sie im Widerspruch zu seinem jugendlichen, energiegeladenen Auftreten. Er gehörte zu jenen Stadtmenschen, die wie Schuljungen ständig in ihren Büros herum-, in sie hinein- und wieder hinausrennen. In der feinen Bildergalerie konnte er sich ganz auf diese

* Mythisches Fabelwesen, dessen Blick versteinert oder tötet. Anm. d. Ü.

quite in that fashion; but he looked as if he wanted to, and fretted as he glanced to left and right, seeking somebody he knew.

"I didn't know," said Father Brown, smiling, "that you were a patron of the New Art."

"I didn't know that you were," retorted the other. "I came here to catch a man."

"I hope you will have good sport," answered the priest. "I'm doing much the same."

"Said he was passing through to the Continent," snorted the solicitor, "and could I meet him in this cranky place." He ruminated a moment, and said abruptly: "Look here, I know you can keep a secret. Do you know Sir John Musgrave?"

"No," answered the priest; "but I should hardly have thought he was a secret, though they say he does hide himself in a castle. Isn't he the old man they tell all those tales about—how he lives in a tower with a real portcullis and drawbridge, and generally refuses to emerge from the Dark Ages? Is he one of your clients?"

"No," replied Granby shortly: "it's his son, Captain Musgrave, who has come to us. But the old man counts for a good deal in the affair, and I don't know him; that's the point. Look here, this is confidential, as I say, but I can confide in you." He dropped his voice and drew his friend apart into a side gallery containing representations of various real objects, which was comparatively empty.

"This young Musgrave," he said, "wants to raise a big sum from us on a *post obit* on his old father in Northumberland. The old man's long past seventy and presumably will *obit* some time or other; but what

Weise nicht gebärden, sah aber so aus, als würde er es gerne tun; er blickte sich besorgt nach allen Seiten um, auf der Suche nach einem vertrauten Gesicht.

»Ich wusste gar nicht, dass Sie ein Faible für moderne Kunst haben«, sagte Pater Brown lächelnd.

»Das habe ich auch von Ihnen nicht angenommen«, erwiderte der andere. »Ich bin hier, um jemanden zu jagen.«

»Hoffentlich wird Ihre Jagd erfolgreich sein«, entgegnete der Priester. »Ich bin aus demselben Grund hier.«

»Sagte, er wäre auf der Durchreise zum Festland«, schnaubte der Anwalt, »und ob ich ihn an diesem bizarren Ort treffen könnte.« Er grübelte einen Augenblick lang vor sich hin und sagte dann unvermittelt: »Hören Sie, ich weiß, dass Sie ein Geheimnis bewahren können. Kennen Sie Sir John Musgrave?«

»Nein«, antwortete der Priester; »allerdings hätte ich nicht vermutet, dass seine Existenz geheim sei, obwohl er sich angeblich in einem Schloss versteckt hält. Ist das nicht dieser alte Mann, über den man sich komische Geschichten erzählt – dass er in einem Wehrturm mit echtem Fallgitter und einer Ziehbrücke lebt und sich standhaft weigert, das finstere Zeitalter hinter sich zu lassen? Ist er einer Ihrer Mandanten?«

»Nein«, erwiderte Granby schroff. »Sein Sohn, Captain Musgrave, hat sich an uns gewandt. Doch der alte Herr spielt bei der Angelegenheit eine wichtige Rolle; und ich kenne ihn nicht, das ist der Punkt. Schauen Sie, das ist wie gesagt vertraulich, aber Ihnen kann ich trauen.« Er senkte die Stimme und zog seinen Freund in einen kleineren Raum der Galerie, in dem verschiedene Bilder realer Gegenstände hingen und der vergleichsweise menschenleer war.

»Dieser junge Musgrave«, erklärte er, »möchte sich von uns eine hohe Summe leihen, deren Rückzahlung *post mortem* seines alten Vaters in Northumberland fällig wird. Der alte Herr ist weit über siebzig und wird irgendwann *mortem*, aber was ist dann sozu-

about the *post,* so to speak? What will happen afterwards to his cash and castles and portcullises and all the rest? It s a very fine old estate, and still worth a lot, but strangely enough it isn't entailed. So you see how we stand. The question is, as the man said in Dickens, is the old man friendly?"

"If he's friendly to his son you'll feel all the friendlier," observed Father Brown. "No, I'm afraid I can't help you. I never met Sir John Musgrave, and I understand very few people do meet him nowadays. But it seems obvious you have a right to an answer on that point before you lend the young gentleman your firm's money. Is he the sort that people cut off with a shilling?"

"Well, I'm doubtful," answered the other. "He's very popular and brilliant and a great figure in society; but he's a great deal abroad, and he's been a journalist."

"Well," said Father Brown, "that's not a crime. At least not always."

"Nonsense!" said Granby curtly. "You know what I mean—he's rather a rolling stone, who's been a journalist and a lecturer and an actor, and all sorts of things. I've got to know where I stand. ... Why, there he is."

And the solicitor, who had been stamping impatiently about the emptier gallery, turned suddenly and darted into the more crowded room at a run. He was running towards the tall and well-dressed young man with the short hair and the foreign-looking beard.

The two walked away together talking, and for some moments afterwards Father Brown followed them with his screwed, short-sighted eyes. His gaze was shifted and recalled, however, by the breathless and even

sagen mit dem *post*? Was geschieht mit seinem Barvermögen, seinen Schlössern, Fallgittern und dem ganzen Rest? Es handelt sich um ein altehrwürdiges Anwesen, das immer noch viel wert ist, aber seltsamerweise ist es nicht als Erbgut eingetragen. So ist der Stand der Dinge, verstehen Sie. Die Frage lautet, wie es bei Dickens heißt: Ist der alte Mann wohlwollend?«

»Wenn er seinem Sohn wohl will, würden Sie sich umso wohler fühlen«, bemerkte Pater Brown. »Nein, ich fürchte, ich kann Ihnen hier nicht behilflich sein. Ich bin Sir John Musgrave niemals begegnet, und soviel ich weiß, gibt es nur sehr wenige Menschen, die ihm heutzutage begegnen. Aber selbstverständlich ist es Ihr gutes Recht, diesen Punkt zu klären, bevor Sie dem jungen Gentleman Geld Ihrer Firma leihen. Gehört er zu jener Sorte Mensch, die man enterbt?«

»Nun, ich bin mir nicht sicher«, entgegnete der andere. »Er ist äußerst beliebt und brillant, und eine bedeutende Persönlichkeit in der Gesellschaft; allerdings hält er sich viel im Ausland auf und war früher Journalist.«

»Nun, das ist ja kein Verbrechen. Zumindest nicht immer«, sagte Pater Brown.

»Ach was!«, versetzte Granby barsch. »Sie wissen, was ich meine – er ist ein ziemlich unsteter Geist, er war Journalist, Vortragsreisender, Schauspieler und alles mögliche. Ich muss wissen, woran ich mit ihm bin ... Ah, da ist er ja.«

Der Anwalt, der im leereren Teil der Galerie ungeduldig hin und her gestampft war, drehte sich plötzlich um und schoss im Laufschritt in den belebteren Saal. Er lief auf den großen, gutgekleideten jungen Mann mit kurzem Haar und fremdländisch aussehendem Bart zu.

Die beiden sprachen miteinander und entfernten sich, und eine Zeitlang verfolgte Pater Brown sie mit zusammengekniffenen, kurzsichtigen Augen. Sein starrer Blick aber wurde durch das atemlose, nahezu ungestüme Eintreffen seiner Nichte Betty abge-

boisterous arrival of his niece, Betty. Rather to the surprise of her uncle, she led him back into the emptier room and planted him on a seat that was like an island in that sea of floor.

"I've got something I must tell you," she said. "It's so silly that nobody else will understand it."

"You overwhelm me," said Father Brown. "Is it about this business your mother started telling me about? Engagements and all that; not what the military historians call a general engagement."

"You know," she said, "that she wants me to be engaged to Captain Musgrave."

"I didn't," said Father Brown with resignation; "but Captain Musgrave seems to be quite a fashionable topic."

"Of course we're very poor," she said, "and it's no good saying it makes no difference."

"Do you want to marry him?" asked Father Brown, looking at her through his half-closed eyes.

She frowned at the floor, and answered in a lower tone:

"I thought I did. At least I think I thought I did. But I've just had rather a shock."

"Then tell us all about it."

"I heard him laugh," she said.

"It is an excellent social accomplishment," he replied.

"You don't understand," said the girl. "It wasn't social at all. That was just the point of it—that it wasn't social."

She paused a moment, and then went on firmly:

"I came here quite early, and saw him sitting quite alone in the middle of that gallery with the new pictures, that was quite empty then. He had no idea I or anybody was near; he was sitting quite alone, and he laughed."

lenkt und wieder gelöst. Zur Überraschung ihres Onkels führte sie ihn in den ruhigeren Raum zurück und setzte ihn auf einen Stuhl, der in den unendlichen Weiten des Fußbodens wie eine Insel wirkte.

»Ich muss dir etwas mitteilen«, sagte sie. »Es ist so unsinnig, dass niemand sonst es verstehen wird.«

»Nicht so stürmisch«, erwiderte Pater Brown. »Geht es um diese Sache, die deine Mutter angedeutet hat? Verlobungsgeplänkel und so weiter; nicht das, was Militärhistoriker ein Generalgefecht nennen.«

»Wie du weißt, möchte sie, dass ich mich mit Captain Musgrave verlobe«, sagte sie.

»Das wusste ich nicht«, seufzte Pater Brown resigniert, »aber von Captain Musgrave zu reden, scheint in Mode zu sein.«

»Natürlich sind wir sehr arm«, sagte sie, »und es bringt nichts, zu behaupten, es mache keinen Unterschied.«

»Willst du ihn denn heiraten?«, fragte Pater Brown und sah sie mit halb geschlossenen Augen an.

Sie blickte stirnrunzelnd zu Boden und antworte leise:

»Das dachte ich jedenfalls. Zumindest glaube ich, dass ich es dachte. Aber ich habe gerade einen ziemlichen Schock erlebt.«

»Dann erzähl mir davon.«

»Ich habe ihn lachen gehört«, sagte sie.

»Eine hervorragende soziale Fähigkeit«, gab er zurück.

»Du verstehst nicht«, erwiderte das Mädchen. »Es war überhaupt nicht sozial. Das ist es ja gerade – es war nicht sozial.«

Sie hielt kurz inne und fuhr dann entschlossen fort:

»Ich war schon früh hier und sah ihn allein mitten in dieser Galerie mit dem modernen Bildern sitzen, die zu dem Zeitpunkt noch ziemlich leer war. Er hatte keine Ahnung, dass ich oder irgendjemand sonst in der Nähe war; er saß da, ganz für sich, und er lachte.«

"Well, no wonder," said Father Brown. "I'm not an art critic myself, but as a general view of the pictures taken as a whole—"

"Oh, you *won't* understand," she said almost angrily. "It wasn't a bit like that. He wasn't looking at the pictures. He was staring right up at the ceiling; but his eyes seemed to be turned inwards, and he laughed so that my blood ran cold."

The priest had risen and was pacing the room with his hands behind him. "You mustn't be hasty in a case of this sort," he began. "There are two kinds of men—but we can hardly discuss him just now, for here he is."

Captain Musgrave entered the room swiftly and swept it with a smile. Granby, the lawyer, was just behind him, and his legal face bore a new expression of relief and satisfaction.

"I must apologize for everything I said about the Captain," he said to the priest as they drifted together towards the door. "He's a thoroughly sensible fellow and quite sees my point. He asked me himself why I didn't go north and see his old father; I could hear from the old man's own lips how it stood about the inheritance. Well, he couldn't say fairer than that, could he? But he's so anxious to get the thing settled that he offered to take me up in his own car to Musgrave Moss. That's the name of the estate. I suggested that, if he was so kind, we might go together; and we're starting to-morrow morning."

As they spoke Betty and the Captain came through the doorway together, making in that framework at least a sort of picture that some would be sentimental enough to prefer to cones and cylinders. Whatever

»Na ja, kein Wunder«, meinte Pater Brown. »Ich bin zwar kein Kunstkritiker, aber im Großen und Ganzen ist doch der Anblick der Bilder insgesamt …«

»Oh, du *willst* mich nicht verstehen«, sagte sie fast zornig. »Darum ging es überhaupt nicht. Er sah sich die Bilder gar nicht an. Er starrte direkt zur Decke, doch seine Augen schienen nach innen gerichtet, und die Art, wie er lachte, ließ das Blut in meinen Adern gefrieren.«

Der Priester hatte sich erhoben und schritt, die Hände auf dem Rücken, im Raum hin und her. »Du solltest in einem solchen Fall nichts überstürzen«, hob er an. »Es gibt zwei Arten von Männern – aber wir können jetzt nicht weiter über ihn sprechen, da kommt er nämlich gerade.«

Captain Musgrave betrat schwungvoll den Raum und eroberte ihn mit einem Lächeln. Anwalt Granby war dicht hinter ihm und in seinem anwaltlichen Gesicht stand ein neuer Ausdruck von Erleichterung und Zufriedenheit.

»Ich muss mich für alles, was ich über den Captain gesagt habe, entschuldigen«, meinte er zu dem Priester, als sie gemeinsam zur Tür gingen. »Er ist ein durch und durch vernünftiger Bursche und versteht meine Bedenken. Er hat mich von sich aus aufgefordert, gen Norden zu reisen und seinen alten Vater aufzusuchen; so könnte ich vom alten Herrn persönlich erfahren, wie es um das Erbe bestellt sei. Anständiger hätte er sich nicht verhalten können, nicht wahr? Aber er ist derartig darauf erpicht, die Sache über die Bühne zu bringen, dass er mir angeboten hat, mich in seinem eigenen Wagen nach Musgrave Moss bringen zu lassen. So heißt das Anwesen. Ich schlug vor, wenn er die Freundlichkeit besäße, dass wir zusammen fahren könnten. Wir werden morgen früh aufbrechen.«

Bei diesen Worten erschienen Betty und der Captain in der Tür und boten so umrahmt zumindest eine Art von Bild, das einige zartfühlende Seelen Kegeln und Zylindern vorziehen würden. Was immer sie sonst noch verband, sie sahen beide sehr gut aus, und

their other affinities, they were both very good-looking; and the lawyer was moved to a remark on the fact, when the picture abruptly altered.

Captain James Musgrave looked out into the main gallery, and his laughing and triumphant eyes were riveted on something that seemed to change him from head to foot. Father Brown looked round as under an advancing shadow of premonition; and he saw the lowering, almost livid face of the large woman in scarlet under its leonine yellow hair. She always stood with a slight stoop, like a bull lowering its horns, and the expression of her pale pasty face was so oppressive and hypnotic that they hardly saw the little man with the large beard standing beside her.

Musgrave advanced into the centre of the room towards her, almost like a beautifully dressed wax-work wound up to walk. He said a few words to her that could not be heard. She did not answer; but they turned away together, walking down the long gallery as if in debate, the short, bull-necked man with the beard bringing up the rear like some grotesque goblin page.

"Heaven help us!" muttered Father Brown, frowning after them. "Who in the world is that woman?"

"No pal of mine, I'm happy to say," replied Granby with grim flippancy. "Looks as if a little flirtation with her might end fatally, doesn't it?"

"I don't think he's flirting with her," said Father Brown.

Even as he spoke the group in question turned at the end of the gallery and broke up, and Captain Musgrave came back to them in hasty strides.

"Look here," he cried, speaking naturally enough, though they fancied his colour was changed. "I'm awfully sorry, Mr. Granby, but I find I can't come north

der Anwalt war gerade dabei, eine diesbezügliche Bemerkung zu machen, als sich das Bild plötzlich änderte.

Captain James Musgrave ließ seinen Blick über den Hauptsaal schweifen und seine von Glück und Triumph erfüllten Augen blieben an etwas hängen, das ihn von Kopf bis Fuß zu verändern schien. Pater Brown duckte sich wie unter dem nahenden Schatten einer Vorahnung und erblickte das finstere, fast wütende Gesicht der großen Frau in Scharlachrot unter der gelben Löwenmähne. Sie stand immer leicht vornüber gebeugt, wie ein Stier, der seine Hörner senkt, und ihr bleiches, käsiges Gesicht wirkte so bedrückend und hypnotisch, dass sie den kleinen Mann mit dem ausladenden Bart neben ihr kaum wahrnahmen.

Musgrave marschierte in die Mitte des Raums und auf sie zu, fast wie eine hübsch gekleidete, aufgezogene Wachspuppe. Er ließ ein paar Worte fallen, die man nicht hören konnte. Sie gab keine Antwort; aber sie wandten sich gemeinsam ab und gingen die lange Galerie entlang, als wären sie in ein Gespräch vertieft; der untersetzte Mann mit dem Stiernacken und dem Bart bildete wie ein grotesker koboldhafter Page die Nachhut.

»Du lieber Himmel!«, murmelte Pater Brown und blickte ihnen stirnrunzelnd nach. »Wer um alles in der Welt ist diese Frau?«

»Gott sei Dank keine Busenfreundin von mir«, versetzte Granby mit grimmiger Leichtfertigkeit. »Sieht so aus, also ob ein kleiner Flirt mit ihr verheerend enden könnte, nicht wahr?«

»Ich glaube nicht, dass er mit ihr flirtet«, sagte Pater Brown.

Er hatte noch nicht zu Ende gesprochen, als sich die fragliche Formation am Ende der Galerie umdrehte und auseinanderging. Captain Musgrave kam mit hastigen Schritten zu ihnen zurück.

»Hören Sie«, rief er mit recht normaler Stimme, obwohl alle den Eindruck hatten, er habe die Farbe gewechselt. »Es tut mir schrecklich leid, Mr. Granby, doch wie es aussieht, kann ich

with you to-morrow. Of course, you will take the car all the same. Please do; I shan't want it. I—I have to be in London for some days. Take a friend with you if you like."

"My friend, Father Brown—" began the lawyer.

"If Captain Musgrave is really so kind," said Father Brown gravely. "I may explain that I have some status in Mr. Granby's inquiry, and it would be a great relief to my mind if I could go."

Which was how it came about that a very elegant car, with an equally elegant chauffeur, shot north the next day over the Yorkshire moors, bearing the incongruous burden of a priest who looked rather like a black bundle, and a lawyer who had the habit of running about on his feet instead of racing on somebody else's wheels.

They broke their journey very agreeably in one of the great dales of the West Riding, dining and sleeping at a comfortable inn, and starting early next day, began to run along the Northumbrian coast till they reached a country that was a maze of sand dunes and rank sea meadows, somewhere in the heart of which lay the old Border castle which had remained so unique and yet so secretive a monument of the old Border wars. They found it at last, by following a path running beside a long arm of the sea that ran inland, and turned eventually into a sort of rude canal ending in the moat of the castle. The castle really was a castle, of the square, embattled plan that the Normans built everywhere from Galilee to the Grampians. It did really and truly have a portcullis and a drawbridge, and they were very

morgen nicht mit Ihnen in den Norden fahren. Selbstverständlich werden sie trotzdem meinen Wagen nehmen. Bitte tun Sie das, ich werde ihn nicht benötigen. Ich ... ich muss ein paar Tage in London bleiben. Nehmen Sie einen Freund mit, wenn sie mögen.«

»Mein Freund, Pater Brown ...«, hob der Anwalt an.

»Wenn Captain Musgrave tatsächlich die Güte hat«, unterbrach ihn Pater Brown ernst. »Ich darf vielleicht anmerken, dass ich bei Mr. Granbys Nachforschung ein gewisses Eigeninteresse verfolge, und es würde mein Gewissen enorm erleichtern, wenn ich fahren könnte.«

Und so kam es, dass ein sehr eleganter Wagen mit einem ebenso eleganten Chauffeur am nächsten Tag durch die Moore von Yorkshire nordwärts schoss, beladen mit ein paar seltsam unvereinbaren Fahrgästen, einem Priester, der aussah wie ein schwarzes Bündel, und einem Anwalt, der selbst in diesem Fall die Angewohnheit hatte, auf seinen eigenen Füßen herumzulaufen, anstatt auf fremden Rädern durch die Gegend zu brausen.

In einem der großen Täler von West Riding unterbrachen sie ihre Reise auf höchst angenehme Weise, aßen und übernachteten in einem gemütlichen Gasthof und fuhren früh am nächsten Morgen die Küste von Northumbrien entlang, bis sie eine Gegend erreichten, die einem Labyrinth aus Dünen und fruchtbaren Seewiesen glich, in dessen Mitte irgendwo das alte Grenzschloss lag, das auf so einzigartige und doch verschwiegene Weise ein Mahnmal für die alten Grenzstreitigkeiten geblieben war. Sie entdeckten es schließlich, indem sie einem Feldweg folgten, der entlang eines ausgedehnten Meeresarms verlief, der sich ins Landesinnere wand, irgendwann in eine Art wilden Kanal verwandelte und schließlich in den Wallgraben des Schlosses mündete. Das Schloss war tatsächlich ein Schloss, im Geviert zur Festung ausgebaut, so wie die Normannen eben überall von Galiläa bis Schottland Schlösser erbauten. Fallgitter und Zugbrücke waren

realistically reminded of the fact by an accident that delayed their entrance.

They waded amid long coarse grass and thistle to the bank of the moat which ran in a ribbon of black with dead leaves and scum upon it, like ebony inlaid with a pattern of gold. Barely a yard or two beyond the black ribbon was the other green bank and the big stone pillars of the gateway. But so little, it would seem, had this lonely fastness been approached from outside that when the impatient Granby halloed across to the dim figures behind the portcullis, they seemed to have considerable difficulty even in lowering the great rusty drawbridge. It started on its way, turning over like a great falling tower above them, and then stuck, sticking out in mid-air at a threatening angle.

The impatient Granby, dancing upon the bank, called out to his companion:

"Oh, I can't stand these stick-in-the-mud ways! Why, it'd be less trouble to jump."

And with characteristic impetuosity he did jump, landing with a slight stagger in safety on the inner shore. Father Brown's short legs were not adapted to jumping. But his temper was more adapted than most people's to falling with a splash into very muddy water. By the promptitude of his companion he escaped falling in very far. But as he was being hauled up the green, slimy bank, he stopped with bent head, peering at a particular point upon the grassy slope.

"Are you botanizing?" asked Granby irritably. "We've got no time for you to collect rare plants after your last attempt as a diver among the wonders of the

wirklich und wahrhaftig vorhanden, ein Umstand, der ihnen mehr als deutlich vor Augen geführt wurde durch einen Vorfall, der ihren Eintritt verzögerte.

Sie bahnten sich einen Weg durch hohes, wild wucherndes Gras und Disteln, bis sie an den Rand des Wallgrabens kamen, der das Gebäude wie ein schwarzes Band umschloss. Welkes Laub und Algen schwammen auf dem Wasser, es sah aus wie Ebenholz, in das ein goldenes Muster eingelegt war. Kaum ein, zwei Yard jenseits des schwarzen Bandes befanden sich die gegenüberliegende grüne Böschung und die mächtigen steinernen Säulen des Eingangstors. Doch offenbar näherte sich dieser einsamen Festung nur selten ein Besucher, denn als der ungeduldige Granby zu den vage erkennbaren Gestalten hinter dem Fallgitter hinüberrief, schienen diese beträchtliche Mühe zu haben, die große rostige Zugbrücke überhaupt herabzulassen. Sie bewegte sich ein Stück, kippte wie ein riesiger umstürzender Turm von oben auf sie zu und blieb dann hängen, stak in bedrohlicher Neigung mitten in die Luft.

Der ungeduldige Granby, der am anderen Ufer herumhüpfte, rief seinem Reisegefährten zu:

»Oh, wie ich diese ewig Gestrigen verabscheue! Wahrscheinlich ist es einfacher zu springen.«

Und mit unverwechselbarer Hitzigkeit sprang er tatsächlich und landete leicht strauchelnd, aber sicher auf der anderen Seite. Die kurzen Beine Pater Browns waren zum Springen nicht geschaffen. Doch mehr als das der meisten Menschen war sein Naturell dazu geschaffen, geräuschvoll in sehr trübe Wasser zu geraten. Die Flinkheit seines Gefährten verhinderte, dass er gar zu tief hineinfiel. Doch als er an dem grünen, glitschigen Ufer emporgezogen wurde, hielt er mit gesenktem Kopf inne und starrte auf einen bestimmten Punkt an der grasbedeckten Böschung.

»Studieren Sie die Botanik?«, fragte Granby gereizt. »Nach Ihrem jüngsten Tauchversuch in den Wundern der Tiefe bleibt uns keine Zeit, um seltene Pflanzen zu sammeln. Los, kommen

deep. Come on, muddy or no, we've got to present ourselves before the baronet."

When they had penetrated into the castle, they were received courteously enough by an old servant, the only one in sight, and after indicating their business were shown into a long-oak-panelled room with latticed windows of antiquated pattern. Weapons of many different centuries hung in balanced patterns on the dark walls, and a complete suit of fourteenth-century armour stood like a sentinel beside the large fireplace. In another long room beyond could be seen, through the half-open door, the dark colours of the rows of family portraits.

"I feel as if I'd got into a novel instead of a house," said the lawyer. "I'd no idea anybody did really keep up the 'Mysteries of Udolpho' in this fashion."

"Yes; the old gentleman certainly carries out his historical craze consistently," answered the priest; "and these things are not fakes, either. It's not done by somebody who thinks all mediaeval people lived at the same time. Sometimes they make up suits of armour out of different bits; but that suit all covered one man, and covered him very completely. You see, it's the late sort of tilting-armour."

"I think he's a late sort of host, if it comes to that," grumbled Granby. "He's keeping us waiting the devil of a time."

"You must expect everything to go slowly in a place like this," said Father Brown. "I think it s very decent of

Sie, verdreckt oder nicht, wir müssen dem Baronet unsere Aufwartung machen.«

Nachdem sie bis ins Schloss gekommen waren, wurden sie recht höflich von einem alten Diener in Empfang genommen, übrigens dem einzigen, der weit und breit zu sehen war. Sie brachten ihr Anliegen vor und wurden in einen langen, eichengetäfelten Raum mit altmodisch vergitterten Fenstern geführt. An den dunklen Wänden hingen, ordentlich aufgereiht, Waffen aus vielen verschiedenen Jahrhunderten, und neben dem riesigen Kamin stand wie eine Schildwache eine vollständige Ritterrüstung aus dem vierzehnten Jahrhundert. In einem zweiten langen Raum dahinter konnte man durch die halbgeöffnete Tür die dunklen Farben einer Ahnengalerie erkennen.

»Ich habe das Gefühl, als ob ich in einen Roman, nicht in ein Haus geraten wäre«, bemerkte der Anwalt. »Ich hatte ja keine Ahnung, dass jemand heute noch auf diese Art die ›Geheimnisse von Udolpho‹* bewahrt.«

»Ja«, bestätigte der Priester, »der alte Gentleman lebt seinen historischen Wahn offenbar konsequent aus; und diese Dinge sind auch keine Fälschung. Die hat jemand aufgestellt, der nicht glaubt, dass alle mittelalterlichen Menschen zur selben Zeit gelebt haben. Manchmal setzt man eine Rüstung aus unterschiedlichen Teilen zusammen, aber diese hier hat einen und denselben Mann von Kopf bis Fuß bedeckt, und zwar vollständig. Wie Sie sehen, ist es eine Art späte Turnierrüstung.«

»Ich glaube eher, unser Gastgeber zählt zur späten Art«, brummte Granby. »Er lässt uns verdammt lange warten.«

»An einem Ort wie diesem muss man damit rechnen, dass alles langsamer geht«, erwiderte Pater Brown. »Ich denke, es ist sehr an-

* Berühmter Schauerroman von Ann Radcliff (1794–1823). Anm. d. Ü.

him to see us at all: two total strangers come to ask him highly personal questions."

And, indeed, when the master of the house appeared they had no reason to complain of their reception; but rather became conscious of something genuine in the traditions of breeding and behaviour that could retain their native dignity without difficulty in that barbarous solitude, and after those long years of rustication and moping. The baronet did not seem either surprised or embarrassed at the rare visitation; though they suspected that he had not had a stranger in his house for a quarter of a life-time, he behaved as if he had been bowing out duchesses a moment before. He showed neither shyness nor impatience when they touched on the very private matter of their errand; after a little leisurely reflection he seemed to recognize their curiosity as justified under the circumstances. He was a thin, keen-looking old gentleman, with black eyebrows and a long chin, and though the carefully-curled hair he wore was undoubtedly a wig, he had the wisdom to wear the grey wig of an elderly man.

"As regards the question that immediately concerns you," he said, "the answer is very simple indeed. I do most certainly propose to hand on the whole of my property to my son, as my father handed it on to me; and nothing—I say advisedly, nothing—would induce me to take any other course."

"I am most profoundly grateful for the information," answered the lawyer. "But your kindness encourages me to say that you are putting it very strongly. I would not suggest that it is in the least likely that your son would do anything to make you doubt his fitness for the charge. Still he might—"

ständig von ihm, uns überhaupt zu empfangen: da kommen zwei vollständig Fremde, um ihm höchst persönliche Fragen zu stellen.«

Als der Herr des Hauses erschien, hatten sie in der Tat keinen Grund, sich über den Empfang, den er ihnen bereitete, zu beklagen; vielmehr wurde ihnen bewusst, dass die Traditionen von Herkunft und Anstand etwas Aufrechtes hatten, das dafür sorgte, dass die angeborene Würde des Geschlechts in dieser unmenschlichen Einsamkeit bewahrt wurde, und das nach jahrelanger Abgeschiedenheit und ewiger Trübsal. Der Baronet schien wegen des seltenen Besuchs weder überrascht noch verlegen zu sein; und obwohl sie den Verdacht hegten, dass er seit dem Viertel einer Lebenszeit in seinem Haus keinen Fremden mehr zu Gesicht bekommen hatte, benahm er sich, als hätte er kurz zuvor noch Herzoginnen hinausgeleitet. Als sie die höchst private Natur ihres Anliegens zur Sprache brachten, reagierte er weder scheu noch ungehalten; nach einer kleinen Bedenkpause schien er einzusehen, dass ihre Neugier unter diesen Umständen gerechtfertigt sei. Er war ein dünner, scharfsinnig wirkender alter Herr mit schwarzen Augenbrauen und einem langen Kinn, und obwohl sein sorgfältig gelocktes Haar zweifellos eine Perücke war, war er weise genug, die graue Perücke eines älteren Mannes zu tragen.

»Was die Frage betrifft, die Sie vordringlich zu interessieren scheint«, sagte er, »so ist die Antwort darauf in der Tat sehr einfach. Ich beabsichtige ganz zweifellos, meinem Sohn meinen gesamten Besitz zu vermachen, so wie mein Vater ihn mir vermachte; und nichts – ich betone ganz bewusst, nichts – könnte mich dazu veranlassen, hier anders vorzugehen.«

»Ich bin Ihnen für diese Information zutiefst dankbar«, entgegnete der Anwalt. »Doch Ihre Freundlichkeit ermutigt mich, darauf hinzuweisen, dass Sie die Sache sehr entschieden zum Ausdruck bringen. Ich will nicht andeuten, dass es auch nur im Geringsten wahrscheinlich ist, dass Ihr Sohn etwas tun könnte, das Sie seine Eignung für diese Bürde anzweifeln ließe. Trotzdem könnte er …«

"Exactly," said Sir John Musgrave dryly, "he might. It is rather an under-statement to say that he might Will you be good enough to step into the next room with me for a moment."

He led them into the further gallery, of which they had already caught a glimpse, and gravely paused before a row of the blackened and lowering portraits.

"This is Sir Roger Musgrave," he said, pointing to a long-faced person in a black periwig. "He was one of the lowest liars and rascals in the rascally time of William of Orange, a traitor to two kings and something like the murderer of two wives. That is his father, Sir Robert, a perfectly honest old cavalier. That is his son, Sir James, one of the noblest of the Jacobite martyrs and one of the first men to attempt some reparation to the Church and the poor. Does it matter that the House of Musgrave, the power, the honour, the authority, descended from one good man to another good man through the interval of a bad one? Edward I governed England well. Edward III covered England with glory. And yet the second glory came from the first glory through the infamy and imbecility of Edward II, who fawned upon Gaveston and ran away from Bruce. Believe me, Mr. Granby, the greatness of a great house and history is something more than these accidental individuals who carry it on, even though they do not grace it. From father to son our heritage has

»Exakt«, erwiderte Sir John Musgrave trocken, »er könnte. Eher untertreiben Sie, wenn Sie behaupten, er könnte. Darf ich Sie bitten, einen Augenblick mit mir in das nächste Zimmer zu kommen?«

Er führte sie in die angrenzende Ahnengalerie, von der sie bereits einen Blick erhascht hatten, und blieb feierlich vor einer Reihe vom Alter geschwärzter, ehrfurchtgebietender Porträts stehen.

»Dies ist Sir Roger Musgrave«, sagte er und deutete auf eine langgesichtige Person mit schwarzer Perücke. »Er war einer der übelsten Lügner und Schurken in der ehrlosen Zeit von Wilhelm von Oranien, er verriet zwei Könige und trieb zwei Ehefrauen in den Tod. Das ist sein Vater, Sir Robert, ein vollendet aufrechter Kavalier der alten Schule. Das ist sein Sohn, Sir James, einer der edelsten Märtyrer der jakobinischen Zeit und einer der ersten Männer, die den Versuch unternahmen, die Kirche und die Armen zu entschädigen. Ist es von Belang, dass das Haus Musgrave seine Macht, seine Ehre und seinen Einfluss von einem ehrenwerten Mann an den nächsten weitergab und dazwischen zuweilen ein unehrenwerter stand? Edward I. hat England gut regiert. Edward III. bedeckte England mit Ruhm. Und dennoch gründete der zweite auf dem ersten Ruhm durch die Schändlichkeit und Idiotie von Edward II. hindurch, der um Gaveston scharwenzelte und vor Bruce* davonlief. Glauben Sie mir, Mr. Granby, die Größe eines großen Geschlechts und seiner Geschichte besteht aus mehr als den einzelnen Männern, die diese Linie zufällig fortführen, selbst wenn sie ihm nicht zur Ehre gereichen. Unser Erbe wurde vom Vater an den Sohn weitergegeben, und vom Vater an

* Piers Gaveston (1284–1312) war der Geliebte des homosexuellen Königs Edwards II. – Robert Bruce (1274–1329) war während des Schottischen Unabhängigkeitskrieges gegen England (1296–1306) Anführer der schottischen Aufständischen. Von 1306 bis zu seinem Tod war er König von Schottland. Anm. d. Ü.

come down, and from father to son it shall continue. You may assure yourselves, gentlemen, and you may assure my son, that I shall not leave my money to a home for lost cats. Musgrave shall leave it to Musgrave till the heavens fall."

"Yes," said Father Brown thoughtfully; "I see what you mean."

"And we shall be only too glad," said the solicitor, "to convey such a happy assurance to your son."

"You may convey the assurance," said their host gravely. "He is secure in any event of having the castle, the title, the land and the money. There is only a small and merely private addition to that arrangement. Under no circumstances whatever will I ever speak to him as long as I live."

The lawyer remained in the same respectful attitude, but he was now respectfully staring.

"Why, what on earth has he—"

"I am a private gentleman," said Musgrave, "as well as the custodian of a great inheritance. And my son did something so horrible that he has ceased to be–I will not say a gentleman–but even a human being. It is the worst crime in the world. Do you remember what Douglas said when Marmion, his guest, offered to shake hands with him?"

"Yes," said Father Brown.

"'My castles are my king's alone, from turret to foundation stone,'" said Musgrave. "'The hand of Douglas is his own.'"

den Sohn soll es auch künftig weitergegeben werden. Seien Sie versichert, meine Herren, und Sie mögen auch meinem Sohn versichern, dass ich mein Vermögen nicht an ein Heim für entlaufene Katzen vererben werde. Musgrave wird es bis ans Ende aller Tage an Musgrave vererben.«

»Ja«, murmelte Pater Brown nachdenklich, »ich verstehe, was Sie meinen.«

»Und wir werden mehr als erfreut sein«, sagte der Anwalt, »Ihrem Sohn eine derartig erfreuliche Zusicherung zu übermitteln.«

»Sie mögen die Zusicherung übermitteln«, entgegnete ihr Gastgeber ernsthaft. »Er darf sicher sein, was immer geschieht, das Schloss, den Titel, das Land und das Vermögen zu bekommen. Bei dieser Vereinbarung gibt es nur einen kleinen Zusatz rein privater Natur: Ich werde unter keinen Umständen und solange ich lebe jemals wieder mit ihm sprechen.«

Der Anwalt verharrte in derselben respektvollen Haltung, jetzt aber starrte er ihn respektvoll an.

»Doch was um Himmels willen ...«

»Ich bin ein Privatier«, fuhr Musgrave fort, »und außerdem der Hüter eines großen Erbes. Und mein Sohn hat etwas so Schreckliches getan, dass er nicht länger – ich will nicht sagen ein Gentleman –, sondern ein menschliches Wesen ist. Es ist das schlimmste Verbrechen der Welt. Entsinnen Sie sich, was Douglas sagte, als Marmion*, sein Gast, ihm die Hand schütteln wollte?«

»Ja«, antwortete Pater Brown.

»›Meine Schlösser sind meines Königs allein, vom Türmchen bis zum untersten Stein. Douglas' Hand ist gänzlich sein.‹«, zitierte Musgrave.

* Gleichnamige Ballade von Sir Walter Scott (1771–1832). Anm. d. Ü.

He turned towards the other room and showed his rather dazed visitors back into it.

"I hope you will take some refreshment," he said, in the same equable fashion. "If you have any doubt about your movements, I should be delighted to offer you the hospitality of the castle for the night."

"Thank you, Sir John," said the priest in a dull voice, "but I think we had better go."

"I will have the bridge lowered at once," said their host; and in a few moments the creaking of that huge and absurdly antiquated apparatus filled the castle like the grinding of a mill. Rusty as it was, however, it worked successfully this time, and they found themselves standing once more on the grassy bank beyond the moat.

Granby was suddenly shaken by a shudder.

"What in hell was it that his son did?" he cried.

Father Brown made no answer. But when they had driven off again in their car and pursued their journey to a village not far off, called Graystones, where they alighted at the inn of the Seven Stars, the lawyer learned with a little mild surprise that the priest did not propose to travel much farther; in other words, that he had apparently every intention of remaining in the neighbourhood.

"I cannot bring myself to leave it like this," he said gravely. "I will send back the car, and you, of course, may very naturally want to go with it. Your question is answered; it is simply whether your firm can afford to lend money on young Musgrave's prospects. But my question isn't answered; it is whether he is a fit husband for Betty. I must try to discover whether he's really done something dreadful, or whether it's the delusion of an old lunatic."

Er wandte sich um und führte seine ziemlich verdutzten Besucher zurück in den anderen Raum.

»Ich hoffe, Sie werden eine Erfrischung zu sich nehmen«, sagte er in derselben gleichmütigen Art. »Sollten Sie Zweifel über Ihren weiteren Verbleib haben, wäre ich hocherfreut, Ihnen die Gastfreundschaft des Schlosses für die Nacht anzubieten.«

»Ich danke Ihnen, Sir John«, erwiderte der Priester tonlos, »aber ich glaube, wir sollten besser gehen.«

»Ich werde unverzüglich die Brücke hinunterlassen«, sagte ihr Gastgeber; und wenige Augenblicke später hallte das Knarzen jener riesigen und hoffnungslos altmodischen Vorrichtung wie das Mahlen einer Mühle durch das Schloss. So verrostet die Zugbrücke war, dieses Mal funktionierte sie reibungslos, und sie fanden sich abermals auf dem grasbedeckten Ufer jenseits des Wallgrabens wieder.

Granby wurde plötzlich von einem Schauder erfasst.

»Was zum Teufel hat sein Sohn bloß getan?«, rief er.

Pater Brown gab keine Antwort. Doch als sie mit dem Wagen wieder losgefahren waren und ihre Reise bis zu einem nahegelegenen Dorf namens Graystones fortgesetzt hatten, wo sie im Gasthof »Sieben Sterne« abstiegen, erfuhr der Anwalt leicht erstaunt, dass der Priester nicht beabsichtigte, wesentlich weiter zu fahren. Mit anderen Worten: Er war offenbar fest entschlossen, in der Gegend zu bleiben.

»Ich bringe es nicht über mich, die Sache einfach auf sich beruhen zu lassen«, gestand er ernst. »Ich werde den Wagen zurückschicken; Sie natürlich werden aus gutem Grund mitfahren wollen. Ihre Frage ist beantwortet; jetzt geht es nur noch darum, ob ihre Firma es sich leisten kann, die Aussichten des jungen Musgrave mit Geld zu beleihen. Aber meine Frage ist noch unbeantwortet, und sie lautet, ob er ein geeigneter Ehemann für Betty ist. Ich muss versuchen, herauszufinden, ob er wirklich etwas Schreckliches getan hat oder ob es sich um die Einbildung eines betagten Irren handelt.«

"But," objected the lawyer, "if you want to find out about him, why don't you go after him? Why should you hang about in this desolate hole where he hardly ever comes?"

"What would be the use of my going after him?" asked the other. "There's no sense in going up to a fashionable young man in Bond Street and saying: 'Excuse me, but have you committed a crime too horrible for a human being?' If he's bad enough to do it, he's certainly bad enough to deny it. And we don't even know what it is. No, there's only one man that knows, and *may* tell, in some further outburst of dignified eccentricity. I'm going to keep near him for the present."

And in truth Father Brown did keep near the eccentric baronet, and did actually meet him on more than one occasion, with the utmost politeness on both sides. For the baronet, in spite of his years, was very vigorous and a great walker, and could often be seen stumping through the village, and along the country lanes. Only the day after their arrival, Father Brown, coming out of the inn on to the cobbled market-place, saw the dark and distinguished figure stride past in the direction of the post office. He was very quietly dressed in black, but his strong face was even more arresting in the strong sunlight; with his silvery hair, swarthy eyebrows and long chin, he had something of a reminiscence of Henry Irving, or some other famous actor. In spite of his hoary hair, his figure as well as his

»Aber wenn Sie ihm auf die Schliche kommen wollen, warum heften Sie sich dann nicht an seine Fersen?«, wandte der Anwalt ein. »Warum sollten Sie in diesem verkommenen Nest bleiben, das er so gut wie nie aufsucht?«

»Was hätte es für einen Zweck, sich an seine Fersen zu heften?«, gab der andere zurück. »Es hat keinen Sinn, auf einen eleganten jungen Mann in der Bond Street zuzugehen und zu sagen: ›Verzeihen Sie, aber haben Sie ein Verbrechen begangen, das zu grauenvoll ist, um von einem menschlichen Wesen ausgeführt zu werden?‹ Sollte er verdorben genug sein, es zu begehen, dann ist er sicherlich auch verdorben genug, es abzustreiten. Und wir wissen nicht einmal, was es ist. Nein, es gibt nur eine Person, die darüber Bescheid weiß und die in einem weiteren Anfall von gediegener Exzentrik *vielleicht* davon erzählt. Für den Augenblick werde ich in seiner Nähe bleiben.«

Und Pater Brown blieb wirklich in der Nähe des exzentrischen Baronets und begegnete ihm tatsächlich bei mehr als einer Gelegenheit, beiderseits mit ausgesuchter Höflichkeit. Denn trotz seines hohen Alters war der Baronet sehr rüstig und ein leidenschaftlicher Spaziergänger, man konnte ihn häufig durch das Dorf und entlang der Felder stapfen sehen. Nur einen Tag nach ihrer Ankunft sah Pater Brown, der gerade aus dem Gasthof auf den kopfsteingepflasterten Marktplatz hinaustrat, die dunkle, vornehme Gestalt an ihm vorbei in Richtung Postamt eilen. Er war in sehr dezentes Schwarz gekleidet, doch im hellen Sonnenlicht wirkte sein ausdrucksstarkes Gesicht noch einnehmender; mit seinem silberfarbenen Haar, den dunklen Augenbrauen und dem langen Kinn, erinnerte seine Erscheinung irgendwie an Henry Irving* oder einen anderen berühmten Schauspieler. Trotz seiner altersgrauen Haare strahlten seine Gestalt und sein Gesicht Kraft aus,

* John Henry Bodribb (1838–1905), 1895 zu Sir Henry Irving geadelt, war einer der berühmtesten Schauspieler der viktorianischen Ära. Anm. d. Ü.

face suggested strength, and he carried his stick more like a cudgel than a crutch. He saluted the priest, and spoke with the same air of coming fearlessly to the point which had marked his revelations of yesterday.

"If you are still interested in my son," he said, using the term with an icy indifference, "you will not see very much of him. He has just left the country. Between ourselves, I might say fled the country."

"Indeed," said Father Brown with a grave stare.

"Some people I never heard of, called Grunov, have been pestering me, of all people, about his whereabouts," said Sir John; "and I've just come in to send off a wire to tell them that, so far as I know, he's living in the Poste Restante, Riga. Even that has been a nuisance. I came in yesterday to do it, but was five minutes too late for the post office. Are you staying long? I hope you will pay me another visit."

When the priest recounted to the lawyer his little interview with old Musgrave in the village, the lawyer was both puzzled and interested.

"Why has the Captain bolted?" he asked. "Who are the other people who want him? Who on earth are the Grunovs?"

"For the first, I don't know," replied Father Brown. "Possibly his mysterious sin has come to light. I should rather guess that the other people are blackmailing him about it. For the third, I think I do know. That horrible fat woman with yellow hair is called Madame Grunov, and that little man passes as her husband."

The next day Father Brown came in rather wearily, and threw down his black bundle of an umbrella with the air of a pilgrim laying down his staff. He had an air

und seinen Spazierstock schwang er eher wie eine Keule als eine Gehhilfe. Er grüßte den Priester und sprach mit derselben Art von Freimütigkeit, die schon seine gestrige Enthüllung gekennzeichnet hatte.

»Sollten Sie weiterhin an meinem Sohn interessiert sein«, sagte er und gebrauchte das Wort »Sohn« mit eisiger Gleichgültigkeit, »so werden sie ihn kaum zu Gesicht bekommen. Er hat soeben das Land verlassen. Unter uns – ich hätte auch sagen können, ist aus dem Land geflohen.«

»Tatsächlich?«, gab Pater Brown mit ernstem Blick zurück.

»Irgendwelche Leute namens Grunov, von denen ich nie gehört habe, sind mir wegen seines Verbleibs auf die Nerven gegangen, ausgerechnet die«, fuhr Sir John fort, »und ich bin gerade unterwegs, um ihnen ein Telegramm zu schicken, in dem ich mitteile, dass er postlagernd in Riga weilt, soweit ich weiß. Selbst das war ein Ärgernis. Ich war deswegen gestern schon da, kam aber fünf Minuten zu spät, das Postamt hatte bereits geschlossen. Bleiben Sie lange hier? Ich hoffe, Sie statten mir einen weiteren Besuch ab.«

Als der Priester dem Anwalt von seiner kurzen Unterredung mit dem alten Musgrave im Dorf berichtete, war dieser zugleich verwirrt und interessiert.

»Wieso ist der Captain geflüchtet?«, fragte er. »Wer sind die anderen Leute, die hinter ihm her sind? Wer zum Teufel sind die Grunovs?«

»Zur ersten Frage, ich weiß es nicht«, erwiderte Pater Brown. »Möglicherweise ist seine geheimnisvolle Sünde ruchbar geworden. Dann würde ich vermuten, dass ihn die anderen Leute deshalb erpressen. Und zu dritten, ich glaube, ich weiß es. Diese schreckliche dicke Frau mit dem gelben Haar heißt Madame Grunov und der kleine Mann gilt als ihr Gatte.«

Am nächsten Tag kam Pater Brown ziemlich erschöpft zurück; er ließ seinen dicken schwarzen Schirm fallen wie ein Pilger seinen Stab niederlegt. Er wirkte niedergeschlagen. Doch das war wie

of some depression. But it was as it was so often in his criminal investigations. It was not the depression of failure, but the depression of success.

"It's rather a shock," he said in a dull voice; "but I ought to have guessed it. I ought to have guessed it when I first went in and saw the thing standing there."

"When you saw what?" asked Granby impatiently.

"When I saw there was only one suit of armour," answered Father Brown.

There was a silence during which the lawyer only stared at his friend, and then the friend resumed.

"Only the other day I was just going to tell my niece that there are two types of men who can laugh when they arc alone. One might almost say the man who does it is either very good or very bad. You see, he is either confiding the joke to God or confiding it to the Devil. But anyhow hc has an inner life. Well, there really is a kind of man who confides the joke to the Devil. He does not mind if nobody sees the joke; if nobody can safely be allowed even to know the joke. The joke is enough in itself, if it is sufficiently sinister and malignant."

"But what arc you talking about?" demanded Granby. "*Whom* are you talking about? Which of them, I mean? *Who* is this person who is having a sinister joke with his Satanic Majesty?"

Father Brown looked across at him with a ghastly smile.

"Ah," he said, "that's the joke."

There was another silence, but this time the silence seemed to be rather full and oppressive than merely empty; it seemed to settle down on them like the twilight that was gradually turning from dusk to dark. Father Brown went on speaking in a level voice, sitting stolidly with his elbows on the table.

so oft bei seinen kriminalistischen Nachforschungen. Es war nicht die Schwermut des Fehlschlags, sondern die des Erfolgs.

»Es ist ein ziemlicher Schock«, sagte er düster; »aber ich hätte es mir denken können. Ich hätte gleich darauf kommen können, als ich zum ersten Mal hineinging und das Ding dort stehen sah.«

»Als Sie was sahen?«, forschte der Anwalt ungeduldig.

»Als ich sah, dass nur eine Ritterrüstung dastand«, entgegnete Pater Brown.

Beide schwiegen, und der Anwalt starrte seinen Freund nur an, bis dieser erneut das Wort ergriff:

»Erst neulich wollte ich meiner Nichte erzählen, dass es zwei Arten von Männern gibt, die lachen können, wenn sie allein sind. Man könnte fast behaupten, dass ein Mann, der so etwas tut, entweder sehr anständig oder sehr niederträchtig ist. Er vertraut den Witz entweder Gott oder dem Teufel an, verstehen Sie. Aber so oder so hat er ein Innenleben. Nun, es gibt tatsächlich Menschen, die dem Teufel einen Witz anvertrauen. Es kümmert sie nicht, wenn niemand den Witz versteht; wenn niemand überhaupt in der Lage ist, den Witz als solchen zu erkennen. Der Witz genügt sich selbst, sofern er nur ausreichend finster und bösartig ist.«

»Aber wovon reden Sie überhaupt?«, wollte Granby wissen. »Über wen sprechen Sie? Ich meine, über welchen der beiden? Wer ist die Person, die einen finsteren Witz mit Seiner Satanischen Majestät macht?«

Pater Brown sah ihn mit einem gespenstischen Lächeln an.

»Ah«, sagte er, »das ist ja der Witz.«

Beide schwiegen erneut, doch diesmal schien das Schweigen eher voll und bedrückend als einfach nur leer zu sein; es schien sich über sie zu senken wie die Dämmerung, die sich allmählich vom Abendlicht in Dunkelheit verwandelte. Pater Brown saß mit aufgestützten Ellenbogen unbeirrbar da und fuhr mit gleichbleibender Stimme fort:

"I've been locking up the Musgrave family," he said. "They are vigorous and long-lived stock, and even in the ordinary way I should think you would wait a good time for your money."

"We're quite prepared for that," answered the solicitor; "but anyhow it can't last indefinitely. The old man is nearly eighty, though he still walks about, and the people at the inn here laugh and say they don't believe he will ever die."

Father Brown jumped up with one of his rare but rapid movements, but remained with his hands on the table, leaning forward and looking his friend in the face.

"That's it," he cried in a low but excited voice. "That's the only problem. That's the only real difficulty. How will he die? How on earth is he to die?"

"What on earth do you mean?" asked Granby.

"I mean," came the voice of the priest out of the darkening room, "that I know the crime that James Musgrave committed."

His tones had such a chill in them that Granby could hardly repress a shiver; he murmured a further question.

"It was really the worst crime in the world," said Father Brown. "At least, many communities and civilizations have accounted it so. It was always from the earliest times marked out in tribe and village for tremendous punishment. But anyhow, I know now what young Musgrave really did and why he did it."

"And what did he do?" asked the lawyer.

"He killed his father," answered the priest.

The lawyer in his turn rose from his seat and gazed across the table with wrinkled brows.

"But his father is at the castle," he cried in sharp tones.

»Ich habe die Familie Musgrave überprüft«, sagte er. »Es handelt sich um einen robusten, langlebigen Menschenschlag, und selbst unter normalen Umständen würde ich schätzen, dass Sie auf Ihr Geld eine ganze Weile warten müssen.«

»Davon sind wir ausgegangen«, erwiderte der Anwalt; »aber trotzdem kann es ja nicht ewig dauern. Der alte Mann ist fast achtzig, auch wenn er noch herumläuft und die Leute hier im Gasthof lachen und behaupten, dass sie nicht glauben, dass er jemals das Zeitliche segnet.«

Mit einer für ihn durchaus seltenen, abrupten Bewegung sprang Pater Brown auf, legte die Hände auf den Tisch, beugte sich vor und blickte seinem Freund ins Gesicht.

»Das ist es«, rief er leise, aber aufgeregt. »Das ist das einzige Problem. Das ist die einzige echte Schwierigkeit. Wie wird er sterben? Wie in aller Welt soll er sterben?«

»Was in aller Welt meinen Sie?«, fragte Granby.

»Ich meine«, tönte die Stimme des Priesters durch den dunkel werdenden Raum, »dass ich das Verbrechen kenne, das James Musgrave begangen hat.«

Seine Stimme war so frostig, dass Granby einen Schauder kaum unterdrücken konnte; er murmelte eine weitere Frage.

»Es war wirklich das schlimmste Verbrechen der Welt«, fuhr Pater Brown fort. »Zumindest wurde es von vielen Gemeinschaften und Zivilisationen als solches eingestuft. Seit frühester Zeit wurde die Tat von Stämmen und Dorfgemeinden mit einer fürchterlichen Strafe belegt. Wie dem auch sei, ich weiß jetzt, was der junge Musgrave tatsächlich getan hat und warum.«

»Und was hat er getan?«, fragte der Anwalt.

»Er tötete seinen Vater«, antwortete der Priester.

Jetzt erhob sich auch der Anwalt von seinem Stuhl und starrte stirnrunzelnd über den Tisch.

»Aber sein Vater ist im Schloss«, rief er scharf.

"His father is in the moat," said the priest, "and I was a fool not to have known it from the first when something bothered me about that suit of armour. Don't you remember the look of that room? How very carefully it was arranged and decorated? There were two crossed battle-axes hung on one side of the fire-place, two crossed battle-axes on the other. There was a round Scottish shield on one wall, a round Scottish shield on the other. And there was a stand of armour guarding one side of the hearth, and an empty space on the other. Nothing will make me believe that a man who arranged all the rest of that room with that exaggerated symmetry left that one feature of it lopsided. There was almost certainly another man in armour. And what has become of him?"

He paused a moment, and then went on in a more matter-of-fact tone:

"When you come to think of it, it's a very good plan for a murder, and meets the permanent problem of the disposal of the body. The body could stand inside that complete tilting-armour for hours, or even days, while servants came and went, until the murderer could simply drag it out in the dead of night and lower it into the moat, without even crossing the bridge. And then what a good chance he ran! As soon as the body was at all decayed in the stagnant water there would sooner or later be nothing but a skeleton in fourteenth-century armour, a thing very likely to be found in the moat of an old Border castle. It was unlikely that anybody would look for anything there, but if they did, that would soon be all they would find. And I got some confirmation of that. That was when you said I was looking for a rare plant; it was a plant in a good many senses, if you'll excuse the jest. I saw the marks of two

»Sein Vater liegt im Schlossgraben«, entgegnete der Priester, »und ich war ein Narr, dass ich es nicht sofort wusste, als mich etwas an dieser Rüstung irritierte. Erinnern Sie sich nicht, wie der Raum aussah? Wie äußerst sorgfältig alles geordnet und drapiert war? Da hingen zwei überkreuzte Streitäxte auf der einen Seite des Kamins und zwei auf der anderen Seite. Da hing ein rundes schottisches Schild an der einen Wand und noch eins an der anderen. Und da stand auf einer Seite der Feuerstelle eine Schildwache, doch der Platz auf der anderen Seite war leer. Niemand kann mir weismachen, dass jemand, der den ganzen Raum mit so übertriebener Symmetrie eingerichtet hat, diese eine Stelle unsymmetrisch ließ. Es gab mit ziemlicher Sicherheit eine zweite Schildwache. Und was ist aus ihr geworden?«

Er hielt einen Augenblick inne und fuhr dann in sachlicherem Tonfall fort:

»Wenn man einmal darüber nachdenkt, ist es ein sehr guter Mordplan, außerdem löst er das ewige Problem der Beseitigung der Leiche. In dieser kompletten Turnierrüstung könnte eine Leiche über Stunden verborgen werden, sogar über Tage, während das Dienstpersonal ein- und ausgeht, bis der Mörder die Rüstung einfach mitten in der Nacht hinausschleppen und im Wallgraben versenken kann, ohne zudem die Brücke zu überqueren. Und die Chancen standen durchaus gut für ihn! Denn sobald die Leiche in dem stehenden Gewässer erst einmal verwest wäre, würde früher oder später nichts als ein Skelett in einer Rüstung aus dem vierzehnten Jahrhundert übrigbleiben, und es ist sehr wahrscheinlich, dass man solche Dinge im Wallgraben eines alten Grenzschlosses findet. Und vermutlich würde dort niemand nach irgendetwas suchen, und wenn er es täte, fände er dort eben nichts als das. Ich habe dafür sogar Beweise. Als Sie nämlich fragten, ob ich nach einer seltenen Pflanze suchte, war es in vielerlei Hinsicht eine Rarität, wenn Sie mir den Scherz erlauben. Ich sah zwei Fuß-

feet sunk so deep into the solid bank I was sure that the man was either very heavy or was carrying something very heavy. Also, by the way, there's another moral from that little incident when I made my celebrated graceful and cat-like leap."

"My brain is rather reeling," said Granby, "but I begin to have some notion of what all this nightmare is about. What about you and your cat-like leap?"

"At the post office to-day," said Father Brown, "I casually confirmed the statement the baronet made to me yesterday, that he had been there just after closing-time on the day previous—that is, not only on the very day we arrived, but at the very time we arrived. Don't you see what that means? It means that he was actually out when we called, and came back while we were waiting; and that was why we had to wait so long. And when I saw that, I suddenly saw a picture that told the whole story."

"Well," asked the other impatiently, "and what about it?"

"An old man of eighty can walk," said Father Brown. "An old man can even walk a good deal, pottering about in country lanes. But an old man can't *jump*. He would be an even less graceful jumper than I was. Yet, if the baronet came back while we were waiting, he must have come in as we came in—by jumping the moat—for the bridge wasn't lowered till later. I rather guess he had hampered it himself to delay inconvenient visitors, to judge by the rapidity with which it was repaired. But that doesn't matter. When I saw that fancy picture of the black figure with the grey hair taking a flying leap across the moat I knew instantly that it was a young man dressed up as an old man. And there you have the whole story."

abdrücke, die sich so tief in die feste Böschung gegraben hatten, dass ich sicher war, dass der Mann, der sie hinterließ, entweder sehr schwer war oder etwas sehr Schweres getragen hatte. Im Übrigen lehrt uns der kleine Vorfall, als ich meinen legendären, graziösen Katzensprung vollführte, noch etwas anderes.«

»Mir schwirrt der Kopf«, sagte Granby, »aber allmählich beschleicht mich eine Ahnung, um was es in diesem ganzen Albtraum geht. Was ist jetzt mit Ihnen und Ihrem Katzensprung?«

»Als ich heute im Postamt war«, sagte Pater Brown, »ließ ich mir unauffällig die Aussage bestätigen, die der Baronet mir gegenüber gestern gemacht hatte, dass er am Tag zuvor kurz nach Dienstschluss dort gewesen sei – das heißt, nicht nur am Tag unserer Ankunft, sondern genau zu unserer Ankunftszeit. Verstehen Sie nicht, was das bedeutet? Es bedeutet, dass er gar nicht da war, als wir eintrafen, er kam zurück, während wir auf ihn warteten, deshalb mussten wir auch so lange warten. Als ich das erkannte, sah ich plötzlich ein Bild vor mir, das die ganze Geschichte erzählte.«

»Und«, fragte der andere ungeduldig, »wie lautet sie?«

»Ein alter Mann von achtzig Jahren kann laufen«, sagte Pater Brown. »Er kann sogar viel laufen und zwischen Feldern herumschlendern. Aber ein alter Mann kann nicht *springen*. Er wäre sogar ein noch unbeholfenerer Springer als ich. Dennoch musste der Baronet, als er zurückkam, während wir warteten, auf die gleiche Weise ins Schloss gelangen wie wir – indem er über den Wallgraben sprang –, denn die Brücke wurde ja erst später heruntergelassen. Ich vermute, er selbst hat daran herumhantiert, um unliebsame Besucher aufzuhalten, nach der Schnelligkeit zu urteilen, mit der sie repariert wurde. Aber das ist nicht wichtig. Als ich das Phantasiebild vor Augen hatte, die schwarze Gestalt mit den grauen Haaren, die mit Anlauf über den Graben springt, wurde mir schlagartig bewusst, dass es sich um einen jungen Mann handelte, der sich als alter Mann verkleidet hatte. Das ist die ganze Geschichte.«

"You mean," said Granby slowly, "that this pleasing youth killed his father, hid the corpse first in the armour and then in the moat, disguised himself and so on?"

"They happened to be almost exactly alike," said the priest. "You could see from the family portraits how strong the likeness ran. And then you talk of his disguising himself. But in a sense everybody's dress is a disguise. The old man disguised himself in a wig, and the young man in a foreign beard. When he shaved and put the wig on his cropped head he was exactly like his father, with a little make-up. Of course, you understand now why he was so very polite about getting you to come up next day here by car. It was because he himself was coming up that night by train. He got in front of you, committed his crime, assumed his disguise, and was ready for the legal negotiations."

"Ah," said Granby thoughtfully, "the legal negotiations! You mean, of course, that the real old baronet would have negotiated very differently."

"He would have told you plainly that the Captain would never get a penny," said Father Brown. "The plot, queer as it sounds, was really the only way of preventing his telling you so. But I want you to appreciate the cunning of what the fellow did tell you. His plan answered several purposes at once. He was being blackmailed by these Russians for some villainy; I suspect for treason during the war. He escaped from them at a stroke, and probably sent them chasing off to Riga after him. But the most beautiful refinement of all was that theory he enunciated about recognizing his son as an heir, but not as a human being. Don't you see that while it secured the *post obit*, it also provided some sort of answer to what would soon be the greatest difficulty of all?"

»Sie meinen«, sagte Granby langsam, »dass dieser reizende Jüngling seinen Vater umbrachte, die Leiche erst in der Rüstung und dann im Wallgraben versteckte, sich verkleidete und so weiter?«

»Sie sahen einander sehr ähnlich«, versetzte der Priester. »Wie stark ihre Ähnlichkeit war, konnten Sie an den Familienporträts erkennen. Und dann sprechen Sie von Verkleidung. Doch in gewisser Weise ist jede Form von Kleidung eine Verkleidung. Der alte Mann verkleidete sich mit einer Perücke, der junge Mann mit einem fremdländisch aussehenden Bart. Wenn er sich rasiert und die Perücke auf sein kurzgeschorenes Haupt gesetzt hatte, sah er mit ein wenig Make-up genau aus wie sein Vater. Jetzt verstehen Sie natürlich auch, warum er so ausnehmend höflich war, sie am nächsten Tag im Wagen kommen zu lassen. Weil er selbst in dieser Nacht den Zug nahm. Er kam vor Ihnen an, beging sein Verbrechen, verkleidete sich und war bereit für die Erbschaftsverhandlungen.«

»Ach«, sagte Granby nachdenklich, »die Erbschaftsverhandlungen! Sie glauben natürlich, dass der echte alte Baronet ganz anders verhandelt hätte.«

»Er hätte Ihnen unumwunden mitgeteilt, dass der Captain keinen Penny erben würde«, erwiderte Pater Brown. »Das Komplott, so seltsam es klingen mag, war die einzige Möglichkeit, seinen Vater davon abzuhalten, Ihnen das zu sagen. Aber ich will, dass Sie die Gerissenheit dessen verstehen, was er ihnen am Ende gesagt hat. Sein Plan schlug mehrere Fliegen mit einer Klappe. Diese Russen erpressten ihn wegen irgendeiner Schurkerei; vermutlich wegen Verrat während des Krieges. Er entkam ihnen mit einem Schlag und scheuchte sie auf der Jagd nach ihm wahrscheinlich nach Riga. Doch die schönste Raffinesse von allen war diese Theorie, die er verbreitete; über die Anerkennung seines Sohnes als Erben, aber nicht als menschliches Wesen. Begreifen Sie nicht, dass damit einerseits die Zahlung *post mortem* gesichert und anderseits eine Art Lösung gefunden war für das, was bald die größte Schwierigkeit von allen sein würde?«

"I see several difficulties," said Granby; "which one do you mean?"

"I mean that if the son was not even disinherited, it would look rather odd that the father and son never met. The theory of a private repudiation answered that. So there only remained one difficulty, as I say, which is probably perplexing the gentleman now. How on earth is the old man to die?"

"I know how he ought to die," said Granby.

Father Brown seemed to be a little bemused, and went on in a more abstracted fashion.

"And yet there is something more in it than that," he said. "There was something about that theory that he liked in a way that is more–well, more theoretical. It gave him an insane intellectual pleasure to tell you in one character that he had committed a crime in another character–when he really had. That is what I mean by the infernal irony; by the joke shared with the Devil. Shall I tell you something that sounds like what they call a paradox? Sometimes it is a joy in the very heart of hell to tell the truth. And above all, to tell it so that everybody misunderstands it. That is why he liked that antic of pretending to be somebody else, and then painting himself as black–as he was. And that was why my niece heard him laughing to himself all alone in the picture gallery."

Granby gave a slight start, like a person brought back to common things with a bump.

"Your niece," he cried. "Didn't her mother want her to marry Musgrave? A question of wealth and position, I suppose."

"Yes," said Father Brown dryly; "her mother was all in favour of a prudent marriage."

»Ich sehe mehrere Schwierigkeiten«, sagte Granby. »Welche meinen Sie?«

»Ich meine, wenn der Sohn nicht einmal enterbt wurde, hätte es ziemlich komisch ausgesehen, wenn Vater und Sohn einander nie trafen. Eine persönliche Fehde war die ideale Antwort darauf. Also blieb nur noch eine Schwierigkeit, wie ich schon sagte, und wahrscheinlich beschäftigt sie den Gentleman eben jetzt. Wie in aller Welt soll der alte Mann sterben?«

»Ich weiß, wie er zu sterben verdiente«, meinte Granby.

Pater Brown schien ein wenig verwirrt und fuhr gedankenverloren fort:

»Und doch steckt noch etwas anderes dahinter«, sinnierte er. »In seiner Theorie gab es einen Punkt, den er besonders schätzte, weil ... nun, weil er theoretischer ist. Er verschaffte ihm ein geradezu krankhaftes intellektuelles Vergnügen, Ihnen in der einen Rolle mitzuteilen, dass er in der anderen Rolle ein Verbrechen begangen hatte – eben weil es tatsächlich der Fall war. Das ist es, was ich mit teuflischer Ironie meine; mit dem Witz, den man dem Teufel erzählt. Soll ich Ihnen etwas sagen, was sich anhört wie das, was man normalerweise ein Paradox nennt? Selbst die Wahrheit zu sagen, ist manchmal ein Machwerk des Teufels. Vor allem, wenn man sie so sagt, dass jedermann sie missversteht. Darum mochte er die Posse, sich als ein anderer auszugeben, um sich dann selbst in den schwärzesten Farben zu schildern – was er ja auch war. Und darum hörte ihn meine Nichte in der Bildergalerie auch ganz allein vor sich hin lachen.«

Granby zuckte leicht zusammen, wie ein Mensch, der mit einem Schlag wieder auf den Boden der Tatsachen zurückgeholt wird.

»Ihre Nichte!«, rief er. »Wollte ihre Mutter nicht, dass sie Musgrave heiratet? Eine Frage des Rangs und des Vermögens, vermute ich.«

»Ja«, entgegnete Pater Brown trocken. »Ihre Mutter sprach sich sehr deutlich für eine Vernunftehe aus.«